传奇胡玉美

Chuanqi Hu Yumei

张健初————著

时代出版传媒股份有限公司
安徽文艺出版社

图书在版编目（CIP）数据

传奇胡玉美/张健初著. --合肥：安徽文艺出版社,2024.7
ISBN 978-7-5396-7872-6

Ⅰ．①传… Ⅱ．①张… Ⅲ．①纪实文学－中国－当代 Ⅳ．①I25

中国国家版本馆 CIP 数据核字(2023)第 216947 号

出 版 人：姚　巍
责任编辑：汪爱武　　张星航　　　　封面设计：石　晓

出版发行：安徽文艺出版社　　www.awpub.com
地　　址：合肥市翡翠路 1118 号　邮政编码：230071
营 销 部：(0551)63533889
印　　制：安徽新华印刷股份有限公司　(0551)65859551

开本：710×1010　1/16　印张：18.5　字数：296 千字
版次：2024 年 7 月第 1 版
印次：2024 年 7 月第 1 次印刷
定价：75.00 元

（如发现印装质量问题，影响阅读，请与出版社联系调换）
版权所有，侵权必究

序

《传奇胡玉美》编纂完成,不胜欣喜。这是全公司政治、文化生活中的一件大事,也是铭记历史、激励当代、惠及后世的一项重要文化成果。自2021年5月开始,本书执笔者张健初先生查阅资料、广征博引,去粗取精、去伪存真,多次易稿、精雕细琢。在此,谨向辛勤创作的张健初先生致以崇高的敬意,向为此书提供资料的各界人士表示衷心的感谢!

忆往昔,岁月激荡;望前程,百舸争流。自清道光十年(1830),徽州婺源籍人胡兆祥创立"胡玉美"品牌始,近两百年沧桑岁月飘忽而过。在这七万多个日日夜夜里,有品牌初创的雄心壮志,也有战争年代的迷失彷徨;有兄弟同心、珠联璧合,也有国难家难、困苦乱离……面对艰难险阻,胡玉美人坚守传承的信念从未崩塌,而是迎难而上,将品牌的发扬光大贯穿始终:中国最早注册商标、风雨无阻入川取经、多次参展名响国内外、战乱中坚守战后复兴、率先实行公私合营……千帆过尽,胡玉美终成中国酱界的百年传奇,产品畅销四海,历久不衰。

一部胡玉美艰难兴业记,一个大家族百年故事集,一台八代人续演人生戏,一首工商界名流正气歌。作为徽商在安庆地区迄今保存最完好的商号、安徽省目前幸存的最为古老的企业,胡玉美筚路蓝缕,薪火相传,是一个企业的发展印记,也是一个地方历史文化和商业文化的厚重积淀,印证着徽州民族工商业的发展轨迹,镌刻着宜城乃至安徽人坚守传统的优良品格。

"玉本蓝田种,美因君子成。"两百年来,胡玉美与"万里长江第一塔"一起矗立于宜城,经历风雨洗礼,坚定不移地守护自身信念。未来,胡玉美的发展之路任重道远,又充满无限可能,胡玉美人将继续秉持"百年传承、开拓创新"的理念,延续传统技艺的命脉,坚守"酱心"与"匠心",以一代又一代的好产品让传奇胡玉美再续传奇。

董事长:颜志勇

二〇二三年八月

目　录

序　颜志勇 / 001

引子 / 001

第一编　初创：玉成其美 / 002
悬壶行医之始 / 002

胡兆祥与夫人甘氏 / 006

南庄岭甘胡"四美" / 010

翁婿矛盾之谜 / 015

道光十八年，起步 / 020

洪杨之乱的迷失 / 025

怡怡堂　古欢堂 / 030

胡玉美一家独大 / 036

第二编　胡远烈时代 / 042
光绪二十四年：交替 / 042

胡远勋与安庆商会 / 046

　　七先生走出安庆 / 052

　　分治，远行 / 058

　　"振风古塔"商标 / 066

　　二次扩张 / 072

　　用人攻心　治业用心 / 078

　　那种包装叫罐头 / 084

　　民国报纸"胡玉美" / 088

　　1928年，句号 / 093

第三编　儒商胡子穆 / 097

　　少年求学日本 / 097

　　胡玉美掌门第四代 / 102

　　开启冷饮年代 / 106

　　"实业救国"新梦 / 111

　　沿江都有胡玉美 / 117

　　"庆"字新一辈 / 122

　　冷眼商团之争 / 126

　　必须要有的结语 / 131

第四编　国难与家难 / 138

　　不觉辛苦乱离中 / 138

　　江津日出日落 / 142

　　战乱坚守与战后复兴 / 146

艰难的二次起步 / 152

困惑与彷徨 / 157

私营胡玉美的晚霞 / 161

安徽公私合营第一家 / 167

第五编　好风凭借力 / 173

初尝"老大"滋味 / 173

工业主角与新闻主角 / 179

技术革新能手刘鉴武 / 183

遭遇停滞年代 / 188

"胡玉美"之变 / 193

那个地方叫"黄土墈" / 197

江风安庆·胡玉美 / 201

新高度：国家工业遗产 / 204

第六编　胡氏繁星 / 209

胡竹芗与他的朋友圈 / 209

"远"字辈双杰 / 213

胡家女婿舒鸿贻 / 218

胡家媳妇舒德进 / 222

"国"字辈的那些良材 / 225

北"燕"与南"汉" / 228

武汉有个胡庆树 / 231

"庆"字辈群贤榜 / 235

第七编　玉泽皖城 / 239

　　责任与担当 / 239

　　慈善：清节堂董 / 243

　　赈灾与济民 / 247

　　公益：胡玉美救火会 / 250

　　安徽科学馆与电台 / 253

　　安徽大学红楼 / 257

　　舒鸿贻与菱湖公园 / 260

　　七姑祠到邓石如碑馆 / 264

　　捐者胡子穆夫妇 / 268

第八编　口碑 / 272

　　权威文章 / 272

　　媒体文字 / 282

　　民间传说 / 287

引　子

　　1936年春末,经过黄金十年发展期,被誉为"六朝古都"的南京市,人口达百万,成为中国六大城市之一。

　　下关码头是南京最大的轮船码头,是进入城市的唯一通道。

　　出下关码头,抬头望,便能看见醒目的大广告牌,广告牌上是安庆胡玉美出品的以蚕豆酱为主的各种产品。

　　往新街口走,几乎所有重要的交通路口都有胡玉美广告牌。

　　走到新街口,往南去,南京大华大戏院新开张。买票进去,自然不是去看电影,而是与1768名观众一道,在软席座位上感受它的"标准最高"与"规模最大"。落座,灯暗,银幕上先出现的不是电影,而是一些产品的广告幻灯片。这些产品,还是出自安庆胡玉美。

　　出电影院,顺手买一份《南京晚报》,第四版半版都是中央商场的广告。往下数,商号列于第七位的,又是这家胡玉美!

　　行至新街口中正路的中央商场,听大广播里播放国民政府中央广播电台广告节目,也不断有安庆胡玉美入耳。

　　进中央商场一看,不出所料,那家名为胡玉美的店铺赫然在显眼位置。

　　有人就心生疑问,安徽省会安庆城的这个胡玉美,到底是什么来头的大品牌?

第一编 初创：玉成其美

悬壶行医之始

1978年，胡玉美家族之后，年近八十的胡国干意外发现"由花山寻回的先祖父的墓志铭"。墓志铭上的文字，让他对胡玉美家族先祖的行迹有了大致的了解，也让他坚定了整理《皖怀明经胡氏世系表》的信心。

实际上在这之前，胡国干的父亲胡远芬就生有重修胡氏家谱的想法，并且"编制业经就绪"，但在付梓之前，"个别家属顾虑多端，深恐导致家产分配纠纷"，因而"从中作梗，半途而废"。而"编制业经就绪"的胡氏家谱稿，又因战乱而散失。对于胡氏家族来说，这确实是一件十分可惜的事。

胡国干的先祖父，也就是胡远芬的父亲，是胡玉美五世祖胡椿（原名长春，字云门）。

关于怀宁胡玉美家族，《清赠通奉大人胡云门先生墓志铭》（桐城潘田撰文）认为始于清康熙年间，始祖为十八世祖元彬公："始祖昌翼公，本唐昭宗子，朱温之难，何后以公付侍御胡三公载以南，遂从胡氏，举后唐同光乙酉进士，讲学于婺源之考水，时称明经先生。传十一世，迁休宁之演川。又传十八世，至元彬公，当清康熙间，始迁怀宁，是为君之高祖。曾祖讳瑛，赠奉政大夫。祖讳家书，考讳兆祥，皆赠奉政大夫。"

潘田在墓志铭中撰写的胡玉美家族迁怀线索，转引自《清赠通奉大夫同知衔胡芝田先生墓志铭》(桐城潘田撰文,江宁杨大钦书丹):"始祖昌翼公,本唐昭宗太子,朱温之乱,何后以公付侍御胡三公载以南,遂从胡姓,举后唐同光乙酉进士,公瘗家国之变,隐居婺源之考水,构书院讲学,时称明经先生。传十一世,迁休宁之演川。又传十六世,至元彬公,当清康熙间,始迁怀宁,是为君之曾祖考。祖考讳瑛,赠奉政大夫。"

胡玉美创始人胡兆祥(字国瑞)墓铭志。

胡兆祥(字国瑞,号芝田)是百年老字号胡玉美的创始人,但在胡玉美家族,胡兆祥并非涉足商业第一人。桐城姚永朴(字仲实)撰《清赠通奉大夫国学生胡竹艿先生墓志铭》叙述得十分明确:"其先姓李氏,讳昌翼,唐昭宗子,出何皇后。昭宗迁洛阳,虑其为朱温所图,遣侍御胡君挈至婺源,遂从胡姓。十余徙休宁,又二十余徙桐城。康熙中有讳元彬者,乃筮籍怀宁居焉。自居桐城以来,以医学著,至君之祖讳家书,始业商。"按此说法,胡玉美家族"始业商",起于胡兆祥的父亲胡家书。

胡庆禧《安庆酱王家族略》(刊1991年《安庆史志》2、3期合刊)另有一种说法:"自一世胡元彬北迁安庆定居,至今约270余年。一世胡元彬,举家定居安庆后,初在城郊悬壶行医,继而兼司小本经营。二世、三世承继祖业。四世胡兆祥始为家族经营酱业的创始人。"作者撰写的另一篇《原安庆胡玉美企业家族志略》(铅印本),再次对胡玉美家族一世祖"悬壶行医"同时"兼司小本经营"加以确定:"一世胡元彬,约于康熙六十年(1721),自休宁迁来安庆府怀宁县后,继续以'明经堂'为家族标志的肇始,初在安庆城郊悬壶行医,转为兼司小本经营。二世及三世继承祖业。四世胡兆祥(芝田)为家族经营酱业的创始人。"

但胡元彬"兼司小本经营"是不是制酱业,胡庆禧没有进一步明确。

胡玉美家族一世祖胡元彬1721年迁居安庆城(怀宁)时,安庆府知府是张楷,这一年,他正带一班老学究,纂修32卷的《安庆府志》。盛世修志,此时的安庆城是清代安庆的高光时刻。但,胡元彬初到安庆,经济能力平平,谋生能力平平,因而他只能择"城郊"而居。

康熙年间的安庆城郊,只有东门外、西门外、北门外三处:东门外出枞阳门,到枞阳的支路有两条,一是经五里庙、马家窝到枞阳,一是经余桥、老峰头到枞阳;北门外是同安驿通抵达北京皇城驿的官道,全长2624里,从集贤门起,到集贤关止,头尾17里;西门外是出正观门,走大新桥到新河口,然后由山口镇转到石牌、潜山等地。周边六邑进安庆省城,多由此而入。

胡元彬想必也做过一番功课,选择在西门外落脚,应该是当时最明智的决定。正好横坝头有一处房舍出卖,前面是窄窄的门脸,后面有一连三进的住房。于是就去协商购买,一家人就算是在安庆安了家,并在门口挂出了对外问诊的招牌。从此时到嘉庆十年(1805)胡兆祥出世,前后长达80余年的时间,胡玉美家族就依靠这个门脸,依靠绵薄的收入,过着勉强能糊上口的日子。

乾隆二十九年(1764),安庆城大水,漫无边际的江水由枞阳门、康济门涌入城,地势稍低之处都进了水。西门外更是重灾区,胡氏住宅虽高在横坝头,但也一样进了水,去大观亭,去地藏庵,都要借临时跳板走路。到秋天,水虽然退了下去,但周边六邑几乎颗粒无收。

此时胡玉美家族一世祖胡元彬年事已高,二世祖胡瑛为当家人。灾荒年景,病人满大街都是,但能有钱看病者,寥寥无几。官府虽日日煮粥赈济,偶尔还有平价粮米出售,但都瞬间被抢购一空,而且不断有"人相食"的传闻入耳。胡瑛的大儿子以及刚刚问世的小儿子都是在这次大灾荒中丧命的。很明显,"悬壶行医"无法养活一家大小。于是在夫人林氏一再要求之下,胡瑛只好与老父亲商量,是不是卸下"儒医"之面,就着自家的门脸,尝试做一点小生意?胡元彬点头应允。

自横坝头西转,过下盐店街、上盐店街,大新桥有一家诸永盛酱园,胡瑛从少年到中年,过来过去,总看到生意火爆。安庆人说"开门七件事,柴米油盐酱醋茶","酱"列于第五位,可见对其看重。于是,胡瑛动了念头。他实地考察,发现横坝头一条街没有一家经营酱制品的店铺,不免大喜过望。于是他就去诸永盛与老板商量,看能不能引他入门。诸老板是热心人,不仅满口答应,还帮胡瑛出了许多主意。

就这样,胡玉美家族抱着尝试的心态,开始涉足安庆酱园业。

胡瑛之子胡家书的童年印象,只有一个画面:大门进来的店铺,永远是母亲守在柜台前打酱油卖醋,往里走到二进,父亲永远坐在书案之前,在那里静静等候着他的病人。稍大一些,他知道,真正养活一家的,是母亲那张面对顾客的笑脸,是用提子为顾客打酱油或醋的熟练动作。正因为如此,母亲对他的影响更大些。

嘉庆十年(1805)夏末,胡玉美四世祖胡兆祥出世。胡兆祥呱呱坠地后闻到的第一种气味,就是或后院或前店传来的浓浓酱香。

随着胡兆祥年龄的增长,胡家书经营的酱园开始有了规模。但这个规模仍然有限:后院埋有制酱的酱缸最多两到三个,与诸永盛上百口酱缸无法相比。其口味,也与诸永盛相差千里。正因为如此,酱园生意十分惨淡。不得已,胡家书把眼光放到了西城之外。他肩挑贩卖豆制品,跑遍江南大渡口、章家湾和八都湖一带,虽然辛苦,但一文钱一文钱赚下来,口袋也渐渐鼓了,10多年下来,逐渐成为周边不愁衣食的富裕人家。

胡兆祥就是在这样的环境中长大成人的。

胡兆祥喜欢这样的环境。尤其是随父亲坐帆船过江到江南,在船上看日升月落,对于少年的他,是一种享受。

胡国干整理《皖怀明经胡氏世系表》就是从迁怀宁始祖胡元彬开始的:胡元彬娶妻詹氏,生有一子,名瑛,字襄彩,娶妻林氏;二世祖胡瑛生有三子,但只有老二家书有后;三世祖胡家书,虽然先后娶刘氏、何氏为妻,但也只有大房刘氏生有一子,这就是四世祖胡兆祥。《皖怀明经胡氏世系表》中,胡兆祥名后注明"兼祧大伯父"。

胡庆禧《原安庆胡玉美企业家族志略》(铅印本)载:"三世起,家族谱序(派)为'家兆长远国庆平安'八个字。"这个谱序,与休宁万安镇胡氏(明经堂)谱序一致。

从迁怀一世祖到三世祖,胡玉美家庭都是以一个男丁单线延续。如果说这是蓄积力量,那么到了四世祖胡兆祥身上,蓄积的力量就得以火山似的喷发了。

胡兆祥与夫人甘氏

胡兆祥父亲胡家书,娶妻刘氏,但生下胡兆祥不久便因病去世。年轻的胡家书,一个人带着刚刚满两岁的孩子,生活自然尴尬,岳母甘氏看不过意了,与胡家书商量之后,便把外孙接到了自己的身边。

胡家书或因为对夫人的思念,或因为家计艰辛,直到三四年之后,才另娶何氏为继房。胡兆祥也就是这个时候才与父亲住到一起。

桐城潘田撰《清赠通奉大夫同知衔胡芝田先生墓志铭》中,关于胡兆祥这一段生活,只有短短三行字:"刘夫人之殁,君年仅两岁,育于外家。及长,事何夫人,能得其欢心。既授室,每自外归,必先省何夫人。"就这三行字,少年胡兆祥听话、懂事、善良、乖巧的形象便跃然纸上。这之中的"授室",意为能够娶妻的"授室之年",按安庆风俗,至少也有十八岁了。十八岁的大小伙子,出入还向继母汇报,确实十分难得。

关于胡兆祥的婚姻,在安庆,传说色彩大于事实本身。

传说胡兆祥年长之后,就不让父亲外出,他自己挑着酱制品的担子,在江南大渡口周边叫卖。

男女之间的情事,由此而生——大江之南的四月,春风和煦,春阳明媚,壮少年与美少女甘氏于路头相遇,眉目传情如电,双双醉倒在这诗一样的画面中。

美少女甘氏是江南八都湖酱业同行之后,甘氏辣酱在当地颇有名气,相比于安庆城的辣酱,甘氏辣酱色泽红润、口味鲜美。但甘氏制酱秘方不外传,传也可以,要入赘甘家。条件虽然苛刻,但胡兆祥一口应承,既得秘方,又得美妻,何乐而不为?

但,传说毕竟是传说,真伪无从考证。

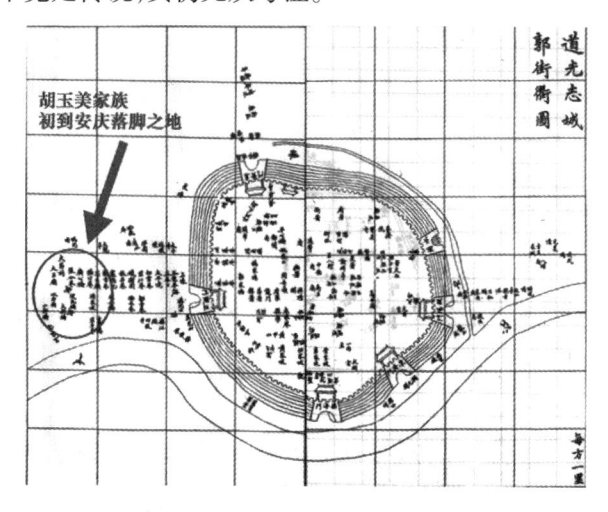

清道光《怀宁县志》附城郭街衢图。

胡兆祥迎娶甘姓夫人,最迟在道光七年(1827),因为2年之后,他们的大儿子胡椿就出世了。这时候的胡兆祥,二十一二岁,正血气方刚。在这之前,胡兆祥有过一次婚约,对方是一位姓夏的姑娘,可怜的是她命薄,还没有过门,就匆匆离开了人世。"原聘夏,未婚卒;配甘氏,赠夫人。前卒别葬。"《清赠通奉大夫同知衔胡芝田先生墓志铭》如此记叙。

但从现有资料看,此甘氏与江南大渡口的甘姓并无任何联系。

胡兆祥童年丧母,由外祖母一手带大。外祖母甘姓,不清楚她的娘家在安庆做什么生意，但应该是殷实人家。

对一手带大的胡兆祥，外祖母自然疼爱有加。这种疼爱，并不随胡兆祥长大而减少。而胡兆祥，即便长大成人，在外祖母面前也仍然是言听计从的乖孩子。所以他后来迎娶甘姓夫人，很大程度上是由外祖母一手安排的。

资料阙如，无法得知胡兆祥夫人甘氏与外祖母之间究竟是什么关系——如果夫人是外祖母堂兄弟的孙女（堂侄孙女），那么他们共一个高祖，到他们这一辈正好是第五代；如果夫人是外祖母兄弟的孙女（侄孙女），那么他们共的是同一个曾祖。无论是共高祖还是共曾祖，都还在五服之内。按安庆人的惯常说法，他们的婚姻是典型的"亲上加亲"。

上述推论主要来自以下资料：

"（胡兆祥）与其外婆甘家合伙，在安庆北门外南庄岭经营四美酱园，因不懂得经营而倒闭，随后又在小南门三步两桥开设玉美义酱园，在高井头开设玉成酱园。"1989年元月，胡玉美酿造厂编写《安庆胡玉美酿造厂厂志（1830年至1985年）》，上面明确提到与胡兆祥合伙开设四美酱园的是"外婆甘家"。

"甘家关店后，家境日窘，胡家对其外婆多方照顾，获得地方的好评。"胡玉美八世孙胡庆昌撰写的《胡玉美酱园的发展及其经营管理》，也非常明确地记述了"甘家"与"外婆"的关系。

"外祖母年迈，孙某不善治产，养生送死皆君经纪。"《清赠通奉大夫同知衔胡芝田先生墓志铭》中提到的这点，说明外祖母离世之前，甘家的一点家产已被子孙相继败尽，以至于外祖母的生活都不能保障。外祖母去世后由外孙处理丧葬事宜，可见甘家当时经济之窘迫。

无论什么关系，有一点可以肯定，在外婆眼中，孙辈的女孩子当中，只有这个不善言辞但聪慧贤达的甘氏才能与她的宝贝外孙相配。

夫人甘氏就这样从花轿上下来，顶着红盖头，穿过胡家满是酱制品香味的店堂,走进洞房,走入胡兆祥的心里。

这一刻,在一定意义上,也是胡玉美发迹的转折点。

甘氏嫁与胡兆祥之后,先于道光九年(1829)生下长子胡椿(云门),五年后,又于道光十四年(1834)生下次子胡杰(竹芗)。胡玉美家族从一世祖胡元彬到第四代胡兆祥,前后百年时间,才同时有两个男孩活蹦乱跳地共戏于庭院。单纯从传宗接代的角度来说,甘氏功不可没。

不仅仅是传宗接代,关键是这个"宗"与这个"代"质量之高,让人惊讶。而且这种"质量",又延续至孙辈("远"字辈)、曾孙辈("国"字辈),甚至玄孙辈("庆"字辈)、来孙辈("平"字辈)。甘氏高质量的"传宗接代",为胡玉美家族以及家族企业的崛起打下了厚实的人才基础。

甘氏对培养两个儿子也用尽心思,在她的一再坚持下,兄弟俩自幼便走上读经习科举的道路。倒不是对酱园业有什么偏见,而是甘氏认为读书才是唯一的正道。

当然,丈夫与父亲为经营酱园生出的种种矛盾,以及她在这种矛盾中左右为难的尴尬,也让她对酱园业有本能的反感与厌恶。

甘氏红颜薄命,不到四十便因病而亡。此时她的两个儿子,胡椿才十六七岁,不到弱冠之年,胡杰还只是十一二岁的懵懂少年。

甘氏是睁着眼离开人世的,她不甘心没有看到两个儿子的功成名就。

胡兆祥对夫人敬重有加。《清赠通奉大夫同知衔胡芝田先生墓志铭》说他"年四十余丧偶,不续娶。延名师教子,两子椿、杰,皆成立,侍师最恭谨"。不让后代继续自己的酱园,这是夫人的遗愿,胡兆祥不仅不违背,反而延请名师,加大了对两个孩子的教育投资。

但事与愿违,清咸丰三年(1853),安庆城为太平军攻克,胡兆祥的酱园梦,两个儿子胡椿、胡杰的科举梦,由此破灭。

这一年,胡兆祥刚到知命之年,胡椿二十四岁,胡杰十九岁。

南庄岭甘胡"四美"

嘉庆十六年(1811)农历十月十四,下元节的前一日,晚饭之后,胡兆祥和一群一般大小的孩子在大观亭上玩耍,突然看到夜空之中有方斗大小的物体,通身透亮刺眼,自南向西从天空上方划过,本来青黑一片的天色,刹那间由暗红至明亮到耀眼,其声也轰鸣如雷。身边孩童纷纷作鸟兽散,胡兆祥却呆呆地立在那儿没动,直到物体远而不见,光亮消失,夜空又恢复宁静,才独自往回走。

也不算是什么领悟人生真谛,只是突然产生一个怪念头:长大之后,在安庆,或像父母平平淡淡度过一生,或如流星风风火火燃亮天空。

这一年,胡兆祥还不到七岁。但在家中,他对制酱的兴趣远远高于读蒙馆。父亲胡家书也不阻拦,还有意无意地向他传授制酱方面的一些秘诀技艺。

再大一些,他也随父亲挑着担子过江到大渡口一带叫卖。

那时候的大渡口,得名还不足百年。乾隆二十一年(1756),池州制府长白高公,觉得上宪同僚过江去省城,应该有等候休息之处,于是就在与安庆城迎江寺相望的南岸渡口,率属捐建了大公馆,此处渡口因之改名为大公馆渡口,后来乡民嫌拗口,将"公馆"省去,直呼"大渡口"。

胡兆祥随父亲过江,多是凌晨动身,走鲍家巷、古牌楼转通江巷至江岸,等挑着担子在渡船上落座时,太阳差不多刚刚与江面贴平。江南都是平地,或棉花或玉米长到半人高的时候,父子俩挑着担子,走进去就基本看不到他们的身影了。路是熟极了的,或走马园、三甲、横塘到章家湾,或走马桩、腰堤、姚墩到八都湖,一圈绕下来,有三四十华里。再回安庆,日头已经偏西了。

日子虽然艰辛,但收入十分稳定,渐渐胡家书就有了那种丰盈的感觉。

胡家书很满足,他以为儿子胡兆祥也会满足。但他绝对没有想到,与他同走在路上的儿子沉默不语时,脑子里在做另外一种打算。

肯定做酱园业这一行,也肯定要把酱园做大做强,但绝不是这种肩担、步行、口吆的形式。胡兆祥有他的构想,但他不能告诉父亲这个构想,一方面他怕被父亲笑作"癞蛤蟆想吃天鹅肉",另一方面他又怕刺痛父亲那颗极易满足的心。

就这样,一直到结婚生子,自己可以当家做主时,胡兆祥才开始实现他做大酱园业的梦想,而朝这个梦想迈出的第一步,就是借助岳父的经济力量。

胡兆祥岳父甘家,是从洪镇那边迁到安庆来的。甘姓在洪镇周边属于大姓,如甘家冲、甘家老屋、甘新屋,都是他们甘氏家族的分支。洪镇甘姓家族观念很重,在他们的谱序中,就有"光宗耀祖,万冀相承,贤良传世,继学培英"这样的字眼。胡兆祥幼时便随外婆去过洪镇,对那边的山水有一种特别的感情,后来与夫人结婚生子,清明时,也经常过去为外祖父及外高祖扫墓。光绪九年(1883),胡兆祥去世,享年七十有九,子女按他的遗愿,也把他的棺木葬到了洪镇老街北五桥村方向的山地里。

胡兆祥说服岳父与他合伙开设酱园,有两个人在其中起到了关键作用,一个是他的外祖母,一个就是他的夫人。尤其是后者,当岳父看着女儿抱着外孙上门,外孙又在母亲怀中用那双清澈的眼睛看着他笑时,即便内心有一千个不愿意,在此刻,也被完完全全融化了。

这一年是道光十年(1830)。

《安庆市志·大事记》载:"1830 年(道光十年庚寅),蒋攸铦、李振庸、韩玫等续修《安徽通志》260 卷 71 册,刻本。胡兆祥与甘某在南庄岭创四美酱园。"

这一年,安徽巡抚是邓廷桢,安庆知府是刘韵珂,怀宁知县是龚裕。

那一天,四美酱园招牌在北门外南庄岭挂出来的时候,安庆一省之官、一府之官、一县之官不知道有没有特别留意。当然,他们也根本无法预知,仅仅 10 年之后,四美酱园老板胡兆祥就会把"胡玉美"金字招牌挂在闹市四牌楼,并从此成为安庆酱园业一枝独大的霸主。

不要说安庆地方高官,四美酱园两大股东之一、胡兆祥的岳父也对女婿半信半疑。

岳父入股四美酱园,主要是资本上的投入,至于酱园运营以及后期发展,都由胡兆祥一人安排,他只是在酱园选址上表达了一些意见。

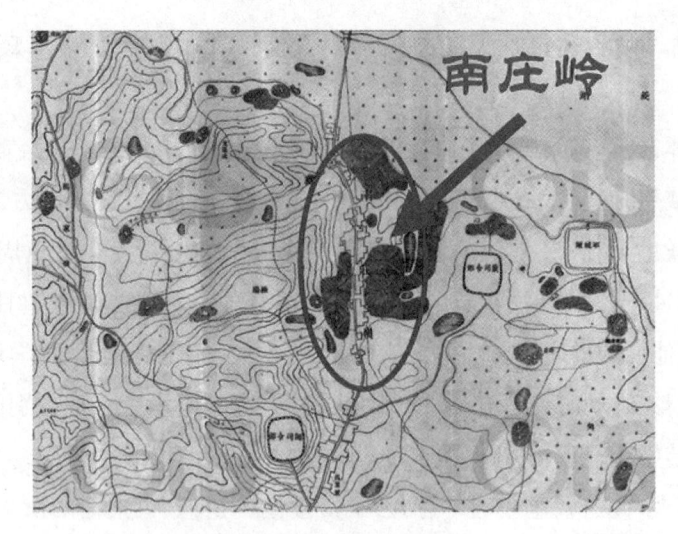

民国初年，安庆北城外南庄岭（怀宁县在城乡）。安徽陆军测绘局制，中华民国四年（1915）一月复制。

  南庄岭位于安庆城北门外小街的中段，出集贤门，过北门吊桥，经厉坛、月城、接官厅，过堑楼、太平桥、昌家坡，然后才是南庄岭。过南庄岭，又有清凉庵、接福亭，再往前行就是旗杆街和准提街，继续往北，经高花亭，过阮帝桥，就是快马走过一路尘烟的古驿道了。南庄岭南，一前一后立有两座大牌坊，一为烈义坊，一为辑睦坊。蔡家桥那边有一座碑，宽近五尺，高两丈有余。因为年代久了，周边人说不出名字，就笼统地称之为"乌龟驮石碑"。

  胡兆祥选址于南庄岭，开设四美酱园，有他的用心所在。因为南庄岭是周边六邑走陆路进出安庆城的必经之道，在这里开设酱园，既可以做街坊邻居的零售，又可以做桐城潜山怀宁一带的批发。两者兼而有之，生意可谓不小。

  当然，胡兆祥选址于南庄岭，还有另外一层考虑，就是不与安庆酱园业的老大——城西诸永盛酱园——争抢生意。

  恰恰因为这一点，四美酱园自开张那一天起，就蒙上了一层淡淡的阴影。

  南庄岭在安庆人的心目中是什么概念？它是和"贫困"两字连在一起的。道光年间的安庆城，东城官宦人家居多，西城生意人家居多，只有北城，多是工匠人家居住之地，尤其是南庄岭，基本就是安庆城北门外又北门外了。再往前走的高花亭,据传是因亭内多有要饭者而名——安庆人称要饭者为"叫花子",这个"叫"安庆方言又读作"告",因而"叫花亭"便谐音"告花亭",后又官称为"高花亭"了。此外,由南庄岭出北城的人,多半是肩挑或独轮车推行。而城西出行,十斤百斤甚至更多的货物,往船上一放,就能轻松走人。单从运输角度,南庄岭的生意就无法做大。

按现在的话说,胡兆祥没有把可行性报告做到位,选址南庄岭这样的地方开酱园,做做门市散卖的生意也许还可以,但想把生意做大,是几乎不可能实现的梦想,即便再有钱再有先进理念都不行。因此,四美酱园从开张那一天起,就注定要以失败而告终。

道光十年(1830)之后的三四年,四美酱园就一直处在惨淡经营的状态:后场作坊自然也有酱缸,但估计只有三四口,至多不超过五口;门店除酱制品外,也有腌制菜出售,不过这个腌制菜,并非全是由四美酱园出品,还有很大一部分是从诸永盛酱园进的货。胡兆祥也尝试做过一些改进,但因为经商环境无法改变,成效都不是很大。当然,四美酱园也不至于亏本,但只是勉勉强强维持酱园运转而已,盈利与投入不成正比。

胡兆祥不满意,胡兆祥岳父也不满意。因此,道光十三年(1833)前后,胡兆祥与岳父达成共识,四美酱园必须转手盘出。翁婿如果想要把生意做大,必须重选地址另开炉灶。

甘胡合作的四美酱园,在这一年年末,画上了黯淡的句号。

但四美酱园的黯淡结局,对于胡玉美,恰恰是发展壮大的重要一步,因为有四美酱园失败的教训,胡兆祥与岳父盯向城南的三步两桥。

三步两桥虽然不是安庆城黄金商业闹市,但也是肥水流经之地。它的北边是天台里、状元府,安庆一些官宦人家多居住在这一带。而其东天后宫,其西钱牌楼,乃是安庆富裕人家的密集居住区。在这样的地方卖同样的酱制品,售价可以提高一成;如果不提高售价,销量就多出两成。相比于南庄岭,营商环境优良。用现在人的话说,舍弃南庄岭,选址三步两桥,是胡玉美更大意义上的战略调整。

三步两桥新酱园选新址挂出的招牌为"玉美义记"。"美"为"四美"之"美",是甘胡两家合开酱园的初心,这个不能舍弃;"玉"是由"玉成其美"延伸而来,经历四美酱园的失败,胡兆祥与岳父更渴望新酱园的成功;"义"是胡兆祥执意要加上去的,以"义"处世,以"义"经商,这是他坚守的商业运营承诺。

关于三步两桥玉美义记酱园,1969年胡国干作自传回忆为"玉美益",并强调合作者为"一诸姓亲戚","辛亥革命以后,诸姓亲戚家道中落,玉美益酱园则由我家独资经营"。但后来胡庆昌、胡庆禧撰述胡玉美发展史否认他的说法,他也没有提出异议。

玉美义记酱园开张后,经营效果之好,远超胡兆祥与岳父的预想。选址三步两桥之初,从零售角度考虑更多一些,但他们忽略了一点,三步两桥往南,过高井头到底,就是上达汉口,下抵南京、上海的长江。江南大渡口乡民进安庆城,这里也是一条重要通道。关键是,江南大渡口以及再远些的东流、至德人,走菜籽湖来省城的桐城练潭人,也可以到这里来五斤十斤地批发酱制品,而且这个批发量非常惊人。差不多也就短短1年时间,玉美义记酱园就赚了个盆满钵满。

也正因为盆满钵满,新的烦恼油然而生——玉美义记酱园场地过于局促,制约了酱园的做大做强。

最初选址于三步两桥开设玉美义记酱园,就曾为后坊场地过于狭小而担心,虽说也能置放五六口申放大缸(场地中间,半埋在地下的露天大缸,安庆酱园业称之为"申放大缸"),但再多,就困难了。只是当时抱有一丝侥幸,生意好于南庄岭四美酱园是肯定的,但再好也顶多翻一倍,不至于翻两番甚至更多吧。结果还真翻两番甚至更多,后坊场地局促的短处就这样一下子暴露出来了。

也就是说,接下来选址高井头再开酱坊"玉成仁记",并不是有意扩张,而是一种无奈之举。

高井头距三步两桥相隔不过两三百米之遥,大方位同属小南门,两家酱园经营特色高度一致,这等于是用两家酱园分摊同样的营业流水与利润。只有胡兆祥与他的岳父心里明白,玉成仁记后坊可置放十多口申放大缸,也就是说,他们酱园的生产规模已经扩大到一倍以上。

这是道光十五年(1835)的事。

关于玉美义记、玉成仁记,赵纯继《安徽胡玉美酱园发展史》(《文史资料选辑》总第3辑,1981年7月)也有记述,不过时间往后推到了1853年,整整晚了18年:"1853年,胡椿兄弟与舅父甘志义在城内三步两桥合伙开设玉美义记酱坊,资金为九五铜钱一千串,经营酱货,并代销麻油、大椒面等。业务由甘、胡二姓共同管理,主要负责人是胡椿。随后他们向高井头路口发展,合伙开设了玉成仁记酱坊,资金为铜钱八百串。这两个酱坊股份共为十股,胡姓六股,甘姓四股。两个酱坊相隔不远,目的在于巩固东城业务。"其资料出处不详。

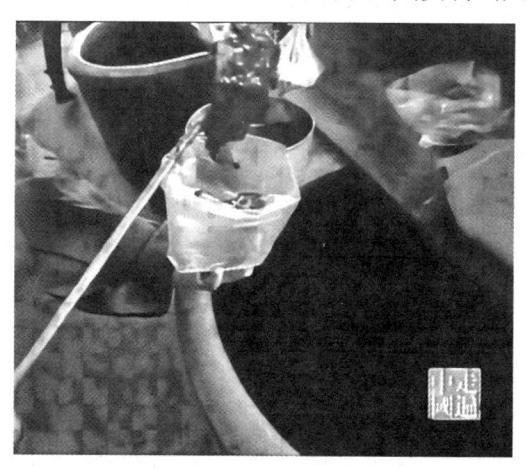

蚕豆酱传统散打方式。2005年中央电视台《走遍中国·安庆》中的镜头。

翁婿矛盾之谜

道光十四年(1934)到道光十六年(1836)的3年,是甘胡共营酱园的黄金时期。

胡兆祥做酱园的第一桶金,就是在这一阶段得到的。

后任胡玉美酱园副总经理的胡庆昌写的《胡玉美酱园的发展及其经营管

理》一文,对这一阶段的经营有简短的介绍:

> 这两处店面都不大,资金也少,后场作坊酱缸不过十口左右,经营品种仅限于自制黄豆酱、酱油、酱干、什锦菜、酱黄瓜、酱莴苣、酱蒜子、盐蒜子、盐萝卜干、豆腐乳等十种大众化的酱菜食品及代销菜油、麻油业务。开始自己动手,后来雇用一两个工人,生意虽不大,但还平稳。

道光年间,安庆酱园业稍大一些的酱园,基本上都是前店后坊的模式。前面是酱园的门脸,进店铺,或左或右,立有"Γ"形柜台,半人之高,下面至少有两口大缸,一口盛满酱油,一口装满豆酱。旁边列有稍小的圆口小罐,盛醋或其他。穿过店铺,后院就是酱园的后坊,酱园业称之为"晒场",场地视酱园规模有大有小。场地四周都是上下细、中间粗的腌菜坛子,里面是视时令变化腌制的酱菜。也有两种,普通的申放大缸小一些,能晒酱700多斤。大的叫海蓝申放大缸,每缸能晒酱1100余斤。安庆酱园业排名次,主要依申放大缸多寡而定。胡兆祥开设的玉美义记与玉成仁记,两家酱园加起来也只有十口左右,在安庆只能算中等规模。

南庄岭开四美酱园时,胡兆祥是里外活一手包揽的,父亲胡家书与夫人何氏,以及岳父他们一家,主要负责前店的门市。偶尔忙不过来,他们也伸手相助,但顶多是搬搬豆子、挪挪酱缸、洗洗蔬菜而已,制作豆酱之类的脏活累活,差不多都是胡兆祥一个人来。当然,前店后坊六七个人,也只有胡兆祥掌握这门技术。

每年过完春节,顶多二月二龙抬头之后,胡兆祥就要忙于新酱的制作了。制作豆酱的原料,行内人称之为"黄子"或"坯子",先用清水浸泡脱壳,之后在大锅里蒸煮,至七八成熟后摊晾,再分装于簸箕霉制,最后倒进露天大缸里制酱。

豆酱制作成功与否的秘籍在于后期的翻晒。翻晒完全是力气活,偷一点懒都不行。尤其是立夏之后,只要是大晴天,天还没有亮就必须起来翻酱,几个大缸来回,一翻就是一整天,直到太阳落山。如果松一点点劲,或是走走过场,三伏天毒日头晒热的酱翻得不彻底、不均匀,晒出来的酱,不是走味,就是发酸,甚至还可能变质。所以酱园业一年业绩的好坏,伏天翻酱是关键一环。不少酱园的老板虽然自己不动手翻酱,但一整个夏天都盯着晒场,生怕出一点差错。

胡兆祥酱园经营刚刚起步,他不敢有半点疏忽。因此,大多时候,胡兆祥都是天还没有亮就出门,直到天黑透了才筋疲力尽地回来。回来就往床上一倒,什么事也不想做了。夫人甘氏心疼胡兆祥的辛苦,她不愿两个儿子从事酱园业,也是基于这一点。

当然,胡兆祥之所以能成为安庆酱园业老大,绝不仅仅是因为吃苦耐劳这一点。他的成功,主要在酱园经营的天分上。

有这样一个传说,玉美义记开张的第二年,长江发大水,小南门外沿江的房子都被水淹去了一半。出枞阳门往东看,汪洋一片。西门外情况更惨,整个诸永盛酱园都泡在水里了。酱园生意自然差了许多,城外的一些酱园纷纷以打折的形式促销,对玉美义记生意影响很大。岳父就有些急,就在胡兆祥面前多次絮叨。胡兆祥考虑再三,听从了岳父的意见,但具体实施是另外一种打折的方法——赠品推销。到玉美义记来买酱,半斤(十六两制)送一两,一斤送二两,买得越多,送得越多。到玉美义记来打酱油,一大(八两)一小(一两)两个酱油提子,一大提子加一小提子,两大提子加两小提子。对于顾客,同样的价钱,加量百分之十二点五,划算。对于酱园,既达到了减价推销的效果,营业流水又没有变化。这一招令酱园业同行连声称奇。没有一定的胆识与谋略,根本想不出这样的绝招。

就这样,玉美义记包括后来的玉成仁记,在安庆酱园业渐渐崭露头角。

十分可惜的是,甘胡合作经营的黄金期,前后只有3年。

天下没有不散的筵席,但这个"散",稍稍早了一些。

关于甘、胡两家分营的原因,能看到的资料记述得都十分简单。"胡、甘两家协商分开经营,玉美义和玉成酱园的甘家股份,由胡家按值收购,付款给甘家。"胡庆昌的《胡玉美酱园的发展及其经营管理》如是说。

甘、胡两家在酱园经营走上正轨后产生分歧,且到了不可调和的地步,原因究竟出在哪里?难道真如民间所传,"共苦"易,"同甘"难?

有一点可以肯定,胡家这边基本上是胡兆祥一锤定音,酱园经营的大小决策都是他说了算,除非执行上有难度,不然不会闹到分营的地步。况且,胡兆祥又是女婿的身份,按他的性格,即便对甘家有怨言,也不敢开口提分营之事。最终胡兆祥以现大洋的方式按值收购甘家的股份,也充分显示他的大度与宽容。

而甘家这边,除岳父之外,还有大小舅子,人多心杂,对酱园经营的各种猜疑便由此而生。他们最终得出结论,既然酱园业如此好做,为什么还要胡姓加入且事事以他为主?

岳父对胡兆祥多多少少是有一些看法的,这些看法日积月累,到道光十六年(1836),终于发展到不可调和的地步。

夫人甘氏不能弥合他们之间的矛盾。

外祖母也不能弥合他们之间的矛盾。

双方分手的过程和和气气,也不可能出现脸红脖子粗的局面。甘家退出玉美义记与玉成仁记两家酱园股份,胡家一次性用现大洋结算。用安庆的话说,快刀斩乱麻,一刀两断。

但这个方案,恰恰是胡兆祥最不愿意看到的。尽管账面上有丰厚的盈余,但对于他所设想的酱园经营,还只是起步阶段。在这个节骨眼上斩断现金流,对酱园的发展无疑是致命的。

但既然走到这一步,也不能回头,他只能硬着头皮向前。

胡兆祥自己没有想到,酱园业同行也没有想到,安庆城更没有想到,正是甘、胡两家分营这关键一步,掀开安庆工业史辉煌的一页。

甘家退出玉美义记与玉成仁记,并不是退出酱园业,而是想以独立身份介入酱园业。之前短短几年,甘家在这中间尝到了甜头。但对于制酱本身,对于商店运作,甘家没有太多的经验,但他们从四美的失败与玉美义记、玉成仁记的成功里,悟出了一个道理,就是位置为王。因此,他们新挂出的"甘玉美"(一说"甘义美")招牌,就选址于大南门街的药王庙对面,与安庆商业繁华地段四牌楼仅十数米之遥。

"甘玉美"之"甘",强调是甘家独资经营,除制酱师傅是高薪从其他酱园挖过来的外,其他所有人员都是胡兆祥岳父以及他的子女。"甘玉美"之"玉美",借用"玉美义记"品牌效应。玉美义记酱园是翁婿共同开设的酱园,借用品牌,名正言顺。

就这样,道光十七年(1837)夏秋,与女婿胡兆祥分营不到三四个月,甘玉美酱园就这样大张旗鼓地开门迎客了。

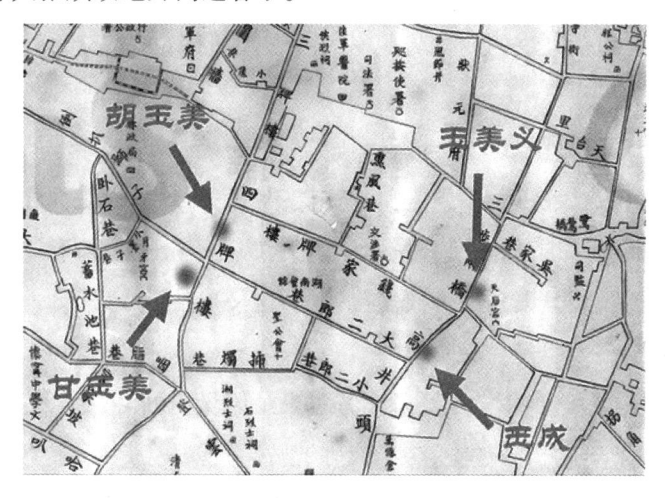

道光十七年(1837)前后,胡、甘两家的四家酱坊在安庆形成对垒之势。

南隔一条大二朗巷,北隔一条钱牌楼,本来是黄金搭档的甘、胡两家,玉美义记、玉成仁记与甘玉美展开了翁婿酱园大战。

双方僵持小半年的结果,是胡兆祥感到了压力。在闹市区做生意,即使是做酱生意,地理位置还是排在第一位的。尤其是甘玉美所处的大南门街,是江南人进出安庆城的主要通道,上安庆城卖菜卖瓜果卖土特产品,上安庆城置办年货或为女儿置办嫁衣,都必须要走大南门到四牌楼。安庆最好的酱制品,顺便带上几件回去,认准的还是"玉美"牌子,至于是"甘玉美"还是"玉美义"或是"玉成",他们倒不是很在意。

甘玉美棋走险着,但出奇制胜,在安庆赢得了胜局。

胡兆祥的酱园生意明显处于劣势。

道光十八年,起步

道光十八年(1838),大年夜的饭桌上,三十三岁的胡兆祥宣布了一个重要决定——把酱园开到安庆闹市四牌楼。包括父亲胡家书,包括母亲何氏,包括夫人甘氏,甚至包括九岁的胡椿与四岁的胡杰,他们都一脸茫然地看着他:到四牌楼开酱园?

胡兆祥态度十分坚定。

胡兆祥做出这个决策,多少是赌一口气:与岳父分手,以现大洋的方式将岳父的股份全部拿下,这是赌一口气;不满岳父在药王庙对面开酱园,在风头上胜过自己,以在四牌楼开酱园的方式迎接挑战,这又是赌了一口气。

但这口气,多少也是一着险棋。

只是胡兆祥的这步险棋是经过多方思虑最终做出的。选址四牌楼,占据安庆老城繁华商业区的核心位置,结局或胜或败,可能都会是极端。败,大不了从头再来;但如果胜了呢,将会是涉足酱园业以来最大胆、最快捷,也是最重要的一步。

胡兆祥愿意放手一搏。

道光年间的四牌楼,虽然长不过两百米,但一条街走下来,更像是女性世界:嫌脸上抹得不光鲜,这里有专卖花粉的"万花春",花粉是专门请扬州大师傅来制作的;嫌头上戴得不亮丽,这里也有专营丝绒花的"永发祥",花鸟鱼虫,应有尽有;嫌身上穿得不阔气,或"天成",或"鸿章",几家绸缎庄都是安庆知名的;如果逛累了,逛饿了,还可以去"稻香村""李万益"茶食店补充能量。当然,不只是女人生意,男人的钱也必须要赚:鞋帽业有"天元祥""步瀛洲",京广百货业有"王协和""妙林春",钟表业有"余昌",文具业有"宜文阁",中西药业有"溥利""郑种德",等等。百货迎百客,四牌楼的繁华,在安庆城绝对首屈一指。

也正因为如此,不仅仅是酱园业,整个安庆商界也炸了锅:这个叫胡兆祥的酱园老板是不是疯了,在这黄金地段,怎么想到去卖酱制品?或是豆酱,或是酱菜,或是酱油,凭这些蝇头小利的商品,能把那寸土寸金的房租收回来?

但这就是胡兆祥胆略过人之处,这就是胡玉美出奇制胜的秘籍。

胡兆祥看中四牌楼的店面,为叶姓药房双合门面的一半。因为药房生意走软,收支倒挂,老板才考虑出让门面。胡兆祥租房心切,租金自然也往上提了一成,即便如此,年轻气盛的胡兆祥也在所不惜。但具体实施则是一个破釜沉舟的艰难过程——动用手头可动用的全部资金,夫人陪嫁的金银首饰也被典当出去,又从亲朋好友处挪借,最终才花重金在四牌楼盘下店铺。

"玉美"这两个字是坚决不让的,但这个"玉美"是他胡兆祥独资的"玉美",因而"胡"在其前理直气壮。由此,黑底金字的"胡玉美"大招牌,隆重亮相于四牌楼。

甘玉美与胡玉美,相隔不过百余米,两家酱园呈现出摆擂台大战的架势。

也确确实实是擂台。一山不容二虎,这是酱园新秀胡兆祥与岳父之间为面子也为前途的擂台。

没有料到的是,四牌楼胡玉美几乎是一炮打响。

传胡玉美成功的这一"炮",在于大老板胡兆祥生出的推广怪招——新开张的胡玉美,除经营酱园自制产品外,还附带销售胡玉美特制麻油。特制麻油之"特",在于非传统油榨,而是慢驴一圈一圈拉石磨碾压,特制而成的麻油,色红而清亮,味香而浓烈,对外也有个别号,叫"小磨麻油"。关键是,大老板胡兆祥还不保守,将整个制作过程公开亮相:麻油磨子就置放在店门之外,每天一开业,就把驴蒙眼牵出来,当着众人的面进行表演。小小安庆城哪出现过这种场面,仅是好奇的顾客就挤满了半条街。

这一年五月节(端午)和八月节(中秋),四牌楼熙熙攘攘,人头攒动,而这之中,有一半是冲胡玉美来的。这一年年底,吃过腊八粥之后,胡玉美店铺前,从早到晚,始终挤满了人。这些人,有安庆城里的顾客,也有周边十里八乡过来的乡民,但更多的顾客是从江南大渡口慕名而来。

到腊月三十半下午,顾客少了,店铺里的货也空了。新开张的胡玉美,在道光十八年(1838)打了一个漂亮的反击战。

又是大年夜,又是年夜饭桌上,胡兆祥满脸喜色地向家人宣布——只1年时间,胡玉美就顺顺当当坐上了安庆酱园业头一把交椅。

安庆酱园业头一把交椅不是那么好坐的,它主要看两个指标:一是晒场,二是产品。

过去的1年,胡玉美完成这两个指标,走的是非常规之路。晒场:晒场与酱园分设,解决了场地不足的瓶颈,当年把酱缸发展到三十余口;产品:在重视质量的基础上,推出属于胡玉美专有的品牌,其中最为安庆及周边人认可的,就是虾子腐乳。

胡兆祥做豆腐乳,是从豆腐选料开始的,黄豆中稍有杂质,就会被从料中剔除。制作豆腐,他是请师傅上门做的,这个师傅的手艺,自然也要得到他的认可才行。豆腐滤水压实,也有苛刻的要求,偏结又不至于到硬的地步。豆腐成型划切,大小厚薄都要整齐一致。切下来的边角,宁愿摆到前店低价售卖,也不愿滥竽充数置于其中。铺放豆腐的稻草也有讲究,稻秆过于硬的、边叶过于碎的,或是粘有泥垢的,都要挑选出来。切成小块的豆腐,依序置放,前后左右间隔距离一致。经过加热霉变,豆腐生出长三厘米左右的白毫,贴鼻细闻,又有一股异味,便可用于腌制了。腌制豆腐乳的过程,一定要保证豆腐小块不挤压变形。大颗粒的盐也不能直接用,需碾磨成细粉状,码好一层豆腐后,适量撒上一点。再视温度的高低,置放二十来天,或多几天,便进行分罐贮存。豆腐乳装罐也是个细心活,需依着罐边,由外及里一层一层排列整齐,直至装满于罐口。真正对外出售,至少要半年甚至更长的时间,按安庆酱园业内部的行话,只有这样,豆腐乳才能完全透味。

腐乳在安庆,是酱园业的大众化产品,历来只有红方与黑方两个品种。红方是佐以红曲为配料的豆腐乳,因为红曲起变色作用,所以成品豆腐乳色如玫瑰。黑方是用臭卤腌制的豆腐乳,安庆人称之为"臭豆腐乳",闻着臭,吃着香。胡兆祥则在此基础上延伸,腌制过程中不加红曲而佐以米糟,做成的就是糟味腐乳;不加红曲而伴以虾子,做成的就是虾子腐乳。也就是这个虾子腐乳,一出品就为安庆人所喜爱,且一传十、十传百,为胡玉美带来许许多多的美誉。

安庆依江,东西又夹湖,一年四季,水鲜始终是餐桌上的主菜。从胡玉美走出来,沿四牌楼向南,过南正街,出镇海门,沿江一条路,特别暮春初夏之后,走哪都能看到卖鱼卖虾的摊贩。太玉美刚出水的活虾,呈青黑色,腹部虾子清晰可见。虾子腐乳的构想,由此而生。就专门收这些带子的活虾,剔出来的虾子,用锅炒熟后再以暴日晒干。腌制腐乳的时候,撒于表层,另外又以微火烘干水分。虾子为细小的圆粒,虽经腌制,但其形状不变,附着于豆腐乳的外表,用筷尖轻轻夹上一小块,抿入嘴中,再闭眼感受,腐乳的醇香,虾子的鲜美,以及虾子在嘴中那种特殊的触感,一下子就让你无法忘记。

因为四牌楼附近菜摊的鱼虾甚多,胡玉美"就地收购大量虾子,将其烘干,用小磨麻油、豆腐干、虾子三种原料培制成虾子腐乳。这是'胡玉美酱园'流传最久的特产之一。虾子腐乳,成本甚低,售价较高,因而获利甚丰"。在《安徽胡玉美酱园发展史》中,赵纯继如此记述。

80年后,一个叫叶灵凤的作家在《记胡玉美的虾子腐乳》中说,他在广州致美斋酱园竟然看到了安庆胡玉美生产的虾子腐乳:"我连忙取了过来,迫不及待地自己先送了一块到口中,然后再敦劝朋友也试一试。我不知他们当时的感觉如何,至于我自己,简直就像久别重逢,遇见了几十年未见面的亲人,久别还乡,重行到了儿时的游息之地,一时悲喜交集,眼中忍不住涌上了眼泪。"

胡玉美的虾子腐乳能卖到广州,且能把一个外乡的食客眼泪吃出来,这个产品的影响力就不是一两句话可以概括得了。

胡玉美就这样一步一步走入安庆及周边食客的心。

与四牌楼胡玉美的蒸蒸日上相反,在接下来的几年里,药王庙对面的甘玉美则一步一步衰落。

大概道光二十一年(1841)前后,岳父通过女儿向胡兆祥传话,他们撑不下去了,希望女婿能伸手帮他们一把。

胡兆祥没有回话。

安庆城内胡广源酱园酒厂上品百花酒广告,"巴拿马博览会独得头等金牌"。

外祖母上了门。外祖母说,你无论如何都要帮你岳父一把,他们家大大小小都不是做生意的料,再这样下去,把老本都要亏掉了。

面对从小带大自己的外祖母,胡兆祥无法拒绝。

这一年,甘玉美清核所有资产,以胡兆祥认可的价格,由胡玉美以现大洋形式全部收购。"甘玉美"招牌被摘下,结束了甘家涉足酱园业10余年的历史。新挂出的招牌仍然是"胡玉美",但下面多了"货栈"两个字。胡兆祥改此为胡玉美堆放产品的货栈,从而进一步扩大了业务,完成了又一次扩张。

关于甘玉美的失败,胡庆昌在《胡玉美酱园的发展及其经营管理》中分析:"胡家对家庭管理较严,坚持家、店分开,店务负责人可以大胆放手经营,不受家庭成员干扰,使业务得以发展。而甘家则仍然家店不分,造成入不敷出,业务日趋衰落。"

"家、店不分"不一定是甘玉美失败的唯一原因,但肯定是其中一个重要原因。

反过来,对于胡兆祥而言,四牌楼胡玉美开张,不仅仅是酱园经营规模的扩张,也是经营理念质的飞跃——从家庭作坊式的生产模式中挣脱出来,逐步顺应现代企业管理的模式与规律。

当然,这个过程并非胡兆祥有意而为之,他只是迫不得已,或者说是顺势而为。

在四牌楼开胡玉美,这么大一个摊子,父亲胡家书无论年龄还是经验,肯定不能过多问事。而胡兆祥自己,作为一店之长,最重要的工作就是掌控大局。那么铺面运营、晒场管理等,就必须引进外姓人加入。而这个外姓人,按胡兆祥的眼光,必须是有能力的业内人才——恰恰就是这些外姓业内人才的融入,强强联手,才最终推动胡玉美快速步入良性发展的轨道。

甘玉美本身就不是做酱出身,与胡家合伙期间,酱园运营理念与制作技术都是以胡兆祥为核心。分营之后,胡家也引进制酱工人,但酱园运营,基本都是家里人。家里人多,各有各的心思,难得有齐心之日,而吃喝拉撒睡所需费用,又都指望酱园这一口水。因为酱园是自家的,进账出账都不计较,今天十文八文,明日一元两元,累积下来,大山也能被掏空。而卖多卖少是一笔糊涂账,是盈是亏也稀里糊涂。它的惨淡结局,在情,在理,更在胡兆祥的预料之中。

说到底,胡玉美的成功在于理念,而甘玉美的失败也在于理念。

说来让人难以置信,160年前,先进的与落后的两种企业经营理念,在安庆翁婿之间相碰撞,最后一家独大,诞生了一个在安庆影响将近200年的酱园巨无霸。

胡玉美的壮大,是自然,是当然,是必然。

洪杨之乱的迷失

咸丰三年(1853)至咸丰十一年(1861),安庆遭遇太平天国洪杨之乱。

《安庆市志·大事记》载:

1853年（文宗咸丰三年癸丑）

2月24日　太平军翼王石达开率秦日纲、胡以晃等为先锋，败狼山镇总兵王鹏飞，克安庆。杀安徽巡抚蒋文庆。次日退出安庆。

3月3日　清军河州镇总兵吉顺占安庆。

6月10日　太平军胡以晃再克安庆。按察使张印塘退集贤关。

6月13日　清军再陷安庆，张印塘入城，复回驻集贤关。下游太平军继至安庆。

9月25日　石达开率大队来安庆，即筑楼设防，并于西门外大新桥设立关卡征税。

10月25日　胡以晃、曾天养攻占集贤关，歼清军600余人，斩游击赓音泰、伍登庸，汉中镇总兵恒兴溃逃。

这么混乱的战争局面，安庆城逃不过这一劫，位于闹市中心四牌楼的胡玉美酱园自然也逃不过这一劫。

这一年，大老板胡兆祥近知天命之年，他的大儿子胡椿二十四岁，小儿子胡杰十九岁。

这时候的胡玉美，家大业大，不能像平常人家一样，卷上一包衣服，把儿女手一拽，就能到周边乡村去躲避一阵。胡玉美只能随大势而动，以不变应万变。不是上策，不是中策，而是无可奈何！

这种局面，直到1853年底才有所改善。太平军在安徽省新克州县发放良民牌与营业执照，征粮、征税，废除清里保制度，并改府为郡，建立起太平天国政治社会组织。鉴于安庆城局面相对稳定，胡兆祥也试着领来胡玉美的营业执照，虽然还胆战心惊，但仍鼓起勇气把店开了起来。

安庆市面真正恢复，是咸丰五年（1855）的事。这一年，安庆市民基本认可了太平军对城市的掌控。也是这一年，同样是老字号的余良卿，在胡玉美南边，隔一条大二朗巷，挂出了招牌。那一日，胡兆祥也过去送了贺礼，中午余良卿摆酒谢客，大家在一起谈笑风生，都说如果再持续2年，这天下，就是这样变过来了。回来的路上,胡兆祥多少还有一丝窃喜,他以为,他一生中最艰难的日子过去了。

但仅仅只维持了3年,咸丰八年(1858),更大的劫难又一次降临到胡兆祥的身上。

关于这场劫难,《清赠通奉大夫同知衔胡芝田先生墓志铭》是这样记述的:"洪杨之乱,戚诸凤仪陷贼,百计赎之归,以是得癫疾。"《怀宁县志·卷二十·笃行》记叙胡氏兄弟,也有相关描写:"父兆祥以救其戚诸凤舞于贼中,百计赎归,忧郁成癫,兄弟更番侍养。一日,杰以事偶间,父外出,杰号呼走寻数十里迎归。病旋愈。"桐城潘田《清赠通奉大人胡云门先生墓志铭》记述得相对明晰:"通奉君以急戚某之难,得痰疾。一日忽外出不返,君与弟分道寻访,历山谷六七日,足尽肿。卒得迎归,乃日事伺(调)护医治。"之后又强调胡椿"而与弟营商业不以累父,疾亦有瘳"。

《清赠通奉大夫同知衔胡芝田先生墓志铭》中提到的"诸凤仪",与《怀宁县志·卷二十·笃行》中提到的"诸凤舞",应该是同一个人,后者"舞"是"仪"之误。

诸凤仪是谁?西门外大新桥诸永盛酱园家族成员之一。

早在胡玉美家族还没有涉足酱园业之前,诸永盛在西门外就把生意做得红红火火,规模比胡玉美大,时间比胡玉美早。胡玉美是后来居上,直到道光年间才一跃成为安庆酱园业老大。

先有诸永盛,后有胡玉美——安庆酱园业发展史这样排序。

诸永盛家族与胡玉美家族的交往起于乾隆年间,胡兆祥祖父胡瑛决定开酱园养家糊口,诸永盛伸出援助之手。但两家真正深交,则是道光初年,由胡兆祥迈出关键一步。

当时胡兆祥只有十来岁,经常随父亲胡家书去诸永盛酱园进货,一来二去,对酱制品产生了浓厚兴趣。此时诸永盛酱园大佬是诸永盛家族九世"廷"字辈,看胡兆祥小小年纪就对酱园业如此专注,就生出超出叔侄关系的偏爱,诸永盛独有的制酱秘籍,或有心,或无意,断断续续向胡兆祥透露了不少。酱园运作方面,门店生意的做法、货栈批发的做法、后场酱坊的做法、进账出账等,也都当自家人一样向胡兆祥细心解说。胡兆祥是不善言辞之人,但这个恩,他是铭记于心的。之后选址于南庄岭开设四美酱园,就出于不与诸永盛酱园争抢生意的考虑。

诸永盛家族十世是"凤"字辈,与胡兆祥也处得融洽。

后来胡兆祥在四牌楼开设胡玉美,生意如日中天,与诸永盛的交往不仅更加密切,还形成相互走动的亲戚关系——

胡兆祥长子胡椿娶诸永盛家族之女为妻,但只生了一个儿子胡远猷后,诸氏就因病而亡。胡椿继配何氏,一口气为他生了七个男孩,包括胡玉美第三代掌门人胡远烈。

胡兆祥小女儿嫁与诸永盛家族诸登瀛为妻。诸登瀛是国学生,但年纪轻轻就去世了。胡氏对丈夫痴情,三十岁就开始为他守寡,最终被朝廷封为"节妇"。

咸丰八年(1858),诸永盛家族惨遭不幸,《怀宁县志·忠义》对此有专门记载:"民人诸凤文、诸凤墀、诸世熙、诸大、叶学如、叶松林、汪道奇……皆以迫降不屈被害。"以"忠义"记名,以"迫降不屈"褒奖,以"被害"追念,诸永盛家族的男丁在安庆绝对是真汉子。

四个男丁陡然被害,还有一个诸凤仪"陷贼",面对家族飞来横祸,诸永盛大老板绝望至极。胡兆祥闻之,心生悲悯,发誓一定出手相救。"洪杨之乱,戚诸凤仪陷贼,百计赎之归,以是得癫疾"说的就是这段史实。

地方史志记述诸胡兆祥"百计赎之归"的细节,现在没有看到相关资料,但相信过程肯定是艰难的,这个"艰难"导致的后果,就是胡兆祥"忧郁成癫"。而这个"癫",发病于诸凤仪"赎归"之后。乐极生悲,大致如此。

这一年,胡兆祥五十五岁,大儿子胡椿二十九岁,小儿子胡杰二十四岁。

在这之前,胡椿与胡杰两兄弟根本没有从事酱园业的打算。按他们母亲的想法,两兄弟应该走读经入仕的道路。但咸丰三年(1853)太平军攻克安庆城,科考成为泡影,梦想无情破碎。到咸丰八年(1858),父亲又不幸"忧郁成癫"。胡玉美要想继续运营下去,兄弟俩就必须有继承者的担当。

此时,兄弟两人各自有家,老大胡椿与父亲住在焦家巷老宅,老二胡杰成婚,父亲虽为他另在双莲寺附近置宅,但他一直没有搬出去。

胡兆祥失智之后,胡椿、胡杰两兄弟轮流照顾。老二胡杰心大一些,这一日,父亲胡兆祥独自出门不归,待胡杰发现,已有半日之久,胡杰吓得不轻,赶忙安排人寻找。"一日,杰以事偶间,父外出,杰号呼走寻数十里迎归。病旋愈。"《怀宁县志·卷二十·笃行》为胡椿、胡杰兄弟立传,专门写有这一句。

也许是兄弟孝心感动了胡兆祥,也许是兄弟俩共营胡玉美让胡兆祥放了心,自此始,胡兆祥反倒逐渐清醒。但清醒之后,胡兆祥再不过问胡玉美的事,每日在焦家巷老宅种花种草,酱园的事,任由两个儿子处置。

对于胡玉美来说,这也不失为天降大任于他们兄弟。

胡玉美一个新的时代开始,一个把文化渗透于酱园经营的时代开始。

在赵纯继《安徽胡玉美酱园发展史》中,胡兆祥遭遇的这场"劫难"时间要早5年:"1852年,太平军在安庆近郊与清军对峙,酱园遂歇业。是年,胡兆祥患精神失常症,家庭生活靠两个儿子维持。长子长龄(又名胡椿,号云门),次子长杰(又名胡杰,号竹芗)两兄弟一方面在集贤关摆大盐簸子,另一方面自己制造元缸酱、酱油、麻油等货品出售,除了维持家庭生活外,并有盈余。"赵纯继的文章认为"这是他们企业的开端"。

关于胡兆祥的为人,桐城潘田作《清赠通奉大夫同知衔胡芝田先生墓志铭》有简述:"外祖母年迈,孙某不善治产,养生送死皆君经纪。某又早卒,遗腹仅五月,君又慰而赡之,后举一男方幼,会遭乱,苍黄(仓皇)失措,君乃舍货物,星夜负之,延遗孤卒成立有后,赖君也。君举正端谨,慎言语,丹颊白髭,穆如也,治家严,不用男仆,外亲不得入后堂,柴水出入门户,锁钥虽细必谨。"

胡兆祥卒于光绪癸未(1883)七月二十三日,春秋七十有九。

胡氏兄弟伤心至极,"通奉君殁,宿柩旁,凡数月,既殡,犹不复寝,葬祭一准古礼"。这在安庆,也是一场盛大的殡葬活动。之后胡氏兄弟"居丧三年,不御内,不闻乐,不饮酒",《怀宁县志·卷二十·笃行》如此记述。

怡怡堂　古欢堂

作为胡玉美第二代掌门人，胡椿、胡杰兄弟从咸丰八年（1858）接管胡玉美始，到光绪二十四年（1898）卸印，在前后长达40年时间里，两兄弟通过他们的努力，把胡玉美打造成了安庆酱园业的航空母舰。

但胡玉美这40年的发展，鲜有文史资料提及。

"胡长龄、胡长杰兄弟二人继承父业，通过二人精心管理，合理经营，使胡玉美酱园取得了很好的商誉和家声。"《安庆市地方志——食品酿造厂工业志（手抄本）》中只有这么简单一句。

"胡长春（又名椿）、胡长龄（又名杰）兄弟二人，继承父业，精心管理，业务很快又有了起色。他们两人很是和睦，遇事商量，同掌店务……这一时期胡玉美酱园取得了更好的商誉和家声。"胡庆昌撰述的《胡玉美酱园的发展及其经营管理》中也只有概略性介绍。

相比之下，胡庆禧《原安庆胡玉美企业家族志略》中介绍得略微详细一些：

> 传至五世。（胡玉美）家族经济（逐步）小康，人口渐增，聚居城区焦家巷（小焦巷），另有宅门开在吕八街（三牌楼）和东围墙，房产连片几千平方米。家族一度"五世同堂"，并形成两"房"体系。（后）老大房留住焦家巷，老二房迁住程公祠及近圣街。自一世起，家族以"明经堂"为标志。老大房以胡云门为代表，立"怡怡堂"为标志。老二房以胡竹芗为代表，立"古欢堂"为标志。云门、竹芗两兄弟原均读经习科举，因逢太平天国革命，连年战争，咸丰八年（1858）始放弃功名从贾，共同主持家政。胡云门侧重致力于家庭商业，为胡玉美企业的最早奠基人。

大房怡怡堂中"怡怡"二字，取自《论语·子路》："朋友切切偲偲，兄弟怡怡。"兄弟和睦相处，怡心怡目怡情，这是胡椿身为长兄，身体力行追求的境界。

"古欢"亦作"古懽",字面之意是过往的欢爱与情谊。汉《古诗十九首·凛凛岁云暮》有"良人惟古懽,枉驾惠前绥"诗句。古欢堂之"古欢",强调的是对兄弟情谊的爱惜与珍重。

胡氏兄弟时代的胡玉美,真正起步应该是湘军克复安庆之后的第二年,这一年,同治皇帝登基,国号改为"同治"。大清王朝"同治",安徽省城"同治",胡玉美酱园也迎来它的"同治"年代。这个同治者,是胡玉美二代掌门人:老大胡椿,老二胡杰。但这之中,真正起核心作用的是老大胡椿。

胡玉美第二代掌门人之一胡椿(云门)。

胡椿生于道光九年(1829),原名长春,字云门。据桐城潘田撰《清赠通奉大人胡云门先生墓志铭》:"君祖故业商,至君兄弟,始习举业应试。而洪兵据皖,君遂弃儒学贾。"

进入同治元年(1862)的安庆,大大小小的事情逐步走上正轨。官方的一些机构,比如官立养济院,在后围墙那边的大弓箭巷创设了。又比如官医牛痘总局,也在大南门内正街租用民房恢复了。古牌楼正街上,也设立一家养心局。

当然,这一年安庆城变化最大的,还是城南的江面上,时不时就有外国轮船停靠。最早是二月十九日，湘军大帅曾国藩购置的一艘外国轮船，从下游驶抵安庆，就停靠在柴家巷附近的江岸。再后来，三月二十八日，7艘英国轮船前前后后驶入安庆江面，说是上海会防公所雇来接运李鸿章淮军的。之后不久，安庆又有大新闻，美国旗昌轮船公司开设上海到汉口航班，每周三次，中间也在安庆上下旅客了。

经过咸丰战乱，安庆酱园业的格局也有很大变化，除胡玉美外，几家相对比较大的酱园，开始集中在西门外，如位于大新桥的诸永盛、位于古牌楼的仁和祥、位于金保门的章玉和、位于西外大街的裕泰。进八卦门入安庆城，县门口高坡上有一家瑞和祥，四牌楼新开一家"生阳"。后者有与胡玉美打擂台之心，但无论是规模还是声誉，一时还无法与胡玉美分庭抗礼。

胡玉美第二代掌门人就是在这样的环境中开始了属于他们这个时代的发展。

胡氏兄弟虽然出生于酱园世家，但因为母亲期待他们走科举之路，因而自小就没有接触过酱园。父亲突然生病，他们被迫出马，面对复杂的酱园运作，他们两眼茫然。也正因为这一点，他们只能凭阅历、修养、感觉——有意无意把诸多传统文化元素渗透于酱园管理，由此形成与父辈完全不同的典型儒商风格。

比如说，"从善如流"，善于听从合理化建议并付诸实施——

与安庆一江之隔的大渡口，过去是长江泄洪区。水涨时，从江岸南至八都山，包括升金湖，汪洋一片。而水落，又是一片黑油油的肥沃的土地。太平天国战乱之后，尤其是光绪年间，大渡口建圩开发成风，蚕豆秋种夏收，正好避开汛期，因而成为大渡口一带主要农作物。胡兆祥掌管胡玉美时，也尝试用蚕豆为原料做酱，但口味不大为安庆人所接受，所以只是兼而有之，主要还是以黄豆为主。同治末光绪初，胡玉美业务量剧增，胡椿听从制酱大师傅建议，开始小批量用蚕豆替代黄豆做豆酱的主原料，既降低了成本，又扩大了产量。这之中，胡椿又与制酱大师傅不断改进色泽、调整口味，最终将蚕豆酱做成胡玉美品牌的标志性产品。

台湾作家唐鲁孙写过一本《中国吃》，其中专门有《安庆胡玉美的豆瓣酱》一节。文中作家借船伙的话，褒奖"安庆胡玉美酿造的豆瓣酱号称天下第一"，并列举了"天下第一"的原因：他们做辣豆瓣酱，一律选没疤的蚕豆，首先将蚕豆晒得透干，然后去皮磨碎，裹以面粉蒸熟，让它自然发酵，最后加入辣椒酿制而成。他们在包装纸上印有当地迎江寺的浮屠，并绘有两粒蚕豆，这就说明他们是用蚕豆酿造，跟黄豆酿造的味道鲜度有明显不同。

胡玉美蚕豆酱制作秘诀，20世纪30年代中期曾对《时事新报》驻安庆记者黄腾达做过披露，虽然是出于推广品牌的宣传，没有多少实质性的细节，但制作过程的复杂，可以从中略知一二。其制作方法：先将蚕豆用水浸至发胖，然后剥开，去皮留瓣，放在蒸笼内用火蒸煮，然后散放在簸箕上，以黄荆树叶覆盖于上，置于阴暗潮湿的房中，使之发酵生霉。约五天后，瓣上生长的霉毛有三四厘米长，取出置于日下暴晒，晒干后和盐（盐一斤和酱三斤）下入缸内，露天置放，日晒夜露，切忌雨淋，每晨日出前搅拌一次，约三个月，再以磨碎的红辣椒粉和入豆酱内。椒粉四成，豆酱六成，搅拌均匀，复日晒夜露三五日即可。

胡纯继《安庆胡玉美酱园发展史》记述："蚕豆辣酱，是一种大众化的副食品，价格低廉，食用方便，可以做菜吃，也可以做调味品，很受顾客欢迎。以后不断改进，大约在1916年，有了一套完整的制酱经验，并独具风格，成为安庆有名的土特产。"胡玉美另外一个拳头产品"桂花生姜"，也在同一时期完成品牌创造："1884年，开始从一种用红糖醋芽姜，发展改制为蜜姜。1912年以后，又进一步加以改进，掺以桂花，改用好白糖制成，名为桂花生姜。"

胡椿掌管胡玉美的另一个诀窍，就是"以德服人"。

"以德服人"的"人"，是制酱的人才，是司账的人才，是运营的人才，等等。人才是酱园发展的核心。留得住人，留得住心，酱园才能有稳定长远的发展。

早年流传于安庆的一个传说，最能诠释胡椿"以德服人"的含义。

说某年某月某日一大清早，胡玉美货栈一位老朝奉正帮忙往外装货，大老板胡椿笑眯眯地走进货栈。大老板过来巡视，老朝奉免不了紧张，一失手，将正准备搬出门的一陶罐蚕豆酱给打碎了。让在场所有人感到意外的是，从陶罐里滚出来的不是暗红的蚕豆酱,而是白花花的银圆。

店内伙计、店外顾客,那一瞬间都傻了眼,天地一片沉寂。

都以为大老板会大发脾气,结果没有,大老板若无其事地挥挥手,说:"没事没事,这是我昨天临时放在里面的,忘了告诉伙计们了。"

按业内常规,这样的事必须是这样处理:三岔路口当众烧毁老朝奉的铺盖,提醒同行不能录用,以此断他谋生后路。

但大老板没有这样做。

用人之道,贵在攻心。老朝奉感激涕零,从此一心不二,成为大老板最得力的左右手。

当然,如此这般,是需要一定度量的,而胡玉美新一代掌门人胡椿,绝对有这个宽广的心胸。"而椿浑和天成,乡党称为长者。"《怀宁县志·卷二十·笃行》如此记述,必然有它的事实依据。

胡椿全力经商,但"与弟相爱,甚事必咨而后行"。《怀宁县志·卷二十·笃行》中记载:"椿日坐肆察交易,家事一委之于杰。然两人必商而后行,虽耋老不变。"胡杰受长兄胡椿之托,承担起教育子侄的责任。"杰素刚,教侄如子,偶犯必痛绳之,而椿夫妇以为于礼宜也。"《怀宁县志·卷二十·笃行》对此大加赞誉。

如果说胡椿把所有的精力都投入胡玉美酱园的运营,那么他的弟弟胡杰则是通过社会影响的软实力,推动胡玉美酱园运营迈向更高层次。

这之中最典型的,就是参与清节堂的管理。《怀宁县志·卷二十·笃行》记载:"初,里中创设清节堂,由杰经纪得成立,后郡尊以堂董难其人,敦请再四乃出。公正持大体,与其共事杨镜潭谊和尤契焉。"《清赠通奉大夫国学生胡竹芗先生墓志铭》也称"晚岁,董皖人之清节堂事,晨夕监察,恐孤嫠不蒙实惠,人尤称之"。

关于清节堂,程小苏《安庆旧影》介绍"在四牌楼西街,前安徽通志局及马王庙三清殿之旧址也,发起于叶伯英、李鸿章及方诒谋堂、汪怡敬堂、吕裕德堂等,各捐巨款"。胡玉美也算是安庆巨商,但在光绪十二年(1886)《清节堂征信录》

胡玉美第二代掌门人之一胡杰（竹芗）。

上,"怀宁县从九品胡椿"也只是"捐棺木板二副,价洋十一元",不是不愿捐,而是地位之限,不能多捐。清节堂"在城内外及怀宁、桐城,置产甚多。皖岸督销局,在北盐余斤项下,每年贴盐三千四百斤,于光绪九年(1883)开办,分内养、外养。内养随带子女,设育正小学以教之"。

安徽省城清节堂,因叶伯英、李鸿章等名人捐建,分量之重可想而知。负责清节堂财务运作管理的堂董,在一定程度上也是身份的象征。正因为如此,堂董之位格外引人注目。而且做得好与不好,永远都会有人在背后指责。或许因为指责过多,胡杰一度赌气放手。但在安庆,能把这些清节堂资金良性运作到位的,非胡杰莫属。于是官府只好"敦请再四",请他二度出山。

光绪三十年(1904),胡杰去世。清节堂董事一职又由其子胡远勋继续兼任。清节堂堂董位置的麻烦,也同样延续到胡远勋的身上。

胡玉美一家独大

胡玉美首次涉足酱园以外的业务,是同治十三年(1874)。据《安庆胡玉美酿造厂厂志(1830—1985)》:"随着营业的发展,(胡玉美)于1874年在三牌楼开设胡广美糕点食品蜡烛店,而以龙凤花(蜡)烛闻名于市。"

同治末年的胡玉美,在胡氏兄弟手上,已经平稳运营16年之久。也正因为平稳运营,收入日趋丰盈,胡氏兄弟才想到要把业务扩展到酱园业以外。正好胡玉美之北的三牌楼有店铺要转让,正好有人推荐江浙糕烛业大师傅,于是兄弟俩一商议,就把"胡广美"的事敲定了下来。

同治年间的安庆城,糕饼制作与蜡烛制作看上去是风马牛不相及的两种行业,但商界分类,同归于南货糕烛业,因为其共同点都是典型"前店后坊"运营模式。糕点多是由模具打制出来的,如五月节令食品绿豆糕,如八月节令食品月饼,等等。蜡烛制作也类似。

习惯了胡玉美以咸辣为特色的酱制品的安庆人,除了酥糖与干菜月饼,他们对胡广美出品的糕点食品完全找不到认同感。因而胡广美开业就放了一个哑炮。但也不是一无所获,胡广美制作的"龙凤花(蜡)烛"意外行销,红遍了半个安庆城。

胡广美生产的蜡烛,其制作工艺与其他糕点食品蜡烛店不同,别家店都是一次浇铸成功,他们则有严格的二次浇蜡工序。因为二次浇蜡,所以就形成了成品里外两层的特殊效果。胡广美生产的蜡烛,因此也被称为"双盖蜡烛"。双盖蜡烛外皮不仅不易熔化,还适合制作各种花纹。龙凤花(蜡)烛就是在这个基础上的再加工。

安庆民间约定俗成,新婚夫妻只有在婚礼上点亮花烛,才算是正式夫妻。花烛通常以龙凤图案配对,因此称为"龙凤花(蜡)烛",明媒正娶的夫妻,也因此称为"花烛夫妻"。胡广美推出的龙凤花(蜡)烛,制作惊艳安庆一方,龙烛雕龙,龙嘴含珠,曰"盘龙戏珠";凤烛刻凤,凤叼牡丹,曰"凤穿牡丹"。花烛底端则饰"和合二仙"图案,也有其他寓意图案,饰麒麟为"麒麟送子",饰石榴与蝙蝠为"多子多福"。如此精品,自然为安庆人所认可。虽然价钱高出市价两三成,但仍然俏行于市。

但胡广美真正赚钱的蜡烛,不是龙凤花(蜡)烛,而是用于白事的白烛。这一年腊月初五,同治皇帝在京城驾崩。治丧期间,安庆满城素服,酒店打烊,戏园闭门,白烛一销而空。半个月后,光绪皇帝登基。但此时,开张不久的胡广美已经赚到它的第一桶金。

接下来,光绪十年(1884),胡玉美又迈出了一大步,业务向西拓展,在西城口增开以酿酒为主业的胡广源酱园。

在这前一年,光绪九年(1883),胡玉美创始人胡兆祥以七十有九的高龄离世。

胡兆祥去世时,胡竹芗的独子胡远勋二十三岁。

二十三岁的胡远勋并没有继承父亲的衣钵,他对学问也有点兴趣,但只是有一点而已,他的更多想法是独自在社会闯出一番天地。胡玉美酱园涉足酿酒业并向西扩张,在城西开设胡玉美分号的设想,就是他向父亲胡杰提出来的。

胡椿也觉得可以让年轻人有自己的尝试,于是最终商定,胡广源作为胡玉美分号,由胡玉美出资筹建,并让胡远勋在胡椿的把控下,相对独立经营。

不承想开设胡玉美城西分号的构想,在酱园业雷祖会上意外受阻。

光绪初年,雷祖会是酱园业同行之间联络感情的主要形式,一年一度,逢六月二十四日,便择地陈设香案,供列果品,祈求雷神降福丰收,保佑酱园业原料供应充足。雷祖会也是一年一度酱园业的大联欢,除各酱园老板到会外,还邀请各酱园的大师傅参加,也算是对他们辛苦工作的答谢。酱园业工人另外有"关帝会",每年五月举办,取关公之气,聚酱园之力,有一些"有福同享,有难同当"的侠义色彩。关帝会的开支费用,根据自愿原则,或多或少,不强行摊派。雷祖会则类似于会员制,每年需要缴纳一些会费,包括平时日常费用,均从此项收入中开支,不足部分,则由几家大酱园补足。补足款中,胡玉美占到一半,其余才是另外几家,如诸永盛、仁和祥、章玉和等均摊。会费缴纳的多寡,一定程度上也决定雷祖会内话语权的大小。

因此,当胡椿在雷祖会上提出在八卦门内开胡玉美分号时,其他酱园老板,尤其是位于城西的几家酱园老板,都停下筷子,一脸讶异地望向胡椿。虽然没有公开反对,但最终还是表达了他们的忧虑:"胡玉美"名号太响,以"胡玉美分号"之名在城西口开店,会直接影响附近几家酱园生意,能否重新考虑。

胡椿回来与胡杰商量,也觉得"胡玉美"名号太响,以"胡玉美"之名开设分号确实对附近几家酱园的营业有冲击。既然同行有这方面的担忧,作为安庆酱园业老大,又以儒商名声在外,他们不能不做出让步。最后与胡远勋商定,下帖向酱园业同行做出了三条承诺:其一,城西口新店不借"胡玉美"之名,店号新取名"胡广源";其二,未来几年,胡广源将把酿酒作为主营方向;其三,胡广源酱制品销售,不以零售为主,主要做周边地区的批发业务。

其中第三条承诺最具实质意义,也就是说,虽然同样是酱园,但胡广源与胡玉美是完全不同的两种经营方式。

胡广源开张之后,酱园业同行惊讶地发现,胡广源不仅不以零售业务为主,它的批发业务也与众不同,主要是以赊销为主的运营模式。

赊销是什么?赊销就是以赊欠的方式进行酱制品销售。这个销售的根本保证,就是买卖双方的信用。这里面的风险可想而知。另外一点,赊销的基础,就是卖方有雄厚的经济实力。而这一点,在安庆,没有哪个酱园能与胡玉美相抗衡。对于胡玉美,赊销在为酱园带来巨大风险的同时,也通过业务渠道的扩张,把胡玉美的名号传播得更远。事实也是这样,胡广源开张不到半年,他们的业务就已经从安庆周边六邑、江南大渡口,扩大到江西省、湖北省的与安庆邻近的县乡。

当然,胡广源对赊销点的要求也是十分严格的,审查通过之后,每一个赊销点都单独建立往来细账。赊销账目结算也有区别,或节清总,或年清总,但都不拖至来年。有一个专用词,叫"比清"。规定一个日期,如果这个日期之前没有结清上一年账目,那么来年赊销资格就会被取消。也有恶意欠款的主儿,如果数量大,实在讨不回来,就到官府打官司。当然,这种情况少之又少。胡玉美的酱制品本来就畅销,在当地,能取得资格就是一种身份,况且还是不用先付款的赊销形式。

安庆胡广源虾子腐乳木制包装盒。

胡广源负责赊销业务的外差人员也都是精心挑选出来的好手,尤其是业务主管张成贵,不仅精明能干,做事有板有眼,而且对胡玉美忠诚有加,他经手的赊销账目,每一笔都清清爽爽,不差毫厘。胡杰由此借《清稗类钞》释"铸造制钱之模"笑他"板板六十四眼",说他是"不苟言笑,不轻举,不妄动"。

于是,胡广源到年末就有了让人惊讶的缴款场面。尤其到腊月二十几,来自周边的赊销点老板,或肩挑,或筐背,袋子里盛满沉甸甸的银圆、铜板,一大清早就进八卦门来排队结账,遇上人多,就在西门大街上排成一条长龙,每挪一步,就能听见银圆、铜板相撞的哗啦啦响声。

安庆酱园业的老板个个眼红,但毫无办法,这种生意,也只有胡玉美才能做。

关于胡广源,赵纯继《安徽胡玉美酱园发展史》有如下记述:"1884年,胡玉美在西门城门口(原名八卦门,现为解放路)租赁房屋开设一个分号。1890年改名胡广源酱园,经营酱货,并代做水作生意。当时盐河厘卡都在西路,城门口(西门)极为热闹,营业既好,进货又甚方便。为了争夺邻近各县的酱业市场,并向西路发展,胡广源酱园把经营重点摆在批发和赊销生意上。外地商店资金少,对赊销生意很感兴趣。赊销生意不免有些尾欠,但'羊毛出在羊身上',把价码开得较高,而且赊销货质量也较差,有钱可赚。胡广源酱园开业,资金只有二百五十两银子,当年年底结账时就净赚了银圆二百元。此后胡广源酱园每年都有盈余,最高时每年净赚银圆达八千元左右。"

又过8年,光绪十八年(1892),胡玉美右隔壁的邵昌祥维扬糕点店经营出现问题,老板不准备继续维持,找到胡玉美大老板胡椿,想把店面转租与胡玉美。最初胡椿并没有在意,因为酱园业与糕饼业虽然同是做"进口"生意,但一咸一甜,差别太大。犹豫之中,胡玉美对面的稻香村茶食店将店面租了下来。

稻香村茶食店老板傅尔康是浙江人,头脑很活,也具有商业眼光。傅尔康看中邵昌祥维扬糕点店,不是想继续维持糕饼生意,而是利用它所处的独特位置,涉足酱园业,与胡玉美决一雌雄。

胡椿最后是从店面主人金老板那儿得知消息的,那时候,稻香村与邵昌祥的转租协议已经差不多敲定了。胡椿意识到问题的严重性,让大管家取来50元大洋,当即与金老板敲定了租房协议。

虽然拿下了店面,但真正做什么生意,胡椿没有底,胡杰也没有底。但他们心中都有一种预感,这对胡玉美业务发展,或许是一个重要的节点。

这一年,胡椿六十三岁,胡杰五十八岁。

这一年,胡玉美第三代精英,胡杰之子胡远勋已过而立之年,胡椿之子胡远烈虽小一些,但也及弱冠之岁。

在一次家族圆桌会议,胡玉美家族"远"字辈的年轻人,也与胡玉美第二代大老板围坐在一起,对于新店铺的用途,表达各自的看法。

最终胡远勋的构想得到胡椿与胡杰兄弟的认可。

作为胡玉美的第三代,胡远勋同父亲胡杰一样,尽管也尝试开设了胡广源,但仅仅只是开设而已,后期的管理运营决策,主要还是胡椿拿大主意。胡远勋自小随父亲行走于文人与官员之间,他更热衷于社会活动,对于胡玉美酱园的管理,偶尔心血来潮会过问一下,但没有长久的兴趣。也正因为如此,他觉得胡玉美要把眼光拓展到酱园业以外,比如酿酒业(胡广源已经启动),又比如茶食业,至少可以与对面的稻香村争一下高低。

什么是茶食？就是闲来喝茶时慢慢品嚼的或苏式或广式的糕饼细点。茶食古来有之,但在安庆,还是新近流行起来的时尚行业。而胡远勋考虑更多的不是茶食业的盈利,而是它的这种业态,为一定身份的群体进行社会层面交流提供相应的平台。胡远勋认为这也是未来安庆商业发展模式的新趋势。

虽然胡椿同意胡远勋的设想,但同意的理由不能摆上桌面:既然稻香村想插足酱园业与胡玉美抢生意,那么"以其人之心,还其人之道",胡玉美也跨界茶食业,与稻香村一决高低。

就这样,以生产糕点、甜食为主,兼营糖食的宴海珍茶食店,也以前店后坊的模式在四牌楼挂出招牌。只是新开业的宴海珍,没有像胡广源那样以龙凤花(蜡)烛走红,在很长一段时间内,它仅仅是四牌楼上的一家茶食店,生意不好不坏地经营着。

以酱园业为主的胡玉美,在19世纪末开有胡广美、胡广源、宴海珍三家业态不同的店铺,类似于百年后的集团企业,在安庆绝对是一家独大。

第二编　胡远烈时代

光绪二十四年：交替

光绪二十四年(1898)，胡玉美二代掌门人胡椿决定退位。实际上在这之前，他就已经有了隐退之心，胡玉美许多内务之事，都有意交由他与胡杰两房的子女去做。

此时的胡氏兄弟，西居于焦家巷9号的怡怡堂，东居于双莲寺的古欢堂，都已经有四世同堂的雏形：怡怡堂胡椿生有八男三女十一个子女，古欢堂胡杰生有一男五女六个子女。胡玉美第三代"远"字辈共九男八女十七位。这之中，怡怡堂胡椿次子胡远芬，出生于同治元年(1862)，此时已经学有所成，但他无心于酱园业；四子胡远瀋，生于同治八年(1869)，是典型两耳不闻窗外事的读书人，对家业不感兴趣。剩下来能挑此重任的，只有胡椿第六子胡远烈，他也是胡椿、胡杰兄弟最为看好的下一代掌门人人选。

胡椿与胡杰，包括已经成年的胡玉美第三代坐在一起，经过协商，最终做出影响胡玉美未来几十年命运的重大决定：怡怡堂、古欢堂各推一名代表共同主持胡玉美酱园事务。古欢堂只有一个男丁，因此这个代表，非胡远勋莫属。欢欢堂推出的，便是胡椿排行第六的儿子胡远烈(字承之)。两人具体分工为胡远勋主外，胡远烈主内。也就是说，胡玉美酱园的大小业务，将由新掌门人胡远烈一锤定音。

目前能看到的研究胡玉美的文字，都对此次胡玉美掌门人甄选给予了极高的评价。其中台湾谢国兴著《中国现代化的区域研究：安徽省（1860—1937）》（台北中研院近代史研究所1991年6月出版）定性更为准确：

> 在"胡玉美"的发展过程中，似乎没有发生传统与现代对立的情形，只有与时俱进的顺利蜕变。在光绪年间，"胡玉美"因经营权与所有权分离，首先奠定良好基础，胡远烈的经营方式颇合现代企业的合理有效管理原则，因此，经理得人，无疑是"胡玉美"幸运之处。

谢国兴说到的，只是胡远烈主内这个层面，另外一个层面，胡远勋主外，不是简单的家族企业公关，而是利用他个人在社会上的影响力，把胡玉美酱园的品位转换为民众与官场共同认可的品牌，从而谋求更稳固的位置和更远大的发展。当然，胡远勋的个人影响，与胡玉美酱园的发展也是相互推动的关系。胡玉美酱园发展越大，胡远勋在社会就越具有话语权。同样，胡远勋在安庆话语权越大，胡玉美酱园越具有开阔的发展空间。

晚清安庆倒扒狮街景，街左为胡开文笔墨店。

这种酱园与社会共兴的模式,在胡玉美第二代掌门人共管时代已经相对固定,但在胡远勋、胡远烈第三代,以及第四代胡子穆手中,则被发挥到了极致。

但就胡玉美而言,推动酱园一步一步坚实发展的,还是主管胡玉美酱园大小事务的胡远烈。

胡远烈生于同治十一年(1872),光绪二十四年(1898)接管胡玉美,这年,他刚刚二十六岁。虽然在"远"字辈弟兄中他的年龄相对较小,但自小随父亲进出胡玉美,耳濡目染,对胡玉美大大小小的事务了如指掌。而自胡远烈出生,到他掌管胡玉美的这26年,正是胡玉美长足发展且大举向外扩张的黄金时期,三牌楼胡广美糕点食品蜡烛店、西城口胡广源酱园酒厂、四牌楼宴海珍茶食店等,都是在这一时期开设的。因而无论年龄、精力、阅历,胡远烈都是胡玉美新一代掌门人的不二人选。

胡远烈开启胡玉美二次腾飞的重要举措,是推出彻底改变胡玉美家庭企业理念的"金五条"。

胡庆昌说自己"是胡氏家族的后裔,解放前曾一度担任胡玉美酱园的副总经理",因此在《胡玉美酱园的发展及其经营管理》(《安徽文史资料选辑》第十三辑,1987年)中记述的,都是"我听上辈所讲和自己亲眼所见,以及我后来的亲身经历"。关于"金五条",他写有这样的文字:

> 胡远烈继承祖业伊始,首先想到的就是处理好家、店关系,这是搞好"胡玉美"经营管理的关键所在。他通过家族讨论,确定了处理家、店关系的几条原则:一、胡氏子孙不得单独或与他人合伙经营与"胡玉美"业务相同的生意;二、胡氏各房除享受店中年终红利分配外,平时不得向店中支钱或赊货;三、胡氏子孙除通过家庭会议同意进店学生意或担任职务以外,其余任何人平时不得进入店内工作和干涉店务;四、胡氏子孙考取大学读书者,每学期可享受店中学费补助(约十担米);五、胡氏各房遇有婚丧喜事,由店中给予适当补助(约二十担米)。这样把家、店关系固定了下来,排除了经营管理上的后顾之忧。

对于胡远烈撰写的胡玉美酱园"金五条",谢国兴在《中国现代化的区域研究:安徽省(1860—1937)》中将其上升到研究理论层面的解读:

(一)胡氏子孙不得单独或与他人合伙经营与"胡玉美"业务相同的生意。这是以家族伦理来保护"专利权"。

(二)胡氏各房除享受店中年终红利分配外,平时不得向店中支钱或赊货。这一条规定使公司得以具有类似法人之性质,财政独立,资金才能正常运用,具有健全财务管理之精神。

(三)胡氏子孙欲进店学习生意或担任职务,需经过家族会议同意,此外不得入店工作或干预店务。这规定与公司聘用职员需经客观程序(例如考试)无异,其精神在于可以避免用人不当或冗员充斥,增加成本。

(四)胡氏子孙考取大学读书者,每学期由店中补助学费。这是鼓励子弟求学的奖学金制度。

(五)胡氏各房有婚丧喜庆,由店中给予适当补助。这是额外津贴,表现家族伦理的人情面。不过这类支出的机会不会太多,所费有限。

如果"胡玉美"的家族会议是董事会,那么胡远烈可以算是总经理,"店规"是公司的组织章程兼办事细则,公司的所有权与经营权基本上是分立的(家族与商号各自独立,系统分离),这是现代企业组织形态的基本精神,"胡玉美"在清末民初即已具备。

胡远烈之所以强硬推出"金五条",是因为他敏锐地察觉到胡玉美作为家族企业,已经出现阻碍发展的种种弊端。他认为只有锐意改革,才能破冰前行。

据《安庆市地方志——食品酿造厂工业志·胡玉美》(手抄本)分析,道光十八年(1838)胡玉美在四牌楼立足,并最终取得成功,原因在于掌门人胡兆祥"对家庭管理严格,坚持家店分开,店务负责人不受家庭干扰大胆经营,使业务得以发展"。一个甲子过去,这种"严格",这种"坚持",在漫漫60年的时光中,产生了许多异变和延伸。从这个角度看,胡远烈"金五条"的提出,是"不忘初心",正本清源。

相比60年前,胡远烈"金五条"的实施难度要远超于上两代。胡兆祥提出"家店分开","家"还是一个小个体,上父母已老,下子女还小,只要他们夫妇不从店里往家里拿东西,这个"家店分开"就算执行到位了。60年后,"远"字辈就有十七个男女,下面的"国"字辈,仅男丁就超过了"远"字辈的人数。这个庞大的家族,只要哪里松一点,就会撕开一个口子,从而一点一滴把胡玉美侵蚀成空囊。

如果说"金五条"是从"家"的源头上立规,对胡玉美酱园管理进行不留情面的规范,那么同时推出的"银八条",则是从"店"的层面立规,对胡玉美酱园管理进行大刀阔斧的改革与创新。

关于"银八条",胡庆昌在《胡玉美酱园的发展及其经营管理》中记述:

一、不论大小同事平时都不准随便离店,因事外出,事先必须向管事请假(如管事不在店,可向外账桌负责人请假);二、凡在店住宿人员,每晚必须在店歇宿,不得外宿和赌博;三、接待顾客应热情主动,讲话要和气,不得与顾客争吵;四、顾客如果是熟人或亲友,应与其他顾客同样看待,不得少收钱或多称货;五、每笔售货钱应立即送交账桌,不得少交或不交;六、不论何人均不得私下做小伙(私人另做生意或与别人搭伙做生意);七、遇有亲友熟人来找,必须向管事说明,一般不得留宿;八、每天早晚必须打扫卫生,保持店内环境清洁,货架整齐,作场干净。每晚"打烊"(关门)以后,必须照看关锁门户,以防火烛。

"金五条"与"银八条"的推出,把胡玉美推至急速扩张的胡远烈时代。

胡远勋与安庆商会

胡玉美二代与三代掌门人交替时期,胡远勋已近不惑之年。胡远勋之所以不参与胡玉美酱园管理,不是他不愿意,而是他在社会上的影响与成就不允许他再陷入胡玉美酱园经营的具体事务之中。也就是说,他是做大事的人,胡玉美酱园经营之类的小事,他无法顾及。

《申报》刊发胡远勋的信息,最早是1902年12月31日,当日第12页刊《光绪二十八年十一月十五日京报全录》,上面有胡玉美家族两兄弟的大名,其一是"浙江议叙试用知县胡远芬拟请俟补缺后以同知用",其二是"候选布政司理问胡远勋拟请俟得缺后以知州用"。如何用?光绪三十年(1904)末《申报》刊的《商部甲辰年纪事简明表》上面提到"安庆商会",说"三十年十二月十八日,由皖抚咨部核准,饬令开办并札派宋德铭、胡远勋为总理、协理"。后《申报》1906年3月23日第4页刊的《商部乙巳年纪事简明表·附商会总协理表》,也注明安庆(商会)"宋德铭(总理),三十年十二月札派;胡远勋(协理),三十年十二月札派"。

位于司下坡的安庆商务总会,当年胡远勋就在此处办公。

《皖政辑要·卷九十一·商会》记述:"光绪二十四年(1898),巡抚邓华熙奏设安徽商务总局,为官商联络之始。二十九年(1903),商部奏定商会简明章程二十六条,咨行各直省切实举办。当经商务局劝谕,省城内外各行商董,首先设立安庆商务总会,并遵照部章第三款,于芜湖、正阳各设总会一处。"后附表,里面记录安庆商务总会成立于"光绪三十一年（1905）三月"，总理、协理分别为宋德铭、胡远勋。

安庆商务总会是光绪二十九年（1903）开始筹办的，组织者宋德铭（字玉田）是两广总督周馥表弟，前在户部供职，后被构陷贪污，借丁忧之名回安庆。周馥委请安徽藩司冯煦关照，因而委以兵营建筑监督。他又以自己的资金，在八卦门正街开有一个钱庄。宋德铭生于道光二十六年（1846），长胡远勋十多岁，但两人志趣相投，交往密切。当然，无论年龄还是阅历，胡远勋都尊宋德铭为兄长，对他十分尊敬。

安庆商务总会实行董事制，会董身份有一定要求，行业大小，商号多寡，且每业只能推举一至二人，总数为三十人。总理在会董中产生，负责商会的整体事务，另选有协理辅助工作，任期4年。安庆商务总会的发起人，包括胡远勋在内，都是安庆城数一数二的大老板。如同康钱庄经理吴甫臣（兼安徽裕皖官钱局经理）、荣泰和糖杂号店主蔡静堂等。

安庆是安徽省省会所在地，安庆商务总会虽冠"安庆"，实则为省级机构。安徽全省各地商会、商务公所，都由安庆商务总会统辖。也正因为如此，安庆商务总会的人选，须由皖抚咨部核准，再由商部札派。

安庆商务总会设司下坡，内设秘书、庶务、管卷等职。据民建、工商联撰写的《解放前安庆商场与商会概况》，安庆商务总会"总、协理在当时政治地位上等于一般道员品级，宴会公差时所着服制，按候补道服制穿着。总会对外行文，对府道用'咨'，下达各州县用'札'"。这多少也符合《光绪二十八年十一月十五日京报全录》中"候选布政司理问胡远勋拟请俟得缺后以知州用"的身份。

胡玉美第三代掌门人，无论是胡远烈还是胡远勋，要的就是这个效果。一定程度上，这也是家族企业的官商镀金。

光绪三十三年（1907），安庆商务总会首届董事会换届，但人事变动不大，总理宋德铭与协理胡远勋仍然留任。据《申报》1907年5月12日第12页刊《实业类·批准札留商会总协理（安庆）》："皖省商务总会总、协理宋、胡两君，办理以来，颇资得力，日前由皖抚恩中丞请农工商部，札饬续任，并委试用知县吕贤鸿为调查员,当奉农工商咨复云。查该会总理宋德铭、协理胡远勋,既据该总董等呈请续任,自愿照准,至领安徽商务总会关防,应俟奏明后再着发给。"

再往后,总理宋德铭与协理胡远勋的日子就不大好过了。安庆商界的纷争,以司下坡为界,主要为东城与西城之间的矛盾。西城商团主要做周边县市的批发业务,东城商团主要做城区的零售。双方各有各的实力,但相互看不起。最终,这些矛盾聚集到商务总会,总理宋德铭成了炮轰对象,协理胡远勋也连带挨了许多骂声。1909年7月6日《申报》第11页,一篇题为《商会经理不孚众望详情(安庆)》的文章就把宋德铭臭得一塌糊涂:"安庆商务总会总理宋德铭,出身微贱。早年其父开张一膏药铺,集资糊口。德铭幼时以痞棍著,为里人所不齿。后营谋一佐职,获委解铜圆差。宋某即于半途私行贩卖事,为当道觉察,摄欲逮罪。以某宦为之捏报病故,宋始豁免。及归里时,囊蠹丰盈。"相比之下,对胡远勋可能也有微词,但在记者的笔下,则要缓和得多:"宋原有没字碑之名目,充斯职之过尸。遇交涉事,必就正于协理胡远勋。"

事实也是如此,虽然宋德铭身为商会总理,但他并不具体过问商会事务。尤其是后两年,他一直在活动重返京城之事,商会里的大事小事都是胡远勋一人操持。客观地说,是胡远勋顶起这一时期安庆商务总会的脸面。胡远勋乐意于此,因为这也抬高了胡玉美酱园在安庆商界的地位。

接下来,商务帮派之争越演越烈。7月17日《申报》第11页又刊了《安庆商会另举商董之理由(安庆)》:"皖省商界全体公复孙亦郊观察,书云:安庆商会于二十九年冬季成立,其时程度幼稚,不知商会为何事,并不知商董为何物,而不及人格之宋德铭、胡远勋,独视为利薮,可与官场相联络,遂腼然自任为总、协理。平日遇事把持,不洽商情,遇有争执诉讼等事,乃自高身价,以奴仆待人。遣一家丁,持一名刺,传唤某商来。其跋扈情状,罄南山之竹,不足以书其污。而又勾结党羽吴虎(甫)臣、汪筱圃、吕磻溪等,六年盘踞,舞弊营私,不明世局,不顾利害,以会所为麻雀,所内容腐败达于极点。世界不平等、不发达之商会,孰有过于我安庆者?自保存会成立之始,举宋某为主席,明与我辈反对,若再到会,是真承认彼二人者为领袖,为代表。自兹以往,胆愈横而气愈骄,我辈其无噍类矣!"

7月14日下午,反对派借县学明伦堂召开"商务总会第一次选举大会",以投票选举的方法"驱除败类,争放光明"。虽然"各商赴会者五六百人",但支持胡远勋的人也不在多数,且人心不齐,票数分散,"路琪光(字阆村)六十六票为最多数,次张杏书(字雨春)五十三票,再次许部汲三十一票,蔡锦堂三十票"。第二日,"群至商会聚议,闻当时不承认路某为总理者,相率动怒,拟再开会讨论其事。是日会场秩序紊乱异常,任意喧噪,有私议何谓总理者,有并不识商会为何事者,胡乱一时,令人嗤鼻云"。上述文字,摘自《申报》1909年7月18日第11页刊《商务总会第一次选举大会纪事(安庆)》,是当时安庆商界混乱局面的真实记录。

据叶荣圩、焦舜《安庆旧商会简介》介绍,安庆"商务总会第二届为宣统元年(1909),因吴甫臣原曾代理过总理,故顺理成章地被选为第二任总理,协理为胡懋旟(远勋)、蔡静堂"。这也说明胡远勋,或者说胡玉美酱园在安庆商界地位的稳定。

胡远勋其实是一条硬汉子。

1917年8月8日,《民国日报》第6版刊了这样一则消息:"省城烟酒业董胡远勋等在省公署,呈控烟酒公卖局长刘慎贻专事饮赌,废弛局务,信任科长倪潜澄私卖委差等词。奉批俟调,查明确核办。"

在1917年10月6日《申报》第7页上,这件事被称为《安庆·皖省烟酒公卖之风潮》,第二天又在《皖省近事》中报道:"卸任烟酒公卖局长刘慎贻,向法庭控诉第一区分栈经理胡远芬(勋)案,昨由地方厅开庭预审。"

胡玉美涉足烟酒公卖,这方面材料之前接触不多,也许因为前后只短短2年,不仅没有获益,反而在这上面失了面子,所以有关胡玉美的资料,均没有记录。烟酒公卖制实行于北洋政府时期,拟有《全国烟酒公卖暂行简章》(以下简称《简章》),于1915年公布。中央为烟酒公卖事务站,省设烟酒公卖局。《简章》规定公卖栈可由商人承办,但须缴纳1000元以上5万元以下公栈押款,经公卖局批准领取执照,承办商即为公栈经理。公卖的实质就是官督商销。烟酒商只能从公卖栈进货,且需在烟酒外包装加贴公卖局印照方准出售。

胡远勋与公卖局局长刘慎贻、科长倪瀡澄的呈控发生后,刘慎贻被政府撤委。刘慎贻怀恨在心,又"以私造执照,蒙收国税及去年短收款等情,捏详财政部",胡远勋分栈经理资格被取消,且面临法庭讯办。《申报》刊《安庆·皖省烟酒公卖之风潮》一文,记述了胡远勋在此案中被冤详情:"该分栈发行酒匠执照,此项执照系因局中收税,联单须先交现款方能填发,酒匠均系手艺营生,无款缴纳,劝办维艰,且联单只能为收税上之一种不关重要之凭证,不能为营业保障力之有证据。该经理等为劝诱纳税起见,筹商试办酒匠执照,凡领有执照者,方准在一定区域内营业,即以营业收入之余资,分期缴纳公卖费。一年分为四季,每季缴一、二元不等,视区域之大小定认税之多寡。缴齐后给填联单试办之。初禀经李前局长大防许可,并由公卖局知照怀宁县知事传各乡地保到栈告知试办执照情形,令其各回本保传知酒匠遵办,后因认领执照者延不缴款,曾经禀请公卖局催缴。自前年九月试办以来,只办成二十余保,发出执照五十余张,收款五百余元。迭经报解,与该局长所呈之私造蒙收各情,大相径庭。又闻该栈所辖区域,去岁认税者,除去应停征及因他故未缴者,只有四千上下之数。该栈去年解款六千余元,亦与该局长所呈之短收税款不符。"

《申报》1917年10月6日新闻《皖省烟酒公卖之风潮》。

11月27日,《时事新报》第9版《皖省要讯》才对这起风波做总结性概述:"安庆烟酒栈经理胡懋旂、张冀亭等,前控刘慎贻局长、倪濬澄科长于财政部并发通告,缕述公卖之弊害,部令查复,刘慎贻因此落职。改派张伯衍继任。张自命不凡,抱万能主义,实则远不如刘。刘既落职,故与胡、张两董势不两立,思有意报复之。恰有开设酱园之胡某,夙与胡懋旂有嫌,会任公卖局暗查员,遂献策于刘。谓四乡酒匠,曾经烟酒栈私发营业执照征收照费,大可举发之。其实此项执照,曾经请示核办,不过手续谬误,未凭书面耳。不意刘深惬其说,命令胡某查获执照一张,执为证据。既以蒙收国税、伪造公文两罪,诉诸地方厅。比经法庭传案,胡、张两董大骇,央由商会保释。是案因此停顿,此当日之起因也。会张伯衍接事未久,正欲联络商界感情,各方说情,距至今兹。此案之消沉寂灭,并无闻焉。仅见省长一批,令胡、张两董,自行投资,但烟酒栈保证金八千元,似已充公,并非胡、张所有。该栈经理,复由公卖局遴选,委丁峴接办。"

不仅公卖分栈经理资格被取消,而且烟酒栈保证金八千元也被充公。这不仅伤了胡远勋的面子,也伤了胡玉美酱园的面子。相比之下,对胡远勋打击更大一些。自此之后,《申报》再也没有出现胡远勋的任何消息。又三年,1920年,胡远勋因病去世。此时他也只是刚过花甲之年。相比于祖父胡兆祥,相比于伯父胡椿、父亲胡杰,他的寿命真的不长。

七先生走出安庆

因为胡远烈在家族中排行第七,因此自他掌管胡玉美开始,酱园上下,包括胡氏家族的人,都尊称他为"七先生"。

七先生胡远烈,字承之。名中的"烈",字中的"承",都与胡玉美酱园有某种暗合。其中"承",注定他这一生要继承要发扬要壮大祖业。"烈"是他的为人之风,是他的处世之法,是他发展胡玉美酱园过程中的执行力度。而最能体现他超前眼光与过人胆略的,则是名字之中的"远"字,这个"远",包括把胡玉美酱制品远销安庆之外,也包括从安庆之外引进先进的工艺技术、营销模式与管理理念。

从胡玉美传统产品蚕豆酱的"远"说起。

以蚕豆为原料做酱,究竟起于胡兆祥时代、胡椿时代,还是胡远烈时代?胡氏家族之后胡庆昌倾向于胡远烈时代,他在《胡玉美酱园的发展及其经营管理》中说,胡远烈掌管胡玉美之后,在"制货上不断提高产品质量,增加花色品种",其中"酱类,除黄豆酱外,增加了蚕豆辣酱和芝麻辣酱"。

但同样是胡氏家族之后,胡庆禧《安庆酱王家族略》说得就比较含糊:"胡远烈管理家族企业达30年,曾亲赴日本考察酿造业;三次入蜀中,探取天府辣酱工艺;引进东南沿海地区的曲种和优质蚕豆原料,在市郊开设制酒原料玫瑰花等种植基地等,使胡玉美的蚕豆酱成为具有独特风味产品。"

1997年方志出版社出版的《安庆市志》,在卷十七"食品工业"中介绍胡玉美,也说"胡玉美酱园初建时,生产黄豆酱、酱油、酱干、什锦菜、酱黄瓜、酱莴苣、盐蒜子、盐萝卜干、豆腐乳等19种普通调味品和蔬菜制品。至光绪年间,以振风塔作为商标,创制名优产品胡玉美蚕豆酱"。这之中的光绪年间,可以是胡远烈掌管胡玉美的光绪二十四年(1898)之后,也可以是那之前。

胡玉美从与岳父在南庄岭创四美酱园到最后公私合营,前后经历四个时代。胡兆祥时代,1830年至1858年,前后29年;胡椿时代,1858年到1897年,前后40年;胡远烈时代,1898年到1927年,前后30年;胡子穆时代,1928年到1954年,27年。这之中,胡椿时代时间最长,也是胡玉美发展最为平稳最为厚实的阶段,只是相关文字记载较少,因此不能对这个时代做全方位的完整记录。也正因为如此,胡玉美蚕豆酱的形成包括初期发展,完全有可能始于这个时代。

胡远烈对胡玉美蚕豆酱的贡献,在于发展与提升。而这个提升,又与他"远"出安庆有关。在《安庆酱王家族略》中,胡庆禧把这个"远"归结为三个层面:其一,"赴日本考察酿造业";其二,"三次入蜀,探取天府辣酱工艺";其三,"引进东南沿海地区的曲种和优质蚕豆原料"。

《安庆胡玉美酿造厂厂志(1830年至1985年)》对胡远烈之"远"也有简述,

只是顺序调整了一下:"20世纪初(胡远烈)慕名入川,经过'三进山城',把川酱的生产工艺学了过来,并加以革新。又到福建、浙江等地研究制曲工艺,并建立(浙江)余姚蚕豆基地。后曾东渡,考察日本酿造业务,归国后创造性地生产出源于川酱,别于川酱,具有自己独特风味的安庆蚕豆辣酱。"

进入20世纪,安庆长江水运的畅通,为胡远烈远出安庆提供了便利的方式。

从安庆坐大轮到汉口,再由汉口乘船上行,进三峡,入巴蜀腹地,就离重庆不远了。川味辣酱,首推郫县,但从重庆过去,还有相当一段路,也不是很好走。胡远烈"三次入川"或"三进山城",制酱的"经"究竟取于何地,资料阙如,不得而知,但去郫县的可能性较小,估计也只到了重庆而已。

胡远烈远出安庆取经,主要是学习以蚕豆为原料的制酱技术,这个"技术",也仅限于制作经验。至于酱的口味调制,他有自己成熟的想法。笔者《胡玉美家族传奇》(《江淮文史》2009年第5期)曾这样总结:

> 严格地说,在胡远烈手上,蚕豆酱不是产品,而是一种文化。胡玉美蚕豆酱的特点,概括起来,四句话:色泽红润,豆瓣柔软,咸辣适中,可口开胃。但在制作过程中,却凝聚了安庆制酱先辈的智慧与才思。蚕豆酱是舶来品,起源于四川,发展在安庆。皖酱的成功,最重要的,就是在川酱基础上,依据江南一带饮食习惯,弱化其中的麻、辣、咸,又浇淋小磨麻油,增强其香其鲜。制酱从技术发展为工艺,赢得了顾客,也赢得了市场。胡玉美蚕豆酱也是皖江文化的具体体现,因为它具有兼容性"海纳百川"的胸怀,对外来事物,能批判,能吸收,能发展,最终形成具有鲜明个性的地域特色。

胡庆昌撰写《胡玉美酱园的发展及其经营管理》,文末附有《胡玉美蚕豆酱的特色》,其中涉及胡玉美蚕豆酱配方,文字如下:"制作蚕豆酱的用料,经过胡玉美酱园反复研究和试验后,制定生产配方如下:以生产蚕豆酱100斤计算,采用蚕豆40斤(要求蚕豆粒大饱满,浆水足。未成熟的水籽及粒小、有虫眼的,一律剔除);红大椒酱35斤(要选用肥厚肉多的鲜红大椒,细磨,无皮、籽。标准面粉2斤);种曲1斤4两(以选用宁波曲精为好);甜酒2斤;红釉2两(以选用福建古田釉为好);食盐9斤;自来水35斤。"

胡玉美酱园传统大晒场。

胡庆昌的这篇文章,刊发于1983年《安徽文史资料选辑》(第十三辑)。而此时,胡庆昌以及胡玉美家族其他成员与"胡玉美"已经没有任何关联。也正因为这一点,胡玉美几代人共同努力且始终对外秘而不宣的胡玉美蚕豆酱配方,才得以公布于社会。

仅仅有配方是做不出胡玉美蚕豆酱的,还必须有胡玉美酱园特有的制酱工艺。胡玉美酿造食品有限责任公司后来以《"酱"心独运 香飘天下——胡玉美独树一帜的蚕豆辣酱制作技艺》进行总结,里面提到以下几道工艺:

蚕豆熟料冷却后接入制作好的种曲,入池进行通风制曲。制曲期间,要注意的地方实在不少,制曲所用蚕豆熟料的水分须控制在55%左右,用手轻轻抓握松软而不结块,同时温度也须控制在30—38℃。

制曲结束后,蚕豆成曲和盐水将按比例混合,统一下缸晾晒。晒酱是一件粗中有细的工艺:发酵期间,趁着日出之前,翻酱师傅们忙碌的脚步声便活跃在厂区,开启了每日人工翻醅、"酱"造美味的悦耳序曲。根据季节温度不同,酱醅发酵大约持续6—12个月,时间、咸淡、颜色都要依时令气候进行细微的调整。

辣椒的腌制也颇有讲究。色泽鲜红、皮薄肉厚、油多而辣度适中的优质辣椒去蒂、洗净后切碎,加盐精心腌制3个月。最后,发酵完成的酱醅与腌制好的辣椒按比例放入温酿房缸中进行灭菌,再经灌注、包装。

阅读文字,古风扑面而来。字里行间,细心品味,能亲切感受到从胡兆祥时代延续至今的古法制酱技艺的醇厚与质朴。

胡玉美蚕豆酱清末民初能行销长江下游,是有它一定道理的。

胡庆昌《胡玉美酱园的发展及其经营管理》回忆至此,文字也生动而有温度:"每当长江大小轮停靠安庆码头时,许多小贩拎着篮子,临时叫卖胡玉美蚕豆酱(罐装)、桂花生姜(瓦罐)、虾子腐乳(包装)、虾子酱油(瓶装)等,受到广大旅客欢迎,常常争购一空。"

胡庆昌描述的场面,在老安庆人脑海里,记忆很深,直到20世纪90年代,长江客轮没有最后消失之前,安庆大轮码头一带仍多是专售胡玉美酱品系列的商店。

胡玉美蚕豆酱行销于安庆之外,必然要引发新的矛盾,比如不断扩大的生产规模与产品原料供应不足的矛盾,或者是制作工艺提高对产品原料更高要求的矛盾,无论哪一种,都逼迫胡远烈把蚕豆酱的原料采购放到安庆之外。《安庆胡玉美酿造厂厂志(1830年至1985年)》说胡远烈"又到福建、浙江等地研究制曲工艺,并建立(浙江)余姚蚕豆基地",应该就是这一阶段的事。

关于到日本考察,胡玉美家族之后胡庆禧在《原安庆胡玉美企业家族志略》中也有提及:"子侄及孙辈七人赴日求学(远烈、远惠、国华、国钧、国镠、国泽、季英)。"具体时间,《安庆胡玉美酱园国家工业遗产汇报材料》认为:"品牌创始人胡兆祥之孙胡远烈,1906年随中国实业考察团赴日本,曾被日本工商界邀请在东京帝大(东京帝国大学,现名东京大学)讲学,讲授中国传统文化对工商界的影响。"但因其材料出处不详,所以这个"1906年"只能作为一说。

但胡远烈出访日本考察酿造业务,的确在光绪三十二年(1906)前后。这一段时间,也是胡玉美家族出国求学的频繁时期。《安徽省志·近代安徽对外教育交往·清末安徽留日学生一览表》上,就有胡远惠光绪三十二年(1906)入读日本高等师范学校英语科的信息。另据金杏邨撰《胡子穆生平事略》,胡子穆于"光绪三十三年(1907)随兄东渡日本求学。民国六年(1917)毕业于日本东京高师,专攻生物学"。蒋放、刘宜群撰《胡子穆传略》,也说胡子穆于"光绪三十二年(1906),肄业于安徽高等学堂,翌年随兄鉴年(胡国钧,字鉴年,胡子穆二哥)到日本留学,毕业于宏文学院和东京高等师范博物系"。但与胡子穆相比,胡远烈"考察酿造业"目的性很强,有一些急功近利的色彩。

作为胡玉美第三代掌门人,胡远烈在这一阶段频繁外出,说明胡玉美已经步入正轨,掌门人在与不在,都不影响酱园的正常运营。实际上胡玉美发展到胡远烈时代,胡玉美酱园运营,已经形成有效的分工负责的管理制度。在胡庆昌《胡玉美酱园的发展及其经营管理》中,这个管理与运营体系具体为:

> 大管事一人,下分前、后场两个部分。
> 前场负责营业,设外账一人(兼管店内一般事务性工作),内账一人(兼管对外信件往来),批发一人,进货一人,货账一人,货栈(仓库)一人,外班(驻外地联络人员)一人,柜台(内班)若干人(负责门市营业),学徒若干人(边学生意边做勤杂工作)。
> 后场负责制货,设大师傅、二师傅、酒师傅若干人(均视情况带学徒),厨房三人。
> 另设外交一人,"明经堂"管账一人(由胡玉美酱园内账兼,负责家务账目及家族店产、田产收支账目)。
> 季节性生产,如剥蚕豆、切什锦菜等,则雇用临时女工完成。

20世纪80年代末编写的《安庆胡玉美酿造厂厂志(1830年至1985年)》,则对这个管理与运营体系做有现代企业意义上的解读:

大管事（相当于经理）：由方遵训一人掌握内外一切事务、财务、员工管理及培训学徒，为"胡玉美"的经营管理最有影响的人。

外账（相当于经营科）：由江中汉一人负责营业，兼店内一般事务性工作。

内账（相当于财务科）：由诸辅之一人负责财务，兼管对外信件往来。

另设批发一人，进货一人，货账一人，货栈（仓库）一人，外班（驻外地联络商情生意）一人，内班（门市部）四人分管接待、出售会计、出纳等门市营业。

后场（相当于生产科）：由一人负责生产各种产品，下设大师傅（相当于车间主任）、二师傅（相当于班长）及酒师傅（相当于组长）、酱师傅等，并各带学徒。

外务（相当于工劳）：由一人负责，兼管临时工。

内务（相当于计划、财务、会计）：由一人处理资金、利润分配工资制度。

还有一个特别因素，经历三代掌门人的胡玉美酱园，其员工也多为第一代员工之后。而这些员工，在胡玉美工作的工龄，绝大多数都在10年以上，其中一些老员工，甚至有三四十年。无论工作经验还是对企业的忠诚度，都能让胡远烈放心"远"行，从而胡远烈可以集中精力，专注提高胡玉美酱制品的品质。相比之下，后者更为重要。

分治，远行

1911年11月8日，安徽省咨议局联合起义军代表在高等审判厅开会，宣布安徽独立，朱家宝为都督，王天培为副都督。东、西辕门后的安徽巡抚，临时改为安徽都督府。

次日清早，安庆市民路过巡抚衙门，惊讶地发现头门外高高竖起了两面白旗，一面上书有"宣布独立"的字样，另一面上书"兴汉保民"四个大字。

天真变了。安庆百姓说这话时,既有隐隐埋于心底的兴奋,又有淡淡愁于眼角的迷乱。

面对时局之变,七先生胡远烈考虑更多的是家族产业应对时局之变的求生之道。"分治"构想也就是在这种形势下生发出来的。

分治包括两个层面,一是家产分割,一是店产分割。

1967年,据胡远芬幼子胡国干自述:"辛亥革命以前,我们胡家各房(指其父辈)仍居住在焦家巷祖屋。辛亥革命以后,我家始分为两大房。我祖父(胡椿,怡怡堂)这一支为长房,分得焦家巷祖屋及胡广美茶食店和一些房产;叔祖(胡杰,古欢堂)这一支为二房,分得双莲寺住宅(程公祠街2号)、胡广源酱园和一些房产。至于胡玉美等酱园酒厂及麦陇香茶食店,则由两房共同经营。全部田产仍为两房所共有。但二伯父(胡远勋,古欢堂)不愿搬出祖屋,迟至他逝世以后,二房始行迁于双莲寺住宅。"不仅怡怡堂、古欢堂同居一宅,而且"长房(怡怡堂)仍过着同吃一锅饭的生活,副食则由各小房(指其父一辈的各房)自理。在民国三年或四年以后,始取消同吃一锅饭的办法。民国初年,我祖母(怡怡堂胡椿之妻)则由各房轮流供养"。

面对社会大局的变化,无论家庭内部还是家族共有的酱园业,确实只有分治才能进一步前行。

分到怡怡堂名下的资产,以"远"字辈八弟兄为基数。一分为八,摊在胡国干父亲胡远芬名下的产权包括:"(1)两家共有财产的收益(胡玉美和麦陇香两店及全部田产的收益)的十六分之一,(2)大房所有财产的收益(胡广美商店和房产部分的收益)的八分之一。"

天下事,分久必合,合久必分。或合或分,都是各方利益均衡的一种妥协。关于此次分治,赵纯继在《安庆胡玉美酱园发展史》中专门剖析:

> 胡玉美创业人胡兆祥的父辈是兄弟三人,两兄弟均早死,没有儿子。胡兆祥两个儿子,即胡椿、胡杰。胡椿生八子,胡杰则独生子。据说,胡椿、胡杰素以"孝友"闻于乡早。胡杰曾提议胡椿兼祧上辈的大、二两房,本人

继承三房。胡椿对这个意见是不赞成的。

到了胡远芬(胡椿的三子)编纂《胡氏家谱》时,就把胡杰这个提议正式编入了家谱,作为以后分家的根据。二房胡国华(胡杰的长孙,胡子穆的大哥)是学法律的,看见家谱初稿后,知道了胡远芬的用意,极为不满,坚决反对。因之,《胡氏家谱》初稿虽已完成,但一直没有正式付印。

1912年,大、二两房正式分家时,大房曾提出胡椿兼祧问题,家产应划分为三种处理。二房的胡懋旃曾手持菜刀要找大房的老七(胡承之)拼命。所谓"礼义之家"的真正面貌暴露出来了。

总的来说,胡玉美分而治之,把矛盾降到最低,把关系调整到最顺,从而聚集更多智慧与更多精力,向胡玉美更大目标远行。

不过胡玉美的这个"远",发力稍稍有一些大,"远"到大洋彼岸美国去了。

时间是1915年,终极地是巴拿马博览会。

《安庆市志·大事记》记述的文字为:1910年(宣统二年庚戌)"胡玉美蚕豆酱和枸杞菊花酒,在南洋劝业会上分获国光金奖和地球日月银奖,次年(应为1915年)又获巴拿马万国商品博览会国际优质奖"。

在安庆,包括蚕豆酱在内的胡玉美产品,是最早走出安庆、走向世界的地方产品。

先说1910年南洋第一次劝业会。

南洋劝业会(第一次)1910年6月5日在南京开幕,11月宣布闭幕,前后长达半年时间。南洋劝业会被认为是中国举办的第一次世界博览会,也是中国历史上首次以官方名义主办的国际性博览会。南洋劝业会吸引中外30多万人参观。

南洋劝业会动议于1908年,时任两江总督的端方以博览会"开风气而劝工商",并"振兴实业,开通民智",奏请朝廷准办。后清廷批复,令继任两江总督张人骏为南京劝业会会长,并命各省筹划本省产品参展。

1910年2月24日,安徽出品协会在安庆府学堂成立,同时成立另一个机构——安庆府物产会。安徽出品协会的职责，主要是组织安徽地方产品参展南洋劝业会。安徽出品协会主要依靠力量是安庆商务总会。此时安庆商务总会总理为吴甫臣，两名协理，列在第一位的是胡懋旃（元勋），第二位是蔡静堂。胡玉美产品送展，在某种程度上，也可以说是"近水楼台先得月"。

南洋劝业会（第一次）主会场设在南京丁家桥、三牌楼一带，占地700余亩，全国各地送展产品共440类，总数有百万件。南洋劝业会共设34个展区，设分省馆、专业馆两大类。劝业会的分省馆，有京畿、直隶、山东、山陕、河南、安徽、江西、浙江、湖北、湖南、四川、福建、广东、云贵、福建等。专业馆分教育、工艺、医药、农业、美术、机械、武备等7馆。另有湖南"瓷业"、博山"玻璃"、江宁"缎业"3个实业馆，以及上海江南制造局兰锜馆、广东教育出品馆、江浙渔业公司水产馆等特别馆。华侨展品另设暨南馆。国外展馆称之为第一、第二参考馆，有南洋群岛的泗水（苏腊巴亚）、爪哇、巴达维亚（雅加达）、新加坡诸国列馆参展。

南洋劝业会（第一次）的展会评审机构为南洋劝业会研究会，会长为两江师范学堂监督李瑞清，总干事张謇后任中央教育会会长。他们先后组织专家799名，经过长达3个月展品质量鉴别评选，最终评审出一等"奏奖"66名，二等"超等奖"214名，三等"优等奖"426名，四等"金牌奖"1218名，五等"银牌奖"3345名，共计5269名（项）。

胡玉美送展的产品有多少，资料阙如，故不得而知。但最终的结果，蚕豆酱、虾子腐乳和枸杞菊花酒（胡广源）都获得了四等"金牌奖"。虽然获奖级别不是很高，但能从近百万件展品中胜出，也绝非易事。

1910年前后，胡玉美制作了两种图案招贴纸，上面分别刊有宣统元年（1909）和宣统二年（1910），南洋大臣张人骏颁发的物产会奖牌。两枚奖章为一对，一为铜质，一为银包铜质。奖牌正面为双龙环绕火珠，背面为轩辕黄帝持长柄斧立像，黄帝脚下为地球。广告纸上的图案，应该是依照胡玉美获奖奖牌实物绘出来的。因为是他们的荣誉，所以特别以广告纸的形式，彩色精印做宣传。

胡玉美产品参加南洋劝业会（第一次）获四等"金牌奖"（一对）。

1915年，作为巴拿马运河开凿通航庆典活动，首届巴拿马太平洋万国博览会在美国旧金山召开。

巴拿马太平洋万国博览会开展日期是1915年2月20日，12月4日闭幕，展期长达9个半月，参观人数超过1800万。博览会前后筹备了3年，主会场设在美国旧金山海湾与陆地的交汇处，占地625英亩。共有41个国家参加，其中中国馆建筑仿紫禁城太和殿修建，1914年7月14日开工，1915年3月9日正式开馆，9月23日为"中国日"，根据《筹备巴拿马赛会出品检选规则》，中国参与巴拿马太平洋博览会监督兼筹备事务局最终在全国18省以农产品、手工业品为主的送选展品中，确定10万件赴美赛会，共1800箱。这也是中国第一次亮相于国际舞台。

安徽赴巴拿马太平洋万国博览会的参展产品，由安徽出品协会负责组织。在送展之前，农商部曾派员分赴各省进行初审，并"详加复核，分别等第"。胡玉美除四牌楼旗舰店外，另有三家分号也参加巴拿马太平洋博览会，三家分号一家是三牌楼胡广美，另一家是城西口的胡广源，还有一家是四牌楼的麦陇香。

1915年7月30日，农商总长周自齐为"赴美巴拿马太平洋万国博览会赛品"签发应得奖凭，以示对送展团体与商家的鼓励。在农商总长周自齐签发"赴美巴拿马博览会赛品"奖凭名单中,四牌楼胡玉美送展的"各种酒、酱油、罐头"最后获"二等奖凭"。安徽省送展产品获得"二等奖凭"共15件,其中酱制品只有四牌楼胡玉美获奖。胡玉美另外三家分号获"四等奖凭",其中胡广美产品为"烛油",胡广源产品为"虾子腐乳、白玫瑰酒",麦陇香产品为"珊瑚枇杷、琥珀楂糕"。

1915年8月末,巴拿马太平洋万国博览会评审结果公布,奖项设6个等级,分别为甲、大奖章;乙、名誉奖章;丙、奖词;丁、金牌奖章;戊、银牌奖章;己、铜牌奖章。共有25527件产品获奖,实发奖章20344枚、奖状25527张。中国代表团共有1218件参展产品获奖。其中安徽省获奖最高的展品是"红绿茶谷米"(大奖章)。由安徽出品协会送展的安徽农副产品,在展览中获得不错的奖项,如"豆类"获金牌奖章,"谷类"和"各种鸟片"获银牌奖章。

关于胡玉美在巴拿马太平洋万国博览会获奖情况,作家吴牧在"根据胡氏后裔胡庆臻、胡庆禧提供的资料,胡玉美酱园总经理、后担任安徽省工商联副主委胡子穆写的《我的自传》,以及采访安庆市胡玉美酿造厂厂长陈云林的纪要整理而成"的《百年金匾"胡玉美"——安庆胡玉美酱园》中,有这样的文字:"1915年由民国实业部举荐振风塔牌蚕豆辣酱,参加在美国旧金山举办的国际巴拿马赛(博览)会。在激烈的竞争中,向美国名牌艾蒙胡椒酱提出了挑战,胡氏家族动员在美国的中国留学生,在赛会附近拉起广告,摆摊设点,敲锣打鼓,向当地市民及参赛的各国代表宣传振风塔牌蚕豆辣酱,与赛会评比遥相呼应……"

但最终获奖结果,胡玉美送展产品并不尽如人意,据《1915年美国旧金山巴拿马世博会中国馆得奖名录·安徽省·农业品各协会商会商号得奖姓名物品等第单》,获金牌奖章的5个产品分别为安徽出品协会豆类、安徽安庆张立达红玫瑰酒、安徽胡开文药材、安徽胡广源白玫瑰酒、安徽广德孙绍周广德烟叶。胡玉美送展的"各种酒、酱油、罐头",尤其是蚕豆酱,虽然之前被普遍看好,但因与国外的饮食习惯相异,所以在巴拿马太平洋万国博览会上反响平平。反倒是分号胡广源的白玫瑰酒,取得了惊人的成绩。

后来《安庆市志》刊发胡玉美巴拿马太平洋万国博览会奖章(胡广源白玫瑰

酒)照片,传是胡子穆掌管胡玉美时期请人拍摄的,《安庆市志》只选了奖章的背面,图案取材于希腊神话与传说,其中男性为司旅游商业和贸易的神的使者赫耳墨斯,女性是司艺术发明和武艺的智慧女神雅典娜。下面有英文"巴拿马国际金奖"字样。奖章正面主图为博览会标志性建筑,辅图是象征和平的橄榄枝,外圈文字为"旧金山巴拿马太平洋万国博览会"。

胡玉美产品获巴拿马太平洋万国博览会金质奖章。

胡玉美涉足酿酒业,起初只是争夺浙江绍兴酒安庆代理权而非自家酿制。赵纯继《安庆胡玉美酱园发展史》记载:"安庆市场上的浙江绍兴酒,原是'沈镇泰'酱园通过芜湖'许永福'独家经销。(胡)承之见有利可图,遂与'(许)永福'挂勾(钩),并利用其雄厚资金,采取预付货款办法,控制了货源。同时因绍兴酒越陈越好,于是大量储存,使质量超过'沈镇泰',取得了绍兴酒的市场控制权。"

在赵纯继《安庆胡玉美酱园发展史》中,还特别提到胡玉美在"黄酒市场控制后,就想在白酒市场突破,先采用胡懋旇(胡远勋)首创的'小锡锅吊酒法',几经试制,均告失败,乃经售汉口'聚兴益'北直高粱酒"。

如果上述说法成立,那么胡玉美动议涉足酿酒业的时间,应该是光绪十年(1884),因为这年在西城口开设胡广源,远景规划之一,就是拓展酒类制作。但之后胡远勋心不在此,因而进度缓慢,几近停滞。胡远烈掌管胡玉美之后,认定酿酒业是胡玉美做大做强的有效途径,因而尽心尽力。南洋劝业会(第一次)获金牌奖章的枸杞菊花酒、首届巴拿马太平洋万国博览会获金牌奖章的白玫瑰酒均生产于这一时期。

这之中，立德昌京广百货商店给胡远烈启发最大。立德昌进驻四牌楼时间较晚，但老板张以亭十分有商业头脑，在光绪末年兼营英商亚细亚煤油，生意做得很活。由此胡远烈了解到张以亭开在西门外古牌楼的张立达堂国药号，再继续了解，原来他们家最赚钱的生意，是设于墩头坡的张立达酒场，那几年，安庆城销路极好的五加皮药酒、虎骨木瓜酒，都是他们家做的。据说这几家店加起来，每年赚得的大洋，以十数万计。

巴拿马太平洋万国博览会获奖后，胡远烈加大了酒类业务拓展力度，并推出了以中草药浸泡的酒，如仿古史国公酒、周公百岁酒等。仿古史国公酒有祛风除湿、活血通络之疗效，对老年筋骨痛患者效果最佳。周公百岁酒适用于气血衰减、四肢无力等症状。浸泡药酒的处方，均为官医牛痘局总理潘箬泉提供。潘箬泉祖居怀宁月山乡潘家老屋，后随父迁居安庆。初时家境贫苦，后父亲至胡玉美酱园当伙计，经济窘境才有所改变，少年潘箬泉也因此入读私塾。

在安庆，潘箬泉是德高望重的名医。安徽军务督理兼署安徽省省长的马联甲因口眼㖞斜、半身不遂而求治于潘箬泉，几剂中药服下，未及兼旬，症状消失。马联甲对潘箬泉医术大为赞赏，聘其为军务处后方医院院长。胡玉美药酒配方，或借潘箬泉父亲承胡玉美之情，或借潘箬泉安庆城名医之名，自然非他莫属。而胡玉美几款药酒，也确实因潘箬泉之名而行销于安庆城。

胡玉美花型香酒生产，目标是与张立达共享市场。虽然初涉酒类生产，但胡远烈以高薪聘请制酒大师，又在用料与制作上严格把关，因而一炮走红。枸杞菊花酒获南洋劝业会（第一次）金牌奖，红玫瑰酒获巴拿马万国博览会金牌奖章，借助国际展会宣传推广，胡玉美生产的花型香酒，很短时间内便在安庆、长江中下游，甚至在东南亚华侨圈赢得极好的口碑。

之后的局势，胡庆昌在《胡玉美酱园的发展及其经营管理》中记述："由于红、白玫瑰酒销路很好，因而开辟了花园，专门精心培育良种玫瑰。由于花色品种的不断增加和创新，不但扩大了营业范围，进一步满足了市场需要，而且扩大了社会影响，打开了更多的销路。"赵纯继《安庆胡玉美酱园发展史》也提到"胡承之在大量酿酒的同时，曾在东门外（现在的华中路）购买了菜地十余亩，辟为

'玉美园',种植玫瑰、菊花、葡萄以及各种花卉,借此宣传,以广招徕"。因红、白玫瑰酒销路拓展而开辟玫瑰园种植基地,以保证天然香料的来源,恰恰又是胡玉美眼光的长远之处。

赵纯继《安庆胡玉美酱园发展史》认为,胡玉美酿酒起点是 1925 年,这一年,在技师代美章、王华山等继续研究下,终于"在南场运用北直高粱酒泡制了各种花露、果汁、药酒,其中比较好的有红、白玫瑰酒,特点是酒质纯,没有洋酒的气味。以后又陆续生产枸杞菊花酒、葡萄酒、周公百岁酒、史国公酒、虎骨木瓜酒,还仿制了天津的五加皮酒"。作者认为"实际除了玫瑰酒是先将花摘下,用矾腌制吊露,再对(兑)高粱酒外,多数是购买原料浸泡制卤,然后对(兑)酒。其中枸杞菊花酒、周公百岁酒是获奖产品。露酒、药酒最高销售量,每年在三万瓶至四万瓶之间,高粱酒最高用量二千担左右"。

1929 年,工商部中华国货展览会编、南京工商部出版的《工商部中华国货展览会实录》上,胡广源生产有"红白玫瑰、五加皮酒",胡玉美生产有"葡萄酒、柠檬酒、香蕉酒、桑葚酒、薄荷酒、金桔(橘)酒、桂花酒、佛手酒、木瓜酒、(枸)杞菊花酒、百花酒、代代百花酒"。吴承洛著的《从上海化学工艺展览会观察中国化学工业之现状》在介绍"果酒"时,也特别写道:"安庆胡玉美之代代、香蕉、玫瑰、葡萄等酒,多为以花果浸于高粱烧酒而成之露酒,陈列颇富。"由此可见,在胡远烈时代,安徽的花型香酒生产基本为胡玉美一家所垄断。

"振风古塔"商标

作家叶灵凤出生于清光绪三十一年(1905),他说他在"未满十岁的幼年,曾随了家里在安庆住过一个短短的时期"。虽然居住时间不长,但"迎江寺的那座宝塔(振风塔)","这个城市最令人不会忘记的标志",深深地印在了他的脑海里。作家记住振风塔的另外一个缘由,就是"胡玉美的虾子腐乳,就用了这座古塔为商标"。不仅如此,在他童年的记忆中,还有这样的印象:

我不知胡玉美的这一项出品已经驰誉多久,但是在五十年前,当我住在安庆时,他们的"虾子腐乳"招贴纸上,已经印明这种出品曾在巴拿马博览会和南洋劝业会上得了奖状和奖章,而且为了提防假冒和影射,曾向工商部注册,并将官厅的批示刊石立在店门前。

胡玉美酱园门前的这一块石碑,十分有名,由于碑上雕刻了两只倒立的狮子,维护着这告示,替代了盘绕的双龙,安庆人就称这块石碑为"倒爬狮子"。因此在安庆提起"倒爬狮子胡玉美",就无人不知。而且一提到胡玉美,就要想到他们最著名的出品:"虾子腐乳。"

按叶灵凤文章所记,"曾向工商部注册,并将官厅的批示刊石立在店门前",这个年代,应该是1915年获巴拿马金奖后不久。如果这个记述没有差错,那么胡玉美注册"古塔"商标,也应该在同一时期。

安徽博物院藏民国安庆胡玉美酱园酒厂虾子腐乳招贴纸(之一)。

张辉杭《胡玉美蚕豆辣酱:工艺与品牌》认为,胡玉美"商标诞生于1907年",起因是"1906年胡远烈在随中国实业考察团赴日本期间注意到商标广告之功用,回国后便萌生注册商标想法"。商标图案由"胡远烈提议选取振风塔全景",经"胡氏家族第七世胡国铨(衡一)、胡国泽设计",并得到"家族各房代表"

议定,"其后报请安庆知府、安徽巡抚主管工商部门批准,1907年11月报请清朝农商部核准注册登记"。可惜的是,作者没有提供可信的资料来源。因此,这只能算是作者的一种推测。

中国第一部商标法《商标注册试办章程》(海关总税务司裴式楷起草),1904年8月4日由光绪皇帝钦定颁布,并决定当年10月23日起正式施行。但由于章程中一些条款与西方列强利益分歧较大,因而广遭抵触,最后并没有得以实施。民国之后,1923年5月,北洋政府农商部商标局成立,江苏无锡茂新面粉厂率先向商标局申请注册"兵船"商标,成为中国第一号办理注册的商标。

虽然"兵船"商标1923年才成功注册,但它最初使用是在宣统二年(1910),也就是说,尽管《商标注册试办章程》没有实施,但在中国,一些目光远大的民族企业认识到商标的重要性,已经先行设计并使用,只是没有得到司法形式的认可。这之中,应该也包括安庆胡玉美。

胡庆昌《胡玉美酱园的发展及其经营管理》记述:"约在清光绪末年,胡玉美酱园开始用安庆振风塔全景作为商标。商标图案是由胡远惠的长子胡国铨(衡一)设计绘制的。"这个记述就与上述推断相符了。

胡玉美"古塔商标"设计者胡衡一,字国铨。他是胡远烈弟弟胡远惠之子。胡玉美家族"国"字辈中,胡衡一排行第八。

胡衡一是安庆女子师范学校及女子师范附小的美术老师。《申报》1925年12月4日第7页刊《第三届苏浙皖三省师范附小联合会昨日在锡开幕》,内有"苏浙皖三省代表昨日到者共四十二校九十一人姓名",胡衡一就是九十一名代表之一。后"议决组织成绩审查委员会",胡衡一又被选为安徽三个委员之一。

胡衡一的父亲胡远惠也是老师。《申报》1924年2月9日第10页报道《皖省校各校长之大更动》,提到"第二模范小学校长吴叔云调厅另候任用,改委胡远惠接充"。有趣的是,紧随其后,"女子模范小学校长舒德进照旧加委",这个"舒德进"也是胡玉美家族成员,胡玉美第四代掌门人胡子穆之妻。

后任台湾中华大学美术系主任的孙多慈,曾是胡衡一的学生。拙著《孙多慈与徐悲鸿爱情画传》(2008年,江苏文艺出版社)中曾有这样一段描述:

在安庆女中,最先肯定孙多慈绘画天分的,是图画教师胡衡一。那时候的胡衡一,身体略略有些胖,尤其在冬天,穿着宽大的长袍,显得十分臃肿。臃肿的图画教师,在讲台上放一只苹果,让学生做静物写生练习。大家都低头认真地去画那只苹果,孙多慈却在画纸上画臃肿的图画教师。虽然谈不上形似,但多少也还有神似之处。胡衡一老远就知道她在下面做小动作,也不说破,故意绕到教室后面,再轻轻上前,逮了个正着。以为至少要吃一顿批评,却没有,反而"呵呵"笑出声来,把她的"作品"高高向学生扬起:"孙多慈同学放着小苹果不画,非要画我这只大苹果,大家看看,还真有些传神呢!只要同学们画得好,想怎么画就怎么画,老师无所谓。"

孙多慈在同学们羡慕的眼光中,多少有些得意,而对胡衡一老师的深爱,也由此埋进心间。"在一女中学校,教师中对我期许最殷切者,为图画教师胡衡一先生。"直到晚年,在台湾,每每向朋友回忆旧事,她依然如是说。

胡衡一冬天穿的那一身宽大长袍,质地非常好,是正宗的杭州绸缎,黑底子金色图案,远远看去,既洋气,又有做派。他自己也非常得意,常常在课堂上向学生炫耀,这样的衣服,在安庆女中,恐怕只有他胡衡一独一件。

美术老师胡衡一对安庆东门外的宝塔有着浓浓的本乡本土情感,在"古塔商标"设计中,这种情感也不加遮掩地流露出来:由江面远眺的振风塔,用细密线条本色勾画,塔身雄伟,塔刹巍峨。依江而建的庙宇以及周边的民居,温馨而宁静。只有江面是流动与起伏的,江面上的行船也是繁忙的。动与静相融合,清末民初的江畔小城也因此跃然于纸上。可以这样说,"古塔商标"内含的韵味,不是安庆籍的画家,是无论如何都表述不出来的。

同样是安庆宝塔,同样是木刻形式,类似胡衡一"古塔商标"的图案设计,之前之后也有多次出现,如1912年安徽中华银行"安徽通用铜圆壹百枚"券、1936年安徽地方银行"贰角"券与"壹角"券、1946年中央银行"壹角"券等。但相比之下,只有胡衡一"古塔商标"设计水平最高。

紧随其后,安庆的另外两家老字号,刘麻子刀剪、余良卿鲫鱼膏药,也将已经使用多年的商标进行了正式注册。其中刘麻子刀剪注册的是"双合成",余良卿鲫鱼膏药注册的是"拐仙"商标,图案为民间八仙传说人物之一的铁拐李。

胡玉美在设计注册商标的同时,还有另外一个举措,就是把第三代掌门人胡远烈的头像照片设计为椭圆形图案印在商标上。虽没有在相关部门正式注册,但在各类包装盒、广告单上都有印刷。安徽省博物院收藏有两张胡玉美虾子腐乳广告纸,上面的胡远烈,为着中式服装半身像,椭圆形外环为上橙下白底色,内外环之间以及外缘有绿色细圈。外环上弧为"制法改良人",下弧为"第六世孙承之肖像为证"。这种表述方式,就有一些"正本清源"的宣传了。

胡庆昌在《胡玉美酱园的发展及其经营管理》中说,商标设计完成后,"最初用在瓦罐蚕豆酱的红色封口招牌纸上,随后陆续用在瓶装酱油的彩色瓶签上和虾子腐乳的彩色包装纸上。在使用振风塔商标以后,'胡玉美'这块招牌随着安庆宝塔的名气而与日俱增,几乎凡是知道安庆宝塔的人,也都知道安庆有个胡玉美酱园。为了保持这个名誉,酱园对各种产品更加用心研究,提高质量,终于成为安庆有名的土特产品"。

安徽博物院收藏的胡玉美虾子腐乳招贴纸共两张,每一张的正背面均为连体分印,长 49 厘米(单体 24.5 厘米)、宽 12.3 厘米。两张广告纸的设计元素、构图与图案均有所不同,以"南洋劝业会褒奖"奖章(一对两张)为区别:

1909 年"南洋大臣颁发·宣统元年物产会奖牌(从右至左排序)",上为椭圆形胡远烈中式服装半身像,注册商标印于另一面,上有"皖江城东 振风古塔"八个汉字以及"TRADE MARK"英文,下为"本主人谨白"的"虾子腐乳功用"。

1909 年"南洋大臣褒奖·宣统元年物产会审定牌(从左至右排序)",上印注册商标,但商标上只有"TRADE MARK"英文,没有"皖江城东 振风古塔"字样。"本主人谨白"的"虾子腐乳功用"刊印于另一面。

特别值得一提的是,招贴纸制作年代,胡玉美已经开始重视面向国外的宣传。两张招贴纸都印有英文说明,共两段,一为"Manufactured by Hu Yuh Mei

Sauce and Wine Co. Sus-Pa-Lou Street. Anking. China Factory; Kuai-Co-Tu. East Gate.（生产：胡玉美酱园酒业有限公司四牌楼街、安庆东门拐角头）"；二为"It is composed with juice and essence of wine, so its taste is very good. One, who use it, must proclaim its excellence because it with be good for one's health.（本品富含果汁和葡萄酒的精华，味道极佳，有益健康，一旦入口，必赞不绝口）"。

由此可以看出，这两张招贴纸为一对，因为重点宣传"南洋劝业会褒奖"，所以可以肯定制作时间在 1910 年之后，1915 年巴拿马太平洋万国博览会之前。也有可能是分两次设计印刷。安徽博物院这一对胡玉美虾子腐乳招贴纸的征集，夹于一批徽商契约文书中，因而也可以断定，这些招贴纸主要是寄送外地供销商做宣传、推广之用的。

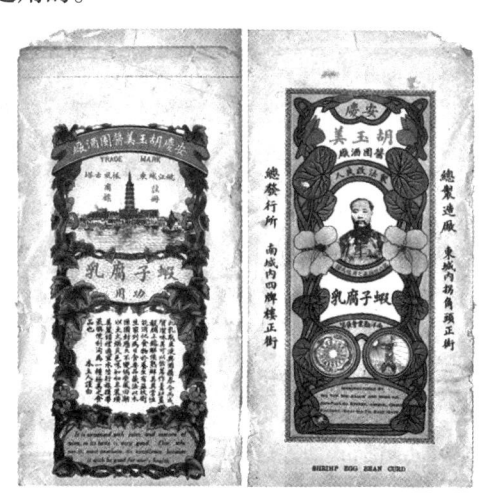

安徽博物院藏民国安庆胡玉美酱园酒厂虾子腐乳招贴纸（之二）。

安庆藏家章安庆收藏的另一枚"上品白花酒"商标，制作年代相对迟一点，因为上面印有巴拿马太平洋万国博览会金牌奖章及"巴拿马博览会　独得头等金牌"字样。但也有一个疑点，这上面没有印"振风古塔"商标。

"上品白花酒"商标上的"安庆城内胡广源酱园酒厂"，属于胡玉美下设分号，地址在"西城八卦门内西正街"，主要产品介绍为"本号专制各种花露名酒"。这枚商标,性质是单一生产厂家的单一产品。安徽博物院藏虾子腐乳招贴纸则不同,它是"胡玉美酱园酒厂"的招贴纸,其"总制造厂 东城内拐角头正街",而"总发行商 南城内四牌楼正街",之中的"总"字,指向明确,厘清了胡玉美酱园酒厂与下属各分号的关系。

作家章玉政也为我们提供了有关胡玉美商标的三条重要信息:

《国货日货调查录》(中华民国学生联合会总会编,出版时间不详)记述:"物品:虾子腐乳;商标牌号:振风古塔;公司名称:胡玉美酱园;厂基:安庆城东拐角大街;发行所:安庆城南四牌楼。"

《东亚之部商标汇刊·商标丛刊 中国之部》(实业部商标局编,1934年出版)记述:"(商标)镇(振)风古塔牌,胡玉美酱园酒厂胡味兰(胡远芬);酒类,各种瓶酒。"

《中国经济年鉴(下)·第十一章:工业》(实业部中国经济年鉴编纂委员会编,1934年商务印书馆出版)记述:"(商家)胡玉美酱园,(地点)安庆,(类别)露酒,(商标)振风古塔""(商家)胡广源酱园,(地点)安庆,(类别)露酒,(商标)双鸟亭",20世纪30年代胡广源生产的露酒还注册有"双鸟亭"商标,这是第一次看到。

二次扩张

20世纪20年代在中国出行,随身带的最好书籍,无疑是商务印书馆出版的《中国旅行指南》。这本旅行工具书每一次出版都有修订,其中1917年出版的为"增订六版"。增订内容的依据,书中也有说明,比如"安庆,民国六年(1917)二月查,今改怀宁"。书中介绍安庆"大商店",列在第一位的是荣太和(杂货,西门外大街),列在第二位的就是胡玉美(酱),之后是泰和祥、立德昌(广货)、天元祥、三捷(鞋)。不过有一个偏差,书上说,包括胡玉美在内,这些店都在"倒扒狮子"。

还有一本旅行工具书,叫《增订全国商埠都会旅行指南》,这是1926年中华书局出版的,作者是葛绥成、喻守真。其中介绍安庆"本省特产",列在前三位的都是胡玉美产品,分别是胡玉美之虾子腐乳、百花酒、蚕豆酱。

也就是说,1920年前后的胡玉美,不仅在安庆酱园业稳居老大位置,在安庆工商界也稳居老大位置。这个"老大",不只是胡玉美每年的销售总额,也包括胡玉美急剧扩张的企业规模。

光绪二十四年(1898)胡远烈掌管胡玉美之前,胡玉美曾经有过一次领地扩张;同治十三年(1874)在三牌楼开设胡广美糕点食品蜡烛店;光绪十年(1884)在西城口八卦门内开设以批发为主的胡广源酱园;光绪十八年(1892)在四牌楼胡玉美隔壁开设宴海珍茶食店。

作为第三代掌门人,胡远烈执掌胡玉美后,延续父辈有序发展的策略,在进入20世纪后的前20年,又进行了胡玉美历史上的第二次大扩张。

民国枞阳门外朱家坡,1920年,胡玉美在这条街新设分号胡永源酱园。

光绪二十八年(1902),胡玉美在东门小拐角头开设胡永源水作店(带酱货)。"水作"是行业内部称谓,实际上就是豆腐作坊,也就是安庆人说的"水豆腐店",胡玉美涉足水作业,应该早于酱园业。胡庆昌《胡玉美酱园的发展及其经营管理》认为,胡玉美"开始只在本地肩挑贩卖豆腐、酱货,继而开店经营,并将生意逐步做到江南大渡口、张家湾、八都湖一带。传到胡兆祥(字芝田)时,遂开始自制豆腐和酱货"。

在安庆食品工业历史上，水作业或有单独经营的，但规模都不是很大，基本都是家庭作坊式。而酱园业，大多兼有水作业，这里面有两个特定原因：第一，酱园业做酱或酱油，早期主要原料就是黄豆。同样，水作业的主要原料也是黄豆。第二，酱园业制作的腐乳类产品，红方、青方、虾子腐乳、酒糟腐乳等，第一道工序就是做豆腐。酱园业兼有水作业，"兼"之有理。在这之前，胡广源就兼营水作业，而且规模很大，是安庆城西的巨无霸。胡永源后来居上，很快占领城东市场。天源（原为夏永昌水作店，地址在北门内正街）、赵义源（北门外蔡家桥）、刘义源、诸永盛（西门外大新桥）等酱园，涉足水作业也深，20世纪20年代安庆六大豆制品店，除上述四家外，另外两家为胡玉美的胡广源、胡永源。

在赵纯继《安庆胡玉美酱园发展史》中，胡永源水作店的开设，另有深层意义："1902年，胡家又在东门内小拐角头开设了胡永源水作糟坊，兼做酱货、杂货生意。酱货、杂货分别在胡正美、胡广美调拨。胡家这样做是企图争夺东门外的生意，水路做江南大渡口一带的小批发，压倒东门外几个小型酱坊。"

1918年，胡玉美又在西门外四眼井开设胡永大酱园，从地理位置上看，胡玉美此次扩张，虽然与诸永盛领地西门外大新桥，还隔着一个金保门，但也出了八卦门，不再是安庆城内了。1918年前后，安庆西门酱园业相对比较密集，主要有程天长，四眼井；天长豫（程天长联号），月字街；天长（货栈门市部，程天长联），女儿桥；三阳，五巷口后街；天昌义，盐店巷；开源，横坝头；协昌祥，古牌楼；何发泰，大巷口；广大源，西正街。胡永大在此插足，意义在于胡玉美影响的渗透。

不过，在赵纯继《安庆胡玉美酱园发展史》中，胡永大酱园的开设，是胡玉美家族之"公"与胡远烈私心暗中较量的结局："胡氏家庭内部矛盾表现得最激烈、最突出的一次，要算胡永大酱园之争了。胡承之于1918年想为他的爱子胡缉渠私自搞一个生意，曾在西门外四眼井开设胡永大酱园、糟坊。这个地方，四通八达，发展的道路是很广阔的。一切都已布置就绪，但家庭关系突然紧张起来。因为按照明经堂的规定，经理人不能私自经营和本业同样性质的商业，股东们一致反对，闹得很紧张。胡国华那时正在南京工作，曾致函胡承之力加斥责，谓'将来胡玉美号的经理人不一定是胡姓担任，如破坏制度于今日，将为胡氏子孙启无穷之忧虑……'胡承之想到,如果有此先例,将来一旦外人做了经理,也照样做起生意来,对胡氏子孙是极不利的,也就接受了股东们的意见,将胡永大号划归胡玉美老店了。"

1920年,胡玉美再次扩张,在东门外朱家坡开设胡永源酱园。同样的胡永源,同样在城东,但水作店设在小拐角头,酱园则设在朱家坡。两个胡永源之间,有一个枞阳门要出入。而这道枞阳门,把两个胡永源分为城内与城外。在此之前,东门外酱园只一家,就是开在东岳庙附近的玉翔酱园。从这个角度看,胡永源的设立,更大程度上是胡玉美向东势力扩张。

必须要说一说的,就是宣统三年(1911)宴海珍向麦陇香的涅槃。

光绪十八年(1892)开业的宴海珍,在胡远烈掌管胡玉美之前,就是一个普普通通的茶食店,与对街始终人进人出的稻香村有天壤之别。后经胡远烈苦心营造,勉强能与稻香村齐名。但胡远烈不满足于此,他有更大的梦想,就是以南货糕点业的模式,把宴海珍茶食店的规模做到安庆城南货糕点第一。宴海珍就是在这个大背景下改名为"麦陇香"的。

"麦陇香"三字源自北宋苏东坡《和文与可洋川园池三十首·南园》"桑畴雨过罗纨腻,麦陇风来饼饵香"一句。1911年末,伴随晚清"桑畴雨过",宴海珍"麦陇风来"。从这个角度看,麦陇香的变革,更大程度上是顺应时代的发展进程。

全新露脸的麦陇香,经营业态在安庆城也是引领时尚,一方面,加大前店后坊的投入力度,高薪聘请了苏班、广班、常州班、上海班等技师,精制各种糕点,并招收青年学徒,由老师傅传授制作技术,从而保证了麦陇香的品牌质量;另一方面,在经营糕饼、海味等商档南货时,加大代销品牌力度,上海冠生园、泰康等誉满半个中国的产品的安庆代理权就是这一时期拿到的。

无论是前店后坊高薪聘请技师,还是独家代理知名品牌经营权,都需要大批量资金投入,这一点上,绝无捷径可言。麦陇香之所以能成为麦陇香,最有力的因素,就是强大的资金支持。赵纯继《安庆胡玉美酱园发展史》记载:"1911年,第一次投了三千两银子,到了年底,蚀得精光;1912年,再增资三千元,又亏蚀得一干二净,一度曾被迫歇业。1914年,胡承之坚持复业,'麦陇香'业务,由此逐渐发达。"

在《安庆胡玉美酱园发展史》中，赵纯继将同是胡玉美联号的麦陇香与胡广美做了比较："两号同样的货品，质量虽小有差别，价格却相差很大。比如，旧社会一年一度的祭灶灶糖，销售量很大，当时'麦陇香'灶糖，每斤售铜圆五十六枚，而'胡广美'每斤只售四十八枚。两号货品可以随进调拨。'麦陇香'因为生意好，往往供不应求，就调拨胡广美四十八枚铜圆一斤的灶糖以应市。"

不仅仅如此，以全新面孔登上安庆舞台的麦陇香，在坚守传统品牌的同时，又研发出多款不受季节与时令影响的糕点产品，其中香蕉饼干既酥又脆，且入口有淡淡香蕉清香，是价廉质优品佳的新型糕点，推出后很快就为安庆民众认可。

经过二次扩张的胡玉美，虽然逐步走上稳健发展之路，但多事之秋的20世纪20年代，变化不断，始终给胡远烈掌管胡玉美带来挑战。虽如此，胡玉美还是稳扎稳打，一步一个脚印推动企业前行。

自1925年开始，《申报》连续3年对"皖垣商况"进行总结性报道，其中提到胡玉美，褒贬不一。

1925年2月3日，《申报》第6页刊《甲子年皖垣商况》，副标题为"中南战事受亏甚大 土产价低稍事补救"。文章开篇为概述："皖垣商界，上年各行营业情形，盛衰参半，盖因东南战事发生，正值各业办货之际，外货皆不易输入，迄至冬令，以上无货可卖。本地出产土货，亦属无法输出，比较上受亏者固多，而糕饼、酱坊、糟坊各业，其营业尚稍胜于癸亥年也。"其中提到"酱业"，具体文字为"因豆价不甚高昂，其营业与糟坊业相似。该业营业较大者，当推胡玉美，分店十余处。论营业则连年进步。唯该店漏□之大，为全城之冠。去年广源、天长，均赚三四千元，□闻之开源和记亦赚两千元。而胡玉美仅小平而过。其弊□之深，已可见矣。"另提"糕饼业"时介绍"所注重者，油糖米面四项，去岁价均不高，是以该业亦可谓不多得之时年也。惜乎时局不靖，销场不大。该业较大者，当推麦陇香、稻香村、（胡）广美、万益、时利和等家，甲子年除开支外，净赚均有五六千之谱"。

《申报》说胡玉美"漏□之大，为全城之冠"，应该问题不小。也正因为如此，1925年春节之后，胡远烈坐镇胡玉美旗舰店，进行了一系列的改革。到年末，改革见效。1926年2月21日，《申报》第9页刊《皖垣乙丑年商况之回顾·酱业》，对胡玉美这场自我革命大加溢美之词，说1925年酱业"当推胡玉美为最。总、分各店并货栈、酒厂，计十余家。四牌楼（胡）玉美，营业虽大，然历年赚余有限，至多不过两三千元。去年经该店主胡承之（远烈）认真整顿，乙丑营业，净利一万二三千元，为该店历年所未有。（胡）广源分店，论营业与（胡）玉美等，获利则不及。去年红账五千余元。各分店皆有盈无亏，均有数千元之红账，即货栈亦赚两三千元，永大红账约二千元。此（胡）玉美总分店之情形也"。与胡玉美相对比，"其他营业之较大酱园，西门外天长，乙丑年仅赚千余元，不及昔年三分之一；开源和记，前年始开业，营业尚称得法，去年红账约两千；北门生源，去年红账三千元之谱；北门新开之永泰和，营业盛极，结算红账，仅得平平，并未赚钱。当系新店消耗太多之故耳"。提到"糕饼坊"，则说明"去年因油糖米面皆贵，所以皆不见佳。仅稻香村、麦陇香，因花色繁多，营业较优。两家相等，均有五千余元之红利。其余时利和、（胡）广美、万益等家，所赚不过一两千元，再其次仅得平平"。

1927年2月15日，《申报》第9页又刊《丙寅年皖垣商况》，其中"酱业"一节仍对胡玉美有褒奖之语："皖垣酱业，以胡玉美为首屈一指，总、分店计有十余家，并有酒厂。去年各业均不见佳，唯酱业均尚可观，四牌楼胡玉美总店，历年皆因开支太大，盈余至多不过万元。去年所盈竟上两万元。（胡）广源亦有六千元，（胡）永大、货栈、酒厂，均有千余元。此外，诸永盛、天长、开源和记，盈余均有两千余元。"

1926年的胡远烈，不仅加大对胡玉美四牌楼旗舰店的示范管理，也对胡玉美对外拓展的业务进行了规范整顿。《申报》1926年3月1日至3日，连续三天刊发《安庆胡玉美号经理胡承之启事》（另刊《新闻报》1926年2月16日第16版）："启者：敝号麦陇香、胡广美、胡广源、胡远（永）大、玉美义等联号驻申庄客方维正君，现因他就已与敝号脱离关系，所有各宝号交往一切账项，已于乙丑年

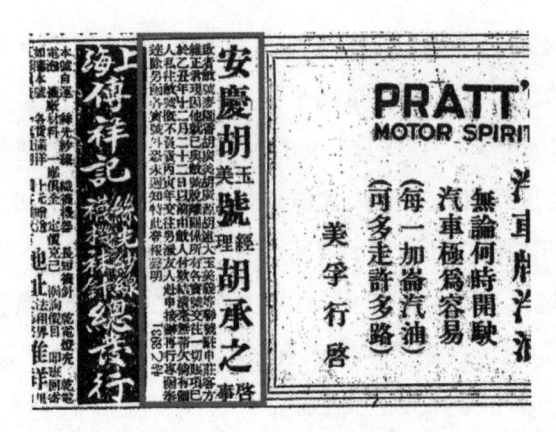

《申报》1926年3月1日《安庆胡玉美号经理胡承之启事》

十二月二十二日以前,由敝人付款结清,毫无蒂欠。倘有个人私往,敝号概不负责。丙寅年交往,另派友人赴申接办,再行专函奉达。除另函各宝号外,恐未周知,特此登报声明。"看似外派人员的一个临时调整,但一定是胡远烈从中发现诸多弊端,从而以大刀阔斧之手段,对此进行了根治。

敢于正视自我、完善自我,这也是胡玉美能够强大的诸多原因之一。

用人攻心　治业用心

说一个胡玉美的小故事。

宣统年间,安庆市面混乱,出于保护各商号安全考虑,安庆商务总会组织成立了武装性质的商团。商团分中、西、南、北四路。商团经费由辖区内商家自行筹措,数额依据商家实力而定。商团成员也多是各商家的老板和员工。胡玉美实力雄厚,大老板胡远勋是安庆商务总会协理,因此无论是出钱还是出力,都排名靠前。

小故事就是因商团而起。

四牌楼胡玉美店里的一位小伙计,也是商团新成员,这天中午在店堂楼上休息。因为刚刚发了一支步枪,很好奇,就拿在手里研究。枪口是对着地面的,他以为枪里面没有子弹,结果随手一扣扳机,枪响了。子弹是击穿楼板打下来的,速度虽减弱不少,但还是有一定杀伤力,又正好把在店里买东西的一位伤兵给打伤了。虽然是一擦而过的轻伤,但伤兵大家都知道是惹不起的。小伙计吓坏了,躲在楼上直哆嗦,不敢下来。大管事方遵训闻讯赶快出来,将伤兵扶到后进账房,又是倒茶,又是递烟,还派人把医生请了过来。当然,也塞了不少银子让伤兵消气。一场风波就这样让方遵训给平息了。虽然小伙计惹了这么大的事,还让店里破费了不少,但方遵训也只是把小伙计狠狠责骂了一通,罚做两个月苦工,并没有给他更多的惩罚。小伙计感激涕零,自此成为胡玉美死心塌地的忠实员工。

宽以待人,自然能收拢人心。这是胡远烈成功治理胡玉美酱园的经验之一。

大管事方遵训严格执行的,就是胡远烈这种"用人攻心"的理念。

不知道方遵训这个名字是不是后来起的,但"遵训"这两个字,完美地概括了方遵训对胡远烈言听计从的态度。遵训,"遵"胡远烈之"训",不仅是"遵",而且在"遵"的基础上又超常发挥。换一种说法,就是对胡远烈治理胡玉美酱园的理念,不仅百分之百落实执行,还有提升与推进。

关于大管事方遵训,胡庆昌在《胡玉美酱园的发展及其经营管理》中,对他尊敬与褒奖有加:"胡玉美酱园的店规是比较严格的。店内一切实权都掌握在主持店务的老板手里,各项日常工作(包括业务和事务)则由大管事总负其责。胡远烈主持'胡玉美'时大管事是方遵训(厚坤),他既熟悉市场情况,为人又很精明干练,处事果断,敢于负责,是老板的一位得力助手,对'胡玉美'酱园的发展起过重要的作用。他管理店务,对大、小同事(店员)要求都很严,绝不允许触犯店规。由于他自己能以身作则,所以店里同事又怕他,又敬他,也佩服他。"

赵纯继《安庆胡玉美酱园发展史》对方遵训也十分赞赏:"方遵训的祖父原是北门外南庄岭胡家的佃农,小时候放过牛,后来父亲送他到店里学生意,由学徒到小同事,直到大管事。据胡家后代说:方的为人'忠厚勤劳,办事公正',就连胡家子弟,也有几分畏惧。每天工作极忙,常常吃饭都是站着吃。方遵训不但经常打骂职工、学徒,就是胡家子弟也要看他的颜色。"

胡远烈"用人攻心"的理念,并不是停留在口头上的说教,而是具体地落到实处且能融化人心的细枝末节。最具说服力的,就是胡远烈时期的胡玉美员工的福利:

来胡玉美工作,与其他酱园一样,也有3年的学徒期,这3年,基本上是没有什么福利待遇的。但学满3年出师,当月开始就领取每月4元的薪金。这个数字不是一成不变的,之后每年还会增加1—2元。

出师后满3年,视个人能力担负不同的工作。不同的工作则有高低不同的薪酬:

如果单一技术性工作,称"一般同事",每月可拿到8元工资。

担负或兼管某一项专职工作,称"中班同事",每月工资要高不少,10—12元不等。

负有某项较为重要职务,有一定专长,称为"大同事",收入又上一个台阶,每月16—20元之间。这就相当于胡玉美的高层了。

胡庆昌在《胡玉美酱园的发展及其经营管理》中回忆,当时胡玉美"内账负责人诸辅之(诸永盛家族之后)每月16元,罐头厂苏仲华师傅每月18元,大管事(方遵训)每月20元"。

据《安庆胡玉美酿造厂厂志(1830年至1985年)》,除此之外,胡玉美员工(应该是部分)还有"年终红利(奖金):从盈利中抽成分摊"。

早前安庆商界的分红标准,各业各店都不一致,最高的三七,最低为一九,普通为二八。如果参与分红,员工薪金标准要比不分红的商家低百分之三十到百分之五十。计算红利步骤,先邀请员工参与查点盘存,再估价计算,最后提取分配。查点盘存有"盘整丢零"之规,如胡玉美盘点酱货,只要坛子开了,不论卖多卖少,都不计于账。另外还有"货八折""价八折"等行规。有一个老板员工都认可的说头,叫"肉烂在锅里",也叫"盘肥"。

胡玉美每年的年终红利,大致也是如此。由于目前没有看到这方面的具体资料,估计在员工收入中,不占大头。

胡玉美年轻员工(一般同事)每月8元工资,在安庆属于什么生活水平,我们可以按1923年9月《中国旅行指南(1924年增订十二版)》调查的安庆物价进行类推：

先说吃喝。西餐馆有"海洞春(三牌楼)，一家春(钱牌楼)，洞庭春(御碑亭)"，西菜价格："七色一元，六色八角，五色七角。咖啡每盅一角五分"；酒馆有"小蓬莱(登云坡)，马启顺(府城隍庙)，味莼园(御碑亭)，醉琼川菜馆(二郎巷)，太和馆(东辕门)，金谷园(韦家巷)，致美楼(梓潼阁)，盘谷春(东门外)，双鹤楼(西门内大街)"等，价格"每肴，小碗二角五分，中碗四角，大碗六角。点心每件一分"；茶馆有"三层楼(西门外大街)，起凤楼(均韦家巷)"，价格是"每碗一分至一角"。

再说娱乐。戏馆只有位于御碑亭的新舞台，价格理得很细，"特别楼座，夜五角，日三角；茶座，夜三角，日三百文；站看，日夜均二百文。局看，一元。茶资一百二十文。手巾二十文"。这里的"文"指的是铜板，当时1元钱相当于3000文，1角钱相当于300文。"手巾(把)"是中场给观众擦脸用的，"二十文"的价格，换算下来，1分钱都不到了。

再看其他消费。洗澡"盆池汤均有者：华清池(镇守使署东首)，玉液池(西门外)，小苍(沧)浪(三步两桥)，海洞春(三牌楼)，日新园(钱牌楼)。客座一百二十文，雅座一百四十文，官座二百文。池汤，客座四十至八十文。润新池塘(谷隆巷)，二十文至五十文"。理发价格也不贵，在"六十文至二百文"之间。这些都属于典型大众消费。

再看看其他阶层人员收入。以挑力为例："自轮船码头入城，每担约数，上段一百文或一百二十文，中段一百六十文或一百八十文，下段六十文或八十文。"

公私合营安庆市胡玉美罐头食品公司芝麻细酱商标

如此一对比，胡玉美员工的月薪酬在安庆处于一个什么样的水平，就一目了然了。

胡庆昌在《胡玉美酱园的发展及其经营管理》中介绍，除了每月固定的薪酬，胡玉美员工还享受以下福利待遇：

不分大小同事每月可享受理发二次（在附近包了一家小理发店，店里按月与他结账）。

天冷每月可由店里出钱到澡堂洗澡四次（天热在店里洗）。

每月适当补助黄烟或纸烟，由店里统一购发。

伙食每桌八人，四菜一汤，平时吃素菜，每月逢初一、初八、十五、二十三吃荤，称为"四犒"。（四犒）每桌三四斤肉，或八九斤；每逢端午节、中秋节，增加六到八个菜；过年（春节）增加八到十个菜，每桌都有酒。

平时同事生病，可以自己找医生看，医药费由店里负担。

结婚酌予贺礼补助。死亡给予棺木或补助丧葬费。不过这些补助常常因人而异，多少不一。

退休可凭店里所发的折子，按月支取生活补助费。遗孀可月支津贴三元左右。

这样的福利待遇，就不是胡庆昌在《胡玉美酱园的发展及其经营管理》文中所说"较其他酱园略高一点"了，而是让其他酱园员工眼红到爆。即便放到今天，这样的福利条件也会让一些年轻人争先恐后。

当然还不止这些。比如说大管事方遵训管理酱园，明里要求员工"严格执行店规"，但暗中"也能做到严宽结合"。胡庆昌回忆，"平时触犯店规的事很少发生，偶有发生，也能酌情处理。如有一次有个同事因家人生病，生活发生困难，他从售货款里取了一点钱，当时受到方遵训严厉斥责，但事后方了解了情况，反而安慰他，还经过老板同意送给他一点钱，使他安心工作"。这种人性化的管理模式，不是简简单单推行胡远烈"用人攻心"的理念，而是把它作为胡玉美企业文化的一部分进行渗透式落实。

不过,职工福利高规格的胡玉美,不是什么人都能进来的。据赵纯继《安庆胡玉美酱园发展史》:"真正从外面聘请的职工很少,绝大多数职工都是从学徒提拔起来的。在营业部门的管账、上街、大同事和后场的大师傅、二师傅这类职工,他们的工作期限,总在二十年以上,都是两三代人,大都是学徒出身。这些学徒,大致有三个来源:职工介绍的,胡家亲友介绍的,胡家女工的子弟。"

对于胡远烈,剩下来的事,就是"治业用心"了。胡庆昌在《胡玉美酱园的发展及其经营管理》中这样记述:

> 胡远烈解决了这个问题之后,就放心地去研究发展生产和改善经营管理,并摸索出了一套比较有效的做法,即有重点地抓好制货、营业、管理这三个环节。在制货上,不断提高产品质量,增加花色品种;在营业上,做到货真价实,信用往来;在管理上,堵塞浪费,勤俭办店。
>
> 具体做法是:
>
> 提高产品质量:一是精选原料,上色加价多收,中色减价少收,下色不收;二是严格掌握操作规程,密切注视配料和气候(温、湿度)对产品的影响。
>
> 增加花色品种:1.酱类,除黄豆酱外,增加了蚕豆辣酱和芝麻辣酱;2.豆腐乳类,增加了虾子腐乳和大红方、大青方;3.酱菜类,增加了宝塔菜、萝卜头、加料五香萝卜干等;4.酱油类,除单、双套酱油外,又增加了虾子酱油;5.甜菜类,增加了糖醋蒜子、桂花生姜、糟鱼、糖生姜和酒醉螃蟹等;6.酒类,成功酿制了枸杞菊花酒(曾获得巴拿马太平洋万国博览会奖)、红玫瑰酒、白玫瑰酒、史国公酒。

不仅仅如此,处于民国变革时代的胡远烈,还有更大的治业野心。这个"野心"就是顺应时代,将传统产品与现代包装形式进行整合。这一点,安庆酱园业、安庆工商界,甚至安徽工商界,只有胡玉美大老板胡远烈目光最远。

那种包装叫罐头

光绪二十六年(1900)前后,安庆江面每天都有各色轮船驶过,其中招商局的客轮最多。招商局的客轮,多以"江"打头命名,如江孚、江宽、江华、江新、江安、江顺,等等。安庆人还编了一个顺口溜,叫"飞江新,快江华,抵不到江安、江顺一把拿"。光绪九年(1883),安庆轮船招商局购买基本报废的海珊号海轮,将它改为趸船,设在东门炮营山叭蜡庙,后移至大南门外,并在柴家巷修建了候船室。光绪三十四年(1908)底,官府又在大南门外江岸装置路灯,为夜间上下船的旅客提供了出行方便。

胡玉美第三代掌门人胡远烈,眼光独特,他从中看到了巨大的商机。

或上行九江、汉口,或下行芜湖、南京、上海,客轮抵达安庆,都会有一定停靠时间。那些并不在安庆下船的旅客,也会借这个时间上岸走一走。遇到当地知名的土特产,还会花钱买上一些带上船。安庆城有什么知名土特产?1917年商务出版社出版的《中国旅行指南》(增订六版),介绍安庆特产时,就特别注明有"虾子腐乳"。

在胡远烈看来,轮船码头胡玉美产品的叫卖,不仅仅是扩大销售的问题,关键是通过这个平台,把胡玉美产品的口碑推向更远。事实也是如此——"船到安庆……船伙告诉我:安庆胡玉美酿造的豆瓣酱号称天下第一,您不妨买几罐带回去送人,爱吃辣的人,无不视为珍味呢!于是我就买了四打准备送人。"作家唐鲁孙在《唐鲁孙谈吃·胡玉美的辣豆瓣酱》中就具体写到因"口碑"而有购买冲动的细节。

胡玉美产品初始包装形态,基本都以瓦罐为主。瓦罐是用陶土烧制而成的容器,多为圆口鼓肚。加装胡玉美产品之后,如在本地销售,多以荷叶加四方红纸封口,再用稻草扎头封紧。如需要发往外地,则以油纸厚实封口。瓦罐包装的胡玉美产品,原汁原味能相对保存。但瓦罐易碎,长途运输不便,毁损消耗难以控制,因而也极大地限制了胡玉美产品的远销。

1914年,第一次世界大战爆发,包括安庆在内,整个世界的商业格局都发生了变化。方复泰糖杂货号老板方荫堂,第一次世界大战之前,只在五巷口附近开一家小盖粑(米粉发粑)店,之后一位信得过的老乡,连哄带骗让他用全部积蓄购进了一批快要融化的红糖。不想歪打正着,红糖刚进库,第一次世界大战爆发,进口糖源断绝,方荫堂凭这批红糖,赚足第一桶金。起步后,方荫堂又及时插手美孚洋油经营与食盐业务,尤其是后者,几乎垄断了安庆及周边市场。方荫堂也因此有"方百万"之称。

一直到20世纪80年代,大轮码头候船室周边的商店,仍以销售胡玉美蚕豆酱为主。

对于胡玉美,1914年开始到1918年第一次世界大战结束的这5年,也是胡玉美产品外销的最佳时机。大老板胡远烈敏锐地抓住良机,并果断地采取破冰行动,从而把胡玉美酱园经营从量变提升到质变,提高到与时代同步的层次。这个破冰行动,就是改土法瓦罐包装为铁制罐头包装。

整个过程分前后两个阶段,同样艰难,同样曲折而漫长。

第一阶段是纯手工的起步阶段。

安庆是一夜间发现街头少了许多白铁匠的。早前,一些相对热闹的十字街口,如小拐角头、天后宫、三步两桥、五巷口等地,必然有一个白铁匠的摊子。在安庆人印象中,这些白铁匠大多操湖北口音,永远坐街头拐角处,腰系黑皮围腰,脚边散乱地放有木槌、铁锤、钳子等工具,两腿相夹的,是用废旧钢轨改成的铁砧。如果诗一般想象,"敲"之动作是他们特有的舞蹈语汇,"敲"之声音是他们独特的音乐律动。在他们一双灵巧的手下，没有敲不出的东西——只要能说得出形状，带有长长嘴的水壶、椭圆形的扯水盒子、加有罐盖的小口茶叶罐、又高又深的盛油桶，等等，都能用白铁皮裁剪、拼接之后，变戏法似的敲出来。

胡玉美决定生产罐头制品，街头的这些白铁匠就成为胡玉美新一代技工。开始是在胡玉美北的三牌楼，利用胡广美的房舍，新增货栈部，批量收购来白铁，然后组织白铁匠在这里日夜加班，以手工方式赶制出第一批罐头盒。

世界第一只马口铁罐，是1810年英国人彼得·杜兰发明并取得专利的。第二年，英国商人布莱恩·唐金和约翰·霍尔买下专利并开办马口铁罐头食品工厂。当时工厂一位熟练的制罐技工，每天可做60只左右的空罐。

虽然相比国外晚了百年，但对于安庆城，胡玉美的铁皮罐头则是安庆罐头食品工业的起步。初时，胡玉美请的这些白铁匠，技艺生疏，每天只能做二三十只，且多数不符合规范。后来工匠们技艺娴熟，速度加快，一天也能做接近60只。

白铁匠是手艺活，手艺高下的关键，就在于敲打，因此白铁匠在安庆又有"敲白铁的"这一称谓。敲白铁除了技巧，还要有经验，更要有耐心。有经验有耐心，敲出来的产品才会严丝合缝，甚至看不出敲打的痕迹。安庆白铁匠群体不小，但真正做得好的不多。其中公认技术最好的是湖北人杨汉元，他做白铁制品的每一道工序，画线、裁剪、拼接、整形、修补、做附件等，不仅熟练、精准，而且完美。关键是他敲的速度也特别快，顺手的时候，一天能敲出近百只白铁空罐。胡远烈对他十分器重，后来筹备成立胡玉美制罐厂，专门聘请他为工厂的技术指导。

白铁匠做好的白铁空罐，使用之前要经过严格的检查，罐身无棱角、无凹瘪、无变形，罐盖无突角，接缝完整，卷边处无铁舌。不仅如此，还要求空罐内外清洁，无锈斑，封底完好，不漏气。最后通过蒸汽消毒，倒置沥干。装罐完成，随时用锡焊封罐，封罐后，有专门人员逐罐严格检查密封真空度。发现不合格产品，立即剔除。虽然制造罐头食品技艺相对落后，但胡远烈对每一道工序都严格把关，从而以罐头产品的质量，保证并提高了胡玉美的品牌声誉。

胡玉美罐头制品的第一阶段，虽然进程缓慢、产量低下，但相比较前期的土制瓦罐头,已经前进了一大步,从而为扩大罐头外销业务打下良好的基础。

据赵纯继《安徽胡玉美酱园发展史》,由于罐头制品生产发展迅猛,1918年,胡远烈以高价顶下三牌楼口的潘恒益酱园,前店仍经营酱制品生意,后坊则改为胡玉美货栈。作者认为:"这一着棋,一箭双雕,一则垄断市中心的酱业市场,再则以较低的价格销售,打击了中小企业。"

胡玉美罐头制品的第二阶段,时间中轴线是1920年。这一年,胡玉美白铁空罐生产已经初具规模,先后在三牌楼、四牌楼以及拐角头三处地方,租用民房做堆栈和空罐加工场地。有一些不愿与胡玉美合作的白铁社,胡玉美就与他们签订"包工合同",按质按量付费。

胡玉美的手工铁制罐头为他们带来极好的经济效益与口碑,尤其是江边客、货轮停靠,总有外地旅客以奔跑速度下船购买。胡玉美生产的罐头,无论什么品种,基本是货卖当天空,始终处于紧缺状态。上海总商会商品陈列所编,1922年印行的《上海总商会商品陈列所报告书·第三编·陈列》,"丙橱第十九号　罐诘"就是安庆胡玉美的罐头产品。也正因为如此,安庆城其他几家酱园也开始纷纷效仿制作罐头。

尝到甜头的胡远烈,更加雄心勃勃。从1924年起,胡远烈就安排专业人员外出学习,并从上海等地预订制作罐头的机器设备。1925年8月,胡玉美罐头厂在大二郎巷26号正式开建,当年从上海高薪聘请来机械师,又在安庆招收了一批技艺高超的铁匠和木工。经过前后1年多时间的筹建,1926年11月,胡玉美罐头厂正式投产。罐头厂罐头生产采用法国"阿培尔"法,结合蒸锅灭菌和排气锅封罐技术,并夹以传统手工技艺,是安庆第一家以半机械、半手工方式批量制造罐头的工厂。

据赵纯继《安庆胡玉美酱园发展史》:罐头厂"时有十六匹柴油引擎一部,并陆续添购铣床、卷门机、滚筒车、剪刀车、六尺车床等机器设备,价格计八千余元。蒸汽则用立式蒸锅排气,每天销售罐头蚕豆酱二千余听。"

与此同时,胡玉美罐头的品种,也从蚕豆酱、虾子腐乳扩大到糟鱼、精方腐乳、牛肉、什锦菜等多种花色品种。作为胡玉美第三代罐头,一诞生就迅速占领了市场,并得到广泛认可。1929年,安徽省商品陈列展览会在安庆开幕,胡玉美新一代半机械半手工生产的罐头在展览会上获得银质奖章。

胡玉美罐头厂建成投产并取得极好效益,标志家族企业的胡玉美酱园正式从家庭式手工产销传统经营,转换到以机器批量生产且多品种多渠道销售的现代运营方式,是安庆市、安徽省从手工业生产逐步过渡到机械化生产的成功工业范本。

民国报纸"胡玉美"

1919年夏天,安庆街头有两个散卖酱油的小贩,一个姓苏,一个姓汪,挑着酱油篓子从大南门街出镇海门,沿街叫卖酱油。酱油也不是一般的酱油,酱油篓子上挂了一个牌子,上面写着"上海卫生酱油"。酱油篓子是用青竹编的,底小头尖,中间一个大鼓肚子。酱油篓子中间是酱油坛子,酱油坛子也是九寸盘子般大小的圆底,然后由下往上鼓出来,再由下往上收回去,坛口也就巴掌般大小,上面用一个大沙袋封口。也有讲究一点的,挑一担木制酱油桶沿街叫卖,酱油桶上面是密封严实的,只是在一侧有一个小方口,遇到有顾客散打,就停下担子,把酱油桶的方盖打开,用或一斤或半斤或四两(十六两老制,半斤为八两)的酱油提子伸到桶里,盛满,然后拎出来,通过酱油漏子倒进顾客自带的瓶子里。

胡玉美制法改良人,以第六世孙承之(胡远烈)肖像为证。

苏姓、汪姓酱油小贩挑着酱油篓子刚刚走到大南门招商码头,被缉私局一位殷姓稽查员拦下了。拦下的理由很简单,"上海酱油系出盐制,何以不来完税"?公事公办,"应照偷漏例罚办,须罚洋四十元"。两个酱油贩子不以为然,一、两担酱油全部卖掉,也卖不出四十元大洋;二、酱油篓子上挂"上海卫生酱油",只是吸引顾客的一种吆喝,坛子里的卫生酱油是刚刚从胡玉美酱园批发来的。因此,"不肯私给分文"。旁观者中"商界某君,代为呈诉,请予以从宽发落",但殷姓稽查员"不允所请,竟将苏、汪二小贩带回局中拘押一昼夜",最后"乃允罚洋十六元始行问释,并具结以后不得再用'上海卫生'字样"。

不是说一个故事,而是真实发生在安庆的新闻。新闻刊在1919年8月4日第8页《申报》上,新闻标题叫《卡委苛罚小贩》。

新闻也是胡玉美酱园的广告,刊在《申报》上,面向全国读者的广告:胡玉美生产的卫生酱油,不亚于大上海的同类产品,至少那些冲"上海卫生酱油"去购买的顾客,分不清里面的真假。

20世纪20年代,胡玉美作为安庆酱园业老大,安庆商界老大队伍中一员,树大招风,经常因一些新闻或涉及一些新闻而上报纸,或有利或无利甚至有损,胡远烈并不在乎,能把"胡玉美"三个字印成铅字,对于胡玉美酱园就是一种宣传。

1922年2月13日,《民国日报》第6版刊《皖省酱业之大罢工》,报道了安庆酱园业罢工缘起:"皖垣酱业同人大罢工,此事之发生,又不能不归咎各资本家,盖因铜圆价落,每元已换至一千六百二十文。员工工价,向以铜圆为单位,况酱业工价盛微,每月至多不过三千文,以现在市价合算,一家仰事俯畜,皆赖此涓滴。值此生计日高,无论如何节减,岂能三餐相继?是以迫而出此新。"于是,大年初五,"各同人开会集议,推举代表:亿和祥之王四桥、张君美,瑞和祥之周子美,玉成之马方京等十二人"。相比之下,胡玉美福利待遇要高于其他酱园,因此十二名代表中,除分号"玉成之马方京"外,没有其他员工参加。

酱园业十二名代表最终商定的要求,也不是很高:"恳求各资本家,加给工价,每月向支三千文者,改为大洋三元。其余以此类推。凡支铜圆者,一律改为银圆。"1922年酱业公所所长为胡玉美大老板胡承之（远烈），他把代表意见转达给各酱园，结果"各资本家，不加原谅，反谓要求太高"。酱园业罢工由此始。"皖垣酱业，自以胡玉美资本为雄厚，支店亦多"，最着急的，当然是大老板胡承之（远烈）。于是"拟约同业董诸人，集齐酱业工所，开会集议。议决绝后，通知各商人到所协商"。共同议定的结果，是"按每铜圆一千文，改支银圆七角五分，所加有限"。此结果酱园业各同人难以认可，因此距记者发稿之日，"全市酱业仍有未开市者。并闻其它（他）各业，亦将有同样之罢工"。

1923年对于胡玉美，也算是多事之秋。这年7月13日，《时事新报》就在第6版《皖省近闻纪要》中报道了这样一则新闻：

> 皖省防务，归陆军第三旅，调队前来担保，决定已有多日。昨日清晨，该旅有军队一营，乘兵轮至省，在东门外鸿安轮船码头附近登岸。经记者详细调查，为该旅之第一团第一营，营长为张兴文。原驻涡阳义门集，曾发生哗变一次。此次到皖，所带烟土、私盐属不少。昨日下午，竟有该营兵士，以私盐数包，托城内四牌楼胡玉美酱园代售，当为该店拒绝，几乎大起冲突。现在虽属大雨滂沱，该营因搬运军用物品，有许多兵士，拦街拉夫，人力车上，虽坐有客人，均被逐下，将车夫拖去，以致城内外之脚夫、人力车夫、担水卖菜者，均躲避一空。纷扰情形，不堪多状也。

胡玉美拒绝代售"私盐数包"，不是不能为，而是不敢为。这个罪名承担下来，是吃不了，兜着走的。大管事方遵训哪有这个胆子？大老板胡远烈也不敢。

同类新闻，最早是1918年7月1日《时事新报》上的报道，不过主角不是胡玉美，而是胡玉美设于西城口的分号胡广源，"安庆大南门外盐务缉私分局委员彭某，每值商轮抵埠时，凡夹带私盐者，需抽盐十四包为规费，每包折洋一元五角。复议处罚。日前指定周德顺、胡广源两铺夹带私盐，从严苛法。不料胡广源不服，即请商会开会讨论，一面缕陈利弊，赴大通督销局控告矣"。没做亏心事，不怕鬼敲门，胡玉美（胡广源）的硬气也在此。盐务缉私分局委员彭某恐怕也没料到这一点。可惜后续不知。

20世纪20年代,安庆市面销售的,一种是淮盐,一种是精盐。"皖垣承销淮盐之子盐店共计三家,西门外方福泰、荣泰和两家,东门内胡玉美一家。"1926年春夏,"淮盐每担加价一元之消息"越传越实,"顷闻芜湖方面,业于七月一日实行"。7月初,"大通榷运局长李鉴銮,特派会计主任阮忠祥,与屠镛二人,来皖调查各子盐店存底数目,并肩有疏通任务"。1926年7月6日,《时事新报》在第4版刊发《皖省将实行盐斤加价》新闻,报道了"榷运员先派员来省疏通"的消息。"阮屠二人到皖之后,各子盐店店主,即在一家春设宴,与之接洽一切"。胡玉美大老板自然是宴会主角。作为淮盐承销子盐店主,胡远烈明确表态:"对于加价一层,并不反对,只以皖垣市面,近年来精盐充值,淮盐已大受影响。现在精盐只售七元七角,而淮盐已售七元五角,再加一元出售,商民势必群趋于精盐之一途",又晓之利害:"前传七月一日各埠一律实行,皖垣各子盐店,即相继闭盘,以待加价后,出售获利,市面上大开盐荒。幸有精盐救济,否则人民将有淡食之虞。"实际上这次淮盐加价,对子盐店冲击并不大,因为"此次所加之数,系属利益均沾,其支配方法,以四成归行销省份留用,以三成归出产省份办理公益,以三成归行运商,各方均得厚利",胡远烈等子盐店主考虑更多的,还是底层民众的承受之苦。

同样的内容,惊鸿采写的《陈调元已抵皖垣——主要目的在实行盐斤加价》(《民国日报》1926年7月6日第4版)则是从另外一个角度:

> 盐斤加价一案,屡试屡辍,殆亦皖人呼吁之力,公理卒能战胜强权。最近蚌陈旧事重提,乃有淮盐每石加价一元之举。大通榷运局长李鉴銮,为陈之夹袋人才,陈之政策,当然奉事维谨。所已派该局会计阮忠祥、既该局职员屠镛来省,向皖省子盐店,借口调查食盐底存数目,并尽力疏通,以为实行加价之张本。皖城子盐店方荫堂、蔡敬堂、胡承之(远烈)等,乃假一家春酒馆,宴请屠等。似皖埠盐商,早有就范之势,而皖埠近年之销数,淮盐与精盐,已臻并驾齐驱之境,以言价格,则淮盐每石为七元四五角,每斤约

售铜圆二十二文。精盐每石七元七角,每斤约售铜圆二十三文。今拟所加价者为淮盐,而精盐则阻止入境。皖埠盐商,拟加价实行后,市价每斤亦加价三文。唯近年淮盐,来源稀少,端赖精盐挹注。将来淮、精两盐同时缺乏,皖人不免有淡食之虞矣。

《申报》1924年8月2日第9页刊发的《皖垣商民饱受虚惊》新闻中,也提到了胡玉美,不过不是四牌楼旗舰店,而是"三步两桥胡玉美义记店"。

当时"虚惊"的起因,是"七月二十八日晚十时许,警署忽传知三、四牌楼热闹市尘各商号,嘱为赶早上门,幸勿惊慌,并未说明何事。各商号闻悉之下,均登时将门上起。各店东管事,莫不惶惑无措,甚至有检点簿籍者。然各商家均关门闭户,皆伏于楼窗旁暗窥街市之动静。十二句(点)钟后,街市上果然行人绝迹,但闻军队荷枪,来往如织。见此情形,更加慄慄危惧"。结果虚惊的真相,是军警方面实地演习,他们"将驻扎省城之军队,计有一营之众,散布于各门城垣上,作为防守之形状,旋即由团部(团长吴大鹤),猛然发一系列归队军令,试看若干时刻,能以完全收队"。但也恰恰在演习之时,"忽三步两桥胡玉美义记店后,墙头上发现人影。该店司务等,即大呼何人,乃墙头上回答,系北方人之口音。于是该店同人急呼岗警。该处距离怀宁监狱,近在咫尺,平日防范已极严密,何况此际,岗警鸣笛,立时军警督查处稽查、警察保安队,荷枪而至,四面兜拿。当将此人拿获,询据供称,姓李名金标,山东人,曾在团部充当伙夫。今夜系因窃取间壁巷内洪家衣服五件,被追不过,遂弃藏逃逸等语"。

四牌楼胡玉美开设于道光十八年(1838),之前胡玉美一代掌门人胡兆祥,与岳父合伙,曾在三步两桥开设玉美义酱园,在高井头开设玉成酱园。后岳父退出,两家酱园均为胡兆祥独有。从刊于《申报》的《皖垣商民饱受虚惊》来看,玉美义作为胡玉美支店,一直继续经营,但店名有所异为"胡玉美义记",且酱园规模不小,外有"墙头"相隔,内有"司务"当家。之后,1926年3月1日至3日,《申报》持续刊发《安庆胡玉美号经理胡承之启事》,上面提到的"敝号"中,也包括有分号"玉美义"。

也是1924年,上海《小时报》8月14日第13版刊出了另一条有关胡玉美的新闻:"昨(九日)夜,胡玉美堆栈失慎。一时谣言蜂起,谓刀匪进城。省署团部警局等处,传急令临时戒备,关城门,绝交通,军警林立,侦探密布。又传省署左近,伏有匪百名,拟攻省署。马闻之,面无血色。(潇君 安庆)"

可惜抗战之前安庆地方报纸残缺,不然在当年《民岩报》《皖铎报》《安徽商报》《皖报》《安庆晚报》《长江晚报》《民众晚报》上,会读到更多有关胡玉美的新闻。

胡玉美虾子腐乳功用:性能消化食物,于养生有益,故卫生家列为日食要品。

1928年,句号

1928年,对于胡玉美不是一个好年份,这一年,胡远烈突患脑梗,心里是明白的,手捏着笔也能颤巍巍写两个字,就是话说不出来。本来是想送到同仁医院的,但戴世璜回美国了,只好连夜坐大轮把他送到上海。但脑梗这种病,送到上海也没有用。

1928年,胡玉美第三代掌门人胡远烈去世,终年五十六岁。

"入世迟予且十年,逍遥归去倏予先。箕裘思想还如昨,骨肉思情遽忍捐。

往日合离犹起恨,而今修短悟由天。北堂萱草同培护,未料忘忧忧更煎。"胡远芬一首《哭七弟承之》,把他对弟弟胡远烈的去世的悲痛,写到了极致。而"箕裘思想还如昨"一句,直接道明胡远烈是为胡玉美酱园操劳过度而耗尽生命。

1920年胡远勋去世,对胡远烈的精神是一个打击。胡玉美第三代掌门人双雄共管(胡远烈主内,胡远勋主外)的格局,也只能由胡远烈内外一肩担挑了。

对胡玉美酱园管理如鱼得水的胡远烈,社会外交的谋略则显得生涩。1923年1月10日,《民国日报》第7版刊《皖总商会改选风潮扩大》,报道"一部分会董诉选举违法",就把胡远烈推上风口浪尖。报道说"总商会选举风潮,迄今尚未平息。昨有会董朱锡三等,具呈北农商部及皖当局声诉选举违法"。里面特别提道:"又,胡承之被选会董,已连任两次,于本法第二十四条规定'不得均行连任',是胡承之(远烈)本届会董资格已不合法,程张等与胡沟通作弊,以胡连任会董,为其被选会长之交换条件,其违法者一。"

胡玉美家族后人写的文章,没有提及当时胡远烈的沮丧心情,之后胡远烈是否连任,报纸也没有相关后续文章。无论胡远烈能否连任,这个挫折的伤害,对胡远烈有一些大。此之前,胡远烈掌控胡玉美,在社会上可以说"呼风唤雨"。受此挫折,胡远烈在商会的位置与胡玉美在商界的位置,都面临挑战。

好在1927年又有补救,这一年革命军南下抵达安庆,安徽省城总商会撤销,同时新成立安徽省商民协会。还是同样的牌,只不过性质稍有一些区别而已。但这个安徽省商民协会,委员均为资方人选。主席为美商美孚煤油公司经理方荫堂,委员有大圣绸布号经理吴天铎,酱业胡镜波、酒业胡瀛洲与万笏斋,另外一个就是胡玉美酱园胡承之。可惜的是,安徽省商民协会前后只存在了一年,次年春便宣告解散。

几乎在安徽省商民协会结束的同时,胡远烈也结束了他相对短暂的生命。

胡远烈英年早逝,胡玉美又一个华丽时代结束。

胡远烈掌管胡玉美时期,胡玉美酱园的运营达到一个全新阶段——既有它的高度,又有它的深度。"胡远烈的经营方式颇合现代企业的合理有效管理原则,因此,经理得人,无疑是'胡玉美'幸运之处。"台湾谢国兴著《中国现代化的区域研究：安徽省（1860—1937）》做有如此总结。

胡庆昌撰写的《胡玉美酱园的发展及其经营管理》总结了胡远烈时期的胡玉美有三大特别之处：

讲究货真价实：俗话说"一分钱一分货"，就是说要做到"货真价实"。胡远烈认为这是一条重要的生意经，因此要求很严，决不以次货充好货。他曾说："顾客上当只有一次，最多二次，以后人家就不来了，那样做生意就把生意做绝了。"他还说："做生意要薄利才能广销，要做到货比别人的好，价钱比别人家的巧，才能打开生意的门路。"因此，"胡玉美"不仅严格地对自制商品要做到如此，而且即使对那些赚不到什么钱的代销商品，如菜油、麻油之类，也要坚持保质出售，绝不做贪一时的小利而有损商誉的事。尤其是对老、弱、妇、孺前来买东西，要比一般顾客更加热情接待，同样保证货好秤足。这样能得到顾客的好评，使商店的信誉越来越高。

信用往来：对本地门市零售业务要讲究信用，对乡镇和外埠的批发往来商户，则更要讲究信用。那时往来批发业务，并没有签什么合同、协议之类的文字契约，而完全凭口头信用，说一句就是一句，怎么说的就怎么做，即使受损亏本也绝不反悔食言，总以顾全信用为重。如过去安庆附近的高河埠、石牌、三桥、老峰等乡镇和外县桐城、太湖、潜山、东流、望江等县，以及外省江西南昌、湖北汉口、江苏南京等较大城市的商号都与"胡玉美"建立有生意往来关系，这些交易既有现款往来，也有赊销往来，不论是现款还是赊销，都以发货时的物价为标准，发货后不受物价波动的影响，但对方亦必须按期付清赊货款。货物运到当地后，如发现有缺斤少两或变质，可以原装退回调换。

堵塞浪费：由于酱园的生产周期比较长，资金周转慢，对于降低生产成本是个不利条件，因此必须要特别注意做好堵塞浪费的工作。首先在制货前要着重做好选料的工作，避免出次品，就是堵塞浪费的第一个重要环节。接着从原料的保管到提料制货这一道一道的工序，都要有人负责检查，直到半成品和成品的场地保养和仓储保管,都要保证符合鉴定要求和在规定时间内质量不变。对于营业零叁包装所需的草绳、蒲包、木箱等,甚至一张荷叶、一根麦草也绝不准有一点浪费。在人力使用上,做到各有所事,各尽其责,因才定位,因事定人,各抒所长,各显其能,有条不紊。有了上述种种规章制度,因此一般都能尽职守责,主动按时完成任务,很少因出差错而造成人力和物资上的浪费。

1928年,胡远烈去世,胡玉美酱园的这个华丽时代,依依不舍地画上句号。

"怡园偕立图",己未(1919)菊秋拍摄。左起:
胡远惠、胡远濬、胡远成、胡远芬、胡远烈。

目前能看到胡玉美家庭"远"字辈的一张合影,拍摄时间是1919年(己未)秋天。这其实是怡怡堂五弟兄的合影,由左至右分别是老九胡远惠(字近谙)、老五胡远濬(又名远浚,字渊如,号劳谦居士,别号天放散人)、老八胡远成(字展轩)、老三胡远芬(字味兰,别号履冰子,晚年自称畏难老人)、老七胡远烈。照片取名"怡园偕立图",但从画面看,明显是在照相馆拍的。焦家巷胡氏老宅有没有名"怡园"的后花园?应该是有的,胡兆祥晚年喜欢花草,胡椿晚年也喜欢花草,后花园取"怡怡堂"堂号一个字命名"怡园",也未尝不可。

1919年是胡玉美酱园如日中天的时代,1919年照片上的胡氏五弟兄,事业上正处于巅峰时期。

第三编　儒商胡子穆

少年求学日本

咸丰八年(1858),胡玉美第二代掌门人共管胡玉美酱园,弟弟胡杰对哥哥胡椿说,酱园里的事,大小都你说了算,我不管,我要做我的文化人。

光绪二十四年(1898),胡玉美第三代掌门人共管胡玉美酱园,古欢堂胡杰之子胡远勋对他的七弟、怡怡堂胡椿六子胡远烈说,酱园事务归你,社会交往归我。

胡远勋说这话时,他第三个儿子胡国镠刚刚七岁。

1928年,胡玉美第四代掌门人主持胡玉美酱园。此时的怡怡堂,胡远芬是"远"字辈的叔,已经六十有六,长古欢堂"国"字辈的胡国镠整整三十岁。虽"辞官归里,为当然家政主持人"(胡庆禧《原安庆胡玉美家族志略》),但管理胡玉美,有其心,无其力,只能挂一个虚名(主管胡广源酱园酒厂),另外"安排入世长孙胡庆照弃学从商"。最终怡怡堂与古欢堂"公推二房第七世胡国镠负责兼管"。至此,胡玉美第四代掌门人胡国镠一权独大。

《安庆市志·人物传》(方志出版社,1997)列有胡子穆小传:"胡子穆(1892—1956),名国镠,字子穆,以字行。安庆人。七岁启蒙,就读于安庆清节堂育正小学,肄业于安徽高等学堂。后东渡日本求学。民国六年(1917)三月在日本东京高等师范博物系毕业。"

蒋放、刘宜群参考《胡子穆自传》等一手资料撰写的《胡子穆传略》，也有相近文字：胡子穆"生于清光绪十八年（1892）三月，七岁启蒙后入育正小学。光绪三十二年（1906），肄业于安徽高等学堂。翌年随兄鉴平（胡国钧，字鉴年）到日本留学，毕业于宏文学院和东京高等师范博物系。"

《安庆市志·人物传》中的"清节堂育正小学"与《胡子穆自传》中的"育正小学"，应为"怀宁县育正两等小学堂"，早前为清节堂内五义塾，光绪二十七年（1901）清政府诏令各地兴办学堂，清节堂董胡远勋利用社会影响与官府人脉，将其改办为公立育正两等小学堂。具体改办时间，程小苏《安庆旧影》记："设于四牌楼清节堂内，光绪三十年（1904）创立，受教育者，即节妇之儿女也。"

少年胡子穆为自己的前途做过无数种设想，唯一没有想到的，就是会坐到胡玉美大老板的位置上。

胡子穆少年时代，是中国社会大变革时代，作为当时的安徽省省会，安庆的变化相对更加明显。生于光绪十八年（1892）的胡子穆，就尝到了这种变革给他带来的种种福利。

据安庆师范大学编写《安庆师范学院百年史稿》："安徽大学堂、高等学堂共培养师范毕业生两个班104人，未毕业学生后转入京师大学堂学习。毕业生包括有王星拱、高语罕、高一涵、胡子穆、赵伦士、陈我鲁、曹镜清等。"

但胡子穆是否就读于安徽高等学堂，存疑。疑点有二：一、如果胡子穆确实是光绪三十二年（1906）从安徽高等学堂肄业，那他就是一位神童。因为胡子穆生于光绪十八年（1892），光绪三十二年（1906）从安徽高等学堂肄业，他还不满十五岁；二、胡子穆光绪三十二年（1906）年东渡日本留学，"民国六年（1917）三月在日本东京高等师范博物系毕业"，前后用了差不多11年时间，又实在太长了些。这也可以反证出胡子穆就读于安徽高等学堂的疑点。

但有一点非常明确，胡子穆光绪三十三年（1907）随二哥胡国钧到日本留学，是私费而非公派。因为1902年至1907年《安徽留日学生一览表》77名学生名单中，胡玉美家族只能查到一个，这就是光绪三十二年（1906）入读日本东京高等师范学校英语科、"远"字辈排行第九的胡远惠。

光绪三十二年(1906)二月,学部放缓派遣学生出洋节奏,电告各省称"选派学生出洋,以言语通习,能直接听讲,普通学完备,能入专门者为及格,请转学务处暂缓派送,俟商定办法,再为奉达。游历官绅不在其内"。七月又强调"本部议定出洋学生非有中学程度,概不咨送,并停派速成游学"。

20世纪30年代,安徽大学总务长胡子穆。

对于胡玉美家族,对于胡远勋,官派与私费的区别,就是一个"钱"字。而他们最不缺的,恰恰就是钱。相比之下,子女出国留学,对他们以及整个家族的前途都至关重要。胡远勋是有远虑之人,因此无论能否官派,他都不会改变让子女接受国外教育的决心。

胡子穆与他的九叔胡远惠,同读于日本东京高等师范学校。东京高等师范学校现为筑波大学,1872年创办时,名为"东京师范学校",这是日本近代第一所培养小学教师的学校,首任校长诸葛信澄。1886年,学校改名"东京高等师范学校",1894年设文、理科。1902年修学年限改为预科1年,本科3年,研究科1年至2年。本科设国语汉文、英语、地理历史、数理化和博物等系。胡子穆读的是博物系,属理科;九叔胡远惠读的英语系,属文科。按东京高等师范学校修学年限,估计胡子穆在读时间最长5年,也就是1912年前后入的学。

1917年回国,二十五岁的胡子穆什么地方都愿意去,就是不想回安庆。他回国后的第一份工作，是保定直隶公立农业专门学校教授。这所学校建于清光绪二十八年(1902)五月，初名"直隶农务学堂"，址设保定西关灵雨寺霍家大院。学校后易名"直隶高等农业学堂"。1911年9月又改名"直隶公立农业专门学校"。胡子穆来校任教时，正是直隶公立农业专门学校升级之时，此前一年8月，升蚕学预科第一班入本科，12月又升林学预科第一班入本科。

1918年，胡子穆转任国立武昌高等师范学校生物系教授。国立武昌高等师范学校是1913年北洋政府以方言学堂为基础建立的中国第二所高等师范学校。1917年5月，武昌高等师范学校在全国率先将博物部改为博物地学部，数学物理部改为数学理化部，史地部改为国文史地部。其中生物学系是中国成立最早的生物学系之一，国立武昌高等师范校歌为"乾坤清旷，师儒道光，国学建武昌。镜湖枕麓，屏城襟江，灵秀萃诸方。东西南朔，多士跄跄，教学益相彰。朴诚又勇，陶铸一堂，学盛国斯强"。最后"学盛国斯强"一句，对胡子穆后来掌管胡玉美，影响很大。

1920年夏，胡子穆父亲胡远勋去世。胡子穆从武昌回安庆奔丧。这也是胡子穆从日本留学回国后，第一次在安庆深度涉足胡玉美家族事务。这一年，胡子穆二十八岁。

据吴牧《百年老店胡玉美的传人——胡子穆传略》("安徽著名历史人物丛书"之五《科坛风流》，中国文史出版社，1991)："胡远勋的丧事，才使胡子穆兄弟四人相聚在一起。他二哥胡鉴平(鉴年)在交通部电政司任主事，托关系介绍胡子穆担任安徽电政监督兼电报局长，他由教育界转入政界。"

但这仅仅是一种推测，至少在时间上存在一定误差。胡子穆在安庆入职电政，是1923年春末的事。这一年5月24日《时事新报》在第6版刊发了这样一条消息："安庆电政局长，部派胡国镠接办。前任朱沄无下文。胡即本省首县籍、世代经商，四牌楼胡玉美酱园，即其开设，已于二十日赴局视事。"

胡子穆在安庆电政局长位时间不长，"旋调芜湖税捐局任局长(未到职)"。调离电政局长的原因，吴牧《百年老店胡玉美的传人——胡子穆传略》是这样写的：

1923年10月，直系军阀头曹锟以每票5000元的代价，贿选总统，激起全国人民的反对。安徽省会安庆，游行示威震撼全城。军阀马联甲慌了手脚，急命旅长史俊玉派兵把守电报局，并通知电政监督胡子穆，严禁为学生发电报，以便封锁消息。胡子穆马上找法专校长光明甫商量。光明甫正气凛然，支持胡子穆为示威游行学生发电报："子穆，国难当头，我们要坚持正义，不要怕马联甲。我曾用伞柄敲击过他的脑袋。"

胡子穆在光明甫的鼓励下，毅然提笔将安徽学联反电报稿签发。马联甲得知学联的通电已向北京甚至全国发出，气得把手枪朝桌子一拍，喝令部下："火速将胡子穆缉拿。"

胡子穆的夫人舒德进找人向马联甲说情，胡子穆才免遭逮捕，但撤掉了他安徽电政监督兼电报局长的职务，调其任芜湖税捐局局长。

官场上的黑暗，使胡子穆决心弃官经商。尽管税捐局局长是肥缺，他却毅然辞去了。

陈家林在《名贾之后 教坛精英——记民盟安庆市委原主委胡庆臻》中也有类似记述："胡庆臻3岁时，即1923年，胡家发生了一件大的事件，时任安徽省电政监督兼省会电报局局长的胡子穆，为了支持安徽教育界联合发出反对曹锟贿选总统的通电，不顾当时安徽督理马联甲的禁令，擅自将通电拍发。这一正义行为大大地激怒了马联甲，马不仅立即撤销胡子穆的电报局局长一职，更是下令巡捕缉拿胡子穆。后在岳父舒鸿贻等斡旋下，胡子穆始得解脱。"

严格地说，从武昌回安庆后，胡子穆工作始终处在不稳定状态。据《安庆市志·人物传》：他"先后任教安徽省立第一中学、第一师范学校、圣保罗中学、怀宁中学等，还曾任怀宁县参议员和县戡乱委员"。1925年，又"应友人之邀，出任山东省泰安烟酒局局长。因不懂办税，亦无心混迹于官场，一年后辞职返宜"。这里面应该有一个遗漏，因为《民国十二年（1923）全国职业学校地址及主任人姓名录》中，校址在安庆的安徽省立第一甲种农业学校，校长为"胡国缪"。

冥冥之中，胡玉美在等待他的到任。

胡玉美掌门第四代

胡子穆掌控胡玉美的时代，不是一个和平年代。

《安庆市志·大事记》中，1928年11月至1929年8月，关于安庆街头，有这样的记述：

1928年

11月　蒋介石来安庆，逮捕安徽大学校长刘文典。中共安徽大学支部联合各校学生3000人游行示威，包围省政府和省学部进行反蒋斗争。

是年，安庆一中学生反对上三民主义课。

安徽大学学生砸黄色工会。

安徽省政府和国民党省党部在安庆设立安徽省反省院。

安庆总商会成立。1933年改称怀宁县商会。

1929年

2月8日　安庆市政府撤销。

3月1日　100多名理发工人举行罢工。

8月　大中学校学生举行游行示威。

1929年1月19日出版的《时事新报》第2张第4版刊有这样一条新闻，标题是《安庆募捐购枪防匪》。文章中说"怀宁县长周□庵君，为本县附近土匪横行，吁谋肃清。唯本县政府，虽设有警备队，苦无可用枪支，屡向省政府请求拨发，尚未激允。然周县长矢志肃清土匪，故特招集绅商，筹款购枪。已略志前报。总计筹款数目为六千元，由水灾协会项下拨款三千五百元，其余尚不敷一千五百元，由商人方而捐助"。省城总商会这边对此事还是十分支持的，专门开会讨论,表示"周县长如此认真剿匪,我等当应帮助,以观厥成"。只是此次开会,胡玉美缺席,"到会者二十人,认捐一千一百余元,下欠一千三百元"。后"张前会长荫森,许汲三、蔡玉章左盛动员,向四牌楼各富商挨户劝捐,数只四百余元"。不巧的是,"唯胡玉美店东未在店,以及商务、中华书局经理均外出,不得落数,约以今天到总商会,故张前会长暨蔡玉章君,七时许还在商会等候"。不知道不足款九百元,胡玉美最后认捐多少,但由此可以看到,胡子穆接管胡玉美之后,始终在这样的事务中周旋。

1929年秋天的安庆,局势仍动荡不安。据《安庆市志·大事记》,先是9月27日,"驻集贤关方振武所部余亚农一三三旅起义反蒋。10月6日失败"。之后,12月2日,"石友三部秦建斌师在安庆发动兵变。安徽省政府警卫营被缴械"。年末,"黄包车工人反对出夫出差,要求赔偿石友三部兵变所受损失。同时理发、厨业、汽车和纸坊工人也开展反拉夫斗争"。

石友三部秦建斌师安庆兵变,当时在全国引起轰动。《民国日报》1929年12月8日刊发新闻,主标题是《皖垣石部溃变抢劫》,副标题是《被劫者数十家弹毙痞棍三名》。1929年12月13日,《华北日报》第9版也刊有《(安庆)石部逆军抢劫始末记》,其新闻导语是记者的感叹:"全城街市被劫一空,僻静街巷亦难幸免。呜呼……此之为护党救国。"两条新闻内容大同小异,后者具体为:

  安庆通讯 驻扎皖垣十三路军十七师五十旅宋铁林部,于前日下午三时骤然叛变,派队四出,勒交省府公安大队、省会公安局暨各分局各分驻所枪械。迨六时许开始抢劫,所有三、四牌楼,倒扒狮子,梓潼阁等冲要街衢,均被殃及。如四牌楼西正街之宝成银楼,久大恒绸布号,余昌钟表眼镜公司,大纶衣庄,大陆、中法、屈臣氏等药房,吉泰、德兴、永兴、三进等鞋店,太和春茶庄,胡玉美酱园,麦陇香南货店,妙玲春广货店,永聚恒皮货号,胡开文正记笔墨庄等数十家,损失数十万。其余西、北两门外,以及各僻静街巷,亦多被抢劫。而三牌楼胡广美,暨省府东辕门光华照相馆、西辕门萃芳照相馆等,门前有痞棍某甲等三名,趁机行劫,为该逆军枪决。唯该逆军抢劫后，即悉载细软，并掳男女多人，向桐城、舒城一带溃窜。

在这种社会局势下，一介书生的胡子穆执掌安庆工商第一家胡玉美，难度可想而知。

但胡子穆胸有成竹。

相比之下，胡子穆知识更渊博，思想更先进，视野更开阔，社会影响也更大。也正因为如此，胡子穆时代的胡玉美始终在"与时俱进"的前列。

1928年工商部上海中华国货展览会奖章。胡子穆是安徽筹委会委员之一。

掌管胡玉美的当年（1928）及次年（1929），胡子穆就携胡玉美产品，分别参加工商部在上海举办的中华国货展览会和浙江省政府在杭州举办的西湖博览会。

中华国货展览会开幕时间是1928年11月1日下午2时，蒋介石行升旗礼，工商部部长孔祥熙行启门礼，立法院院长胡汉民、行政部部长谭延闿等政要，均从南京专程赴沪参加。全国共有23个省市13271件展品参展。展品按类别及产区陈列，京、沪、津、冀、湘、鄂、粤、闽、赣、浙，以及中国水泥公司、开滦矿务局、耀华玻璃厂、江南造纸厂、南洋兄弟烟草公司、商务印书馆、中华书局、无锡丽新染织厂、新华纱厂、先施公司、永安公司、新新公司等大型企业,辟有独立展区。此届展览设特等奖、优等奖、一等奖、二等奖等奖项,获奖产品共2182件。

此次中华国货展览会,胡玉美不仅是参展企业,胡玉美大老板胡子穆还是中华国货展览会筹备委员会安徽分会十三大委员之一。据1928年9月8日《申报》第11页《(安庆)国货展览筹备分会成定》,中华国货展览会筹备委员会安徽分会,由"(安徽)省政府建设厅组织成立"。分会筹备委员规定十三人,其中"(安庆)总商会推派七人,由(安徽省)建设厅厅长聘任,余由建(设)厅职员中委任五人,厅长为当然委员"。安庆总商会方面的委员,列在第一位的就是胡玉美第四代掌门人胡子穆,其他有李朗川、钱希廉、萧俊见、左盛勋、李亚候和马绛生。后,"本月三日下午四时,在建设厅俱乐部举行就职典礼,同时开成立会"。时任安徽省建设厅厅长的胡春霖,作为中华国货展览会筹备委员会安徽分会主席,在讲话中特别强调了此次展览会宗旨:"借以促进工业之发展,而抵制劣货之畅行。"而这个宗旨,正是胡子穆对胡玉美未来抱有的期望。

胡玉美送展的产品,在1929年工商部中华国货展览会编、南京工商部出版的《工商部中华国货展览会实录》中有记载,分别为"十七、安徽胡玉美及山东张同和之腐乳""十八、饮料工业安徽怀宁有胡广源之红白玫瑰、五加皮酒,胡玉美之葡萄酒、柠檬酒、香蕉酒、桑葚酒、薄荷酒、金橘酒、桂花酒、佛手酒、木瓜酒、枸杞菊花酒、百花酒、代代百花酒"。相比之下,酒的比重更大一些。奇怪的是,没有看到关于胡玉美蚕豆酱的记录。

1929年6月6日,杭州西湖博览会开幕。虽然此展会由浙江省政府主办,但与中华国货展览会相比,时间更长(10月10日闭幕)、规模更大(设八馆、二所,参展品共14.76万件)、效应更广(参观人数多达2000万)。杭州西湖博览会主会场,设于平湖秋月、中山公园至西泠桥和岳庙、里西湖一带。博览会共评出特等奖248个,优等奖802个,一等奖240个,二等奖1600个。

值得一提的是,主持博览会的筹委会主任、浙江省建设厅厅长程振钧,毕业于安徽高等学堂,1932年回安徽接任建设厅厅长,同年8月病逝于任上。

因资料匮乏,上海与杭州的两届展会,胡玉美选送参展的产品哪些获奖,获得什么等级奖章(有说获金,有说获银),无从得知。但有一点可以肯定,通过此两届展会,胡玉美产品的声誉又得到了进一步的提升。

1929年杭州西湖博览会之前,安徽、湖北、上海及浙江等地均设筹备分会,广泛征集展品。安徽征集到的全省展品,先期在安庆劝业场举办安徽省商品陈列展览会,展览会也对产品做出了评奖。据《安庆胡玉美酿造厂厂志(1830年至1985年)》:"胡玉美蚕豆辣酱获银质奖章,虾子腐乳、双套酱油、桂花生姜获铜质奖章。"至于杭州西湖博览会获奖情况,《安庆胡玉美酿造厂厂志(1830年至1985年)》记为"蚕豆酱、枸杞菊花酒分别获得金牌和银牌奖章各一枚"。

1929年6月6日,杭州"西湖博览会开幕日之大门外"明信片。

开启冷饮年代

"开启冷饮年代"只是吸引眼球的一个小标题,因为这不仅涉及胡玉美企业的发展,也涉及安庆城市发展史的一个侧面——安庆是哪一年,以什么方式,将冷饮引入百姓生活的?

我国最早的冷饮厂家,是上海海宁洋行,1927年他们用机械方法生产圆柱形棒冰,日产量2000—3000根。1932年改棒冰模具为扁长形,除果味外,又新增赤豆、绿豆等品种,同时还生产香草大冰砖、双色纸杯、紫雪糕等。安庆人夏日里的冷饮口福,应该起于这前后一段时间,冷饮的引入者,就是胡玉美旗下另一品牌老店——麦陇香。

　　四牌楼胡玉美酱园设于道光十八年(1838)，与胡玉美酱园一店之隔的麦陇香，设于光绪十八年(1892)。胡玉美酱园与麦陇香老店之间的小洋楼，同样属于麦陇香，但因相关资料缺失，它的具体建造年代无法得知。目前唯一能读到的信息，出自吴牧《百年金匾"胡玉美"——安庆胡玉美酱园》：

　　　　1930年，胡子穆扩大"胡玉美"业务，以酱园为基础，兴建罐头厂、制冰厂、糖果面包厂、酒厂、水作厂等，形成食品工业托拉斯。他还买下胡玉美酱园隔壁的金姓房屋，扩建麦陇香商店(后来成为安庆名店)。除经营糕点、海味等高档南货外，又销售上海冠生园、泰康等食品，并在二楼开设冷饮室及"武陵酒家"招揽生意。

　　《百年金匾"胡玉美"——安庆胡玉美酱园》刊发于《江淮文史》1998年第4期，作者吴牧是较早涉及"胡玉美"题材的安庆作家。行文过程中，作者参考了胡氏后裔胡庆臻、胡庆禧提供的相关资料，以及胡子穆填写表格时撰写的个人小传。由此，文章中"(1930年)买下胡玉美酱园隔壁的金姓房屋，扩建麦陇香商店"之说，有一定可信性。

　　作者在另一篇收录于"安徽著名历史人物丛书"之五《科坛风流》的文章《百年老店胡玉美的传人——胡子穆传略》中，也解释了建造麦陇香新店的缘由：

　　　　1930年，胡子穆引用西方企业管理经验，以酱园为基础，兴建罐头厂、制冰厂、糖果面包厂、酒厂、水作厂等托拉斯新型食品工业。他主张将农村田地卖掉，积累资金扩建厂房，引进机械设备，但遭到家族一部分股东的反对。这些股东从眼前利益出发，坚持挤占酱园资金再购买田地，坐收干租。
　　　　胡子穆考虑再三，采取了折中办法，既不过于违背长辈的意愿，又坚持不卖地也不买田地。他争取多数股东的赞同，一举买下胡玉美酱园隔壁的金姓房屋，扩建"麦陇香"商店。除经营糕点、海味等高档货外，又销售上海冠生园、泰康等产品；还创出几种山楂糕、墨子酥等优质细点，先后在二楼开设冷饮室及"武陵酒家"招揽生意。

1930年扩建的麦陇香，是一栋典型西洋风格的三层洋楼。安庆西洋建筑，起于光绪末年，初始多为中西合璧特色：一方面接受西洋建筑风格影响，另一方面对传统建筑模式又不做大的突破。尤其是宗教类建筑，如位于小二朗巷的圣救主座堂、位于百花亭的圣诞堂、位于黄家狮子的天主堂等，还特别吸收中式建筑的特点，以达到他们在本地顺利传教的目的。而本地修建的一些西洋建筑，西洋色彩反而更浓一些，比如麦陇香洋楼。

安庆近代西洋建筑形成，有它特定的原因，这就是城市在安徽不二的特殊地位。作为清乾隆至民国的老省城，安庆始终是安徽的政治、经济、教育等中心。而推动安庆建筑发生逆变的动力，又包括四个方面：西方教会势力的渗透，对外口岸城市的开放，政府官员决策的超前，海归精英思想的浸染。麦陇香洋楼的修建，归于胡玉美大老板"海归精英思想的浸染"。

四牌楼林林总总的店铺之中，麦陇香洋楼建成，立即成为时尚前沿的"金鸡独立"。同时，麦陇香又突破传统前店后坊模式，在经营品种与经营业态方面进行了大胆改变。这之中，最让安庆人津津乐道的，就是首开安庆食品先河的"冷饮"。

之后几年，安庆几家比较大的糕饼店，也步麦陇香之后，纷纷做起冰淇淋生意。李鸿章四弟李蕴章重孙李家震，1936年之前在安庆生活过几年，晚年他回忆说："当年四牌楼的稻香村，是一个较老的食品店。在夏天，在卖糖果饼干的柜台后面，挂起了一块幕布。幕布的后面，有一个长桌子，就卖起了冰淇淋，用一个玻璃杯装了自制的冰淇淋，卖给顾客吃。这种方式很原始，可能是安庆卖冰淇淋的开始。"相比于麦陇香洋楼冷饮店的豪华，对街稻香村冷饮销售就有街头贩卖机的简陋，但对于十来岁的李家震，吃一杯冰淇淋还要进麦陇香洋楼，并穿过店堂，登上二楼，也实在是太麻烦了一些。

夏季过去,冷饮退出市场,麦陇香又及时在洋楼推出冬季热饮(咖啡)销售。这在安庆,也是唯一一家。

不仅仅如此,在推出冷热饮的同时,他们又以超前观念,从上海引进了当时最时尚的弹子房。

据胡悦晗《舞厅、弹子房与回力球场:民国时期上海知识群体的娱乐生活》:"弹子房即后来的台球室,是19世纪二三十年代上海常见的娱乐场所之一。所谓'弹子',既不是音译,也非意译,因其像中国古代民间弹子类游戏,故以得名。"上海的弹子房,多设于茶楼,如一品香、洪园、华众等。这些茶楼本来生意就很好,开设弹子房后,生意自然就更好了。

安庆籍诗人朱湘写过一篇叫《打弹子》的散文,文章中认为"打弹子最好是在晚上。一间明亮的大房子,还没有进去的时候,已经听到弹子相碰的清脆声音。进房之后,看见许多张紫木的长台平列排着,鲜红的与粉白的弹子在绿色的呢毯上滑走。整个台子在雪亮的灯光下照得无微不见,连台子四围上边嵌镶的菱形螺钿都清晰地显出。许多的弹杆笔直地竖在墙上"。在诗人笔下,打弹子就是一首诗:"弹子在台上盘绕,像一群红眼珠的白鸽在蔚蓝的天空上面飘扬。弹子在台上旋转,像一对红眼珠的白鼠在方笼的架子上面翻身。弹子在台上溜行,像一只红眼珠的白兔在碧绿的草原上面飞跑。"

1929至1932年,朱湘在安徽大学任教3年,这也是麦陇香弹子房初设阶段,会写"打弹子"文字的朱湘,不知道实战水平如何,但相信这3年内,他肯定来过麦陇香,在众人羡慕的眼神中,戳上一杆两杆。

麦陇香弹子房,也被认为是民国安庆城区唯一室内休闲娱乐场所。对于麦陇香,这属于多角经营的业态之一。

1934年,胡子穆安排人员到上海,花费4000余元,购置英国制造的造冰机一部,安装在东门火正街罐头厂内,开设了安庆第一家制冰厂,每日产冰2吨。胡玉美罐头厂也是安徽省第一个使用冷冻技术的厂家。

制冰机的发明者是美国的约翰·戈里博士,他于1851年向世人展示了制冰机并获得了制冰机的设计专利,因而被认为是"制冷之父"。1866年,赛迪

1930年新建的三层西洋风格麦陇香小洋楼

斯·罗威发明了第一台用于商业生产的制冰机。上海用自来水生产机制冰,开始于1891年。安庆人机器制冰,比上海落后了45年。

胡玉美制冰厂生产的冰,每箱售价1元,主要满足麦陇香冷饮业务扩大的需要,同时也供应给安庆城区几家规模比较大一点的餐厅,以及水产公司的冷藏库。此外,一些家庭小型冰箱也有用冰需求。李家震回忆:"当时夏季我家有一台天然的冰箱,一些冷饮的食品都放进冰箱中冷冻。"

李家震父亲李国模,曾为城西大观亭编撰《大观亭志》。李家当时在安庆是赫赫有名的大户人家,李家震回忆,他十四五岁时,就已经"有三只照相机,120、116、127三种规格的软片,所以当时就拍了很多的照片。我还有一台电影放映机,有时住家中放映电影,邻居小孩也过来看电影"。这种小开生活,在安庆独一无二。不仅如此,后来他们家里还"有一台制作冰淇淋的设备,夏天就自己做冰淇淋吃"。

麦陇香传统糕饼生产,在胡子穆时代也有了创造性的发展。胡庆昌在《胡玉美酱园的发展及其经营管理》中记述:当时"麦陇香成功地创造了几种名产:大方片糕、香蕉饼干(后来成为代表产品)、夹心蛋糕、牛皮糖、印花糖、山楂糕、墨子酥等,获得众口一致的称赞。麦陇香的大方片糕,白如雪,薄如纸,软如棉,细如泥,甜如蜜,香如垄,揭得开,卷成筒,不粘,不破,销量极大"。

但真正流传到21世纪并成为麦陇香经典食品的,是墨子酥。

墨子酥最初是李万益茶食店独家秘制糕点。"李万益茶馆"是徽商李万益于光绪年间开设的,也在四牌楼,与麦陇香隔了几家店面。李万益后坊大师傅姓雷,因为会做墨子酥,在南货糕点界很有名气。李万益墨子酥无论在色、形、味方面,都没有特别的可圈可点之处。如果给它打分,大概在75分到85分之间,勉勉强强说得过去。后来李万益维持不下去,就把店盘了出去。雷大师傅只好另谋高就,改事三步两桥的荣胜祥糖杂号。雷大师傅制作墨子酥的独家秘籍,就在这一阶段外传,让不少做糕点的师傅都学会了,包括麦陇香大师傅魏国璋。

麦陇香墨子酥是在胡玉美第三代掌门人胡远烈手上引进的,但最终打造为麦陇香招牌精品,是在胡玉美第四代掌门人胡子穆手上完成的。麦陇香大师傅魏国璋以及他的儿子吴德培,同样具有执着的精益求精的工匠品质。因有胡子穆高度关注,他们从用料到制作再到成形,先后进行了差不多上百次的摸索,最终解决了墨子酥形体易散与甘润不足的两大难点,生产出色黑形墨、质细油润、香浓味甜的麦陇香墨子酥。

另外,据赵纯继《安庆胡玉美酱园发展史》:"1931年,胡玉美在大南门正街原酒厂旧址,建造面包烘房一座,费用约五百元。所制面包花样多,质量也好,除供应麦陇香销售外,并批给其他糖食铺。"胡玉美增设面包烘房,在安庆也绝无仅有,开启了安庆食品工业的新方向。

"开启冷饮年代"的胡玉美,同样具有发展与完善传统产品的优良品质。

"实业救国"新梦

吴牧《百年老店胡玉美的传人——胡子穆传略》中有这样一段描述:胡子穆与夫人舒德进在北京饭店舞厅举行的婚礼上,"证婚人王揖唐一眼就看中了胡子穆,他身边正缺少一名日语翻译。但胡子穆当时崇尚科学救国,志在教书育人,因此任凭王揖唐说破了三寸不烂之舌,又搬出舒鸿贻来相劝,也执意不肯"。

1917年的王揖唐，为北洋政府临时参议院议长。王揖唐主持胡子穆婚礼，且希望胡子穆在他身边任日语翻译，可信度并不高。但刚从日本留学归来的胡子穆，年轻气盛，满怀报效祖国之心，这一点没有虚构。

胡子穆是在留学日本期间接受"实业救国"思想的，魏源《海国图志》"师夷长技以制夷"的主张，几乎影响了他一生。向西方学习先进科学技术以抵御外侮，也是他留学期间刻苦学习的动力。民国初年，"实业救国"呼声再起，全国各大报刊竞相宣传。提倡国货，抵制外国经济掠夺，维护民族利益，一度成为国人共识。年轻的胡子穆就是其中热心且有热情的一位。

11年之后，胡子穆年近不惑，当年报效祖国的热情，在他正式成为胡玉美第四代掌门人之后，化为了"实业救国"新梦，他觉得他有这个能力，也有这个实力。

胡子穆之前，胡玉美的特点是"店"是"坊"。在安庆城，胡玉美以店多取胜，除四牌楼旗舰店外，另有老店三步两桥义记（原玉美义，1834，酱园）、高井头玉成（1835，酱园）、三牌楼胡广美（1874，南货）、西城口胡广源（1884，酱园、酒厂）、四牌楼麦陇香（1892，糕饼业）、小拐角头胡永源（1902，水作坊兼酱园）、四眼井胡永大（1918，酱园）、朱家坡胡永源（1920，酱园）、大二郎巷罐头厂（1925）。胡子穆接管之后，最大的变化，就是进行"具有规模的第二次改革，引进新的机械设备，取代部分手工操作，重点扩大蚕豆酱生产，发展罐头食品工业"，将传统手工作坊式的"胡玉美"升级为现代化的企业集团。

这之中，胡玉美罐头厂是胡子穆全心全力打造的样板。

胡玉美罐头厂起于胡远烈时代，也是胡远烈掌管胡玉美30年中，最果断、最积极也最与时俱进的大手笔。从1924年安排人员外出学习，到1925年11月厂区开建，直至1926年11月正式投产，前后差不多近3年时间，胡玉美罐头厂才初步形成规模。但早期品种相对单一，产量也十分有限。到胡子穆正式接手清账，账面上利润仍然是一个负数。

胡子穆最终做出两个决定：一、搬迁厂址，扩大规模；二、加大投入，升级设备。

胡玉美罐头厂最初选址是大二朗巷26号,这里原先是胡玉美旗舰店的仓库。大二朗巷与四牌楼是"口"字形相交的两条街,四牌楼是南北走向,大二朗巷是东西走向。四牌楼胡玉美旗舰店大门向西,大二朗巷胡玉美仓库大门向南。胡玉美旗舰店后进向南折,就是大二朗巷仓库的后门。

1925年,胡玉美罐头厂新设,临大二朗巷街建有办公楼。办公楼位于彭公祠西,坐北朝南,条石基础,青砖扁砌,外墙以白泥勾缝到顶,典型的中西风格结合的建筑。进大门,左右各有两房,往后进小院,左手楼梯往上是露天大阳台,楼下为操作间。后进另有两栋小楼,其中坐西朝东三层,坐南朝北两层。

随着胡玉美罐头厂生产扩大,大二朗巷26号的罐头厂厂址跟不上需要,因此1930年秋冬,罐头厂从大二朗巷整体搬迁到东门火正街。搬出之后,大二朗巷30号改为胡玉美办公总部。

胡玉美火正街罐头厂具体位置,《安庆市地方志——食品酿造厂工业志(手抄本)》记为"1930年在'胡永丰(源)分店号'背面扩建了厂房"。胡永源设于光绪三十四年(1902),地址在小拐角头。清末安庆城区城厢图,进枞阳门一条正道,叫"火正街",因为邻近火神庙,也叫"火神庙街"。小拐角头是火正街西止北拐的一条街。胡玉美罐头厂扩建,选址胡永源北面,其大门正好向南开在火正街上。

1930年,火正街罐头厂不仅是厂址有变、规模有变,机器设备也有一次大升级。目前看到的资料,大致有16匹马力引擎(英制,也有说美国制造,价3000余元)一部、8匹马力引擎(上海新民机器厂制造,价960元)一部,扁方车(生产虾子腐乳罐头所需)、卷口机、滚筒车、剪刀车、杀菌釜各一,又添置有车、钳、刨、铣等机床,新增设备多达16台(套)。

1930年之后的胡玉美罐头厂在生产上主要有三大突破:一是包装突破,在原有白铁皮罐头的基础上,又增加玻璃瓶装罐头。二是品种突破,早前罐头多以酱制品为主,如蚕豆辣酱、虾子腐乳等等。也有一些罐头以蔬菜为原料,如什锦菜罐头。1930年之后,花色品种有了大幅增加,如鱼罐头、牛肉罐头、鸡罐头、鸭罐头等等。另外,根据安庆地区的本土特色,增加了季(鲚)刀鱼与麦鸡罐头。

三是产量突破。进入 20 世纪 30 年代,胡玉美罐头正式进入机械化生产时期,仅蚕豆辣酱、虾子腐乳、罐头,每天生产量就有 3000 余听。鸡、鸭、鱼、牛肉等肉类罐头也开始批量生产。

而这三大突破的重要基础,就是不拘一格地重用人才:于外,重金从上海聘请机械技师,以推进机械化生产过程;于内,破格起用酱园木工苏仲华,派他到上海学习机械技术,归来后,又委其以罐头厂机械安装与维修的重任。

胡玉美罐头厂生产肉类罐头,中间也有一个小插曲。在吴牧《百年老店胡玉美的传人——胡子穆传略》中,这个小插曲略带文学色彩:

> 胡氏家族长辈胡远芬和胡子穆的继母王(汪)氏,听说罐头厂要生产肉食产品,慌忙拄着拐杖,赶到近圣街胡子穆的住地"桐荫山庄"。这两位佛教信徒,朝地下一跪,双掌合十:"南无阿弥陀佛,求大慈大悲观世音菩萨保佑……"两位长辈非要胡子穆答应不再"杀生",否则跪地不起。胡子穆与夫人舒德进一把将老人们扶起。长辈的话一般都不敢不听,然而胡子穆为了他追求的事业,绝不愿"立地成佛"。他嘴里虽应许,暗地里仍在大宰大杀,加快鱼、肉、鸡、鸭罐头生产。

同样的插曲,在《安庆市地方志——食品酿造厂工业志(手抄本)》中,就严谨而简洁:

> 当时,罐头生产的品种不多,只是蔬菜之类(据说味兰晚年崇学佛教,反对杀生,所以不做肉禽罐头)。后来不仅增加玻璃瓶装罐头,在品种上又增加了鱼、牛肉、鸡、鸭罐头,特别是季(鲚)刀鱼、麦鸡罐头,味道鲜美可口,供不应求。

晚年崇学佛教的"味兰",就是名义上与胡子穆共掌胡玉美的胡远芬。胡远芬是胡子穆怡怡堂三叔,字味兰,号履冰子,晚年自称"畏难老人"。胡子穆的父亲胡远勋,娶有三房,大房姓余,另外两房都姓汪。胡子穆掌管胡玉美期间,胡玉美家族中长辈,信奉佛教的人不少,有传言,位于安庆城北百花亭的宝善庵,就是胡玉美家族的私庙。出于宗教信仰而阻挠胡玉美罐头厂的生产,真实而可信。至于胡子穆后期如何巧妙周旋,最终获得大家的默认,没有文字记载,无法揣测,但有一点可以肯定,后期胡玉美罐头生产,或荤或素,都走上了正轨。

对这一时期的胡玉美罐头厂,《安庆胡玉美酿造厂厂志(1830年至1985年)》给予了高度肯定:

> 特别是"季(鲚)刀鱼"、"麦鸡"和"油渍松乳菇"的工艺考究,味美可口,售价低廉,供不应求,从而把生产规模和经济范围推上它的历史高峰,俨然成了安庆一家食品"托拉斯",仅此胡玉美这个手工作坊式的古老面貌,被涂上了一层近代产业工厂的色彩,这在当时经营落后的安庆城,可谓独树一帜。

胡玉美罐头厂生产的季(鲚)刀鱼罐头、麦鸡罐头和油渍松乳菇罐头,另外有特别的意义,这就是注重地方农副产品的开发与利用。其中季(鲚)刀鱼是安庆的叫法,它的学名为"长颌鲚",又称"刀鲚"。刀鲚为洄游性鱼类,春初由海口进入长江,大约4月中旬至安庆。每年鲚刀鱼上市,安庆人便知道,夏天到了。鲚刀鱼虽然刺略多一些,但肉质细嫩、味道鲜美,是安庆人餐桌上的佳品。中国境内的麦鸡有四种,在安庆一带栖居的,主要为灰头麦鸡。灰头麦鸡个头最大,体长能达到35厘米。安庆城区周边多水域,湿地中虫类、螺类丰富,是灰头麦鸡繁殖、生长的绝佳之地。松乳菇也是安庆地方特产之一,或春夏之交,或秋末冬初,街头菜农的担子里都会有那么一小包。当然都是刚从松林中采摘的,温温的,还有一些松木的清香。

经过2年升级,1932年,胡玉美罐头厂生产步入正轨。当年除偿还旧债,年终结算盈利10万多元。这种局面在1935年达到鼎盛阶段,这一年,仅玻璃瓶装鱼、牛肉、鸡、鸭、油渍松乳菇罐头,年生产量就达到70万听。

20世纪60年代，胡玉美生产外销的红烧鸭罐头。刘奎石拍摄。

胡子穆没有满足，他在谋求更大的发展。而此时，限制胡玉美酱园发展的，最大瓶颈就是蚕豆剥壳工序。手工剥蚕豆壳的操作，是胡玉美典型作坊式劳作方式。每年蚕豆上市季节，胡玉美后场作坊就挤满了季节性剥蚕豆女工，其中熟练者，嘴到手到（嘴咬手剥），速度让人眼花缭乱。而凌晨与迟暮，胡玉美各分店上班或下班的女工，也成为安庆城的一道风景。但这种手工剥蚕豆壳的工作，不仅劳动强度大、速度慢，还极其不卫生。胡玉美上一代掌门人胡远烈，初办罐头厂时，对此有过多次改良，且屡屡试制，但都没有成功。胡子穆心有不甘，始终把它作为胡玉美罐头厂克难攻坚的目标。1936年，他请安徽省科学馆总干事程勉之联系，延请到上海高级技工岑侠员，前后投入6000元巨款，终于试制出蚕豆剥壳机"沙笼"，但样机因缺少相应设备不具备筛选功能，豆壳无法清理干净，蚕豆破碎严重，导致原料损耗巨大。同时，胡子穆还将蚕豆样品寄往英、法等国，请外国专家帮助试制专项设备，也未获得成功。

也是1936年，胡子穆派胡玉美家族"国"字辈的胡衡一（国铨）与"庆"字辈的胡庆蕃，到南京学习化学酱油制造技术。这也是传统酱园迈向现代酱制品生产的新举措。胡衡一与胡庆蕃从南京学习归来之后，利用安徽省科学馆的仪器设备，成功研制出鲜味佐餐酱油与麻辣鲜味酱油。胡子穆非常高兴，准备在胡玉美酱园进行批量生产。

当然，胡子穆的"实业救国"梦想远不止这些，他还做出计划，准备引进最先进的制罐机，改良罐头生产，进一步扩大胡玉美罐头厂品质与规模；他还制订出购买轮船与汽车的计划,准备胡玉美产品自销自运,实行产供销一条龙。他还酝酿在条件成熟之后,就将胡玉美改为现代企业发展的"股份有限公司",为国产品牌"胡玉美"镀上现代金泽。

就这样,胡子穆向他"实业救国"的梦想一步一步稳健迈进。

沿江都有胡玉美

20世纪30年代初,安庆街头流传着这样一段民谣:"四牌楼,胡玉美,门面大,货物叠,又是糟坊又酱坊,又是高粱又玫瑰。虾子腐乳喷喷香,豆豉煮鱼味鲜美。还有红糟鱼,越吃越有味。"此民谣后收录于程本海编、安徽省教育厅1935年编印的《安徽普及教育写真》中。

对于胡玉美,用户口碑就是最好的广告。

有趣的是,也许"好酒不怕巷子深",胡玉美在报纸上做产品广告极少。有关胡玉美产品的广告有,但都是其他商家附带出来的。如《申报》1930年10月30日第9页刊上海利利公司广告,宣传语为"搜内地之精华 集上海于大成"。广告中的"内地精华",按城市分列,安庆栏内的广告为"安庆胡玉美出品:蚕豆酱、虾子腐乳"。利利公司地址在"浙江路天津路口五九二号"。2年后,1932年11月12日,《时事新报》第5张第2版也刊有"利利公司土产部"做的广告,涉及胡玉美产品的内容分为两块:一是"本星期廉价周(星期六下午一时起,星期日上午十时止)",销售的"安庆胡玉美蚕豆酱","原价每罐二角八分,特价每元五罐"。每罐虽便宜了8分钱,却是5罐捆绑销售。二是"著名肴馔",里面也有"安庆虾子腐乳、安庆蚕豆辣酱"销售。利利公司土产部"地址浙江路天津路西首,电话91329号",在苏州的支店,位于观前街洙泗巷西首(电话0309),也就是说,胡玉美产品蚕豆酱与虾子腐乳在苏州也有销售。

1933年12月末,镇江恒顺酱醋厂为庆贺上海总发行所开张,特别在《申报》上做了两个半版的广告,其中镇江恒顺酱醋厂外埠经理处名单,涉及胡玉美的有两家,一是"安庆麦陇香",一是"汉口胡玉美"。镇江恒顺酱醋进入安庆市场，不走胡玉美或下设胡广源、胡永源、胡永大等酱园这条线，反而走以糕点食品为主业的麦陇香，感觉有些怪怪的，也许胡玉美"一山不容二虎"？相反，同样是胡玉美，设在汉口的分店却又可以销售镇江恒顺酱醋，难道不怕抢了自家的生意？

其实镇江恒顺酱醋在安庆由麦陇香经销，也合常情。麦陇香属于南货店，南货的范围，不限于糕饼，也包括海味、罐头、酒类等等。胡玉美罐头厂生产的罐头，在麦陇香就设有专柜，而且卖得特别好。民国时期，在安庆人心中，海味、罐头、酒什么的，也只有南货店卖得最正宗。因此，同样是胡玉美罐头，大家就习惯去麦陇香茶食号，而很少去旁边的胡玉美酱园。

而1933年"汉口胡玉美"，严格地说，名不正，言也不顺。虽然卖的都是胡玉美产品，但店名"胡玉美"仍是冒用。但这个冒用，也有它的合情与合理之处，因为"汉口胡玉美"的老板是胡玉美第三代掌门人胡远烈的儿子胡辑渠。胡远烈先后娶有三房，分别姓金、姓蒋、姓邱，但只生有两个女儿、一个儿子，这个儿子就是胡辑渠。"辑渠"是他的字，本名叫胡国熙。在胡玉美家族"国"字辈中，他排行老七。因为是独子，又是胡玉美大老板家的独子，所以受到的宠爱要比别的男孩多一些，身上的叛逆色彩也更浓。胡远烈在世时就曾经动过念头，想为胡辑渠单独开一家酱坊（胡永大酱园），后因股东反对声音太大，不得不划归明经堂管理。

胡远烈去世后，胡辑渠在大管事方遵训的暗中帮助下，在汉口新市场对门寻了处门面，对外公开招牌是"胡承记"，但店内宣传有"胡玉美分址"几个大字。此举虽然也破了胡远烈执掌胡玉美之初立下"胡氏子孙不得单独或与他人合伙经营与胡玉美业务相同的生意"的规矩，但他是胡远烈之子，又开在远离安庆的汉口，胡子穆也只能睁一只眼闭一只眼，听之任之。

但胡辑渠是个大少爷，并不懂经营之道，也没有在经营上投入全部精力，因此这个店自开张以来，就呈现出不死不活的状态。1935年，胡子穆派胡庆照过去，向胡辑渠提出收归明经堂所有的计划，胡辑渠顺水推舟，因此原本是胡辑渠个人经营的胡玉美产品专卖店，名正言顺地成为胡玉美汉口支店。

胡子穆做出收归决定，不是解决胡辑渠经营困境，而是看中"汉口胡玉美"

位于汉口新市场对面这个特殊位置。汉口新市场后来改名"民众乐园",它与天津劝业场、上海大世界并称为三大娱乐场。与新市场一街之隔,自然是汉口繁华之地。在这样的地方开设胡玉美产品专卖商店,不仅是为胡玉美产品在湖北省城打开一扇销售窗口,同时也是胡玉美产品以实体体验店的形式,在汉口开设的一个广告平台。

"沿江都有胡玉美",这是20世纪30年代胡玉美对外销售的一条主线。其中长江上游,最有影响力的就是汉口。在与湖北相邻的省份江西,胡玉美眼睛瞄准的是省城南昌。在南昌签约的经销点,主要是位于九江路口的沈开泰南货号,但同时销售胡玉美产品的,还有一家位于德胜门的沈三阳。沈开泰与沈三阳其实是一个老板,后者是前者的分号,类似于胡玉美与麦陇香、胡广源的关系。沈开泰也是一家老字号,创设于光绪十六年(1890),初以销售江浙名产如绍兴花雕酒、腐乳、狮峰龙井、金华火腿、兰溪豆豉等为主,后业务扩大,货源由浙江扩大到上海、安徽、湖北等地,业务也由以零售为主改为零售与批发兼有。其中包括早期胡玉美的蚕豆酱和虾子腐乳,后期胡玉美的各种罐头。相比之下,沈三阳更接近闹市,以零售为主,老南昌人印象更深一些,一些回忆文章还特别提到店里销售的"安徽蚕豆酱"。也确实,在安徽,能把蚕豆酱生意做出安徽本省的,只有胡玉美一家。

胡玉美打入江苏省会南京的时间相对早一点,最先建立代理关系并签订经销合同的,是蒋复兴南货号。蒋复兴在南京有两家店,一家在下关大马路二马路,一家在城内太平路。蒋复兴卖得最火爆的,是干菜笋。蒋复兴卖干菜笋喜欢在《南京晚报》上做广告,广告词写得极有趣:"注重卫生,夏天应吃""考究口味,夏天应食""病后调理,夏天应唉""水土不服,夏天应尝"等等,总共10句,而缀在后面的都是黑体大字"唯一干菜笋"。但对于年轻的南京人,蒋复兴的茶食糖果更吸引他们一些。在南京,销售茶食糖果的大店,第一要算太平村,采灵芝列第三,蒋复兴排在第二位。安庆作家张恨水小说《秦淮世家》就有"他(王大狗)因为母亲要吃花牌楼(原为雍睦里,拓宽后并为太平路)蒋复兴糖果店里的甜酱面包,自己顾不得路远,就放开大步子向太平路奔了去"。胡玉美产品选择南京蒋复兴为直入通道,这个眼光就比一般眼光高远许多。尤其是胡玉美火正街罐头厂建成后,各色罐头年产70万听,通过蒋复兴打入南京,不仅拓宽了胡玉美的销售渠道,也提升了胡玉美对外的影响力。

吴牧撰写的《百年老店胡玉美的传人——胡子穆传略》认为,胡子穆时期的胡玉美,"加强与南昌沈开泰、南京蒋复兴业务交往,形成了纵横交叉的销售网络。从此胡氏企业进入鼎盛时期,企业资本200多万元,成为安徽较有影响的近代民族工业"。

"沿江都有胡玉美",下游最末端的城市是大上海。胡玉美进入上海的时间较早,胡远烈时代就有布局,主要经营胡玉美下设麦陇香、胡广美、胡广源、胡远(永)大、玉美义各号产品,但因为相隔太远,鞭长莫及,有利也有弊。最终各联号驻申庄客方维正,与胡玉美方面产生了矛盾,因为涉及经济问题较深,以至于胡远烈不得不连续三天在《申报》上刊发《安庆胡玉美号经理胡承之启事》,声明方维正"已与敝号脱离关系"。但这不表明胡远烈要将胡玉美撤离上海,反而"另派友人赴申接办"胡玉美申庄。

胡子穆掌管胡玉美之后,也非常重视胡玉美产品在上海的宣传与销售。为避免"方维正"翻版,他特别委派胡庆升赴上海,将胡玉美申庄改建为上海经销处,并主持上海经销处的日常工作。胡庆升,字光羲,他是胡子穆二哥胡国钧(鉴年)的二儿子。去上海之前,胡庆升具体负责胡玉美分号麦陇香的店务。上海经销处性质略有些复杂,它具有进与出两大功能:出,向外推销胡玉美全部产品,包括胡玉美下设各酱园的酱制品、麦陇香糕点,以及火正街罐头厂的各色罐头;进,为胡玉美采购各种原(材)料,以及罐头厂升级改造所需的器械。胡庆升在上海经销处工作十分敬业,尤其是胡玉美罐头产品,在他的努力下,逐步得到上海人的认可,被认为可与"梅林""泰康"等品牌相媲美。

1936年,位于南京新街口中正街的中央商场开业,2月16日《南京晚报》在第4版上刊有半版广告,列举"本商场内各商号名称及营业要目分列如下",列在第七位的便是胡玉美,主要销售的是火正街罐头厂的罐头、西城口胡广源酱园酒厂的瓶酒,以及四牌楼麦陇香南货糕饼店生产的饼干。

1935年,南京中央商场初建时全景图。

关于南京中央商场的胡玉美支店,胡庆昌撰写的《胡玉美酱园的发展及其经营管理》中有这样的记述:

> 一九三五年南京中央商场刚刚建成,胡玉美酱园即在该场一楼租用了一个门面,开设支店,从安庆抽调了两个同事负责营业。开张后,生意很好,这是一百多年来第一次在省外设店,为胡玉美开创了一个新的局面。胡子穆兢兢业业继承祖业,很注意精打细算,南京支店没有租用专门货栈,而是把从安庆运去的商品物件,都存放在胡伟堂的家里(胡伟堂是胡子穆的大哥,当时在南京最高法院任检察官),既可以随要随取,又可以节省看管人工资和堆栈费用开支。

胡庆昌的这段文字,强调胡玉美南京支店与胡玉美汉口分销处、胡玉美上海经销处不同,它是"一百多年来第一次在省外设店",这个店的性质是"直营",所有货物都是从安庆直运过来的。有趣的是,货物中转存放的货栈,居然是胡子穆大哥胡伟堂的私人住宅,胡子穆的吝啬或者说胡伟堂住宅之"豪",由此可见一斑。胡伟堂,谱名胡国华,名胡宏恩,"伟堂"是他的字。1913年,他出任京师地方检察厅检察官,是司法总长许世英任命的。许世英是至德人,至德与安庆一江之隔。

实际上早在1934年,大老板胡子穆就有在南京开直营店的想法。这一年暑假,他专门带胡庆照他们去南京,通过大哥胡伟堂,寻到花牌楼附近的一处店面。但最终胡子穆放弃了,一是位置相对偏了一些,二是门面不大,但订金太贵,开口就要4000元,胡子穆觉得不划算。

派往南京筹办直营店开业的,是胡玉美家族中,胡子穆最信任的两位晚辈,一位是胡庆照(字旭东,胡国荣长子),一位是胡庆瑞(胡国钧长子,胡庆升哥哥)。因为是在首都南京最大的中央商场开胡玉美直营店,胡子穆不惜重金千余元进行装潢,加上流动资金3000余元,前后花了4000多元。不仅如此,在胡子穆的安排下,胡玉美还在南京大手笔进行广告宣传。胡庆昌《胡玉美酱园的发展及其经营管理》记:"在南京设立支店后,为了争取更多的顾客,进一步打开销路,除在南京码头和交通路口设立广告宣传牌外,还在当时国民党中央广播电台进行广告节目宣传,又在南京最大的电影院大华电影院放映幻灯广告。于是'胡玉美'的名气就越来越大了。"

"庆"字新一辈

20世纪30年代,胡玉美家族在安庆已经发展成为一个超大家族。

怡怡堂与古欢堂是胡玉美家族"长"字辈的两个分支,怡怡堂是大房胡长春(胡椿,字云门),古欢堂是小房胡长龄(胡杰,字竹芗)。

胡玉美家族"远"字辈共有九个男丁,怡怡堂八个,古欢堂是独子。"远"字辈排行老大是怡怡堂的长子胡远猷(字伯良,无后,以侄胡国荣为嗣),古欢堂胡远勋(字懋旗)位列老二。排行三至九位依序为胡椿次子胡远芬(字味兰,别号履冰子,晚年自称畏难老人)、胡椿三子胡远芳(字信臣,无后,以侄胡国和为嗣)、胡椿四子胡远瀋(字渊如,别号劳谦室居士)、胡椿五子胡远燦(字烜之)、胡椿六子胡远烈(字承之)、胡椿七子胡远成(字展轩)、胡椿幼子胡远惠(字近谙)。

"远"字辈中,相对有社会影响的兄弟有:胡远芬,光绪十七年(1891)辛卯科举人,曾任浙江天台、东阳等县知事,安庆道尹第二科长;胡远瀋,光绪十三年(1887)丁亥江南乡试举人,南京中央大学文学院教授;胡远惠,光绪三十二年(1906)安徽官派日本东京高等师范学校英语系留学生,安徽省立第二模范小学校长。

胡玉美家族"国"字辈共有十九个男丁,怡怡堂十五个,古欢堂四个。两房"国"字辈也有一个总排序,依次为大少胡国华(名宏恩,字伟堂,二房胡远勋长子)、二少胡国钧(字鉴年,二房胡远勋次子)、三少胡恕(原名国荣,字依仁,三房胡远芬长子,嗣大房胡远猷)、四少胡国镠(字子穆,二房胡远勋三子)、五少胡国泽(字济皋,二房胡远勋幼子)、六少胡国泽(字寿山,八房胡远成长子,嗣四房胡远芳)、七少胡国熙(字辑渠,七房胡远烈独子)、八少胡国铨(字衡一,九房胡远惠长子)、九少胡国铎(字木二,九房胡远惠次子)、十少胡国干(字施仁,三房胡远芬次子)、十一少胡国铸(字鼎三,九房胡远惠三子)、十二少胡国贤(字齐伯,六房胡远燦长子)、十三少胡国仁(字友仲,六房胡远燦幼子)、十四少胡国钊(字康四,九房胡远惠四子)、十五少胡国铭(字盘五,九房胡远惠五子)、十六少胡国栋(字翰甫,五房胡远濬长子)、十七少胡国泰(字海如,八房胡远成幼子)、十八少胡国键(字光六,九房胡远惠幼子)、十九少胡国梁(字桢甫,五房胡远濬幼子)。

据胡庆禧《安庆酱王家族略》,光绪年间,胡玉美家族"国"字辈中,二房胡远勋的四个儿子胡国华、胡国钧、胡国镠、胡国泽,以及女儿胡季英(适熊启泽,字润权),均赴日求学。民国之后,五房胡远濬长子胡国栋、女儿胡文淑(字介然,适全增嘏,以侄胡庆沈为嗣),则赴英美深造。

"国"字辈中,相对有社会影响的兄弟有:胡宏恩(国华),京师地方检察厅检察官;胡鉴平(国钧),交通部电政司主事;胡衡一(国铨),安庆女子中学教师;胡国栋,大连理工大学教授、九三学社中央委员、全国人大代表;胡国干,邮电部供应局天津511厂高级电讯工程师;胡文淑,复旦大学教授,翻译家,其夫全增嘏,美国哈佛大学哲学硕士,复旦大学教授、西洋哲学史教研室主任,上海市哲学学会副会长,夫妇联手翻译的代表作是英国作家狄更斯的《艰难时世》。

胡子穆主持胡玉美期间,协助他工作的"国"字辈兄弟,一个是六少胡国泽,一个是八少胡衡一。胡国泽是胡子穆的小弟,光绪年间随大哥胡国华一起到日本留学。有说"胡国泽曾受清朝重臣张之洞之召,被选派赴日本东京帝大学电机专业,毕业后在上海《新青年》杂志任过编辑",也有说"胡国泽毕业于日本东京帝大经济系",但其子胡庆禧(字清溪)撰著《安庆酱王家族略》时并没有相关记述,因此可信程度不高。胡国泽在胡玉美,主要是与胡庆照共同主持配方工艺研发、内外文档以及年终经济核算(盘存、决算、盈余分配案)等,八少胡衡一负责胡玉美广告宣传及形象设计。

胡玉美家族"庆"字辈男丁,各房加在一起,在五十人左右。此时或随父母在外地生活,或年少,真正能明白事理且为胡玉美操心出力的,只有极少数。而这极少数,在胡子穆时代,也将其才华发挥到了极致。

后为胡玉美上海经销处负责人的胡庆升(字光羲),是胡子穆二哥胡国钧(字鉴年)的二儿子,胡玉美古欢堂"庆"字辈排行老四。赴上海任职之前,胡庆升主持四牌楼麦陇香工作。胡庆升时代的麦陇香,是传统糕饼业向现代糕点食品业过渡的重要阶段,这个阶段的特点就是规模化生产。糕点食品规模化生产的要点,就是贮存问题。传统糕饼以前店后坊形态,一般糕饼生产出来,如果是春、秋两季,保鲜期一般三五天,冬天会长一些,夏季就会更短。胡庆升主持麦陇香的变革,就是加香蕉饼干、大方片糕等易存放类食品的生产产量。此时的麦陇香,业务远在安庆之外,上海、南京、汉口、南昌等城市,都有专门窗口售卖,这就是胡庆升主攻的"远销"策略。1936年2月16日《南京晚报》中央商场广告,推荐胡玉美产品只有三样,一是罐头,二是瓶酒,三是麦陇香的饼干。正是因为欣赏胡庆升主持麦陇香表现出来的才干,所以胡子穆将更重的担子——组建上海经销处,放心地交给了他。

1935年秋,胡子穆决定在南京新街口中正路中央商场露脸,最后派去南京筹建直营店的,是胡玉美家族"庆"字辈两员大将,一位是胡庆照,一位是胡庆瑞(字熙年)。胡庆照本来就是胡玉美的高管,他去南京,主要是统管、协调筹建工作,具体事务包括后期运营,则是胡庆瑞一手打理。胡庆瑞是胡国钧的长子,也是胡庆升大哥,胡玉美古欢堂"庆"字辈排行老二。从相关资料看,胡玉美南京直营店之前,胡庆瑞没有参与胡玉美事务的记录,或有可能他随父亲在南京某部门任职,才干得到叔叔胡子穆的认可,所以胡玉美南京直营店运营的重任,把他作为了第一人选。

胡家另一位重要的"庆"字辈人才胡庆蕃(字公衍),是胡子穆大哥胡国华(字宏恩)的三儿子,在胡玉美古欢堂"庆"字辈中,排行老七。从现有资料看,1936年,胡子穆派他与"国"字辈的胡衡一(国铨),一道去南京学习化学酱油制造技术。但与胡庆瑞一样,此前他也没有参与胡玉美事务的记录,有可能他当时就在南京,有化学方面的专长,所以胡子穆委托他为胡玉美出力。

早期胡玉美蚕豆酱制作,都是手工脱壳作业。

特别重点介绍20世纪30年代胡玉美核心层人物胡庆照。

胡庆照是怡怡堂三房胡国荣(名恕,字依仁,嗣大伯父)长子,爷爷是胡远芬。胡玉美家族从五世"长"字辈起,就特别重视教育,如胡竹芗、胡远芬、胡远濬、胡远惠,以及胡远勋的四个儿子,都是学有所成的大家。胡庆照少年时,爷爷胡远芬发了话,胡氏家业要守,"胡玉美"招牌要保,胡氏后人哪能都去外面读书?

于是少年胡庆照以孱弱之躯,进店靠了三年"青龙牌"。说到青龙牌,现在年轻人可能没有见过。早年一些老字号商店,柜台后都竖有一块长牌,上书"货真价实"之类文字。店里新招学徒,3年之内,无论本事有多大,都要老老实实站在青龙牌前听候使唤。三年青龙牌站过,才算是出了师。胡庆照甘站三年青龙牌,出师后又做了2年小伙计,这种毅力,这种韧劲,让胡子穆非常赏识。后来接收汉口支店和筹建南京支店,胡子穆都是派他做胡玉美全权代表。后又负责胡玉美重要业务计划的实施和改进工作,与胡子穆、方遵训三人组成胡玉美核心决策团体。

同样的,"庆"字辈的胡庆禧(字清溪)是五房胡国泽(字济皋,二房胡远勋幼子)的次子。胡庆禧为九三学社成员,后为安庆市政协文史委员,撰写的《原安庆胡玉美企业家族志略》中有这样一段记述:

> (胡玉美)家政管理的一个特点,是制定家法、店规,协调家族与企业和家族成员之间的关系,明确三者的经济统一和各自独立范围,从而保持企业的财务独立核算,以杜绝家族成员对企业的不正常干涉和索取。家族成员仅少数在企业担任工作或兼职,享有企业规定的工资、福利和年终分红。多数成员均脱离企业,担任社会公职,各自的薪金收入,均由本人支配。企业年终红利按比例分配给家族和职工。家族所得的红利,按大房、二(房)两房均分,再各按小房头均分。小房头由父母统筹使用,子女不论是否完婚,均无权要求分配。家族子女凡在大学读书的,每学期可享受高教补助费;办理婚丧,也可领取补助费。家族成员一般不得干涉企业的经营管理及支取现金或货物。通常情况下,家族成员很少进出企业,多数人与企业职工互不相识。

胡玉美的这种家政管理模式与企业经营思想,源于胡远烈时代,胡子穆只是在这个基础上完善与发展的。也正是由于这种管理模式与经营思想,胡玉美作为拥有十多个分支机构的家族企业,经济效益与社会效益都十分显著,当之无愧地成为安庆规模最大、设备最新、产品最佳的民族工商业。台湾谢国兴著《中国现代化的区域研究:安徽省(1860—1937)》为此总结:胡玉美"在民国以后的顺利发展,与胡子穆受过新式高等教育,且眼光、格局均有过人之处亦密切相关"。

冷眼商团之争

20世纪30年代,胡子穆为胡玉美总经理时期,也是安庆酱园业相对繁荣期。据胡庆昌《安庆市的酱园业商店》,"民国前期(抗日战争以前)开设的酱园"有 20 家,加上清末延续下来的 10 多家,安庆城内城外的酱园,在 30 家左右。相信这还是能叫出来店号的,那些更小一些的酱园作坊,名单上肯定有漏。30 余家酱园在安庆城的大致分布为:

城中:四牌楼胡玉美,老板胡子穆;三步两桥义记,胡玉美分店;梓潼阁味源(余和丰),老板张亚卿;高井头李万源,老板李林青;三步两桥益美,老板马彝之。

北门:北正街天源,老板夏育之(后为夏金铎);大拐角头生源,老板杨××。

北门外:蔡家桥赵义源,老板刘平信;蔡家桥赵祥泰,老板赵平生;蔡家桥祥泰,老板赵平富。

西门:西城口胡广源,胡玉美分店;西正街广大源,老板吴三桂;玉琳路裕泰,老板严泛清;金保门章玉和,老板章××;县门口瑞和祥,老板程先达、程华岳。

西门外:四眼井胡永大,胡玉美分店;四眼井程天长,老板王树堂;程天长有两家联号,一是月字街的天长豫,一是女儿桥的天长货栈门市部;横坝头开源,老板汪永祥;盐店巷天昌义,老板路恒渠;古牌楼协昌祥,老板李福昌;五巷口后街三阳,老板刘文波;大新桥诸永盛,老板诸庆初;五巷口何发泰,老板何发洲;古牌楼仁和祥,老板黄士颂。

东门:小拐角头胡永源水作(带酱货),胡玉美分店;小拐角头长源,老板赵××。

东门外:朱家坡胡永源,胡玉美分店;东岳庙玉翔,老板胡玉堂。

虽然酱园不少,但真正在安庆之外还能叫得响的,只有胡玉美这一个品牌。1937 年 6 月 28 日,上海《社会日报》第 4 版刊发了潘明的一篇文章,标题是《安庆的特产品》,引语为"胡玉美酱菜、余良卿膏药,驰名全国,营业额甚巨"。涉及胡玉美的文字为:

胡玉美,(自)创业到现在,有(一百)六十多年了,所售的酱菜,顶出名的是：虾子豆腐乳和蚕豆酱。因为它的味道，比旁人家来得新鲜可口。咱们安庆老乡出门，带这些特产品送人，所以外省也知道胡玉美了。

从前胡玉美的货品，统用瓦罐装备，携带出门作馈送礼品，颇不便利，现在却改用洋铁罐了。

关于营业方面，安庆酱业的生意，完全被他一家垄断，因为他的资本雄厚，在安庆西门设有分店六处。但是他恐怕酱业公会控告他损害同行营业，因此分店的招牌，称为胡广美、胡玉美等。每年经营数额，超过百万以上，胡以此去年又在南京设立了一个分店。

虽如此，胡子穆时代的胡玉美，在安庆本地，仍低调行事。

位于蓬莱街的安庆酱园业同业公会，是连接这30余家酱园的纽带，这也是酱园根据自愿原则组织起来的非营利团体。公会的作用，主要是联络同行感情，办理税收和调解行业之间的纠纷。酱园业同业公会设有理事会，负责管理工作，下设文书和工友各一人，办理日常事务。理事会理事由公会会员投票选举产生，20世纪30年代，胡玉美大老板也是理事之一，但不是理事长。理事长是北正街天源老板夏育之。

早期胡玉美蚕豆酱制作过程中手工翻晒工序。

20 世纪 30 年代的胡子穆,头上的光环太多,安庆酱园业同业公会主席这一顶,他也在乎,也不在乎。从另外一个角度看,胡玉美实力已经名列同行业第一,酱园业同业公会的话语权,就没必要争在手中。最重要的是,因为实力摆在那儿,即使不开口说话,说话者也会考虑他的分量。

天源酱园老板夏育之也是有经济头脑的大老板。天源之所以能快速发展,走的是眼睛向下的底层路线。天源酱园兼水作坊,每天清早都用大水缸卖水豆腐。水豆腐是用铜瓢打的,铜瓢下去,深与浅决定酱园利润高低。夏育之清早只要有时间就过来,趴在缸边亲自打,他的铜瓢下去,总是满满实实。水豆腐是酱园最不起眼的生意,有 2 分钱就能打一大瓦钵,但同时也是最好的营销,铜瓢只需满一点点,就会赢得底层群众的口碑。再加上他们生产的豆干、酱油干、千张什么的豆制品,也比别家略大一些,因而一传十,十传百,招引来城内外及远郊的客户。由水作到酱制品,酱、酱油、酱什、酒类也随之旺销。天源酱园起步虽晚,但青出于蓝而胜于蓝,很快成为安庆酱园业老大之一。

虽然为酱园业同业公会理事长,但天源老板夏育之对胡玉美总经理胡子穆敬重有加,同业公会重大事项依然以他的意见为重。

同样,胡子穆对安庆总商会位置之争,也十分看淡,但看淡也不能看破,因为这个"位置",既有胡玉美在安庆的利益,也有酱园业同业公会在安庆的利益。不尽力也不放弃,用这节小标题的话说,叫"冷眼商团之争"。

1928 年,胡子穆出任胡玉美总经理,也就在这一年,安庆总商会改组成立。安庆商业同业公会包括典当、银行、银楼、钱庄、盐商、木商、竹商、绸布、京广花纱、粮杂、南货、颜料、油业、锅铁、米店、五金、纸张、五洋、书局、茶叶、柴炭、中药、西药、陶瓷、席簟、肉、鱼、咸腊、土膏、皮货、酱园、酒商等,基本都参加了商会组织。安庆总商会实行委员制,15 名执行委员由各同业公会代表直接选举产生。执行委员又选出 5 名为常务委员,另设监察委员若干名。张立达药店老板张荫森当选为主席,另外 4 名常务委员中列在第一位的就是胡玉美大老板。其他 3 位分别是大盛绸布号经理吴天铎、国药业汪农乡、布业卫凤翔。

这个结果自然不是人人都满意的,特别是能进入执行委员圈子的,个个都是安庆商界大亨。其中糖杂业蔡玉堂,是荣泰和糖杂货号大老板,传1919年花甲之寿时,安徽督军倪嗣冲以及省长吕调元亲自上门祝寿,这在安徽工商界也是绝无仅有的荣耀。另一位萧俊见在银楼业也是呼风唤雨的角色,前期在安庆市商民协会中任资方委员。监察委员张佩廷是英商亚细亚煤油公司经理,曾为安庆总商会副会长,此次落选,自然失落。他们先是以不出席执委会表示不满,后见效果不大,于是鼓动银楼业、糖杂类、绸布业(一部分)等十八个行业,另外在孝肃路中段安庆商团,挂出"办事处"牌子,前后与总商会相持1年之久。

后5名常务委员中,国药业汪农乡,因赴滁州专员公署任职而去名,布业卫凤翔与银楼业吴天铎又相继辞卸常委身份。空出3个常务委员名额,分别由四眼井同兴泰糖杂货号大老板韩硕甫、司下坡恒大钱庄经理舒景濂(与汪绅甫合作)、酒业万笏斋3人替补,张佩廷也由监察委员改任常务监察委员,人事矛盾才暂时得以缓解。

这当中,胡子穆始终笑而不语。相比之下,政府官员对胡子穆信任度更高一些。1928年9月,安徽省政府建设厅组建中华国货展览会筹备委员会安徽分会,总商会推派7名筹备委员,胡子穆名列第一位。

1933年,安庆总商会更名为怀宁县商会进行改选。这次各派逐鹿比上次更加激烈,最后永祥当铺经理徐笃庵小胜,当选新一届商会主席。徐笃庵是安庆商界巨头,在萧家桥开有永祥当铺。徐笃庵也是一个张扬之人,后来七十大寿,专门制作"笃庵先生七秩大庆"徽章分发来宾。1934年,徽属六邑旅省同乡会改选,徐笃庵被推选为监事。除徐笃庵外,商会另外4名常务委员,换了3张面孔,分别为张素椅(张荫森之子)、油铁业贺葆荆、柴炭许仲孚,只有胡玉美大老板胡子穆位置没有改变。这次商会位置之争,另外有一个用意,就是为争夺国大代表打基础。

日本留学归来的胡子穆,虽然置身于商海,但对商海之乱象,仍然敬而远之。以他的格调,管理胡玉美是家族责任所为,并非他人生追求的理想。这一阶段的胡子穆,除胡玉美总经理身份外,同时兼任安徽省科学馆馆长、安徽大学教授、安徽大学教务长等职,而他更多的精力都放在这个层面。

"冷眼商团之争"就是一种必然。

后话:1947年,国民党安徽省党部书记长范春阳曾经致电胡子穆,约请他出任安徽省商会会长,并暗示借此机会,他很可能当选国民代表大会代表。已经看惯云卷云舒的胡子穆,根本没有那种心思,他没有回答可否,而是以沉默表示了他内心的拒绝之意。

必须要有的结语

赵纯继《安庆胡玉美酱园发展史》专门列有一小节,介绍胡玉美"企业的消长情况"。关于胡远烈时代,作者的观点是:"胡玉美酱园在1914年至1918年第一次世界大战期间,利用帝国主义放松对华侵略的机会,营业额不断上升,企业有了很大的发展。1920年直皖战争,1921直奉战争中,也曾接受过大批军用酱货订单,大大捞了几笔。尽管在军阀混战期间,也有些损失,但这几年利润还很可观。后来几年,由于资本家看见什么生意赚钱,就搞什么生意,盲目生产,到1929年时,胡玉美酱园已经外强中干,负债竟达四万余元。"

分析胡玉美胡子穆时代的发展,作者又分两段做出了他的"定论":

> 自1931年直到抗日战争前夕,随着第二次国内革命战争的加剧,又给它带来一个大发横财的好机会。1931年,国民党军队大量集结江西,不断围攻工农红军,蒋军南昌行营(通过南昌经销店)曾向胡玉美酱园订购大量蚕豆酱罐头,每次都在十万听以上,特派三只小火轮日夜运输。胡玉美酱园当时每年生产的酱货,大部分都销售江西,每年利润十万元以上,这是胡家企业的极盛时代。
>
> 1934年后,鉴于江西军事订货前途有限,在企业实际负责人胡庆照、胡伟堂的安排下,发展宁、汉支店的经营,打开津浦、沪宁和平汉的通商,营业日渐发达,成了主要销售点。这些销售点之所以能够发达,也由于安庆是个中等城市,工资低,因而能够跟沪宁大城市机械化生产相抗争。

特殊年代，特殊认知。很明显，作者的偏颇、浅薄与狭隘，阻碍了他对胡子穆时代进行深层次的客观的理性的分析。

胡子穆1928年掌管胡玉美，1954年卸任，前后共26年时间，但中间除去1938年到1945年全面抗日战争时期，实际在任不足20年。胡玉美四代掌门人，胡子穆在任时间是最短的。

位于四牌楼的胡玉美老店，金字招牌始终不倒。

胡子穆掌管胡玉美19年，还分前后两个时期，前期1928到1937年，后期1946到1954年，以1938到1945年安庆沦陷为界。前胡子穆时代，胡玉美产业急剧扩张，属于高速发展期；后胡子穆时代，胡玉美企业性质变更，属于产权转换期。胡子穆对胡玉美的贡献，主要在于前胡子穆时代。

胡庆昌《胡玉美酱园的发展及其经营管理》对前胡子穆时代的胡玉美有一个相对客观的总结：

胡子穆接替胡远烈主持店务以后，胡玉美酱园又走上了一个新的发展时期。胡子穆是留学日本（学习生物）的，回国后从事教书工作，后来在安徽大学担任生物教授。他的爱人舒德进也是从事教育工作的。胡子穆虽然不懂经商，但由于他出身于做生意的家庭，从小耳濡目染，多少还是知道一些生意门路的。兼之他夫妇在安庆名望较著，在社会上有一定的影响，因而由他来担任胡玉美总经理（这一职称是自胡子穆负责店务后才开始的），更可以扩大影响，招徕生意。所以胡子穆继任以后，胡玉美酱园的业务，更加活跃地向前发展。

前胡子穆时代的胡玉美，变革与发展可以用三句话概括：一是"传统，顺应时代发展的完善"，二是"时尚，符合社会潮流的改进"，三是"管理，引入现代企业的模式"。

传统，顺应时代发展的完善

胡玉美是靠传统酱制品起家的，传统酱制品是胡玉美产品的核心。胡子穆掌管胡玉美时，传统酱制品的生产，他用的是四字方针，这就是"顺应时代"。

何为"顺应时代"？就是传统酱制品顺应时代需求，进行配方改良与技术升级。

吴牧在《百年金匾"胡玉美"——安庆胡玉美酱园》中这样写道：胡子穆"一到胡玉美上任，就与大管事方遵训，技师代美章、王华山磋商振兴企业的良策。他们采用先进的科学技术，努力提高产品档次，在酱园设立化验室，用显微镜观察、分析蚕豆酱的配方成分"。阻力肯定是有的，在另一篇文章《百年老店胡玉美的传人——胡子穆传略》中，吴牧说："在这之前若变动胡玉美蚕豆酱配方，如同太岁头上动土，因为配方是先祖心血的结晶"，先后多次获得国内外博览会金奖，"但胡子穆坚持按照生物学的原理调整配方，变动种曲、红曲的比例，并加进44度封缸酒，使蚕豆辣酱鲜味保持更长久，而因其特种的气味连苍蝇都不敢接近"。

这只是一个方面，1936年，胡子穆利用自己安徽省科学馆馆长身份，引导科研人员试制酱油新产品，最终研制出的有两种，一种是"鲜味佐餐酱油"，一种是"麻辣鲜味酱油"。虽然这两款酱油最终没有批量上市，但胡玉美对传统产品的改良方向非常明确。进入 21 世纪，当调味品市场酱油以各种罐头出现时，回过头再看胡子穆当年做出的努力，不得不佩服他的高瞻远瞩。

1934 年，商务印书馆出版实业部中国经济年鉴编纂委员会编纂的《中国经济年鉴》，其中"第十一章·工业"提到胡玉美酱园生产的振风古塔露酒、胡广源酱园生产的双鸟亭牌露酒，也是胡子穆时代经过技术改进推出的新品。据《中华人民共和国行业标准》对露酒的定义，露酒是以蒸馏酒、清香型汾酒或食用酒精为酒基，以药食两用的动植物精华，按先进工艺加工而成，改变了其原酒基风格的饮料酒。

顺应时代的另一个层面，就是传统销售模式变新。胡远烈时代的胡玉美，产品销售立足于本埠，对外拓展也是以周边县市为主。胡子穆掌管胡玉美之后，销售新渠道的拓展瞄准省会城市的品牌老店，如江西南昌沈开泰、江苏南京蒋复兴，而湖北武汉，则在汉口最繁华的新市场附近开直营窗口。之后在上海专门成立胡玉美经销处，在南京中央商场开直营店。尤其是直营模式，直到现在依然为一些品牌的主打销售模式。

时尚，符合社会潮流的改进

胡子穆掌管胡玉美最大的变化，就是在传统产品之外，拓展符合社会潮流的时尚产品，或者说，以时尚的包装形式，对胡玉美传统酱制品进行升级改造。

1930 年，胡玉美罐头厂从大二朗巷整体搬迁至火正街，是胡子穆治理胡玉美重大举措之一。在这之前，胡远烈时代的罐头厂，属于探路阶段，试验性质远大于生产意义。胡子穆接管后，罐头生产品种也在原来以酱菜罐头为主的基础上，新增鱼、牛肉、鸡、鸭等罐头，还增加本地特色的季（鲚）刀鱼、麦鸡罐头。20 世纪 30 年代，安庆工业在安庆造币厂关停之后，只剩安庆电灯厂一家。胡玉美罐头厂的崛起，迅速填补了安庆工业规模化工厂的空白。

同样，1934 年从上海购置英国制造的制冰设备，在东门火正街罐头厂内设立的制冰厂，虽然每日只产冰 2 吨，但在安庆乃至安徽，都是首次使用冷冻技术的厂家。

"时尚"的表现还在于四牌楼麦陇香洋楼的定性。麦陇香洋楼建造于1930年前后,当时关于洋楼建筑样式以及建成之后的用途,胡玉美家族内部有过争论,最后大老板胡子穆拍板定音——省城安庆是安徽首府,加上安徽大学创设,现代青年将是消费主流。麦陇香洋楼就是为他们提供一处休闲之地,包括两个层面:风格,民国年代,西风东渐,美观更耐用的西洋建筑,是未来城市建设的趋势;商业,以销售精制糖食糕点为主,同时夏供冷饮,其他三季供咖啡,并增设完全是娱乐方式的弹子房,以此开创并引领安庆城市的休闲消费。

注重广告宣传并不惜成本加大力度,也是胡玉美"时尚"表现之一。这种广告宣传,在1936年南京中央商场胡玉美直营店开张之时达到了顶峰。在这其间,坐大轮到南京,一出下关码头就能看到胡玉美广告牌,往城里的新街口走,重要的交通路口也张贴有胡玉美的宣传广告。新开张的南京大华大戏院,电影放映之前,也有一段胡玉美产品的广告幻灯片。走出戏院,到新街口一带闲转,商店大喇叭播放的电台节目,同样也插有胡玉美产品广告。这种全方位无死角的营销模式,在20世纪30年代中期的安庆城,前无古人,后无来者。

管理,引入现代企业的模式

胡子穆时代的胡玉美,现代企业管理模式得到了最大限度的发挥。

20世纪30年代,胡子穆作为总经理,主要在两个方面掌管胡玉美:对外,参加各种应酬,处理一切外务;对内,参与重要的业务计划的政策制定。胡玉美具体事务,除上述少量交由胡玉美家族成员打理外,大部分还是由外姓管理人员负责。其中大管事方遵训,类似现代职业经理人,主要负责店务及职工管理;胡玉美一本账——财务及往来账务,具体交由诸辅之主管;火正街罐头厂生产及维修,由苏仲华一手统管;酱园后坊作业,则由江仲平具体负责。

引进外姓人才管理家族企业,这不仅需要一种眼光,也需要一种魄力、一种度量。胡子穆以及前辈胡远烈,包括创始人胡兆祥、第二代掌门人胡椿,同样都具备,只是胡子穆将它运用到了一个更高层次。

同时,胡子穆时代的胡玉美,因为胡子穆在社会担任诸多要职,如安徽省科

安庆胡玉美酱园酒厂招贴纸上的注册"皖江城东　振风古塔"商标。

学馆馆长、安徽大学教授兼教务长、安庆总商会常务执行委员等,在一定程度上也改变或提升了胡玉美企业的性质与声望。有文章用"两个契合"进行概述:现代科技和传统文化的有机契合,民族资本和官僚资本的有机契合。

还有一个不能拿到台面但也非常重要的层面,就是努力改善、协调社会关系与劳资关系。胡庆昌在《胡玉美酱园的发展及其经营管理》中对此有生动的描述:

> 在旧社会,一个商店的名气大了,虽然有利于扩大营业,但也会带来麻烦,"敲竹杠"之类的事是会经常发生的。"树大招风",弄得不好就会栽跟头。所以胡子穆很注意搞好同社会上各个方面的关系。对于军、政、商、学的头面人物,他都尽量和他们"和平"相处,平时宁可给他们一些好处,如遇红、白、寿、喜一类事,或逢年过节,就主动送点礼物。如果他们有所求,只要不为过分,都要尽量应付,以免因小失大。得了好处的人,也乐得为"胡玉美"说些好话。
>
> 胡子穆不仅注意搞好同外部的关系,也很注意搞好与店里同事的关系。他在同事们面前绝不摆出一副令人生畏的老板架子,经常和大家说说

笑笑,不论大小同事和学徒都能和他谈得上。对于同事或他们家中遇到困难时,他就嘱咐管事给以适当照顾,施以小恩小惠,以示关心。所以一般说来,内外关系都处得比较好。

胡子穆时代的胡玉美,台湾学者谢国兴在《中国现代化的区域研究:安徽省(1860—1937)》中总结得特别到位。"这个时期正好也是近代中国从传统往现代过渡的关键时代。从家庭式手工产销经营到20世纪30年代的机器大量生产(罐头工厂必是机器生产);从只卖豆腐乳、酱菜到产销酒类、食品罐头、糕点糖果、附设冷饮室、弹子房;从贩售于安庆附近到建立长江流域上起汉口,下迄南京的营销网","论其经营理念与获致成果,在基本精神上较之20世纪80年代的台湾现代食品业,实未遑多让"。让谢国兴更感兴趣的是,在胡玉美,尤其是胡子穆掌管胡玉美的时代,"传统家族制度对现代企业发展,并未构成阻力,甚至于有所助益,关键在于这个传统家族必须先经过制度化约制,具备类似董事会或股东会之功能,于是整个家族变成一个健全的公司,善加经营,自然可以大展宏图"。

第四编　国难与家难

不觉辛苦乱离中

胡玉美对国难的感知，是从 1937 年夏末开始的。这一年的夏天，8 月 13 日，中国抗战史上最为壮观最为惨烈的大战——淞沪会战——拉开大幕。有一组数字的对比：日方，出动 28 万大军，动用军舰 30 余艘，飞机 500 余架，坦克 300 余辆；中方，调集 70 余个师，近 40 艘舰艇，飞机 250 架。虽然力量悬殊，但中国军队坚守上海达三个月之久，从战略角度，至少扰乱了日军速战速决的步骤。

1937 年秋冬，安庆城一直处在高涨的抗日热情中，安庆街头，随处可见安庆市文化团体救国委员会、安徽省各界抗敌后援会、安庆市暑期青年学生抗敌后援会等组织的抗战宣传。胡子穆的夫人、安庆第二实验小学校长舒德进，也是抗战宣传的积极分子。据叶爱霞、江兆旻《胡庆树传》中幼年胡庆树这一阶段的回忆，母亲几乎每天都不归家，"她带着学生和进步人士，不是到街头摆设献金台，自己带头捐献钱财衣物，支援前线战士，就是参加游行集会。为了表达抗日热情，母亲舒德进曾在安庆组建了一支抗日歌咏队，用歌声激发民众同赴国难、共同救国的热忱。所到之处，观众争睹，万头攒动。叫人惊讶的是，为了募捐抗日，母亲还率全家子女去街头进行义演，她自己写剧本，自己当导演，自己演主角"。

城东朱家坡，安庆沦陷后，日军将街南的房屋全部拆毁。

尽管如此，上海陷落对安庆影响极大，入秋之后，安庆城陷入极度恐慌与不安之中。胡玉美大老板胡子穆，平日虽进进出出看不到神色有太大的变化，但他内心比谁都清楚，胡玉美如日中天的时代已经一去不复返了。也就是在这前后，风传南京国民政府要迁都重庆，胡子穆知道败局无法改变，当即做出撤回南京新街口中央商场胡玉美直营店的决定。虽然大家觉得突兀，但立刻明白了事态的严重性，当夜派人员赶往南京，将南京直营店的物资全部撤回安庆。

11月26日，星期五，农历十月二十四，安庆城局势突变。大概下午2点多钟，突然响起了空袭警报。警报是从安徽省政府大院那边传来的，一声声盘旋在安庆城上空，长久而凄厉。四牌楼胡玉美店里本来还有几个顾客，四牌楼街上也还有不少路人，结果眨眼作鸟兽散，一条街像水洗的一样。有胆大的年轻伙计，爬到楼顶对外观察，但很快就把脖子缩了回来，说几架带有太阳标志的日军飞机，沿着长江从东边飞了过来。这次日本空军入侵，也只是一个示威，日机只在安庆城上空绕了几圈，丢下几颗炸弹就离开了。炸弹落到城外荒郊之地，并没有造成多大的伤害。不少半大的孩子出城去看了，回来说有丈余大的坑。

12月初，安庆街头穿黄色衣裳的军人多了起来。街面上，各种消息纷传。大管事方遵训派人了解了一下，说是杨森率第二十七集团军已经调驻安庆，这个集团军下面，辖有二十军、四十四军等，实力非常强大。他们的总司令部，就设在孝肃路的段家大屋，向南穿过吕八街，就能走到四牌楼。有部队值守，大家心里多少踏实一些。

但也就仅仅几天,12月13日,日军屠城南京,有30余万平民百姓遭到惨绝人寰的大屠杀。接下来的日子里,大量的难民拥进安庆,而安庆城的恐慌气氛也日日加剧。胡玉美家族也坐不住了,大大小小都没有了主意,把目光投向"远"字辈的长者胡远芬。胡远芬已经七十有五,这种局面,也是平生第一次面对。

胡子穆也不说话。他不说话实际就表明了态度:安庆人说的"跑鬼子反"的日子,或早一日,或迟一日,已经摆在他们眼前,只是时间早晚而已。

1938年的新年就在这样惨淡的气氛中悄无声息地度过。

新年之后,胡玉美家族分散居住焦家巷、双莲寺、程公祠、钱牌楼等处怡怡堂、古欢堂各房,不得不自找门路,拖家带口逃离安庆。"过去生涯乐趣多,衰年经乱历风波。为多家属营三窟,喜得尔曹共一窝。幼稚生存欢未减,艰难身世感如何。田园寥落今休问,客地当知学醉歌。"胡远芬有诗以"记"代题:《余率三女(胡德馨,适陈远衡为继室)先入川,长儿(胡恕,原名国荣)率眷属继之,次儿(胡国干,字施仁)因公亦率眷来。其他家眷有留皖及远走赣鄂湘滇者,诗以志之》。胡玉美家族乱世乱象,一目了然。

《胡庆树传》说住在近圣街桐荫山庄的胡子穆,"一家人只带着随身的衣物,乘上海到重庆的客轮仓皇逃离安庆。这是胡庆树生平第一次出远门。他好奇地看着沿江的景色和那条宽阔绵长的大江,再回头望着正一点点变小、一点点远去的家园,幼小的心里第一次有了恋恋难舍的感伤。1939年初,经过数天的长途跋涉,全家终于随着大批难民蜂拥到重庆"。这一年,胡庆树刚刚五岁。随他们一道同行的,还有他的舅舅舒懋伊一家。

吴牧《百年老店胡玉美的传人——胡子穆传略》描述了这个场面,糅进了他个人的文学想象:

> 胡子穆通过南京胡伟堂向民生轮船公司租下一条船,将家室人员送往重庆。临行前,他举办家宴,邀请大管事方遵训,还有店里老职工江仲平、

叶新民、江邦汉、苏仲华等人。他感谢店员们为胡玉美立下汗马功劳,并委托他们保护好企业仅存的三个分号:玉成仁记、胡广源、酒厂营业部。最后,胡子穆再三叮嘱:"万一分号保不住,就将店里财产变卖,统归你们所有,用于养家糊口,以了却我的心愿。"老店员们心情沉重,祝胡总经理一路顺风。胡子穆临上船,又招呼车夫将黄包车拉到四牌楼,他向"胡玉美"金字招牌深深鞠了一躬,良久才缓缓离开。

离开安庆之前,胡子穆确实与胡玉美管理核心成员进行过沟通,但这种沟通,都是一次一次随着局势紧张而变化而深入的。相比之下,胡玉美是一艘豪华大船,即便风向有变,它也无法及时掉头。也就是说,从1937年8月13上海淞沪会战,到1938年6月12日安庆城沦陷,胡玉美是眼睁睁在战争风暴之中,一点一点下沉,直到最终全部被淹没。

最后离开安庆的,是胡玉美家族"庆"字辈的胡庆照。胡子穆离开安庆之后,他就是胡玉美最高决策者。但做出这个决策,是艰难而痛苦的,恰恰因为这一点,胡子穆先行一步,以"眼不见"为借口,达到他"心不烦"的目的。而胡庆照年轻气盛,并不相信这么大一个国家说败就如山崩,哗啦便倒下来了。在他心中,始终还有那么一丝期待,希望战局有所改变。直到清明之后,他才彻底死心,知道坚持不下去了。在最后的处理上多少呈快刀斩乱麻之态,胡玉美账面上的现金,大概2.4万元,全部用作"对各房股东及店里同事作遣散转移的安排,直到安庆沦陷前两天,才离开总店转移到后方。各房股东分得了部分红利后,也纷纷逃往后方或农村,其中有少数人经过汉口时,将汉口支店收歇,各分得一部分货款,充作路费"(胡庆昌《胡玉美酱园的发展及其经营管理》)。

据《安庆胡玉美酿造厂厂志(1830年至1985年)》,胡玉美火正街罐头厂将"食品机械沉于井底,剩余物资由自愿留守的员工江仲平、何承烈等人分散谋生"。至此,1938年6月12日安庆城被日军攻陷,曾经辉煌一时的胡玉美已经成了空架子。虽如此,日军占领安庆后,胡玉美四牌楼旗舰总店、麦陇香洋楼以及火正街罐头厂等,全部被掠夺占据。

安庆城陷落的情景,胡子穆不知道,他的同乡陈独秀也不知道。

6月12日一大早,仍存一丝侥幸的居民知道城市不保,分别由集贤门向十里铺、由八卦门向山口镇一带跑反,避跑不及的,也赶到天主堂、圣救主堂、同仁医院等教会所在地寻求短期避难。江防军一三四师与守城警察与日军有过短暂的抵抗,但前后只进行了短短两小时。午后,守城将军杨森见大势已去,命司令部北移至集贤门城楼,下午3时许,又撤至集贤关观音洞。与此同时,电话局拆除了通信设施,守城军警也纷纷向十里铺撤离。杨森因处于腹背受敌的不利境地,部队又分散各地,无法掌控,只好放弃安庆,向潜山、太湖方向撤退。当晚,日军占领安庆。次日,《朝日新闻》(大阪)出版号外,刊发特派安庆记者冈田报道"高桥、佐藤两部12日上午浩浩荡荡从菱湖门入城,安庆省政府高楼上升起日军旗"。

消息传到四川,传到避难四川江津的陈独秀耳中,他怅然良久。后来他以一首《书赠同乡胡子穆诗》,道出了他与胡子穆的共同心酸:"嫩秧被地如茵绿,落日衔天似火红。闲依柴门贪晚眺,不觉辛苦乱离中。"

江津日出日落

陈松年是陈独秀的小儿子,陈独秀是中国共产党的创始人之一。1938年8月初,陈独秀在友人的帮助下,避居四川江津。9日,陈独秀写信给陈松年报平安,信是这样写的:

三日抵此,不但用具全无,屋也没有了。方太太到渝,谅已告诉了你们,倘非携带行李多件,次日即再回到重庆矣。倘非孝远先生招待(仲纯之妻简直闭门谢客),即有行李之累,亦不得不回重庆也。幸房东见余进退两难,前日始挪出楼房一间(中午甚热),聊以安身,总比住小客栈好些。出门之难如此,幸祖母未同来也。此间租店屋,非绝对没有,但生意外来人不易做。据邓季宣的意见,景羲仍以和胡子模合力在此开米店为妥当。在此收谷碾米运往重庆出售,与本地人交涉也比较少。季严等已到重庆否?倘大批人俱到,绣壁街住不下。罗太太(方志强女士)及季严夫妇,可住金家巷的房子,此房子可与薛农山先生接洽,此人上午在黄家垭口四达里五号住宅,下午则在时事新报社。他们已到后,望即写信告诉我。

信中提到的"胡子模"为胡子穆笔误,建议胡子穆与景羲合力在此开米店的"邓季宣",是邓绳侯第四子,后过继为德莪公嗣孙。邓绳侯民国初年为安徽教育司司长,传"麦陇香"招牌三个大字就是胡远烈请他题写的。"景羲"姓吴,是陈独秀大姐的三儿子,经商。

陈独秀在这封信中,还提到了同样来自安庆的其他几个人物,如"季严等已到重庆否"中的"季严"是吴景羲的弟弟,叫吴季严,也是陈独秀的外甥;如"倘非孝远先生招待(仲纯之妻简直闭门谢客),即有行李之累,亦不得不回重庆也"中的"孝远",应为方孝博之误。方孝博父亲方守敦,曾随吴汝纶赴日本考察学制。方孝博毕业于国立中央大学,后留校任教。"仲纯"是邓绳侯第三个儿子,邓季宣的哥哥,当时邓仲纯在江津开了一家医院,以陈独秀长子陈延年之名命名,叫"延年医院"。陈独秀信中印象极差"仲纯之妻"为方愫悌,她的祖父方柏堂、父亲方守彝都是桐城派后期名家。

按现在的话说,陈独秀信中提到的这些人,就是胡玉美大老板胡子穆流亡四川江津时期的"朋友圈"。

远远不止这些。据陈家林《名贾之后 教坛精英——记民盟安庆市委原主委胡庆臻》,流亡四川江津时,胡子穆长子胡庆臻已经成年,他记得父亲交往密切的朋友中,还有"辛亥革命的一员猛将,旅法画家潘玉良的恩公和丈夫"潘赞化。在他的记忆中,潘赞化"食量很大,粗粮杂食,一餐要吃几大碗。但有过午不食的习俗,上午吃饱饭后,一天即不再吃东西"。胡子穆小儿子胡庆树对潘赞化也印象深刻:"这群文化精英中最有趣的是潘赞化伯伯。富于幽默感的潘赞化,相貌堂堂,身材魁梧,极有艺术家气质和风范,会很多时髦洋派的玩意,因此,每次聚会这位伯伯总能成为众人的焦点。"(叶爱霞、江兆旻《胡庆树传》)

胡子穆一家在江津住的地方,是城东的郭家公馆,这是江津地方富绅曹茂池开设的一家小旅馆。来江津之前,胡子穆一家在重庆短暂住过。虽然时间不长,但夫人舒德进也闲不住,依旧风风火火展开她的教育工作,先是担任战区教师第三服务团登记处干事,后升任股长、委员,最后又被任命为战区教师第三服务团团长。

　　胡子穆对陈独秀、邓季宣都十分尊敬,但在四川江津定居之后,他并没有听从他们的意见,"合力在此开米店",这多少让陈独秀有些意外。在这之前,陈独秀与胡子穆少有交往,虽然在东京留学时有过接触,但陈独秀生于1879年,胡子穆生于1892年,年龄差距略大了些。胡子穆少年梦想是实业救国,这与陈独秀的革命主张完全是两条道。另外一层,陈独秀的嗣父陈昔凡与胡子穆的祖父胡竹芗交往很深,陈独秀与胡子穆父亲胡远勋没有深交,但双方的大名也还是知道的。也正因为如此,陈独秀看胡子穆,仍把他看成商人或商人之后。同样,邓季宣为胡子穆谋划流亡江津的生计,也只是从"胡玉美大老板"这个角度考虑的。

　　当然不只是他们,在安庆,包括在许多同辈好友心中,提到胡子穆,首先想到的是他"胡玉美大老板"而不是其他。而胡子穆最不认同的,尤其是出安庆、出安徽之后最不认同的,恰恰就是这个"胡玉美大老板"的身份。况且,瘦死的骆驼比马大,在安庆拥有类似托拉斯企业性质的大老板会在江津这个小县城靠做粮行生意糊口?

　　邓季宣此时正在筹办国立九中,他最需要的,就是胡子穆以"安徽大学教务长"身份出面支持自己。

　　邓季宣先祖邓石如,是胡子穆祖父胡竹芗最为推崇的书法大家。胡子穆了解五横白麟畈邓家,也是从祖父口中开始的。邓季宣是邓家性格变化最无常的一位。辛亥革命之初,他在安庆追随韩衍、高语罕参加青年军,后考入芜湖甲种农业学校,又因在学校组织罢考而被除名。之后他一百八十度大转弯,入读华严大学,随即皈依法师,听经半年,后回白麟畈乡居,闭关一年,又在家学佛三年。以为他的人生就是如此了,不料他又一百八十度转弯,远离家乡出国勤工俭学,但去的是法国而不是日本。他先在里昂大学,后转读巴黎大学哲学系,并作为发起人之一,组织成立了东方文化协会。归国后,邓季宣先后在复旦大学、光华大学、安徽大学任教。逃离安徽时,邓季宣的身份是安徽省宣城师范学校校长。

邓季宣流亡到汉口时,拜访了国民党中执委陈访先,在他的帮助下,邓季宣带领安徽省立二临中的师生转移到了重庆。后按教育部要求,邓季宣又将这近200名师生带到江津德感坝,并以安徽籍流亡师生为主体,筹建国立安徽第二中学,陈访先挂名校长,邓季宣任学校总教导主任兼高中一分校校长。胡子穆到达江津时,邓季宣作为学校筹办具体负责人,正为学校开学乱七八糟的杂事头疼。

胡子穆并没有及时回复邓季宣的邀请,因为他先后收到武汉大学与云南大学发来的聘约,都请他担任生物教授。但在江津小住,看邓季宣为办学之事忙忙碌碌,胡子穆备受感动,因而果断以"总务主任"的身份参与了学校的筹建。1938年12月15日,国立安徽第二中学正式开学,两位安庆教育界大佬在四川江津德感坝展现了他们的顽强与坚持。

1938年秋冬,胡子穆以"总务主任"的身份参与了国立九中的筹建。

1939年4月,国立安徽第二中学更名为国立第九中学。此时,陈访先辞去校长一职,邓季宣正式任国立九中校长。接下来的几年,邓季宣坚守"民族精神""科学精神"和"法制精神"三大教育原则,为学校建立起一套完整的教学体制、管理制度,一直沿袭到终结。

但"德感坝"这个地名始终是邓季宣的心头之痛。那时从德感坝去江津县城，只能坐木舟走水路，渠道险峻，江流湍急，因而江难事故时有发生。他疼爱的二女儿邓念慈就遇难于此。抗战胜利，邓季宣带领国立九中的皖籍女生回到故乡安庆，在原安徽省立安庆女子中学校址上继续办学。但这之中，却没有他爱女的身影。

胡子穆同样对"德感坝"这个地名心生不悦。

与邓季宣共同筹办国立九中期间，胡子穆应该说是尽心尽力。国立九中摊子很大，在校师生最多时有4000余人。这么大的体量，小小德感坝自然容纳困难。作为总务主任，校舍、师资、经费、书籍，包括学生食宿等，都是十分棘手而又必须解决的问题。相比于安徽大学，这个总务主任担子重多了。虽如此，胡子穆还是克服重重困难并卓有成效地逐一解决。比如课堂紧张，就分而置之，或是在乡村祠堂，或是山野寺庙，能用的地方都用上了。师生住宿紧张，胡子穆便亲自带领师生，到山里砍毛竹，就地取材，盖起一些简易的校舍。

虽如此，还是有人怀疑他的努力：放弃武汉大学、云南大学教授职位，任职于偏远闭塞的小镇，没有利益，何来动力？因此说他筹办国立九中经济不清，有贪污教育经费之嫌，最后一纸来信将他告到教育部。无奈之下，胡子穆辞去总务主任一职。后教育部虽澄清事实，还胡子穆清白，但胡子穆心被伤透，仍拒绝了邓季宣请他继续担任总务主任的邀请，只是在国立九中任生物教员，同时在国立体育专科学校和綦江女中兼课。

对于胡子穆，对于邓季宣，四川江津最阴冷的记忆是1942年5月27日陈独秀逝世。又五日，6月1日一大早，胡子穆随着陈独秀的亲属，以及江津朋友圈里的这些安庆人，默默护送陈独秀灵柩至江津大西门外鼎山之麓的康庄安葬。

那一路，胡子穆沉默不语。他由陈独秀之死想到了自己的未来，想到了胡玉美的未来。他的心几乎绝望到极点，他真的不知道还有没有未来。

战乱坚守与战后复兴

日伪时期的安庆城，是从1938年8月19日开始显现复苏之气的。在那之前,一些避难于远郊,如余湾,如练潭,如罗岭,如花山等地的安庆人,悄悄回城打听消息,见安庆形势基本稳定,不仅成立了安庆大民会,还成立了一个安庆维持会,也没有见街头滥杀无辜什么的,于是就一传三、三传九,不少逃亡乡间的老百姓因此动了回城的心思。到 8 月上旬,有三四千名安庆人重回城里。日本人很高兴,就安排安庆大民会会长高嵩臣 8 月 19 日在龙门口安庆高中操场召开一个反战和民生再建大会,他们还专门去了同仁医院,威逼戴世璜院长也带领难民参加会议,还一定让他在大会上讲话。讲话过程很平静,之后按惯例上街大游行,走的也是原先安庆游行走的路线。走龙门口到倒扒狮,经国货街到四牌楼,又走吕八街到孝肃路,最后又绕吴越街走大栅子出城,再走沿江路至大南门止。四五千人走在大街上,猛一看与战前的集会并没有什么两样,只是街头只走有游行队伍,街道两边没有挤过来看热闹的群众。沿途也呼了不少口号,但软弱无力,没有任何生气。

安庆沦陷期间,位于四牌楼的胡玉美旗舰店——胡玉美酱园酒坊,被日军侵占改作"(军指定)菊屋",出售日用品并经销药品"若素"。

胡玉美留守安庆的老员工,也就是在这之后陆陆续续重回安庆城的。

关于日伪时期的胡玉美,《安庆市地方志——食品酿造厂工业志(手抄本)》是这样记述的:"日军占领安庆后,将'胡玉美'厂房作兵营,店铺作洋行,机械设备有的被搬走,有的被砸毁,财产被没收。其他分店、支店因为店小,日军未占。江忠平、江邦汉等人,冒着生命的危险,留在安庆保护分店,利用'玉成'和'海天'等处的存货,勉强支撑着营业,改为'元兴(胡源兴)'。虽然设备被毁,由于采取了工商兼作,土洋并营,恢复手工制作罐头盒,兼用瓦罐进行生产和经营等办法,勉强地维系了简单的再生产。"

《安庆胡玉美酿造厂厂志(1830年至1985年)》这样记录:"1938年6月10日,胡庆照(胡子穆侄)曾对该店员工作了遣散。将食品机械沉于井底,剩余物资由自愿留守的员工江仲平、何承烈等人分散谋生。胡玉美四牌楼老店与东门外作厂在安庆沦陷后,则由日本人侵占、破坏殆尽。"

赵纯继《安庆胡玉美酱园发展史》描述沦陷时期胡玉美的文字:"安庆沦陷时,胡庆照与大管事方遵训一同离去。日本军队进入市内,将胡玉美厂房作为兵营,铺房另开洋行,所有机器设备,有的被毁,有的被搬,所有分支企业全部歇业。留在安庆市内的职工江仲平、叶新民、江邦汉等,因为生活关系,同时又受胡家主人的委托,冒着生命危险,保护了旧企业三个分号:高井头的'玉成仁记',改名为'元兴';大南门胡玉美酒厂原营业部,改名为'太记';另一处是'胡广源',则由职工张克俭、何承烈看守。这三个分号,不久都分别复业。"

胡庆昌在《胡玉美酱园的发展及其经营管理》中记叙如下:"安庆沦陷时,'胡玉美'已经成了空架子,日寇占领安庆,没收了'胡玉美'总店及罐头厂的全部财产。其他分支店,因为店小,又得力于店里老同事江邦汉、江仲平、诸(朱)辅之、叶新民、左忠谋、何承烈等人的冒险保护,利用'玉成'和酒厂等处存货,将'玉成'改为'元兴(胡源兴)',勉强支撑营业。其时大管家方遵训生病在家,不久去世。"

上述记述基本相同,只有《安庆市地方志——食品酿造厂工业志(手抄本)》中提到的"海天",在前期胡玉美资料上,看不到任何相关信息,有可能是1930年火正街罐头厂生产之后,设于沿江路专门销售胡玉美罐头的经销点。胡庆昌《安庆市的酱园商店》中有"胡玉美临江门市部：地点在港务局东侧"的记载。吴牧《百年老店"胡玉美"的传人——胡子穆传略》中，说胡玉美战后保存的店铺只有几家，其中一家是大南门胡玉美酒厂营业部，抗战期间改名为"太记"。或海天，或胡玉美临江门市部，或太记，理论上应该是同一家。

至于"元兴（胡源兴）"，胡庆昌《安庆市的酱园商店》中记有"元兴（胡源兴），胡玉美分店，地点在三步两桥"，但性质为"抗日战争胜利到公私合营以前开设的酱园"。但胡庆昌另一篇文章《胡玉美酱园的发展及其经营管理》又说"分店限于力量，只保存了高井头的元兴（胡源兴）一个店"。这个说法，与赵纯继《安庆胡玉美酱园发展史》口径一致。

道光十八年（1838）四牌楼胡玉美开张之前，胡兆祥在城南的两间店铺，一间是三步两桥的玉美义，另一间是高井头的玉成。胡玉美开业之后，这两间店铺作为胡玉美的分号，一直维持经营。1924年8月2日，《申报》刊发《皖垣商民饱受虚惊》新闻，新闻发生地就是"三步两桥胡玉美义记店"。高井头玉成酱坊位于高井头坡顶向北十来米，铺面向西，斜对面是大二朗巷街口。到了20世纪80年代初，这家酱坊还一直在营业。安庆沦陷期间，不敢公开打"胡玉美"旗号，只能改名"元兴（胡源兴）"，低调运营，这也合情合理。

元兴（胡源兴）酱坊完全是由胡玉美老员工从个体谋取生路的角度，自发维护企业品牌的集体行动。老员工包括方遵训（大管事）、江仲平（酱园后坊主管）、诸辅之（财务主管）、江邦汉、叶新民、左忠谋、张克俭、何承烈等。初期销售的商品，都是胡玉美几家酱园的存货，包括胡广源酱园酒厂的存酒、海天的胡玉美罐头等。后随着城市相对稳定，开始小批量制作酱制品，并恢复手工制作罐头盒，兼用瓦罐进行生产酱制品罐头，仅此而已。

大管事方遵训本想以此渡过战乱期，最后把虽残存但骨架仍存的胡玉美相对完整地交给胡玉美第四代掌门人胡子穆。但他本人没有看到这一天。

1945年秋冬，胡子穆从四川回到安庆，一下船就听到大管事方遵训去世的消息，那一刻，他的眼湿了。

来码头迎接他们一家的，都是他信得过的老员工，江仲平、诸辅之、叶新民、左忠谋、张克俭、何承烈，曾经一张张熟悉的面孔，相隔一个战乱时期重见，心中更是万千酸楚。

仅仅冲这一点，胡子穆也要东山再起，重振胡玉美往昔雄风。

虽如此，他所面临的困难比他想象中的大得多。

老员工能完整交到他手上的生产资料，只有高井头元兴（胡源兴）与西城口胡广源（张克俭、何承烈留守）两家酱坊，以及原酱（正在发酵中的酱）29缸，蚕豆酱、蚕豆坯酱30缸，以及部分存酒。仅此而已。

"胡玉美酱园复业以后，仍照胡明经堂旧例，大、二房各推一人主持业务。胡子穆继续担任经理，胡恕（胡庆照的父亲）任副经理，实际由胡国和（字寿山）负责。"据赵纯继《安庆胡玉美酱园发展史》："酱园复业后，急需流动资金。于是一面吸收社会游资，其中大部分是国民党政府后方复员人员的存款，也有官僚、地主的，总数法币四千万元左右。最多的存户，有一千万元、五百万元的。利息比一般银行大一分。存户认为胡玉美酱园比较可靠，利息又比一般银行高，所以乐于存进。另外又向银行贷款。"

"1946年，抗日战争胜利后，胡子穆等人先后从重庆等地区返回安庆，为了图谋复业，将幸存下来的3个分店货物，搬向老店胡玉美，由胡子穆集资，向银行取得信用贷款和吸收社会游散资金，计法币4000多万元。同年2月，开始收买旧滚筒车、剪刀车、车床、冲床、柴油机等机械设备，建造了平房9间。由于资金短缺，设备简陋，只能采用半机械半手工的生产方式进行生产。"在《安庆市地方志——食品酿造厂工业志（手抄本）》中，胡子穆艰难复兴的过程，也只有这简简单单一段话。

过程是非常复杂的。

安徽省档案馆收存有一份1946年"呈请发还玉美工厂车床以应需用"的报告，可以证明这个过程的复杂与艰难：

民国三十五年8月19日发文第1908号（三　1085）
事由：呈请发还玉美工厂车床以应需用，仰已批示○以便具领由

拟办：三股查案办理

为请求发还工厂车床以应需用事，窃（小号）于民国二十七年安庆沦陷迁避后方，所有货物（机）件遗留陷区，均未带出去。去岁收复（小号），主人（携）春返里恢复营业，惟查有东门玉美机厂六呎车床一座被敌人移在江岸银膳仓库。收复后曾经陆军仓库接收保管。闻听接收原始清册上载明（是胡玉美工厂搬来）等字，证明该物系为本厂原有机件，但本厂司机工友，在战前曾抄录车床上齿轮换算表，可资对照为凭。该件现由（我）处接管办处理（小号），复业制造罐头器具亟待车床配用理合，具文呈请，俯赐准予发还，以应急需并乞批示以便着手工友持册核对具领，实为德便。

谨呈

苏浙皖区敌伪产业处理局驻皖办事处安庆分处主任张

安庆胡玉美号店主胡子穆

1946年夏，胡玉美差不多已经走上正轨之时，胡子穆还在为寻找火正街罐头厂"六呎车床"而奔波，这份由他亲笔撰写的报告，以及报告之后来来回回最终无功而返的过程，说明胡玉美战后复兴之难，远远大于另起炉灶。

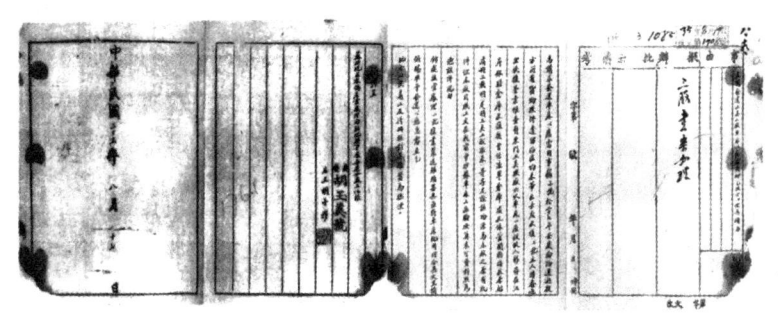

1946年，胡子穆亲撰"呈请发还玉美工厂车床以应需用"的报告。安徽省档案馆藏。

更多的纷争在胡玉美内部。此时胡玉美家族，"国"字辈与"庆"字辈平分天下，后者人数更多一些。他们之中，分享胡玉美红利者多于参与者。也正因为如此，他们对胡玉美的感情远弱于胡子穆、胡庆照他们。此外，外居他省近 8 年，不要说对胡玉美，他们对安庆的情感也渐渐淡薄。更重要的一点，经过战乱，大家都一贫如洗，也拿不出更多的闲散资金。因此，当胡子穆召开家族会议，商讨胡玉美复兴计划时，有人不仅提出反对意见，还主张把胡玉美产业变卖，分钱到人，让大家各谋出路。据传，最后还是怡怡堂胡远烈夫人胡邱氏一锤定音，最终商定由古欢堂胡子穆任总经理，胡寿山（国和，胡远成之子，嗣四伯父）、胡衡一（国铨，胡远惠之子）任副总经理，重启胡玉美复兴之路。

在胡庆昌《胡玉美酱园的发展及其经营管理》中，胡玉美的老员工更具忠于胡玉美的大义："在安庆沦陷时期坚持下来的一些同事，见到胡家的困难，都同意把他们在沦陷期间保存下来的店产和物资无条件地集中起来，归入胡玉美总店进行复业。"

尽管如此，对于胡玉美复兴，仍然是杯水车薪。要保证胡玉美这条大船能够正常启动，必须准备有足够的流动资金。"于是胡子穆凭着他在社会上的声望和人脉，以及胡玉美过去的信用，向银行借得了信用贷款，同时又吸收了一部分私人存款，总算把胡玉美这块老招牌又树了起来。"这之中怀宁县银行支持力度最大，行长何荫庭大笔一挥，就向他们贷款法币 500 万元。私人借款的也不少，一方面是相信胡玉美的实力与诚信；另一方面，胡玉美采取的"利息略高，随要随取"的集资办法，也有一定的吸引力。

1945 年末，四牌楼胡玉美开门营业。开业当日，大老板胡子穆带着他的管理团队，包括大管事叶新民、外账吴昭进、内账程先进、批发总管甘启亮、制货领班王华山、罐头厂负责人苏仲华、明经堂总账杨开润，以及老员工左忠谋、江仲平等，亲自在店门口迎客。

艰难的二次起步

1946 年，胡玉美开始二次攀越之程。

1946 年的安庆，无论是社会环境还是经济环境，与 10 年前不可同日而语。

10年前的胡玉美如大鹏翱翔于蓝天,它的每一个动作,都因雅致、华丽而惊艳。10年之后的胡玉美,只能如陷入泥淖的笨鸭,扑腾半天才能勉强前行一步。

1947年3月,怀宁县商会理事长郎克明应安徽邮政管理局之邀,向他们递交了一份《安庆市场物价证明单》。证明单说明文字为:"查每届旧历年关,物价波动最烈,国历一月十日及二十日,正值旧历十二月中下旬,三十日正值新年时节,市场物价已成混乱状态,本会为供贵局参考起见,特将来函所嘱,开列各项物价,另单分别证明。"

物品名称	单位	1947年1月10日	1月20日	1月30日
白米	每斗(市斗)	6000元	6100元	6200元
洋面	每斤(市斤)	1200元	1900元	2200元
猪肉	每斤(市斤)	3000元	3000元	3200元
菜油	每斤(市斤)	1500元	2000元	2500元
食盐	每斤(市斤)	700元	1100元	1200元
箍柴	每石(市石)	24000元	25000元	28000元
四君子士林布	每尺(市尺)	3300元	3800元	5000元

1947年1月10日、1月20日与1月30日,对应农历丙戌年(1946)腊月十九、腊月二十九和丁亥年(1947)大年初九,安庆市面上的物价混乱,已经呈现一日三变的态势。其中最稳定的是白米与猪肉,前后21天,每市斤只涨了200元;最离谱的是洋面,21天时间,几乎翻了一倍;最不可思议的是四君子士林布,腊月二十九每市尺还只要3800元,过了一个年,就要5000元了。

对胡玉美酱制品直接产生影响的食盐,短短21天,也从700元涨到了1200元。怀宁银行贷款给胡玉美的500万元(法币),看似数量不少,但如果用来采购食盐,也只能买到2吨多一点。

胡玉美二次起步,就是在这样一个近乎恶劣的经济环境中进行的。

同在四牌楼老街,与胡玉美相邻的麦陇香,恢复时间相对晚一些。安徽省档案馆收存的《怀宁县南货糕烛业同业公会会员清册》造于1945年11月20日，上面没有"麦陇香"的登记。麦陇香恢复营业，应该是1946年春夏之交，它采取的是另外一种模式。

安庆沦陷，麦陇香停业，麦陇香大师傅魏国璋与他的儿子吴德培也到周边乡村躲了一阵子，后来回安庆，大老板外出跑鬼子反，麦陇香为日本人所占，父子俩只好在城东火正街19号胡玉美罐头厂隔壁开了一家叫"万福隆"的糕饼行，一方面糊口谋生，一方面也想用他的手艺支撑麦陇香品牌不倒。抗战胜利时，万福隆生意主要由儿子吴德培做主，也带了一个徒弟，叫方鸣皋，出师之后就留在店里当师傅。生意马马虎虎，多少也赚了一点钱。胡子穆回安庆复兴胡玉美，自然也包括麦陇香。但恢复麦陇香有两大难处，一缺资金，二缺技术，于是胡子穆就去动员吴德培。找吴德培不是让他来当大师傅，而是入股合作。麦陇香以房产以招牌为大头，吴德培以资金以技术为小头，年末按股分红。吴德培动心了。吴德培成为麦陇香胡玉美家族之外的第一位外姓股东。

吴德培时期的麦陇香，有吴德培的经营特色。这一阶段的麦陇香，糕点制作师傅如过客，走走留留，有十多位。这些师傅之中，周厚远是最稳定的一位。周厚远早年在麦陇香做学徒，是魏国璋的弟子。满师后离开麦陇香，在安庆一些糕饼店，如万丽、一品香、天生园，都做过大师傅。他的加入，增强了麦陇香的技术力量。1948年，周厚远把麦陇香做糕点的师傅聚拢到一起，拜把成为十兄弟。周厚远顺理成章坐上老大交椅。其余九兄弟分别为老二徐贤德、老三邵昌余、老四李志怀、老五江永仁、老六舒明来、老七林国祥、老八徐贤胜、老九潘森、老十张福全。

尽管如此，麦陇香业务始终只能"在资金不足情况下勉力维持，有时不得不由胡玉美酱园设法调点'头寸'（借款）以资周转"（胡庆昌《胡玉美酱园的发展及其经营管理》）。作为胡玉美托拉斯企业之一，这就保证了麦陇香运营的正常运转。

位于西城口内正街13号的胡广源，店主是胡子穆，经理是章寿廷（大管事），副经理是胡光羲（庆升，胡国钧之子），员工包括司账、外账、批发、内账、账务、店员、师傅、学生（徒）等，有30人之多。胡子穆回安庆重启胡广源业务，胡

20世纪60年代,胡玉美蚕豆酱制作蒸煮工序。

玉美的一些老员工纷纷前来要求恢复工作。胡子穆不忍心拒绝,就让大管事先登记造册,然后按业务发展需要,逐一进行了解决。胡广源业务主要分为两大块,一个是酱园,一个是酒厂。安庆沦陷期间,胡广源业务尤其是酒厂这一块大幅萎缩,1945年秋冬经胡子穆重新调整,到1947年底,胡广源酱园与酒厂的业务才逐步得到了恢复。但与抗战之前相比,仍不足其一半。

1946年12月14日《大公报》上海版在第7版上刊发《安徽大学 每日三荤一素,伙食特佳 宿舍设备齐全,女生独厚》一文,里面提道:"安徽大学伙食特佳,每餐三荤一素一荤汤,早晨稀饭,且辅以安庆特产之胡玉美酱菜四种,量多质佳,鲜美可口。据经济系某教授之精确计算,此项伙食,若在京沪,则非六万元莫办,而此处仅需二万五千元耳。"国立安徽大学早餐配菜由胡玉美提供,自然有大老板胡子穆的努力,但也可见胡玉美酱制品的生产,正在一点一点恢复。

安徽省档案馆收存的《怀宁县酱商业同业公会会员登记名册》上有1947年胡玉美员工名单——店主:胡子穆;经理:叶新民;副经理:江仲平、胡寿山、胡衡一;司账:程芳彬;外账:李静;批发:李复祥;内账:杨开运;账务:左忠谋;店员:方乐才、吴明启、周子祥、江邦廷、龚子律、方礼友;学生(徒):李玉成、徐宏本、潘光宏、陶菊生;机师:苏仲华;师傅:王华山、范世奎、潘传谱、顾炳中、左忠福、程海山、余德生、戴永华。胡玉美经营业态正在良性恢复,从这份名单上可以看出一二。

1947年是胡玉美复兴的第三个年头,虽然整体运营逐步走上轨道,但前行之路步履维艰。火正街罐头厂经过一段时间的整修和充实设备,好容易恢复了生产,但市面上的白铁又十分短缺。偶尔能进到一点货,但根本无法保证生产正常运转,因此罐头生产始终是时断时续的。

　　这年末,胡子穆安排大管事叶新民在东门外城口街和沿江码头新开设两家销售门市部,其中沿江码头这一家为了方便上下船旅客购买,全天二十四小时营业,这也是安庆城历史上第一家日夜营业的商店。渐渐,胡玉美又恢复早前的元气,店里的存货往往被上、下船的旅客一抢而光,销售额也逐月上升。

　　1948年,通货膨胀局势继续加重,物价剧烈波动,安庆商界无论大小老板,都感受到了前所未有的压力。胡玉美产品生产周期长、资金周转慢,更是压力重重。这年8月,怀宁县商会拜请怀宁县税捐征稽处致电安徽省财政厅,"请核减营业税额暂缓起征",具体内容为"盼规定七月份营业纳税比额分配本会所属各业应征六十亿元。嘱转各业克日申报,订于八月一日开征等由,到会查营业税,自开办以来,向例按四季起征,而在开征以前,必须召集评议会议,按照全县各市镇营业实况公允评定税额。此次改为按月计征,既未接奉厅令变更,而又未将奉配全县比额公布,依法交月评议会核议,竟以秋季七月份一个月支配本会所属各业六十亿元,庞大税款较于夏季陡增两倍之多,此照春季更加五倍以上。值此水灾严重,各业纷纷报歇,市面萧条,营业税减。仰乞察体下情,核减税额,仍照向例按季课征,饬怀宁征稽处暂缓起征,凡属被灾停业,均予免征,以舒商困"。

　　可惜的是,安徽省财政厅并没有体谅商会的难处,反而认为"(一)查近数月来,物价狂涨,动辄数倍。秋季营业税比额,自应随物价予以提高,既能切合实际。所请核减,应予不准。(二)该县秋季营业税,该县稽征处按季查定,按月缴纳,与营业税法并无不合,值此戡乱时期,支应浩繁,该会应体时艰,不得借此拖延,请求缓征。(三)营业税系对营业行为课税,即有营业行为,合于课征之标准者,始得依章课税,与被灾商民负担无关。如属被灾停业之商号,自应免税"。

　　怀宁县商会是抗战之后不久恢复的,实行理监事制。第一任理事长郎克明

(集成药房老板),常务理事有吴木天(酱业)、曹志道(糖杂)、王之祥(绸布)等。虽然当时胡玉美还在恢复之中,但胡子穆作为酱园业老大,也入选常务理事。1948年春,怀宁县商会第二次改选,同泰和粮油花纱号经理夏锦文,因有怀宁县县长钱镇东的支持,当选理事长,汪孝伯、胡子穆、曹志道、王之祥任常务理事,柯润林任常务监事。怀宁县致安徽省财政厅"请核减营业税额暂缓起征"电,正是这一届商会常务理事共同做出的决定。这也是无可奈何之举,但凡有一些对策,像胡子穆这样的大老板也不会央求安徽省财政厅从税捐征稽角度减轻他们的负担。

据《安庆胡玉美酿造厂厂志(1830年至1985年)》:至1948年底,"虽经3年的努力,职工只达到67人,年产蚕豆酱55吨,各种腐乳20万块,酱油100吨,年产值折合人民币约四万余元,拥资折合人民币约十万余元的低水平"。1945年秋至1948年底的这3年,是胡玉美历史上不断抗争、不断进取、不断突破的重要3年,体现了胡玉美品质顽强和坚守的一面。40年后,《安庆胡玉美酿造厂厂志(1830年至1985年)》用带有轻蔑色彩的"只"与"低"一笔带过,明显有失公允。

困惑与彷徨

胡玉美的困惑,胡玉美的彷徨,是从1949年春节之后开始的。

此时安庆城消息满天飞,虽然安庆城的几家报纸仍然整版国民党军队"大捷",但街头伤病员的身影,明显一天多于一天。大管事叶新民在安庆野路子广,什么来路的消息都能听到,说有传共产党军队已经逼近长江,东、西、北三面呈扇形包围了安庆城。虽然消息并不能证实,但有一点可以肯定,国民政府第八绥靖区司令官、安徽省主席兼保安司令夏威特别在安庆成立了安庆城防司令部,任命第四十六军一七四师师长吴中坚为司令。

这时候安庆城,总人口只有7万多人。国民党军队大量拥入,加上国共军队交战引发交通受阻,安庆城的物资实际在坐吃山空。据胡庆昌《胡玉美酱园的发展及其经营管理》：" 当时安庆城垣已被解放大军包围，旦夕可破，但困守在城内的一小撮国民党军队竟谎称'大捷'，强要商民捐献各种物资食品进行犒劳，'胡玉美'的罐头酱菜也被搜刮不少，商民敢怒而不敢言。国民党军队还经常封锁城门，断绝城内外交通，使城内居民买不到蔬菜，只好买酱菜吃。到'胡玉美'来买酱菜的人一天比一天多，酱园仍按平时销售价出售。"

胡玉美库存酱制品销售火爆，这个时候对于胡玉美，看似是好事，其实是亏本的买卖。胡庆昌文中所说"按平时销售价出售"，而这个销售价，指的又是一日贬于一日的金圆券。

那几年安庆城通货膨胀，几乎无所不在，安庆的许多行业就是在这种通货膨胀的经济形势下关门倒闭的。有这样一个小花絮：1947年春，东南电影院在《皖报》做广告，其中3月1日刊登的广告，声称东南电影院是"安庆唯一高尚娱乐场所"。当天放映的影片是"华艺公司时装对白巨片"《小姊妹》。当晚连放两场，一场是六时半，一场是八时半，电影票价为"一律两千元（法币）"。3月22日刊登"国产古装唱歌香艳喜剧"《三笑》广告，电影票价已经"一律三千元"。短短20余天，票价上涨了百分之五十。到1948年9月，每张电影票的票价已经上升到4000元法币。之后，局势动荡不安，经济一片萧条，东南电影院面临生存危机，再也没有在《皖报》做电影广告了。

正是因为法币大幅贬值，1948年8月18日，国民政府下令实行币制改革，用金圆券取代法币，强制将黄金、白银和外币兑换为金圆券。8月19日，总统命令发布《财政经济紧急处分令》，规定自即日起以金圆券为本位币，发行总限额为20亿元，限11月20日前以法币300万元折合金圆券1元的比率，收兑已发行之法币。发行金圆券的宗旨在于限制物价上涨，不料事与愿违。10月1日，限价政策取消，物价再度猛涨，金圆券急剧贬值。

规定"全国各地各种物品及劳务价，应按照1948年8月19日各地各种物品货价依兑换率折合金圆券出售"这一政策，使得商品流通瘫痪，一切交易转入黑市，整个社会陷入混乱。安庆城也一样，金圆券贬值达到令人瞠目的地步。早先商店物价，顶多是上午开门与晚上关门不一样，现在变成一日三变甚至更多。去四牌楼或去西正街,看到东西问价,嫌高,想去前面一家做个比较,谁知越往前走,喊价越高,再回过头找第一家店,也早已不是那个价了。在街头,背着大捆钞票来买东西的比比皆是。市民不想持有金圆券,如果有,也想及时换回家庭必需品。而商家为避免损失,也不想收进金圆券。一些精明的商家关门谢客,以静制动,以商品守财富,从而也更大程度上加快了通货膨胀的速度。

在这种情况下,胡玉美总店及分店不仅敞开出售酱菜、酱油、食盐,使被困城内的市民免于淡食,而且"仍按平时销售价出售",就显得特别难能可贵了。还不仅如此,当大多商家以种种理由拒收金圆券,胡玉美、胡广源大管事都提出不再以黄金券进行交易时,大老板胡子穆一口否决了。这时候的胡子穆以及他掌管的胡玉美,考虑更多的是社会责任与民众需求。在《百年金匾"胡玉美"——安庆胡玉美酱园》一文中,作家吴牧行笔至此,情不自禁流露出对大老板胡子穆的敬佩之情:

> 1949年4月初,安庆临近解放,城内物价一日三涨,金圆券如同废纸。对此,许多商户关门停业,观望等待,囤积物资伺机抛售。然而,胡子穆坚持以诚、信为本,考虑到百姓的困苦,果断决定:"胡玉美"所属分店照常营业,按原价向市民出售各类酱制品,无论法币、金圆券一律照收不误,以解百姓燃眉之急。当时国民党守军封锁城门,城内居民买不到蔬菜,一听"胡玉美"的消息,纷纷前来抢购酱菜,于是金圆券像雪片纷纷飞来。

这是1949年4月上旬的事,而安庆解放,是半个月后的4月23日。半个月,胡玉美总店与分店总共收了多少金圆券?相关文章说"足够装满三大卡车",这个数字肯定有些夸张,但金圆券面值不等,从一角、二角、五角、一元、五元、十元、二十元、五十元、一千元、五千元、一万元,一直到五万元、十万元、五十万元、一百万元以及五百万元。如果都是一角、二角、五角、一元等小面值金圆券,"装满三大卡车"还是有可能的。这么多金圆券未来究竟有什么用?包括胡玉美大管事在内,大家都不知道。

1949年，中央银行金圆券五百万（中华书局版）。

胡子穆也许知道。吴牧在《百年老店"胡玉美"的传人——胡子穆传略》中写有这样的细节："即将上任的人民政府马守一市长，托人转交给胡子穆一封热情洋溢的信，鼓励他留下来，安心发展生产经营，信中还宣传了党对民族工商业者的既定政策。"但在现有国家档案中，没有找到相关记录，因此胡子穆当时内心如何想，无法得知。

4月23日，安庆解放。清晨，中国人民解放军参战部队及地方党政军机关人员分别从枞阳门、集贤门、正观门入城。中国人民解放军安庆市警备司令部成立，张义成任司令员，郭万夫任政治委员。

安庆市首任市长张伟群后来回忆当时接收"工商、公用部门"的状况：

> 五家银行（交通、中国、农民、省行、县行），除县行外，其他银行均逃跑一空。在中国银行仓库内，我们除接收到200余箱肥皂、少数残破家具外，其他物资都被搬走了，账册单据等几乎一无所有。工厂方面的状况也好不到哪里去，五洲公司的酱油、榨油、碾米、面粉等四厂经过了国民党政府人员的反复搜刮，公司机器已几度转手，以致最终变成了一堆废物。稍稍令人感到欣慰的是，资源委员会所属之安庆电厂与民生织布厂，有32部机器得以完好地保留下来，其中包括：12架织袜机、10部铁机、2部木机、8部木

架毛巾机。而这一切都归功于这两家企业的职工们事前了解了共产党与解放军的政策,采取了积极的保护措施。税收方面,在县税捐货物稽征处、国税局、盐务分处,我们只接收了一部分金圆券及一部分档案。在省农林场及两个分场,除一部分房子和荒地外几乎一无所有了,当地所种植的菜、麦大部分也遭到破坏,总的收获还不够供给场内工人的开支。合作供销方面,我们在社会服务处接收了部分细洋布与一部分蚊帐布,此外,还接收了食盐 2760 斤、纺织机件 10 箱。

张伟群回忆中没有提到包括胡玉美在内的任何私营企业。

安庆城的新生,对于胡玉美最大的解脱是金圆券作为上一个政府的货币,在新政府到来之后,就不用再继续收了。据吴牧《百年金匾"胡玉美"——安庆胡玉美酱园》:"当时,军管会负责人称赞胡子穆的爱国敬业精神,并同意胡玉美将所收的券币到银行兑换为人民币。胡子穆深为共产党的行为所感动,考虑到安庆刚解放,市场物资紧张,他将所收全部券币运往江边烧毁,以表拥护共产党领导之心意。"

在《百年老店"胡玉美"的传人——胡子穆传略》中,吴牧锁定这批金圆券为 4000 万元。如果真是这个数额,就是一笔很小的数字,因为这年 6 月,中央人民政府宣布停止金圆券流通,以金圆券 10 万元兑换人民币 1 元的比率进行回收。4000 万金圆券只能兑换第一套人民币 400 元(第二套人民币 4 分钱),其价值如同废纸。

1949 年 4 月,胡子穆与他掌管的胡玉美就是带着这种揣摩与彷徨的心态,步入了中华人民共和国。

私营胡玉美的晚霞

1949 年 9 月 29 日,《安庆新闻》刊发"安庆市各界人民代表大会"名单,工商界 20 名代表中,"胡子穆"列于其中。中心区 8 名代表,胡庆照排在第三位。

他的后面,是余良卿大老板余达谟。大会选出包括大会主席桂林栖、市委书记郭万夫、市长张伟群在内的15名代表组成主席团,胡子穆也是其中一员。在会上,胡子穆聆听了中共安庆市委书记郭万夫题为《为建设真正繁荣的健全的新安庆而斗争》的报告,报告中的"繁荣"与"健全"这两个词,在他脑海留下深深的印象,他知道,无论"繁荣"还是"健全",真正要落到实处,还需要包括胡玉美在内的私营企业的参与和支持。

新一届安庆市政府确实非常重视胡子穆这样在安庆举足轻重的人物,重视胡玉美这样在工商界举足轻重的企业。之后在11月19日的《安庆新闻》上,又刊发《皖北区各界代表会安庆地区代表名单》,胡子穆又当选为三名工商代表之一。

作为胡玉美家族之后,胡庆昌《胡玉美酱园的发展及其经营管理》提及1949年,用的是"新生""春天"这样的词语。

> 胡玉美酱园在党对民族资本主义工商业的政策感召下,力图振兴营业,发展生产。这时大管事改由左忠谋接任,派张起舟负责"元兴(胡源兴)"分店,方东才负责东门临江门市部,边加强管理,边抓紧制货,以供应市场,满足群众需要。随着解放战争的节节胜利,胡家又有一部分人从外地陆续归来,于是在胡子穆、胡庆照的主持下,召开了解放后第一次家庭会议,成立了胡玉美酱园董事会,担任董事的有胡子穆、胡寿山、胡衡一、胡庆瑞、胡庆升、胡庆照、胡庆昌。推选胡子穆担任总经理,胡庆照、胡庆昌担任副总经理。胡子穆和胡庆照负责对外事务和出席工商联会议,胡庆昌负责对内事务和出席酱园业同业公会。

胡玉美新建组织架构中,胡子穆、胡寿山(国和)、胡衡一(国铨)为"国"字辈代表,胡庆瑞、胡庆升、胡庆照、胡庆昌为"庆"字辈的中坚力量。另外,"庆"字辈的胡庆蕃(胡国华三子)、"平"字辈的胡平衡(胡庆升长子)也参与了企业管理。但更多的还是外姓人的参与,如叶新民、吴兆进、何承烈、苏仲华、程先进、甘启亮、王华山、杨开润、左忠谋、江仲平、张启周、李守谦等,都在各自部门主管具体业务。安庆市档案馆收存的1951年5月2日"更换经理变更登记",申报理由就是"原任经理李守谦,因系工人出身,为保留工人阶级权利起见,特改任本店业务主任经理一职,由股东代表胡庆昌接充"。

1950年7月26日,胡玉美填写"安庆市工商业联合会筹备会工商业普查表",具体信息为:业别"酱业",牌号"胡玉美",兼营"盐酒"。店员人数"40人",地址"利民街10号",负责人是大管事"叶新民(61,黟县)、江仲民(49,怀宁)"。胡玉美性质为"合营",共96股,资本额为960万元(第一版人民币),此为"1949年7月盘存货本"。

1950年胡玉美股东持股分布:胡依仁(依记)65万元(三少胡恕,原名国荣,字依仁,三房胡远芬长子,嗣大房胡远猷),胡熙年(年记)120万元(胡庆瑞,字熙年,父二少胡国钧,字鉴平,二房胡远勋次子),胡庆焘(焘记)120万元(字光普,父大少胡国华,名宏恩,字伟堂,二房胡远勋长子),胡子穆(子记)125万元(四少胡国镠,字子穆,二房胡远勋三子),胡庆昌(昌记)120万元(父五少胡国泽,字济皋,二房胡远勋幼子),胡施仁(施记)60万元(十少胡国干,字施仁,三房胡远芬次子),胡寿山(寿记)60万元(六少胡国和,字寿山,八房胡远成长子,嗣四房胡远芳),胡国熙(熙记)60万元(七少胡国熙,字辑渠,七房胡远烈独子),胡齐伯(齐记)60万元(十二少胡国贤,字齐伯,六房胡远燦长子),胡衡一(衡记)50万元(八少胡国铨,字衡一,九房胡远惠长子),胡国栋(栋记)60万元(十六少胡国栋,字翰甫,五房胡远潜长子),胡海如(海记)60万元(十七少胡国泰,字海如,八房胡远成幼子)。

从上述持股情况来看,胡玉美的股份960万,怡怡堂是在"远"字辈手上分开的,全部475万,共8份,大房多5万元,小房少10万元。古欢堂是从"国"字辈手上分开的,全部485万,三房多5万。为什么会这样,不得而知。

胡玉美分号胡广源略小一些,为48股,资本额为500万元(第一套人民币),也是"1949年7月盘存货本",其中子记(胡子穆)12股、昌记(胡庆昌)12股、焘记(胡庆焘)12股、年记(胡熙年)12股。胡广源店员人数"29人",地址是

安庆城西坤大酱园旧址,后并入胡玉美罐头食品公司。

"西门内正街13号"。

胡玉美临江服务部,员工包括2名学生在内只有5人,地址是东门城口街13号,负责人是江仲平。它是胡玉美的支店,"本外不制货,贩卖胡玉美货物,资本属于胡玉美,原在胡玉美资本额内"。

但新安庆在1950年并非一帆风顺。

1950年2月8日的《安庆新闻》,刊发记者尧贤撰写的"工商业界召开认购座谈会,各行业成立推销小组,运用认购、竞购、劝购及民主评议方式,务期人人有献功机会"新闻,作为公债推销委员会副主任委员,胡子穆在会上带头讲话。之后"胡子穆、胡庆照两先生,宣布在行业应购之外,再认购五十分以为号召"。在他们的带动下,"杨大耆、汪浩……三十八人共认购了五百九十五分"。这次公债任务,安庆市摊八万三千分,对于只有十万人口的城市,这个任务有些重。

接下来,1950年3月24日上午9时,安庆市第二届各界大会在人民俱乐部举行,共有148名代表出席。胡子穆仍为主席团十五名成员之一。大会由执行主席主持开幕,而这个执行主席,就是胡玉美大老板胡子穆。中共安庆市委书记郭万夫在开幕词中表示:"工商界要从长远利益着眼,即使暂时无大利可图,也应该继续维持经营。同时,各业工人也要看到目前的困难,在劳资两利的原则下,刻苦勤劳,尽力生产。"(《本市第二届各界大会首次会议揭幕》,刊3月25日《安庆新闻》)坐在主席台上的胡子穆,听郭万夫加重语气强调形势的严峻性,立刻悟出自己被选为大会执行主席背后的含义了。

与其说是安庆地方政府对胡子穆身份地位的肯定,不如说是安庆地方政府期望胡子穆能带领胡玉美,在新安庆工业史上开一个具有标榜意义的好头。

胡子穆包括后一代的胡庆照,都想做到这一点。只要大环境融洽,他们就有信心做到这一点。

《安庆市地方志——食品酿造厂工业志(手抄本)》记述胡玉美这一阶段的历史,对中共安庆市委书记郭万夫提到的"劳资两利"原则做有以下简释:

> 1949年,安庆获得解放,人民政府宣传贯彻"公私兼顾,劳资两补,城乡互助,内外交流"的经济政策,扶持民族工商业并帮助解决生产原料、委托加工、积极改善生产经营。组织胡玉美参加上海、南昌、南京及本市物货交流会十余次、销售额30多万元,经济得到了复苏,扭转了解放前夕生意萧条的局面,同时政府又实行减轻税额,组织加工订货。

1951年,国家为恢复和发展国民经济,采取了许多重要举措,其中影响比较大的,就是以大城市为中心,举办各大行政区城乡物资交流展览会,如2月15日在西安举办的西北经济建设展览会,4月20日在重庆举办的西南区土产展览会,6月10日在上海跑马场举办的上海市土产交流大会,6月28日在汉口举办的中南区土特产展览交流大会,等等。除各大行政区之外,各省、市以及专区和县,也有类似城乡物资交流会召开。1951年夏在江西南昌八一大会堂举办的南昌物资交流大会,就是其中之一。这次物资交流大会,安庆市工商界由安庆市政府出面组团参加,胡庆昌代表胡玉美率队参加了展览会。胡玉美生产的酱制品以及各种罐头,在展览会上一亮相就受到了欢迎,江西本土的许多参会厂商当即与胡玉美签订了购销合同。胡玉美与老朋友——南昌沈开泰酱园,也在展览会期间与胡玉美取得联系,双方再续业务往来,并签订了新的经销合同。南昌物资交流大会也是新中国成立后,胡玉美产品首次销往外安徽省之外的地区。

这年冬天,胡玉美又接受了光荣任务——中国人民志愿军的一批罐头食品加工订货。虽然时间有些紧,但胡玉美合理安排,积极调配,如期且高质量地完成了任务。为此,胡玉美得到了志愿军部队的书面嘉许。而胡子穆作为中国人民赴朝慰问团成员之一,也奔赴抗美援朝第一线,慰问了朝鲜战场那些最可爱的人。

也是在同一年,安庆市总工会主席康名东亲自坐镇胡玉美,在他的动员下,12月15日,作为安庆市工商业试点,胡玉美董事会与胡玉美酱园基层工会,"根据劳动保险条例第一章第三条之规定,并结合本店目前营业情况,双方在民主协商的原则下",签订了安庆市第一份劳资合同——安庆市酱园业胡玉美(基层工会、董事会)劳动保险集体合同。

参与安庆市酱园业胡玉美(基层工会、董事会)劳动保险集体合同签订的店员基层工会代表人有5位,分别是程先柏、吴昭进、张起舟、刘金元、左忠心,胡玉美酱园董事会代表人也有5位,他们是胡熙年、胡庆照、胡子穆、胡衡一、胡庆昌。安庆市酱园业胡玉美(基层工会、董事会)劳动保险集体合同一式三份,除双方各执一份外,特别呈送一份由安庆市人民政府劳动局备案。

从另外一个角度看,政府对私营企业劳资关系干预成功,也预示私营企业由此开始走上新的道路。

20世纪60年代,胡玉美罐头食品厂配料称重。

安徽公私合营第一家

安庆市档案馆存有1952年胡玉美填写的"安庆市工商界酱商业简要情况登记表",简明信息登记为:商号名称胡玉美(包括门市部、服务处、两支店);住址:利民街拾号门牌;经理(或负责人)姓名:胡子穆、胡庆照、胡庆昌;住店服务的股东人数:无;店员工人总数:四十九人;司账人员:股东兼职的,无;非股东担任的:八;业务资金:人民币三亿零零九十四万四千四百一十五元(五一年期末存货人民币,二亿九千四百一十三万四千九百零五元,业务资金系根据资产负债结算之股本)。

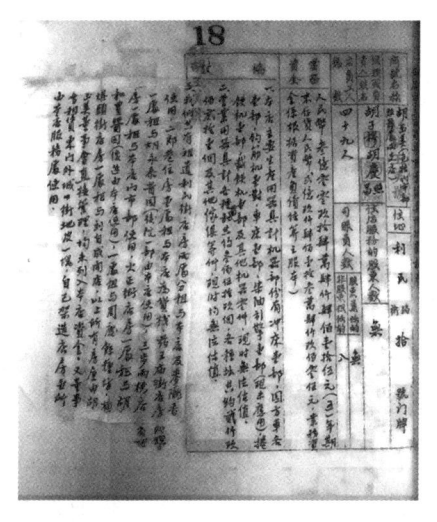

1952年,胡玉美填写"安庆市工商界酱商业简要情况登记表"原件。

"安庆市工商界酱商业简要情况登记表"中最重要的信息就是"备考",它是胡玉美家产大露底,共三条:一、本店主要生产用器具,计机器部分有冲床一部,圆、方车各一部,钩筋机一对,车床一部,柴油引擎一部(现未应用),卷铁机一部,裁铁机一部,及其他机器零件,现时无法估值。二、营业用器具,计各种酱缸约359个,各种坛约2921个,及其他家具等件,现时均无法估值。三、我们共有祖遗：利民街店房两处，分租与本店及麦陇香使用；二朗巷住房一处，租与本店为货站；药王庙街店房一处，租与胡永泰酱园（后院一部由本店使用）；三步两桥店房一处，租与本店门市部使用；火正街店房，一处租与胡和丰酱园（后进由本店使用），一处租与周庆余糖坊；横坝头街店房一处，租与刘自成开店。以上所有房屋，由胡玉美董事会直接管理，均未列入本店资金。又，董事会租赁东门外城口街地皮一块，自己建造店房一所，由本店服务处使用。

"祖遗"中提到的"横坝头街店房一处，租与刘自成开店"就是胡玉美家族初来安庆落脚并悬壶行医的地方。

胡玉美1952年填写的"安庆市工商界酱商业简要情况登记表"，应该是胡玉美作为私营企业留存的最后一份财产清单。

接下来的2年，胡玉美生产与销售一直平稳运营。据方一清《百年老店改造生辉》："经过党和政府多方面的扶持和安排，胡玉美酱园得到一定的恢复和发展，1952年营业额为103757元，1953年第一季度上升到129264元，1953年底，资产达到10万余元，职工增至50余人。"但同时，"由于企业生产资料归私人所有，资本主义生产所固有的矛盾不可能得到根本解决，这又严重地限制了'胡玉美'自身的发展。在合营以前，北京曾来人提出签订每月提供六万瓶蚕豆辣酱的合同，上海也提出了订购大宗虾子腐乳的要求，均因资金不足而未能接受。同时，生产设备的利用率仅为50%，职工劳动力的浪费达35%，企业困境越来越大。"

也在这同一时期，胡玉美的一些高层受到政府的重用，开始陆续离开胡玉美——

胡玉美总经理胡子穆先在安庆被安排为安庆市各界人民代表大会第一、二届会议的代表和主席团成员。1952年6月20日，胡子穆又作为安徽5名代表之一，参加在北京召开的中华全国工商业联合会筹备代表会议。次年，胡子穆被推为安徽省工商联筹委会副主委、省工商联副主委，并被委任安徽省手工业局副局长一职。自此，他从安庆调往合肥，不再过问胡玉美具体事务。

1953年1月4日，安庆市工商联筹委会召开第一届会员代表大会，有336

位代表出席大会,市委书记赵瑾山、市长李徽均到会并讲话。会议通过《安庆市工商业联合会章程》,选举了执、监委,正式成立安庆市工商业联合会。汪孝伯当选主任委员,胡玉美副总经理胡庆照、中国共产党代表朱佐臣、绸布业代表邵照堂当选副主任委员,胡庆照兼秘书长。后,胡庆照调往合肥,担任安徽省工商联专职副秘书长。

胡玉美另一位副总经理胡庆昌,后被推为安庆市酱园业同业公会副主委。担任副主委期间,安庆市工商联爱国捐献委员会成立酱园业爱国捐献分会,胡庆昌担任主任委员,叶松柏担任副主任委员,他们联手发动同业踊跃认购胜利公债、踊跃捐献飞机大炮支援抗美援朝,每次都如期超额完成任务,后由工商联颁发"如期捐献荣誉纪念"奖章。1952年11月,胡庆昌调安庆市红十字会任专职副总干事。

1952年末至1954年初,胡玉美酱园这边的业务,由时任麦陇香经理的胡寿山兼管。他也是胡玉美家族企业最后一代掌管人(临时)。

胡玉美的公私合营工作,起于1953年12月1日。在这之前,关于公私合营,政策上并没有明确的消息。12月5日至20日,安徽省工商业联合会会员代表大会在合肥举行,会议通过了《安徽省工商业联合会章程》,通过了"关于接受和拥护国家过渡时期总路线,动员全省工商业者,正确地发挥积极作用,为实现国家的社会主义工业化与实行社会主义改造而奋斗"的决议。大会产生了安徽省工商业联合会,选举潘锷璋为主任委员。胡子穆是1952年8月受安徽省政府委托,去合肥筹建安徽省工商业联合会的。在此次会议上,他当选为副主任委员。但此次会议并没有相关公私合营任务的布置。据1953年底的统计数字,安徽省有私营工商业商户19万户,其中工业5万户(10个工人以上有动力设备的工厂和16个工人以上的手工业工场作坊仅209户),商业11万户,行商、摊贩3万户,工人和资方从业人员共42万人。

一个月之后,胡玉美公私合营改制工作,以先声夺人之势,在安庆低调而有序地展开。

胡玉美公私合营起始具体时间,《安庆市志·大事记》记为1954年1月27

日。但安庆市人民政府下发的《关于私营胡玉美酱园改为公私合营的通知》,则是1954年1月25日。通知内容很简短,但对安庆经济面的性质与形势转变具有里程碑式的重大意义:

> 为适应国家总路线之规定及广大人民之需要,使之更有利于国计民生,本市原私营胡玉美酱园,改为公私合营,定名为"安庆市公私合营玉美罐头食品公司",于1月25日正式成立筹备委员会,以金亚民、胡庆照为正、副主任委员,姜玉泉、郝育贤、徐天琪、朱左臣、姜明连、左思谋、苏忠华为委员组成。现正筹备开业,办公地点利民街十号,特此通知。

据方一清《百年老店　改造生辉》:"筹委会成立后,即组成清产核资小组,根据由公方领导、职工参加、资方负责和公平合理的原则进行清产。清产结果,原胡玉美酱园资产为103322元(其中固定资产占80%,流动资金占20%),扣除债务,还剩98720.09元作为私股,政府投资15万元作为公股。在公私双方共同努力下,筹委会拟定了《公司组织章程》。"

1954年10月8日,经过8个月的精心谋划与筹备,安庆市公私合营玉美罐头食品公司召开了筹委会和公、私方代表联席协商会。筹备工作情况汇报与《公司组织章程》得到一致通过,并成立安庆市公私合营玉美罐头食品公司股东委员会。公方代表为汪玉堂、周光前、金亚民、黄略三、吴昭进,以金亚民为首席代表兼经理,私方代表胡子穆、舒德进、胡寿山、胡庆照,以胡庆照为首席代表,胡子穆任副经理。安庆市公私合营玉美罐头食品公司正式挂牌成立。

据《安庆市地方志·食品酿造工业志》(手抄本):"公私双方共同研究企业管理和经营决策,建立管理机构,成立了财务科、人事科、技术科、业务科。"当年,"政府还对胡玉美六次放资(旧币5亿元),改造了旧厂房13间,整理和维修设备,调整人事,确定了管理人员、职工129人,其中管理人员15人,总资产计旧币21亿多元(含国家投资)。罐头年产量为253吨,是公私合营前的16倍,人均年产值达1819元,利税2.35元,全年内销22343元。"

1954年率先完成社会主义改造任务的胡玉美,也因此成为安徽省、安庆市第一家公私合营企业。

1954年1月24日,安徽省财委发布《关于私营工商业社会主义改造的初步方案(草案)》,里面特别提道:"对16人以上的手工业工场作坊,即根据条件,有步骤、有计划、有区别地进行公私合营。1954年先将安庆的胡玉美酱园,芜湖的猪鬃加工厂、羽毛加工厂、合众牙刷厂、光明皮革厂、华侨皮鞋厂、鼎泰酱园,蚌埠市的饴糖加工厂、公泰酱园、泰生酱园,泾县的宣纸联营处、复泰冶坊、济东锅厂,繁昌的苏日圣、同和祥锅厂,合肥的汇川服装店及肥西的永兴公油坊等17家公私合营……"安庆胡玉美名列首位。

因市场原因,1955年5月4日,"胡玉美"字号又重新回归。

1955年3月,安庆市政府发布《安庆市1954年公私合营工作总结》,肯定公私合营胡玉美是上年度政府"对10个工人以上资本主义工业进行社会主义改造"的重大成果,并认为"通过一系列的改造工作,企业出现了新的面貌"。具体文字为:

> 玉美公司蒸黄豆、蚕豆,根据市合作社的经验,改用老虎灶并加以改进,每蒸一作蚕豆或黄豆(600斤)仅需4小时,烧煤120斤,较原胡玉美号每作蒸9小时烧柴450斤并用油脚1斤,缩短工时5小时,节约人民币5元,全年共产了蚕豆、黄豆954作,共节约工时4770小时,燃料折合人民币4770元。现又根据老虎灶的道理改用锅炉,估计节约价值将更大。在制酱方面,吸取了外埠经验,建造了烘缸11口,每次烘酱6100斤,黄豆酱仅需40天即成熟,原来依靠天然需时4个月,这样就缩短了80天。蚕豆酱仅需14天即成熟,比依靠天然成熟期原需两个月缩短了46天,因此大大加速了资金的周转,又可改进黄豆酱的配料,节用腐乳,合理地利用了旧有设备等种种改进,这不仅在节约原材料方面可以计算的即达人民币66540元,同时还保证了企业生产计划的完成,降低了产品成本并给降低售价创造了条件。因此蚕豆酱曾二次降低售价,由每斤0.22元降至0.19元,黄豆酱私

营售价每担 16 元，玉美公司每担 14 元，因此全年售出的蚕黄豆酱降低售价差额为 13300 元。光明火柴厂合营后的 1 个月即生产了火柴 671 件，大大超过了该厂建厂以来的最高月产量，产品质量有显著提高，双头火柴废品率降低了 44%，并基本消灭了磷面落磷流磷的现象，小盒包装损坏率由 5% 降低到 1%，并已保持了标准支数。

合营的两个企业，合营前均是常年亏损，合营后玉美公司在 1954 年度即盈余了 38451 元，根据"四马分肥"的原则，私股即分得股息红利 3534 元。光明火柴厂合营后的 1 个月盈余了 321 元。

在《安庆市 1954 年公私合营工作总结》中，对于胡玉美私方人员，也做有安排说明："玉美公司资方实职人员原仅有胡熙年 1 人，现担任生产课副课长职务，后又安置了私方代表舒德进担任股东代表会的（现改为董事会）秘书。私方首席代表胡庆照、副经理胡子穆，因分别在（安庆）市工商联与（安徽）省工商联工作，均不能在企业担任实职。"

在这之前，1955 年 2 月，私方代表舒德进在公私合营玉美罐头食品公司 1954 年企业盈余分配会议上有一个发言，她说："胡玉美号合营才一年，企业进行了一系列改造，使过去死气沉沉的企业展现出新面貌，我们还分得了 3500 元的股息红利，这是近年来没有过的事情。对我们来说，这是一个活生生的教育。合营后，我们资方参加企业管理，有职有权，又有利可图。"

舒德进的这个发言被政府当作正面材料，在安庆工商界进行了广泛宣传，有效地激发了其他企业的合营积极性。

也正因为如此，这一年年末，11 月 19 日，胡玉美下属糕饼业名店麦陇香，由经理胡寿山以及股东代表胡子穆、胡庆照，联名向工商局递交报告，要求参加公私合营并最终得到批准。

至此，私营胡玉美经过百余年的发展，在历史的舞台上完完全全落下帷幕。

第五编　好风凭借力

初尝"老大"滋味

胡玉美完成公私合营之后,1954年3月4日,中共中央批准中财委(资)《关于一九五四年扩展公私合营工业计划会议的报告》暨中财委(资)《关于有步骤地将有十个工人以上的资本主义工业基本上改造为公私合营企业的意见》,并"认为中财委(资)对扩展公私合营工业所提出的政策原则及一九五四年扩展公私合营工业的工作方针和具体措施是正确的和适当的。希望各中央局,各省、市委据此进一步研究和制订各大区、省、市一九五四年扩展公私合营工业的正式计划,各省、市委并应据以制订分期的具体执行计划,按中财委(资)报告中所规定的审批程序批准执行;报告中提出的有关问题,请有关主管部门负责办理"。

安庆市第二家公私合营单位是光明火柴厂,时间是1954年12月1日。这一日,安庆市人民政府下发文件,批准光明火柴厂公私合营,定名为"公私合营安庆市光明火柴厂",相比胡玉美,差不多晚了整整1年。1955年9月29日,余良卿公私合营也获政府批准,定名为"公私合营安庆市余良卿膏药号"。

由此可以看到,20世纪50年代公私合营时间线十分明晰,胡玉美"公私合营"不仅是安庆市的一面旗帜、安徽省的一面旗帜,一定意义上,也是全国的一面旗帜。

1955年2月16日,安庆酱园业另一家异军突起的新军——私营坤大酱园坐不住了,也积极要求进行公私合营。坤大酱园1941年起步,但之后10余年发展迅猛,至1954年9月,拥有资产值72680元。三天之后,2月19日,坤大酱园合营要求正式得到政府批准。又经过两个多月的筹备,当年5月,公私股东召开代表会,核定坤大投资38244.58元,全部并入公私合营玉美公司。坤大酱园老板韦志一,经协商安排,出任胡玉美公司的副经理。19名从业人员也全部得到安排。

这一年12月16日,安庆专署专员方振华出席安徽省委干部扩大会议,并在会议上做代表性发言。在发言中,方振华专员就政府对胡玉美公私合营改造的经验,向大会做了介绍:

我们在胡玉美公司公私合营中有以下几点体会。

一、在开始筹备公私合营时,必须考虑到以下几点:

(一)必须贯彻生产、合营两不误的原则,不能因筹备合营而影响生产,从力量上和方法上要充分兼顾,在筹备过程中有很多的问题可从生产中解决。

(二)公方人员必须派强有力的干部来担任,派上去的人,不仅要懂得和掌握对资产阶级又团结又斗争的政策,在合营后还能担负起改造企业和改造个人的双重任务。

(三)紧紧地依靠职工群众,摸清资本家的"底"(资产、生产能力和其他一切情况),才能在清资定股中做到实事求是,公平合理,以保证党对资本主义工商业的社会主义改造的政策正确实现。

(四)职工中的问题要妥善处理,如部分职员和落后工人中存在着浓厚的封建陋规和旧的习俗,但对这类问题的处理绝不能采取简单粗暴的方法,而必须首先采取耐心说服教育的方法,在觉悟提高的基础上逐步地改变这些旧习俗和不合理的制度,建立各项必要的制度。根据实际情况,可采取从无到有、从简到繁的方法,使职工不致感到突然。

二、合营后,对企业的管理,必须采用社会主义的经营管理的方法,推广先进经验;抓住生产上的关键问题时,要批判资产阶级保守、落后及唯利是图、不顾整体利益和不进行经济核算的错误思想。对以上各项实际问题采用实际事例进行教育,这样收效很大。

三、对资产阶级分子的改造必须与企业的改造同时进行,二者不可偏废。对人的改造,一方面要团结他们,另一方面又要同他们进行必要的斗争,在原则问题上绝不能让步。小问题、非原则性的要"大方些",可适当地照顾他们的生活问题,从教育和使用中达到改造的目的。对资方实职人员要妥善安排,通过实际工作改造其人。

四、必须依靠党的领导和党内的思想一致,才能正确地贯彻党对资本主义工商业利用、限制、改造的政策,才能更有力地改造企业和资本家本身。因此,在对资本主义工商业改造的同时,必须加强党的力量和共青团、工会的工作。只有依靠党的领导,依靠工人阶级团结的力量,才能做好工作。

次年,安庆市私营工商业改造进入高潮。据 1956 年 1 月 19 日《安庆报》,这一年,"化工、糖杂、京广、水果山货、酱园等五个行业,有 25 户主动拿出过去收藏的账外资金 17344 元,投入生产"。

1956 年初,除胡玉美与坤大,安庆酱园业另有私营酱园 36 户,包括诸永盛、天源、胡广源、元丰、元大、味源、乾元、李万源、镇泰、天成、仁义和、程福兴、玉翔、益美、裕泰、瑞和祥、胡永泰、徐积泰、义生园、刘同源、玉生、永和、永昌、赵义源、赵祥泰、赵公兴等,从业人员 102 人,其中私方人员 45 人,资本额 110500 元。1956 年 2 月,以 36 家私营酱园为基础,政府注资,组建安庆市公私合营酱业公司。但公私合营酱业公司只维持了 2 年,1958 年,在政府的安排下,又并入公私合营胡玉美罐头食品公司。

《安庆胡玉美酿造厂厂志(1830—1985)》对此次大整合有简单描述:"1956年,市内 65 家酱园、盐货商店参加合营,集中了调味品行业的技术力量,吸收从业人员242人,集合股金6013万元,其中'胡玉美'原股金960万元,占总股金16%,充分利用资源条件,加快了发展速度,(注:同年原为'胡玉美'的'麦陇香'糕点店,划归'市糖业烟酒公司',归属商业局,于1966年转国有企业)成立了胡玉美公司,业务属省轻工业厅领导。"

　　文字虽然简短,但信息量极大,至少包含了三层意思:一、公私合营胡玉美公司规模扩大的同时,本色胡玉美体量再度缩小,只占总股份的16%,已经完全丧失话语权;二、公私合营胡玉美公司业务直属安徽省轻工业厅,一定程度上属于省办企业;三、胡玉美分支麦陇香与胡玉美彻底分离,划归于商业局下属糖业烟酒公司。

　　经过3年时间的摸索、调整与融合,1956年,胡玉美终于在安庆工业舞台扮演老大角色。据《安庆胡玉美酿造厂厂志(1830—1985)》:"因为安庆市地处皖西南,属省辖市,是安徽省长江经济带西部的中心城市,为省经济发展的精华所在,也是上海经济协作区的一个组成部分,农副产品资源丰富,具有发展食品工业的良好条件。胡玉美公司受到省、市人民政府的重视,于1958年对公司的四牌楼老街胡玉美门市部和罐头、冷饮及酿造车间进行了扩建,进一步完善蚕豆剥壳机和改进了酱油发酵工艺,使罐头年产量达到1300吨,蚕豆辣酱1500吨,酱油1600吨,投资近40万元(其中用于罐头车间30万元)。不仅能满足安庆市供应的需要,而且开始出口。"

　　关于胡玉美的扩建,1957年9月5日《安庆人民》头版刊有重磅新闻,标题是《胡玉美公司即将扩建　建成后产值比现在提高两倍》。新闻首先肯定"公私合营3年多来,胡玉美公司在生产上有了显著发展。预计今年主要产品产量要比合营前最高年产量增长6倍,显示了社会主义制度的优越性",同时新闻也指出,胡玉美现有"生产发展速度仍赶不上市场需要量的增长"。

　　胡玉美扩建之前的状况,《安庆胡玉美酿造厂厂志(1830—1985)》中有详细叙述:"五十年代中期建的酿化和空罐厂房由于当时资金所限,只是简易搭建,面积小、质量差,都是砖木结构。而且其中三分之二是利用旧民房改造,无法合理布局工艺,生产翻了几番,而场所却未扩大一寸,这些厂房已大部破旧,有的已不堪维修,即将倒塌,亟待搬迁,加上设备陈旧、工艺落后,生产手段极不适应扩大再生产的需要。酿化车间只有少数的工序,使用自制的机械设备,但都是非标准的,其余大部分工序全系笨重的手工操作,且无防尘设施,生产环境差,劳动强度大。当年资本家经营的手工作坊的落后旧貌,在很大范围内依然如故,以致青年工人都不愿干这个工种,觉得干这种活低人一等,现在这个车间的生产,主要靠一些五六十岁的老工人支撑。"

正因为如此,《胡玉美公司即将扩建　建成后产值比现在提高两倍》介绍,"为了满足国内市场的需求,进而提高质量争取外销,(安徽)省工业厅已经批准,年内由国家投资在原作场地址扩建一座全套机械化设备的罐头工厂"。新投资胡玉美罐头厂的远景,在记者陈天锡笔下有详细描述:"计划土木建筑面积4000平方米,内分蒸煮、制曲、酝酿、酱油、罐头等六个车间,保温、成品、原料三个仓库,新建厂房内的办公及饭厅、浴室、宿舍等福利设施也都认真做了计划。"截至新闻报道之日,"扩建筹备工作已经基本就绪,土木建筑工程将于下月上旬全面施工,年底可以全部竣工"。

20世纪60年代,胡玉美生产的红烧鸭罐头正在检验出厂。刘奎石拍摄。

回溯胡玉美发展史，1957年9月罐头厂扩建是一个重要节点：首先，它由安徽省轻工业厅投资兴建，公私合营中"公"的部分，已经或接近淹没"私"的部分；其次，罐头厂产品外销，说明胡玉美已经完全成为国家计划经济重要组成部分，这就为从性质上改变私有或公私合营打下基础。

胡玉美罐头厂扩建的后续消息，刊于1958年3月22日的《安庆人民》，新闻标题就是《胡玉美实罐车间投入生产 新的罐头产品将远销苏联、捷克等国》。新闻说"去年八月开始扩建的公私合营胡玉美罐头食品厂，至目前为止，已经竣工的有实罐、空罐车间，保温房，酿造间等，并已先后投入生产"。接下来，9月3日，《安庆日报》又刊《胡玉美公司罐头出口 最近一批可换回钢材八百吨》："该公司首批各种出口罐头，可以为国家换回钢材800吨，或化学肥料1680吨。该公司除生产出口罐头外，同时生产各种价廉物美品种繁多的内销罐头，如肉类、家禽、鱼类、水果和各种蔬菜等。除本市各门市均有销售外，并已销售到全国各省市。"

《安庆市地方志·食品酿造工业志（手抄本）》记述："1958年，胡玉美罐头食品公司成立以后，开始以八项主要经济指标为参核条件，挖掘企业内部潜力进行技术改革和革新，为扩大生产，胡玉美公司招收400多名学员，于同年5月开始参加三班生产，其中选派28人到南京、上海等地进行技术培训。同年6月，首次对捷克斯洛伐克、苏联出口罐头。10月份，苏联专家来罐头厂参观，专家们检验了18种产品，尤其对1000克清蒸猪肉罐头给予了较高的评价。"这里面的"苏联专家"应该也是安庆历史上第一批对外贸易伙伴。

新闻特写《10年胜过119年——记胡玉美公司解放后10年来的巨大变化》（胡玉美通讯组，刊于1958年9月21日《安庆日报》）有一个阶段性总结：

> 从1954年至1958年，在短短的四年中，政府共投68万元（其中1958年投资为31万元），先后进行了两次大规模的扩建。扩建中遵照多、快、好、省的精神和充分利用旧有设备的原则，新建了实罐、空罐、保温、蒸煮、温酿、酱油、锅炉等七个车间和办公室、职工宿舍等，工厂面积由合营前400

平方米,发展到5400平方米。合营前仅有10匹马力引擎1台,陈旧的罐头机械6台,到1958年已发展成为拥有锅炉3台(蒸发量每小时共3吨)、马达15台(共80千瓦)、引擎一台(16匹马力)及罐头机械、酿造机械51台和成套化验设备的现代化企业,使企业生产由手工业生产迅速发展成为机械化、科学化的生产。如扩建和新建了水浴式温酱房,使各种酱的生产走上了科学化,能主动地掌握酱的质量和周转期。实罐和空罐车间大部分机械设备都是现代化的,因而大大提高了劳动生产率,产量质量也不断提高。1958年总产值达到1000万元,为1957年的11倍,为合营前(1953年)的122倍;1958年生产的各种罐头1500吨,为1957年的11倍。销售地区也扩大到全国各省、市,外埠采购员终日不绝。各种罐头远销到国外市场,在国际市场上享有盛誉。

工业主角与新闻主角

20世纪50年代,胡玉美不仅是安庆工业的主角,也是安庆地方新闻的主角。

20世纪50年代,安庆只有少数媒体,且办办停停、停停办办,报纸名也不断变更。1949年4月24日,安庆解放第二天,《安庆新闻》创办,但只维持1年多一点时间,1950年5月1日停刊。1951年7月24日复刊,易名《安庆报》。1957年3月1日,中共安庆市委创办《安庆人民》,开始是周二刊,7月23日改为周三刊。1958年1月1日改为隔日刊,4月1日改为日刊,并易名为《安庆日报》。1958年10月安庆地区与安庆市合并,地区报纸《安庆报》并入《安庆日报》。1959年3月地、市分开,《安庆日报》又分为《安庆日报》和《皖江日报》。1961年2月1日《安庆日报》停刊,并入《皖江日报》。

从1957年3月1日《安庆人民》创刊,到1961年2月1日《安庆日报》停刊,前后将近4年时间,胡玉美作为安庆工业巨头之一,始终在报纸版面充当主角。

文艺表演《除"四害"》。刊于1959年2月8日《安庆日报》。

胡玉美在《安庆人民》露脸，是从1957年3月开始的，3月23日出版的《安庆人民》，刊发了强大记者阵容"初出、霞朔、袁文光、陈天锡"共同采写的《蚕豆酱生产走向机械化的第一步》，新闻强调了"机械化"为胡玉美创造出来的价值："劳动生产率提高了76%，生产费用降低25%，仅1957年即可节约4500多元，同时还提高了蚕豆酱的质量，保护了工人的健康，为今后机械化生产及供应出口创造了良好的条件。"这也是胡玉美发展史上第一次提到产品"出口"方向。

接下来的4月10日，《安庆人民》刊发《胡玉美公司利用甜酒粕制糟鱼　三个月节约糯米1300斤》，文章说，"制造糟鱼，是利用糟所含淀粉糖，增加鱼的鲜味，利用糟所含的酒精，来保证鱼的质量和增加香味"。胡玉美改用甜酒粕制糟鱼，一季度节约糯米的价值，就达到了270元。这条新闻也间接提供了一条信息——1957年安庆市糯米价格，1斤0.2077元。

1958年一开年，胡玉美就在《安庆人民》舞台上唱新闻大戏，1月27日见报的是《为社会主义贡献力量　胡玉美公司职工家属提出六项倡议》，其中第六条倡议为"保证消灭'六害'，保证家家有工具（老鼠板、苍蝇拍等），严格执行卫生制度，并保证积极做好绿化工作"，而这一点，就是1958年的"运动"节奏。

仅隔一日，1月29日《安庆人民》在《跃进浪头　到处奔腾》小栏目中，又报道《胡玉美公司　改进工作方法多》，具体有"营业部门采取早晚零售、中午批发和加强与小商贩联系方法后，解决了顾客排队的问题；先进生产者刘鉴武提出试制漏酱器,改进了芝麻酱的操作"。

2月12日是腊月二十四,《安庆人民》在头版刊登《努力实现挑战的条件 胡玉美公司元月计划超额完成 本月生产更有起色》,其中提到"西门的腐乳车间女工,在加强协作的基础上,每天每两人的装罐效率由33罐一下子跃进到47罐",又说"江晓东同志,仅用三天半时间,完成了反革命分子姚明训(已逮捕)所积压下来的24天的销货账"。

1958年"大跃进",对于胡玉美,是技术大变革,也是思想大变革。5月28日《安庆日报》刊发新闻《向机械化、科技化大举进军 胡玉美公司技术革新获成就》,说"今年二月和五月初,该公司就先后两次派技术人员到外地参观学习,结合这个公司的实际情况,进行了一系列的技术革新。首先,改自然发酵为蒸汽发酵,使生产技术跃进了一大步,过去制酱是摆在露天里自然发酵,因为要靠太阳生长绿霉菌,同时就掺有杂菌,因此影响酱的色、香、味。在时间上,冬天不能生产,夏天也需要六十天才能制出酱来。改为蒸汽管发酵之后,不仅使质量大大提高,只要二十天就做出酱品,更重要的是人能掌握生产,改变过去靠天生产状况"。

7月7日,胡玉美再上《安庆日报》,新闻标题是《"增长到顶论"彻底破产 胡玉美公司超额完成六月份计划》。记者周桂春报道,"由于生产门路多了,群众发动起来了,领导干部深入车间、跟班生产,因而六月份生产计划完成了七十二万零三千元,超过第三次工业生产现场会议的跃进计划4.8%"。因为成绩骄人,《安庆日报》还专门配发了社论《事实粉碎了"生长到顶论"》。类似新闻,9月17日《安庆日报》还刊发有《公私合营胡玉美公司 超额完成上月份产值计划》。

直到这一年底,胡玉美紧绷一年的弦才稍有松动。12月26日《安庆日报》分别在二版与三版上刊发两条关于胡玉美的新闻。三版头条是《保证人民饮食清洁卫生 胡玉美公司车间里干干净净》,并刊发了一张题为《工人们正在车间里大扫除》的新闻照片。尽管是一篇正面报道,但过去胡玉美脏乱差的"死角",也在新闻中有所暴露:"如罐头车间、酿化车间和炊事房的工人在上班时一律要穿工作服、戴口罩,工作前要洗手、剪指甲,在进入车间时有专人对卫生情况进行检查,特别是罐头车间要求得更严格。但是由于领导上重视不够,过去环境卫生却搞得不好,室内外很脏,产品的下脚货没有及时处理,空缸空罐内经常有积水,因而滋生蚊蝇,经常受到卫生部门的批评。"

同一日,《安庆日报》第二版用总标题《生活越过越好 干劲越来越大》报道了安庆城区一些工厂的生活服务报道。其中关于胡玉美的是一首顺口溜,并配发了一幅胡玉美文艺演出的照片。顺口溜标题为《胡玉美公司生活小唱》:

枝头喜鹊叫喳喳,胡玉美公司职工喜洋洋。
书记亲手抓生活,生活丰富又多彩。
布告栏上红纸贴,文工团宣告成立了。
胡琴、笛子样样有,新制戏服一十套。
自己创作自编导,好人好事来宣扬。
厂里事迹搬上台,群众见到齐赞赏。
话剧、舞蹈加曲艺,还有大家喜爱的黄梅戏。
十四个节目分头练,精彩节目元旦见。
文娱活动大开展,冬季体育也跟上。
文化学习更热闹,哲学学得呱呱叫。
生活丰富精神爽,劳动生产热情高。
高产纪录连出现,机械上马来把车床造。

很粗糙但很热情,很直白但很朴实,这就是1958年安庆特色,1958年胡玉美特色。

同一时期胡玉美还在媒体上以广告形式露脸。这个"广告",性质与现在的"广告"完全不同。1958年前后,安庆媒体《安庆报》《安庆日报》偶尔也拿出版面刊登广告,时间都是重要的节日,如春节,如劳动节,如国庆节,等等,估计是媒体为营造节日的氛围而设,更多的是政治任务,企业不出钱,媒体也不收费。在这为数不多的广告中,胡玉美同样是主角。如1958年2月17日(除夕)《安庆报》"公私合营安庆市(胡)玉美罐头食品公司"广告,内容为"欢迎农业社签订各种预购合同",收购品种包括"莴笋、竹笋、刀豆、萝菠(卜)、红大(辣)椒、蒜子、芥菜、菜瓜、生姜、番茄"在内的各种蔬菜,同时供应"盐水姜、豆腐乳、萝菠(卜)角、元(原)酱、原米醋、盐大蒜、什锦菜、酱油",另外刊有"公司地址:安庆市利民街十号;收购地点:第一厂火正街六号、第二厂玉琳路一百一十二号;供应地点:第一门市部利民街十号、第二门市部沿江路七号、第三门市部玉琳路一百一十二号"等。虽然是短短一则广告,但1958年胡玉美公司的规模、生产范围、经营品种,一目了然。

1958年5月1日《安庆日报》刊登的广告,还刊出了"电话:450　451　438"和"电报挂号:4444"的信息。这年10月1日《安庆日报》上的胡玉美广告,主要推销产品,共三类:"各种名酒:葡萄酒、菊花酒、玫瑰酒、金菠酒、五加皮酒、封缸酒;酿造食品:蚕豆辣酱、虾子腐乳、桂花生姜,各种酱菜,各种酱油,五香滴醋;各种罐头:肉类、鱼类、家禽、水果、蔬菜"。

1959年5月1日,胡玉美在《安庆日报》广告版上提出了"函购、电购、代办运输"的新销售模式。之后9月29日,胡玉美"庆祝中华人民共和国成立十周年"的广告,是一个从左至右的大通栏,占四分之一版面。当天在报纸广告版露脸的还有安庆市造漆厂(孝肃路134号)"和平牌"油漆、地方国有安庆市染织厂(德宽路45号)"新产品介绍"、地方国营安庆市针织厂(新宜路675号)"振风塔牌"产品、合营安庆市针织厂(新宜东路)"大喜牌"各色花袜。

胡玉美广告最后一次在《安庆日报》出现,是1960年6月7日,这也是唯一一次不是节假日在报纸上出现的广告。

技术革新能手刘鉴武

胡玉美有一个传奇人物叫刘鉴武,是技术革新能手。

安庆市档案馆收存有中共安庆市委财贸部的一份材料,时间是1959年10月9日,材料标题是《高举红旗　大胆革新——胡玉美公司老工人刘鉴武同志模范事迹介绍》。材料开篇就说:"刘鉴武是安庆市胡玉美公司空罐车间的老工人,中农成分,工人出身,中共党员。他今年45岁,16岁就在胡玉美店号当徒工。解放前,刘鉴武目不识丁,只能干一般罐头制品的下手活。由于受了旧社会和资本家的压迫,他体弱多病,当时资本家把他当作赘瘤,几次要解雇他,境遇非常困难。解放后,胡玉美实行了公私合营,在党的春风化雨下,刘鉴武如同枯木逢春,开始了他的新生。"

这篇材料经过记者加工,缩写成新闻报道《技术革新老将刘鉴武》,刊在1959年10月12日《安庆日报》上。

1959年10月12日《安庆日报》刊发特写《技术革新老将刘鉴武》。

刘鉴武技术革新最主要的成绩,就是创制蚕豆剥壳机。据中共安庆市委财贸部材料,"胡玉美公司的蚕豆酱是全国闻名的,已有100多年的历史。但在制造过程中却有着一项非常落后的工序,那就是用人嘴剥豆,效率既低又不卫生,可是有史以来就是这样剥的,资本家只顾赚钱,对产品的卫生和工人健康是从来不过问的。1954年合营后,这个问题引起了厂里支部领导的重视,当时即将这个问题放到工人中去讨论,要求大家提合理化建议,革新这道工序,把落后工序变为先进"。

刘鉴武就是敢啃这个硬骨头的人。

过程相对简单,刘鉴武"偶然在公司找到一台破饼(壳)机,这启发了他,引导着他产生创制剥壳机的念头,不管三七二十一,说干就干,随时找一些木料和旧机器零件、齿轮等,千思万虑,和工人一道制成一台双滚筒简易式剥壳机",但结果不是很理想,"一试车就失败了,蚕豆不是脱不了壳,就是豆瓣被压得粉碎"。

但接下来,刘鉴武显现了他执着与非凡的一面。他从街头叫卖的开花蚕豆中得到启发,提出了在滚筒上安装刀口的设想。"买了一张白铁皮,打上700多个眼,并卷出刀口,包在滚筒上",就这么简简单单地把原有破壳机的两大难题给解决了。刘鉴武创制的破壳机为胡玉美带来极大的经济效益,"剥壳机不仅提高工效3倍,每天节省劳力220个,而且对提高蚕豆酱产量、质量以(及)对工人身体健康都有很大的促进作用"。同时,刘鉴武创制的破壳机为胡玉美带来极好的社会效益,"这一先进创举,已先后在芜湖、蚌埠等厂进行了推广"。

刘鉴武创制蚕豆破壳机是1957年的事,这一年3月23日,《安庆人民》刊发《蚕豆酱生产走向机械化的第一步》,其导语为"从前德国工程师不能制造剥湿蚕豆的机器,工人刘鉴武创制成功了"。但在这篇报道中,刘鉴武创制的蚕豆破壳机强调了一个"湿"字,因为"从前胡玉美公司(资方曾通过洋行到德国找工程师)做了剥干蚕豆机器,但剥干蚕豆破坏了蚕豆的正体,不会发芽,不会分泌酵素,分解蛋白质,味道不鲜"。所以刘鉴武的创制更有价值。在这篇报道中,刘鉴武创制过程也相对具体:"头一次试验,它是以破饼机为基础,拿一个滚筒,下面放一个槽板,但滚筒与干槽板相接触,把蚕豆压得很碎。第二次去掉托板,增加一个滚筒,破碎率仍然很高。"后再试验,"从滚筒里面,钻上个口子,然后撬起来。在一尺长、五寸宽对径的滚筒上,就钻上七百多个刀口。以后并增加两个滚筒。上面两个滚筒担负破壳任务,下面两个滚筒起着挤米作用,出来的豆米,滚到下面的筛子里"。在创制过程中,有一个人对他帮助最大,这就是新闻上说的"老师傅苏仲华"。实际上苏仲华不是老师傅,刘鉴武进厂当学徒时,他就已经是胡玉美罐头厂负责生产与维修的大统管了。

刘鉴武是胡玉美培养出来的工人发明家。1956年到1957年间,胡玉美曾连续五次派他到南京、上海、天津等地参观学习。刘鉴武没有文化,但悟性极高,看到想学的东西,"用画圈子、点子、线条等做记号,构成简单的平面图,再用文字和形象化的代号,把经验和技术记下来"。

"大跃进"年代,胡玉美的刘鉴武,为胡玉美生产创制与仿制了包括筛饼机、漏浆机、翻酱机、番茄破碎机(安庆地委科学技术革新评比二等奖)、倒胶机、自动装酱油机、拔鸭毛机、切肉机、切八宝菜机、削梨皮机(安庆地委科学技术革新评比三等奖)、手推夹筒机、电动踏平、三头封口等等,十多件。此外,他还在所在的空罐车间,采取一条龙的操作法,把全车间12道工序连接起来,使空罐生产率提高14%,每班还节省4个操作工。刘鉴武对胡玉美的另一大贡献,就是采取高温蒸酱法——将辣椒和酱坯子蒸熟之后,再拌制成蚕豆酱——从而解决了胡玉美始终无法解决的蚕豆酱春夏季节发霉变质的难题。

1950年到1959年,刘鉴武从一个普通工人成长为技术革新能手,获得多项荣誉,"先后被评为省劳动模范(安徽省工交建设积极分子)、安庆市先进生产者、治安模范、除'四害'模范、积极分子、优秀钢铁战士、单位模范、先进生产者等,获得30多次的荣誉奖"。

1958年5月29日《安庆日报》的报道《传达会议精神　大胆革新技术　市出席省工交建设积极分子代表会代表归来》,就提到"我市被评为省级劳动模范的有自来水厂张国华同志、胡玉美公司刘鉴武同志、植物油厂陈根苗同志。他们回到本单位时受到全厂职工的热烈欢迎。刘鉴武同志回厂时,在车间里生产的工人,都跑到大门外鼓掌迎接"。

1960年5月,刘鉴武带着蚕豆剥壳机等四项技术革新成果,代表胡玉美参加了全国财贸系统技术革新表演大会。这是刘鉴武个人的荣誉,同样也是胡玉美集体的荣誉。1960年6月14日,《安庆日报》刊发记者吴晓撰写的《老英雄大鼓干劲 刘鉴武决心"七一"前实现革新十多件》,持续报道刘鉴武的先进事迹。不过从报道上看,刘鉴武的"技术革新"稍稍有些离谱:"仿照江苏省革新的构造简单的蒸汽动力机,没有材料到处找,以木代铁,利用废旧无缝钢管做汽缸,没有凡而(阀)用汽车上的旧凡而代替,在两三天时间内就搞成一大半。蒸汽动力机搞成后,可以帮助解决缺乏马达和动力的困难,又能节约用电。"

胡玉美通讯组1958年9月21日刊发于《安庆日报》的特写《10年胜过119年——记胡玉美公司解放后10年来的巨大变化》,对胡玉美的技术革新有一个总结:"公私合营后四年内共推广先进经验32项,如推广了酿造食品的温酿法,广泛地应用到制酱和腐乳生产等各个方面,突破了自然条件的限制,做到全年生产,使产品(酱)成熟期由4—6个月缩短到18—20天。广大职工在成为企业主人后,发挥出无穷无尽的智慧和力量,破除迷信,解放思想,大搞技术革新和发明创造,四年内共完成发明创造和技术革新21项。如省劳动模范刘鉴武1956年经过20余次失败,创造了蚕豆剥壳机,解决了多年来未曾解决的老问题,使手工生产赶上机械化,提高工效三倍。这一创造并在芜湖、蚌埠等地14个工厂得到推广。"

胡玉美酿造厂早期蚕豆加工设备——剥壳机。

遭遇停滞年代

胡玉美"大跃进"之后的停滞，是从 1959 年开始的。这年胡玉美在《安庆日报》一露脸，就显露出生产资料供应不足的窘迫。"罐头车间，在鸣放的辩论中，思想认识大为提高，决定在当前生猪供应不足的情况下，实行多品种生产，猪蹄、鸭舌、鱼、鸭，有多少原料就抓紧生产多少，并且改善了劳动组合，实现三班制（过去是二班制，每班八个小时），使工人得以轮休而车间不停机。"（《安庆日报》1 月 9 日头版《实现更大跃进　政治挂帅第一　胡玉美公司展开鸣放辩论　为保证完成第一季度生产任务奠定思想基础》）

紧接着，1 月 19 日，《安庆日报》又刊发《领导重视　经常进行节约粮食教育　胡玉美公司等单位注意节约粮食》，文章虽然是正面报道，但字里行间寒潮来袭的征兆已经明显："如安庆市胡玉美公司，去年 11 月份起伙人数是 348 人，定量大米 13049 斤 8 两。平均每人全月定量 31 斤 15 两。这个单位虽然也搞钢铁和其他义务劳动，但全月除补助夜餐粮 1870 斤外，不仅没有向国家申请过额外补助，还节约了大米 29 斤。"为了做到这一点，"胡玉美公司秘书股长经常在吃饭时间在饭厅用土广播向职工宣传节约粮食"。

同一日的《安庆日报》刊发的《用废料、白水制成白酒》同样以正面报道的形式显示出胡玉美公司生产原料严重不足的困境："胡玉美公司酿化车间职工度过了愉快的元旦后，钻劲益足，于本月六日用酒糟、糟水和白水制成了白酒。用酒糟复制白酒，每担酒糟能出酒 8.4 斤，含酒 46 度（在酒温 15 摄氏度下测的度数）。用糟水和水放酒曲制得的白酒，含酒量仅有 10 多度，但能作为制酒精的原料。"

尽管如此，胡玉美 1959 年的新年仍然歌舞升平。对于胡玉美人，除了"初一，阴霾的天气尽管有寒意"，其他没有什么改变。"除夕之夜，胡玉美公司五光十色的霓虹灯，在漆黑的夜空，愈显出它灿烂夺目，高耸在大门口的彩牌，挂着古色古香的彩灯，把我国传统的节日点缀得朴素光华。彩牌上红旗招展，迎着新春降临。公司里,处处喧天的鼓声,一阵响一阵,一个宽敞的车间收拾得干干净净作为游乐的场地,场内满满坐着五六百个职工,他们个个面带笑容,穿着崭新的衣裳,台上引人入胜的演出,不时发出雷动的掌声,他们正沉浸在欢乐的海洋中。"(《安庆日报》1959年2月13日《春节在胡玉美公司》)

之后2月27日《安庆日报》头版上刊登报道《开展厂际竞赛　实现更大"跃进"　胡玉美公司、酒厂向制酱厂应战》,但里面的内容喜忧参半。如第三条为"保证今年产值比去年翻一番,罐头产量翻三番。在现有160余种产品基础上,再试制新产品50种,其中高、精、尖、大的产品占整个企业产品50%"。但第四条又说"千方百计开辟原材料来源,继续采用找挖换代省的方法保证均衡的生产"。胡玉美生产苦于找米下锅的困境,在此已经初露端倪。

接下来的半年多时间,胡玉美在《安庆日报》上露面,多是以新闻摄影的形式。如6月11日头版管见拍摄的图片"胡玉美公司生产的蚕豆酱,一贯享有盛誉,采取室内人工发酵后,保证了质量的稳定性";7月16日摄影记者陈力援以《积极生产出口罐头　换回工业物资》为题的一组图片"女工们认真检查新鲜番茄""番茄需要打浆制浆,这就是打浆的一个镜头""保证番茄的出口质量,化验员在做最后一次检验";9月11日陈力援拍摄的图片"合营胡玉美公司为适应人民生活需要,积极生产名产品蚕豆酱。图为蒸煮车间工人们正在蒸煮蚕豆";

1958年5月1日《安庆日报》上刊登的公私合营安庆市胡玉美罐头食品公司广告。

9月21日晓光拍摄的图片"公私合营胡玉美罐头食品公司食(实)罐车间的工人们,正在赶制出口商品——猪肉罐头";9月23日刊于《安庆日报》的图片,是由体委供稿的这图是胡玉美公司女工正在做广播操。

10月18日,记者吴晓采写的新闻《大战十月浪潮越来越高 胡玉美公司生产成倍上升》,刊在《安庆日报》第2版上。文章第二段就坦陈了胡玉美面临的困难:"一跨进十月,这个厂就碰到原料供应不足的困难,但是,他们以革命者大无畏的精神想方设法来突破困难。厂领导干部深入第一线,分工负责,组织人员分路大抓原料,又派专人到产地采购,在有关部门合作下,原料困难不断获得解决。为使原料及时调运进厂投入生产,科室干部带头,积极组织工人利用业余时间突击运输,仅15日运回黄豆3万斤和猪肉20多吨。同时又开展节约原材料、综合利用下脚料活动,为国家创造更多财富。如罐头车间用骨头炼骨油,做骨粉,酿化车间用豆饼代替蚕豆制酱等。"读上去似乎很轻松,但当事者——胡玉美管理层,明显有千倍的压力。

而此时正是胡玉美生产的辉煌阶段,尤其是罐头出口贸易,在胡玉美百余年的发展史上是巅峰。胡玉美的外贸生产,也成为《安庆日报》的重要话题。11月4日,《安庆日报》刊发特写《胡玉美公司出口产品质量优良 出口罐头合格率达百分之百 清蒸猪肉经检验定为特级品》,并配发了陈力援拍摄"胡玉美公司食(实)罐车间通过红旗竞赛,工人们干劲大增。制作罐盖的效率大大提高""胡玉美公司食(实)罐车间装罐工序的工人们正在进行装罐"两张照片。第二日,续发新闻《胡玉美名产蚕豆酱首批出口 并试制成功新的出口产品十一种》,报道了胡玉美"综合利用原料等级,广开生产门路,除现有十余种出口产品外,又试制出原汁猪肉、古拉斯、小蹄膀(髈)、油炸鸡、鱼类等十一种新的出口产品,经报验有八种完全符合出口要求,这些新产品已于最近根据设备能力,先后投入生产"。对于胡玉美出口产品质量,记者也赞不绝口:"出口合格率达到(在)98%以上,获得省商业厅、省轻工业厅两次贺电,并多次表扬和鼓励。"为此,胡玉美职工提出口号:"日日红,旬旬红,狠抓猛干,一天也不放松,保证十一月超十月,提前七天实现全月满堂红",并"保证完成出口任务,以高速度跨进

1960年"。12月28日，一组照片《轻工业产品丰富多彩》中又刊出"胡玉美公司生产的鸭肉罐头"图片。

但1960年是一道坎，一道胡玉美根本迈不过去的坎。这年5月下旬，《安庆日报》连续刊发关于胡玉美的两条新闻，反映胡玉美的生产已经遇到原料不足的瓶颈。其中，5月26日《厂社协作建立商品生产基地　胡玉美公司积极迎接蔬菜生产旺季　广圩公社扩种蔬菜大力支持》特别提到胡玉美"主动地同郊区广圩公社联系，签订合同，扩大蔬菜生产，并得到广圩公社大力支持"。5月30日《小窑煤在煤气化中放异彩　胡玉美公司用小窑煤代替淮煤发生煤气烧锅炉》中，胡玉美"原来用直火烧锅炉，一天一夜耗煤量达2.4吨，现使用煤气发生炉，改用小窑煤，同样时间，耗煤仅达1.49吨，煤耗降低61%，这一关突破后，年内可以节约淮煤257吨"。这两条新闻，一是罐头生产寻找蔬菜基地，一是锅炉改用小窑煤，其中隐含的都是原材料供应不足的窘境。

这年6月15日，《安庆日报》公布市"红旗竞赛先进集体单位"，归于商业系统的胡玉美公司，荣登光荣榜的有腐乳车间乙班、实罐车间甲班、空罐车间甲班、酿化车间蒸煮组、酱油小组、木工小组、仓库打包小组、实罐车间乙班第三组、实罐车间丙班第二组、空罐车间黄秀兰小组、电工小组、张冬梅小组。这些获奖的先进班组，当时并不知道他们将面临胡玉美停滞甚至倒退的时期。

《安庆市地方志·食品酿造工业志（手抄本）》对这一阶段的胡玉美客观描述为："这期间农村出现了高指标、浮夸风和'共产风'，影响了农业生产，使大量资源遭到破坏，造成了工农业失调，给罐头生产的原料带来了困难。罐头厂除了国家分配的原料外，还派出40余人到全国各地采购原料。同年为贯彻执行政府提出的'两参一考三结合'的管理制度，科室干部坚持每周参加一天车间劳动，发现困难及时解决，这样对发展生产、密切干群关系，都起到了一定的作用。"

实际上这一年的4月，胡玉美根据安庆市委工业调整任务的部署，与安庆肉厂合并成立"安庆市肉类罐头食品联合加工厂"。但此后一年时间，胡玉美的主要工作只是"有计划有步骤地整顿企业，执行工业企业七十条，精简机构，压缩编制,节约经费开支,下放工人等"。同时,由于胡玉美与肉厂性质有别,合并后人员超编,生产布局分散,技术管理与材料供应也产生矛盾,反过来影响了生产的发展。1961年4月,联合加工厂解体。但此时胡玉美非彼时胡玉美,不仅人心涣散,而且过程中胡玉美资产也受到一定损失。

四牌楼胡玉美旗舰店风貌。2005年中央电视台《走遍中国·安庆》中的镜头。

1962年,胡玉美先后派出27名干部和工人到上海太康罐头厂学习。这次学习的最大收获,就是空罐正品率由98%提高到99.79%,减少劳动力5个,改进焊锡和橡皮配方,解决了多年没有解决的爆节问题,实罐合格率由98.2%提高到99.78%。另外,推广了落排和装罐复磅的先进经验,使红烧肉罐头的原材料消耗平均每吨降低40公斤,劳动生产率由过去每人每天90个,提高到115个。日产罐头量也由上一年的8吨,提高到13吨。

据吴牧《胡玉美老店今朝更光彩》:"(20世纪)60年代初期,胡玉美蚕豆辣酱年产已达1500吨,是解放前夕的年产55吨的30倍,酱油年产为1600吨。胡玉美公司在发展名牌产品蚕豆辣酱、酱油的同时,还扩大多种产品的生产。品种有糕点、糖果、蜜饯、荤素罐头、酒、饮料等100余种。产品保持地方传统特色,以配方优良、选料考究、制作精细、质地细腻等特点而闻名。"

1963年6月,胡玉美正式脱离安庆市商业局的领导。

"胡玉美"之变

胡玉美的"文化大革命",是从 1966 年上半年的质量事件开始的。《"文化大革命"期间安庆市大事记》记载:"上半年市胡玉美公司生产的出口罐头中,含有硫化铁,变质、杂物和少秤的罐头共计二十九点四四吨,给国家造成损失约九万一千二百九十二元。"

对于刚刚熬过原料不足的艰难时期,各项生产都逐步走上正轨的胡玉美来说,这无疑是当头一棒。而胡玉美面临的更大阻力,就是整个社会的动荡。

1966 年 8 月下旬,安庆街头"开始出现妇女不许留辫子、穿裙子以及砸商店、砸商品等现象"。结果安庆市委常委召开会议做出的决定是"同意各单位根据自己的情况成立红卫兵组织,对一些带有所谓封资修名称的街道、商店、工厂、学校的名称,由群众讨论可以改成新的名称"。

1966 年春夏开始的"文化大革命",对胡玉美带来的冲击,吴牧《百年金匾"胡玉美"——安庆胡玉美酱园》有一段描述:

"文革"中,掀起一股"横扫一切"的恶浪,一伙打、砸、抢的造反派,矛头指向百年金匾"胡玉美",这伙人打着"兴无灭资"的幌子,扬言要砸掉"封、资、修"的招牌。"胡玉美"工人获悉后,自发地聚集在金匾的周围,同造反派开展针锋相对的斗争。一位姓秦的老工人挺身而出,大声吆喝着:"'胡玉美'金匾在这里挂了 100 多年,历史上只有日本侵略者毁过它。难道你们也想做鬼子?"工人们举起拳头齐声喊道:"谁要砸'胡玉美'的牌子,我们就要同谁算账!"这伙造反派见工人们势不可当,只得悄悄溜走。工人们喜笑颜开,放起鞭炮庆贺保牌胜利。

《百年金匾"胡玉美"——安庆胡玉美酱园》是作家吴牧 1990 年创作的文稿,后刊于《江淮文史》1998 年第 4 期。尽管作者把"保匾"行动写得有声有色,但从当时大环境看,"老工人"既没有那个胆量,也没有那个眼光。《"文化大革命"期间安庆市大事记》也记录,1966年10月27日,"公私合营安庆市针织厂更名为安庆市东风袜厂,公私合营安庆市光明火柴厂更名为安庆市光明火柴厂;集贤化工厂更名为向阳化工厂,公私合营安庆市胡玉美罐头食品公司更名为安庆罐头食品公司,公私合营安庆市余良卿膏药厂更名为安庆市膏药厂,公私合营安庆市染织厂更名为安庆市染织厂,安庆市刘麻子刀剪厂更名为安庆市刀剪厂"。连"胡玉美"厂名也被造反派"革"去了,"保匾"行动还有什么意义?

传承百余年的中华老字号胡玉美,正式进入去"胡玉美"时期。

对这一阶段的胡玉美,《安庆胡玉美酿造厂厂志(1830—1985)》有一个简单的概述:"在'左'倾错误路线的影响下……使酿造生产受到一次严重的挫折,这个百年'胡玉美'老企业的招牌被砸,奖章被毁,传统产品在狭小的厂区内纷纷减产、停产,企业面临关闭的危险。"

1967年春,胡玉美由公私合营性质转为国有性质,由此完成了家族企业到国有企业的转化。胡玉美职工的身份,也由集体所有制转换为全民所有制。转变身份后的胡玉美,仍属安徽省轻工业厅领导,定名为"安庆市胡玉美罐头食品公司"。但仅仅过了1年,胡玉美性质又有改变,由安徽省轻工业厅降格至安庆市商业局。

1966年到1976年这十年,《安庆胡玉美酿造厂厂志(1830—1985)》的评价是:"忽略了企业自身的发展,抱残守缺、安于现状,不能顺应食品市场的新潮流,不能为国家做出更大贡献",唯一的亮点是"1973年第四季度,因国际市场肉类紧缺,曾到六安、合肥等地组织肉类、原煤货源,生产肉类罐头。经大干四季度,使当年产值达到1100万元,实现利润110万元,可以说是产、供、销对路,盛极一时。但只昙花一现,终于因为生产设备简陋,无法解决设备更新问题,加上原料市场不稳,出现困境,以致生产停滞"。

"文革"十年对胡玉美的冲击,《安庆胡玉美酿造厂厂志(1830—1985)》描述为:"本来在1956年实现全行业公私合营时,在东、南、西、北门,所拥有的广阔厂地,由于隶属关系的变来变去,结果反而把'胡玉美'的原厂区愈变愈小,条件也愈变愈差,仅原华中路的酱菜厂一处就大大超过现在的厂区(占地46亩),足够容纳一座相当规模的酿造厂,而今反而弄得这样捉襟见肘。"由于"厂区范围狭小,厂房拥挤破旧,道路崎岖坎坷,全厂区占地只有27市亩,罐头和酿造这些必须庞大地盘的生产挤在一起,并得转不过身透不过气,被迫占仓库、挤餐厅、关礼堂,把传统名优产品'桂花生姜'的生产赶出厂外,逼虾子腐乳停产下马,厂区有限的空隙地和走道堆满坛坛罐罐和果蔬原料及下脚料,唯一的一块篮球场改作停车场,原料初加工的场地,不得不在厂区中央搭棚子,一两百临时工拥在一起持刀弄棒,乱哄哄的,像个农贸市场,既不卫生,又表现落后,很不雅观,根本谈不上绿化厂区,美化环境,有来宾要求参观,只好推辞谢绝"。

20世纪80年代,四牌楼胡玉美老店。麦陇香与胡玉美,均为中华老字号。

1974年,胡玉美为适应国际市场需求,构想生产品种从荤类为主转向荤、素并重,并开始在城郊发展番茄、蘑菇、马蹄生产基地。但直到1976年3月,胡玉美重新划归安庆市轻工系统后,在省、市轻工业厅高度重视下,才向银行短期贷款167.4万元,新建第二实罐车间与成品包装材料库,并购置自动快装锅炉与载重卡车,新安装通用和专用生产作业线各一条,实现了水、电、气平衡,从而解决了产品结构由荤转素的重生。

真正的春天是改革开放之后,1978年到1981年这4年。《安庆胡玉美酿造厂厂志(1830—1985)》提供的一组数字很能说明问题:

胡玉美酱园由 1954 年开始公私合营,到成立国有"胡玉美罐头食品公司"阶段,共生产出蚕豆辣酱等各种酱制品和罐头冷饮食品达 7 万余吨,1981 年的年总量已发展到 5000 吨,其中传统著名产品蚕豆辣酱达到年产 1500 吨,是合营前年产 55 吨的 27 倍,是合营时 1954 年年产 253 吨的 5.9 倍,产品品种由合营前基本上是单一的酱制品,发展到今天能生产各种酱制品和荤素罐头、机冰、冷饮等一百余种。26 年平均年产值 538 万元,人均年产值 6482 元。较 1954 年人均产值 1819 元,净增加 4668 元,与 1954 年人均年产产值相比,增长 250%,26 年共为国家创造产值 1 亿 4000 余万元,并大部换回外汇,上缴税率 2088 万元,是合营前全部资产 960 万元的 2.2 倍,是合营时 1954 年税利 2.35 万元的 890 倍。产品质量一直稳定地提高,曾多次受到轻工业部和省、市人民政府的表扬与奖励。26 年来正式职工人数由 129 人,增加到 830 人,增长 6.4 倍多,同时还供养 180 多名退休工人和安排了 200 余名知青就业,但只取得投资 125 万元,而且大部分是轻工业厅给的。省市商业系统为数很少,安庆市财政给了 7 万元只用作修理冷库,总数尚不到上缴税率的 6%,这笔钱大部分又投放在合营不久的 50 年代内。从 60 年代到 70 年代的十余年,几乎是个空白,这笔钱大部分又是用于厂房土建,设备资金被挤得七零八落,多少年来,只能在内部改造上转圈子,无法开拓前进,把企业自身装备起来。

"胡玉美"之变的第二个节点是 1982 年,这一年,胡玉美罐头食品公司一分为三,虽然仍然打着"胡玉美"的旗号,但胡玉美三大系列产品:罐头食品、调味食品和无酒精饮料,分别成立胡玉美罐头厂、胡玉美酿造厂和胡玉美冷饮厂。

胡玉美罐头厂单独建厂,生产规模扩大。在此之前,胡玉美罐头厂产品长期销往苏联、东欧,以及我国港澳地区,但肉类罐头未能打开远洋市场。1978 年试制咖喱牛肉、回锅肉、美味肉丁等罐头。1980 年开发出冬笋罐头。1981 年开发生产油焖蚕豆、清水马蹄罐头。1982 年又开发出竹笋回锅肉、原汁鲜笋罐头。

1983年外贸控亏,企业"找米下锅",研制开发出雪菜、酱菜心、黄桃、鸭四件、香菇肉酱和红烧猪肉等新品种罐头,并批量投产。1984年,研制出3005克清水马蹄丁罐头。1987年首次生产350吨分级笋罐头出口日本,咖喱牛肉罐头也首次出口54吨。1988年,开发的内销产品有美味素鸡、烤麸、速冻蚕豆、速冻青豆、速冻马蹄等罐头;并开发出550克清蒸牛肉、500克盐水蘑菇、397克午餐肉等外销罐头,产品销往欧洲、北美、东南亚、中东和港澳20多个国家和地区,创汇331万美元。1978—1988年间,罐头产品平均合格率达99.15%。其中,1984—1988年获优质产品11个。

胡玉美冷饮食品厂是在胡玉美罐头厂冷冻车间基础上成立的,1983年起,由单一的冰棒产品发展到六大类80多种产品,仅糖果类就有44种,冷冻食品20余种,还添置一条速冻食品生产线,年产值1000多万元,成为市内冷饮主要生产厂家之一。1988年,该厂有职工137人,实现产值244万元,销售收入252万元,利税26.5万元。当年,胡玉美冷饮食品厂生产的高蛋白速溶豆浆晶获省新产品开发奖,上乐可乐获省优秀新产品三等奖。

胡玉美酿造厂开发生产具有传统特色的多品种系列辣酱和酱油,主要有蚕豆辣酱、火腿辣酱、芝麻辣酱、蒜薹辣酱、葱油辣酱、美香辣酱、蒜香酱油、辣酱沙司等。1988年,胡玉美酿造厂有职工282人,固定资产原值328万元;生产蔬菜制品231吨,蚕豆酱2320吨,酱油3000吨,醋258吨;工业产值470万元,利税61万元,跻身全省轻工系统创最佳经济效益先进单位行列。

胡玉美酿造厂后来居上,最终成为"胡玉美"老字号的执旗者。

那个地方叫"黄土墈"

那个地方叫"黄土墈",但这个"墈"字既难写又难认,于是民间就把它异为"黄土坑"。汉语中,"坑"是凹下去的地方,隐隐有一定贬义。而"墈"是高的堤岸,且多用于地名。"墈"与"坑",不仅词义相悖,读音也完全不同。但安庆人固执,叫地名时是"墈"音,写地名时是"坑"形。民意难违,只能约定俗成。

20世纪80年代,胡玉美酿造厂大门。

1982年早春,黄土坳来了一批建设者。建设者把这一片荒寂之地称为"北大荒"。领头人是时任胡玉美罐头食品公司的党委委员、办公室主任鲍才胜。他身后的这批建设者,《安庆胡玉美酿造厂厂志(1830—1985)》完整地记录了他们的名字:王玉龙、江启义、柯昌和、樊南生、李茂怀、石贤根、徐莲、陈月华、王运明、诸庆初、王凤鸣、代菊萍、张凤英、何木林、潘成宽、赵明恒、黄荣祥、朱桂清、朱福生、许桃花等。这批创业者"先锋队撸起衣袖,卷上裤腿,来到北郊黄土坑泥泞的工地上……将墙脚一一夯实,将路面一一压平,流出了辛劳的汗水,多少个日日夜夜,终于提前出色地完成了建厂的任务"。

1982年,安庆市政府同意胡玉美酿造厂迁建计划,迁建新址为北郊黄土坳原西区味精厂与原汽车修理厂,银行给予迁建贷款49万元(利率6.3%),同时批准增加167名正式工。胡玉美的发展,由此展开一个新纪元。

胡玉美酿造厂的迁建,在安庆城市工业史也创造了一个奇迹。据《胡玉美酿造厂简介(1990)》,"第一批建设者晴天披日,满面尘灰,雨天滚一身泥泞,饿了吃一口冷饭。办公挤在草棚里,仅用了十个月时间,就使一座初具规模的酱制品工厂呈现在人们面前,实现了当年建设、当年投产、当年收益,为小作坊起家的胡玉美进入现代化企业行列,打下了良好的基础"。

1982年4月,安庆市胡玉美酿造厂正式组建。同年10月,厂址由东门沿江路搬迁至北郊黄土坳新厂区。从迁建动议开始,到工厂迁址完成,前后只花了

10个月时间。在当时,这个速度可以说是前无古人了。

胡玉美酿造厂迁建不久,便迎来胡玉美历史级别最高的官员视察,一位是轻工业部副部长杜子端,一位是安徽省委书记苏桦。此时胡玉美新一任掌门人是鲍才胜,听取完美迁建过程汇报,杜子端副部长和苏桦书记对胡玉美酿造厂因陋就简、艰苦奋斗精神给予高度评价。

迁建之后的胡玉美酿造厂,占地面积4.7万平方米,并在市区设有7个门市部。工厂新增机械设备78台,固定资产达600万元,职工人数超过450人。当年迁建,当年投产,年产量达到4330吨,年产值162.8万元,利税总额为25.18万元。同年,振风古塔牌蚕豆辣酱获"安徽省优质产品"称号。

接下来的几年,胡玉美酿造厂年年都有发展,1985年统计数字为:年产量6057吨,年产值307.55万元,利税总额为45.95万元。也就是这一年,胡玉美传统产品蚕豆辣酱和酱油首次进入国际市场。同时,蚕豆辣酱和酱油在全国同类产品质量评比中,均被评为轻工业部优质产品。

1982—1985这四年,胡玉美总产量为21049吨,产值为876.13万元,利税146.88万元。产值、利税都翻了一番。平均每年产量递增11.84%,产量递增23.62%,利税递增22.23%。1984年,组建新型集体企业胡玉美酿造包装厂(后改饮料厂),至1990年,固定资产达43万元,年产值32万元。

据《胡玉美酿造厂简介(1990)》,至1990年,胡玉美酿造厂"产值、利润年平均递增21%和14%,累计为国家创造利税430万元,固定资产由30万元增至600多万元。在产品品种上,除恢复胡玉美所有的传统产品外,新开发了系列酱、系列酱油、新型腌制菜等数十个新品种,全部品种已近百个之多"。

20世纪80年代后期至20世纪90年代初期,计划经济淡出舞台,市场经济主导了社会发展,国内外形势都发生巨大变化,"农副产品市场开放、原材料轮番涨价、资金匮缺",如连发炮弹,不断对胡玉美酿造厂形成冲击,但最终胡玉美都能迎难而解。吴牧《胡玉美老店今朝更光彩》分析原因,突出强调了两点:一是实施名牌战略,二是发挥名牌效应。其中"实施名牌战略"是依托"胡玉美"品牌优势,"通过与外地技术协作、联合经营、代购经销等经营方式,不断扩大销售网络,提高产品的覆盖面"。当时不仅在北京西单商场、广州白云贸易中心等处推出"胡玉美"产品,还在武汉、南京、南昌、九江、黄石以及安徽省内各市县商店设立了"胡玉美"销售点,总数有 32 个之多。同时胡玉美利用西部地区的甘肃、青海两省蚕豆资源,以"胡玉美"品牌信誉联营办厂,并"派出科技人员对全国同行业 300 多种调味品的质量和工艺进行市场调研,取长补短,以创应变,由保名牌到创名牌,适应市场经济的发展"。同时胡玉美还与无锡轻工大学、南京农业大学及轻工行业的发酵研究所等单位合作,引进先进的科学技术,投资建成在国内调味品企业中属上乘的制曲房,研制出在低盐固态下只需 30 天左右就可以快速发酵的曲霉。

20 世纪 90 年代,胡玉美酿造厂温酿房内部情景。

"胡玉美"品牌在这期间也有较大提升。《胡玉美老店今朝更光彩》总结为:

> 从 1988 年起,胡玉美陆续推出芝麻、火腿辣酱和姜香、蒜香酱油,以及龙须菜、姜丝乳瓜、辣油香菜蕊等六大系列数十个品种新型腌制菜。又研制开发蒜米辣酱、芥末酱油等系列产品、火锅调料,从而提高酱制品档次,满足不同地区、不同层次和不同条件的用户需求。在我国首届食品博览会上,蚕豆辣酱、酱油夺得金牌,桂花生姜、虾子腐乳夺得银牌。1990 年蚕豆辣酱荣获全国轻工博览会金奖,酱油、虾子腐乳夺得银奖,芝麻辣酱等四个新产品还获得轻工部科技进步优秀奖。1992 年在香港举办的国际博览会

上,振风古塔牌天然原汁酱油、酱菜荣获特别奖。1994年亚太地区国际贸易博览会又传来喜讯,胡玉美蚕豆酱、酱油力克30多个国家和地区的5000多厂家参展产品,双双获得金奖。

1997年,胡玉美企业改制。5月成立了公司筹委会,8月3日正式启动,短短三天便顺利完成募股工作,共募得基准股90.9万元,职工参股率100%。8月17日,公司股东选举产生了首届董事会、监事会,程云林出任董事长兼总经理。8月18日揭牌仪式,安庆市委、市政府、市人大及市相关的局、委、办的主要负责同志均有参加,安庆市市长周公顺亲临仪式并在仪式上发表讲话。

但接下来几年,现实不如理想中的那么顺利。企业1999年工作报告中也坦陈:"强化内部管理建立现代企业制度步伐缓慢;劳动用工制度执行不力,企业富余人员过大,造成人力资源的浪费;产品质量不稳定,新产品开发力度不强,与'胡玉美'170年历史不相符。"

江风安庆·胡玉美

2003年,中央电视台国际频道《走遍中国·安庆》摄制组到安庆,拍摄七集专题片,其中介绍国家历史文化名城的专集《江风安庆》,胡玉美作为安庆地方传统工业与现代工业的代言人,从13分30秒开始,到16分10秒结束,时长2分40秒,在总长度为27分30秒的电视片中,占有近十分之一的篇幅。

《走遍中国·安庆》共七集,在中央电视台国际频道黄金时间多次播出,这是安庆城市规格最高、质量最好、影响最大的一次对外宣传。《江风安庆》介绍胡玉美,是从四牌楼胡玉美旗舰店开始的,随着镜头推进,胡玉美蚕豆酱原料筛选、蒸煮、翻晒等生产制作全过程,缓缓呈现于观众面前。声音浑厚的旁白,又把胡玉美起自道光十八年(1838)开始的历史,富有穿透力地印在观众心中。用大摇臂拍摄出的胡玉美晒场酱缸宏大方阵画面,展现了胡玉美纵向历史与横向现代的完美融合。

2002 年的胡玉美，并没有随新千年进入一个花团锦簇的新单元。这年 3 月 8 日，董事长程华曙在公司五届六次职代会暨一届三次股代会上做报告，措辞相对有一些沉重："实话实说，2002 年与以往相比，改革的步子相对较大，也许会有一些人不适应，也许会有一些人不满意，但这是没有办法的事情。我们这么做的目的只有一个，那就是努力实现利益最大化。"

胡玉美这一年率先在安庆市进行企业产权制度改革。这个"率先"带有"吃螃蟹"的勇气，但也需要面对"吃螃蟹"过程中可能出现的尴尬。从前期准备到最后结束，历时四个多月，胡玉美以增加资本金改变股权结构方式完成了二次改制。参与改制的员工，只要自愿，全部安排上岗，续签劳动合同。后来胡玉美对此次"双置换"过程做总结，用"风平浪静"四字概括之。

2003 年，中央电视台国际频道《走遍中国·安庆》中的胡玉美。

胡玉美二次改制当年，完成工业总产值 4263 万元，实现销售收入 3600 万元，利税 191.5 万元，人均年收入 8812 元，一举扭亏为盈。

《走遍中国·安庆》摄制组拉着大摇臂来胡玉美拍摄的 2003 年，胡玉美上交答卷更加出色：完成工业总产值 4858 万元，实现销售收入 4036 万元，创利税 490 万元，全员年人均劳动生产率 15.74 万元，分别较 2002 年增长 13.95%、12.11%、155.87%、13.3%。这一年，胡玉美还获得了外贸自营进出口权、安徽省质量管理奖、安庆市环保工作先进单位、安徽省"重合同守信用"先进单位等荣誉。

自2002年初至2013年8月，胡玉美走过一个相对平稳的发展时期。这个时期最大特点，就是成功实现与全国重点高校的校企合作，引科技软实力渗入中华传统制酱工业。这些高校包括华南理工大学、江南大学等。后者还在胡玉美挂牌成立"江南大学·胡玉美酿造技术研究中心"。视野拓展、技艺提高，胡玉美独立研发出的产品越来越多：酒伴香、酱椒鱼、炸酱、鸡肉炸酱、芝麻香辣酱、川香肉丝、姜香酱、黑豆酱、米虾酱、肉末豇豆、七味酱和茶酱等。这些新开发的产品最大特点，就是摆脱"蚕豆酱+配料=新产品"的旧有思维定式束缚，打开胡玉美营养型、炒制型产品研发制作的空间。

这一时期，胡玉美先后获"全国轻工业卓越绩效先进企业""中国调味品行业复合调味料十强品牌企业""安徽省劳动保障诚信示范企业""省级企业技术中心""安徽省质量奖""安徽省重合同守信用先进单位"等荣誉称号。

2012年，胡玉美产品参加的展会有第十六届中国国际食品添加剂和配料博览会、中石化销售企业第二届特色商品展销会（昆明）、中国国际调味品及食品配料博览会、安庆名特优产品展示会等。参展的同时，胡玉美新产品的设计思路也被打开，如豆豉油辣椒、川香辣酱、鲜辣酱、风味辣椒酱、辣酱、黄豆酱、拌饭酱等。其中豆豉油辣椒、川香辣酱投放市场后，很快得到认可。

这一年，胡玉美还荣获安徽省知名旅游商品荣誉，蚕豆辣酱和辣油椒酱继续被评为安徽省名牌产品。技改工作也在这一年得到长足发展，当年胡玉美技改投资为201.45万元，其中两个亮点：一个是新蚕豆酱16条不锈钢池灭菌间改造工程，它把传统瓦缸保温发酵改造为全不锈钢池灭菌间，不仅提高了产能，更为食品安全提供了强有力的保障；另一个是引进CCD蚕豆色选机，从而大大降低了劳动强度，提高了工作效率，确保了产品质量的稳定提高。另外，胡玉美包装厂通过新上一套水墨印刷机生产线，稳步提升了包装箱的整体质量。

2012年，胡玉美完成工业总产值10633.2万元（公司产值9674.2万元），销售产值为9106.7万元，距胡玉美销售产值过亿的目标，只有一步之遥——903.3万。

新高度：国家工业遗产

2020年12月17日，工业和信息化部公布第四批国家工业遗产名单，全部62处工业遗产名单，"安庆胡玉美酱园"名列其中，这也是安庆市第一处国家工业遗产。

工业遗产是工业文化的重要载体，记录了工业发展不同阶段的重要信息。国家工业遗产名单认定启动于2017年，流程包括工业遗产所有权人自愿申请、相关省级工业和信息化主管部门或中央企业推荐、专家评审、现场核查和网上公示等。已经公布的4批国家工业遗产名单中，安徽省仅占有9席。

在《国家工业遗产管理暂行办法》中，工业和信息化部要求地方政府以及国家工业遗产所有权人，"重视工业遗产保护利用工作，采取有效措施加强对国家工业遗产的保护管理，创新工业遗产活化利用模式，积极推动工业文化传承和发展，弘扬优秀工业文化"。

传承非遗技艺：颜志勇大师守护原产地道味。

2020年，国家工业遗产"安庆胡玉美酱园"创办190周年，距它200周年庆典，只差10年时间。国家工业遗产名单认定，是对200年胡玉美成就的最高褒奖。

胡玉美新一代掌门人颜志勇，21岁入职胡玉美，从酿造厂蚕豆酱车间操作工开始，一步一步，踏踏实实，在生产实践中出色传承蚕豆酱发酵的传统技艺，最终走上管理岗位。

从1995年入职胡玉美，到2013年7月主管胡玉美，颜志勇始终在一线针对酱制品酿造做技术层面的改良与创新。他与技术人员共同研究成果"豆酱发酵过程中抑制白点生成技术"分别获得安徽省科学技术三等奖和安庆市科学技术二等奖。"蚕豆酱传统蒸煮工艺技术的创新"成果通过安徽省科技厅组织的专家鉴定，并获安庆市人民政府授予的科学技术二等奖。同时，在摸清酱制品的发酵周期规律与蚕豆酱发酵技艺的基础上，又创新并研发出蚕豆酱系列的新品——蚕豆酱发酵产物中的精华"六月原酱"。

颜志勇不仅是制酱技术的实践者、改良者、研发者，还是推广者。设立传统制酱技艺培训班，向新入职的胡玉美人传授、讲解蚕豆酱生产技艺的关键控制点，通过这样的方式，言传身教，让胡玉美的非遗技艺，一代一代有序传承。2014年，颜志勇出任胡玉美掌门人第二年，胡玉美蚕豆辣酱制作技艺被评定为安徽省非物质文化遗产。

颜志勇2013年掌管胡玉美，按安庆人年龄虚算的说法，正好年近不惑。他制定的胡玉美发展规划条理十分清晰，共有四条：注重产品质量，保证市场竞争力；研究市场，占领市场；强化内部管理，夯实发展基础；寻找新的增长点，实现企业多元发展。但，最后落在实处的则只有四个字：身体力行。其中的"力"，既有"志"之高远，又有"勇"之新锐。

2013年，颜志勇以董事长身份，深入蚕豆加工生产供应基地了解市场，又到辣椒生产加工基地河北鸡泽县监督检查加工环境、了解市场价格体系。通过市场走访，及时询价、比价、做到优质优价采购原辅材料，保证生产正常进行。同时在产品质量上，提出"创新驱动、智造升级"理念，通过研发改良，力争达到"降盐、增鲜、增辣"新口感,确保胡玉美产品在色、香、体、味上趋于完美境界。

对于胡玉美,2017 年是一个重要的时间节点,这一年,胡玉美工业总产值 1.1635 亿元,销售产值为 1.0263 亿元。在新一代胡玉美人的努力下,中华传统老字号胡玉美终于突破销售产值亿元瓶颈。2019 年,胡玉美再创辉煌,当年工业总产值达到 1.1909 亿元,销售产值 1.0846 亿元,再创历史新高。

胡玉美销售产值过亿的诀窍只有一个,就是"变",不断提升品质之变,不断创新产品之变。这是胡玉美始终行进的创新之路——2014 年:酱油调色实验,并推出高档功能性歪嘴酱油、江南新风味辣油椒酱,为芜湖定制风味肉末豇豆;2015 年,开发虾子酱油、香辣酱两个新产品;2016 年,完成蚕豆辣酱"降盐"与"降色"工艺创新,推出新品豆豆酱与黄豆酱;2018 年,有新品肉末香菇、老妈虾米酱、油剁椒等问世——"变"的过程中,及时捕捉市场最新信息,这些信息按地区需求分类化,从而推出适应不同地区不同风味的胡玉美产品。坚守胡玉美"传统"特质,糅合现代"时尚"元素,这个"变",是胡玉美持续 190 年始终坚持的发展理念。

"变"的途径有多种,但其本质,就是锐意创新。比如完善管理体系方面,先后通过 ISO9001 质量管理体系、ISO14001 环境管理体系、ISO45001 职业健康安全管理体系认证,并于 2014 年通过安全生产标准化认证。公司内部,成立产品品质创新质量管理小组,颜志勇担任组长,从原料进货、生产加工、成品入库到销售,层层把关,从源头上堵住质量风险的根源;比如创新产品研发方面,自颜志勇 2013 年初任董事长始,几乎每年都亲自带技术研发人员远赴中国上海、重庆、广州、成都、台湾等地及日本等国,了解当地调味品行情与趋势,为突破技术创新和新品研发寻找新的视野,从而不断提升胡玉美产品的品质和市场竞争力;比如深化高校合作方面,在原有"江南大学·胡玉美酿造技术研发中心"基础上,又建立"华南理工大学轻工与食品学院生产实验基地""安庆师范学院实践教学基地""安徽新东方烹饪专修学院校企合作单位""合肥工业大学大学生生产实习基地"等提升胡玉美产品品质的科研平台。

关于胡玉美未来的发展,颜志勇为此制定有明确方向:在坚持传统工艺、传承匠心精神的同时，重新定位品牌，加大创新投入，拓展年轻消费群体。六月原酱、黄豆酱、豆豆酱、香辣拌面酱、老妈牛肉酱和爽口豇豆等十几款新品就是这10多年通过"变"的探索与尝试，成功投放市场并形成口碑且有较好经济效益的胡玉美新品牌。

作为新一代胡玉美掌门人，颜志勇获得多项荣誉：2015年获省级非物质文化遗产项目（胡玉美蚕豆辣酱制作技艺）代表性传承人、安庆市"安康杯"竞赛活动"安康企业家"、中国调味品协会成立二十周年最具传播影响力企业家称号；2016年获安庆市劳动模范、徽商领军人物、安庆市优秀共产党员、安庆市经信委系统优秀党组织书记、苏浙皖赣沪质量工作先进个人称号；2020年获中国调味品协会卓越企业家、安庆市工商联系统防汛抗洪救灾先进个人称号；2021年获安庆市大观区第十七届人民代表大会优秀人大代表荣誉。同时，颜志勇还是安庆市工商联第十二届副主席、十五届安庆市政协委员、安庆市大观区十七届人大代表，中国调味品协会调味酱专业委员会副主任委员、复合调味料专业委员会副主任委员，安庆市企业（企业家）联合会副会长、安庆市食品工业协会会长。

10000缸阳光酱园：亚洲最大的天然酱缸晒场之一。

自2013年以来，胡玉美先后荣获国家工业遗产、第六届全国品牌故事大赛三等奖、中国调味品行业20年调味酱产业十强品牌企业、安徽省首批绿色工厂、安徽省专精特新中小企业、农业产业化省级重点龙头企业、安徽省工业设计中心、安徽省和谐劳动关系示范企业、安徽省劳动保障诚信示范单位、中国安徽名优农产品暨农业产业化交易会（2020·合肥）参展产品金奖、安徽百佳好网货、安徽特色伴手礼、安徽消费体验馆、安庆市工业四十强企业、安庆市"双强六好"非公企业党组织等多项荣誉等。

　　唯其艰难,方显勇毅;唯其磨砺,始得玉成。

　　胡玉美人,一直在用自己的努力谱写胡玉美的华丽篇章。

第六编　胡氏繁星

胡竹芗与他的"朋友圈"

传说，同治初年，李鸿章还在安庆组建淮军时，手下名将刘铭传转到西城口，对着胡广源门头招牌看了半天，后来忍不住，就进店打听"胡广源"三个大字书者是谁，结果被告知是胡玉美二老板胡竹芗。他不敢相信，说一个做生意的少东家，能把一手字写得这么好，一定是位大学问家。

传说不知道真假，但之后安庆请胡竹芗题匾书联者不计其数。资料可查的，安徽巡抚大院有"渡鹤桥""龙湫"，大南门清真寺有篆书的"守真"与"抱璞"、隶书的"待月"与"留心"。民国初年，上海商务印书馆曾印行胡竹芗楷、隶两体法帖，后又出版胡竹芗诗集《瘦吟草》。

胡竹芗与他的哥哥胡椿在《怀宁县志·笃行》中有记述，其中评价胡竹芗文字为："嗜学，喜读性理书，工诗，善医。顾名为书掩，四体皆工，惟时以汉隶应求者，偶为石鼓钟鼎文，尤饶古趣。室置书籍名帖甚富。"

光绪二十八年（1902），胡竹芗去世，《清赠通奉大夫国学生胡竹芗先生墓志铭》由桐城大家姚永朴（字仲实，晚号蜕私老人）撰写。姚永朴惜墨如金，但在墓志铭中，却翔实交代了胡竹芗的"朋友圈"："初从同邑邓守之、马素臣两先生游，光绪初，先考及方柏堂、吴挚甫、孙海岑诸老辈罢官，归寓于皖，君时就之谈宴。最后与方伦叙、马通伯交，且及予兄弟数人者，年少于君，君宾接如不及。"

胡竹芗书法："志合者不以山海为远，道乖者不以咫尺为近……"

墓志铭中的"先考"，是姚永朴父亲姚浚昌（字慕庭）。光绪年间，姚浚昌先后在广西永福与湖北竹山、南漳等地任知县。"堆案簿书麻缕缚，偷闲不肯望丘壑。劝农催赋亦有情，走马看山欣出郭。"《辛于求定稿》收录《偕吴挚甫方伦叔家子椿侄携楷朴概三儿子寻披雪瀑即送吴方二君北行》，开篇有这样的感叹。

方柏堂（方宗诚），字存之，曾官河北枣强知县、安徽学政。方柏堂生于嘉庆二十三年（1818），光绪六年（1880）辞官归隐时，已经六十有二。此时胡竹芗四十有六，追随方柏堂为师，应从此时起。传说方柏堂"与衡阳彭玉麟同游石钟、匡庐，并立扬子江岸，吟风弄月，谈古叙今。过往行人莫不钦其风采"。方宗诚学承桐城文派，撰有《诸经说都》33卷、《柏堂集》92卷等。

吴挚甫为吴汝纶，"挚甫"是他的字，也作"挚父"。吴汝纶生于道光二十年（1840），小胡竹芗半轮。但他的学问比胡竹芗要高许多。吴汝纶同治四年（1865）中第八名进士，授内阁中书。后入曾国藩幕府，为曾门四大弟子之一。长期主讲莲池书院。光绪二十八年（1902）被任命为京师大学堂总教习，赴日本考察学制。后在安庆创办桐城中学堂。桐城中学堂与胡竹芗焦家巷老宅只隔几道围墙,步行过来,仅需三五分钟。

孙海岑名孙云锦,字海岑,生于道光元年(1821),以诸生入曾国荃幕府,从军得官,曾三任江宁知府。历官淮安知府、开封知府、二品顶戴三品衔江苏补用道。署理通州知州时对张謇有识才之功。书宗米芾与董其昌,铁笔得邓石如法。晚年归里,胡竹芗仰其书法成就,多次登门求教,从而交往密切。

胡竹芗"从游"之师邓守之,生于乾隆六十年(1795),长胡竹芗39岁。邓守之名邓传密,号少白,父亲是书法大家邓石如。邓传密后授课于湖南衡阳石鼓书院,此地因曾国藩、彭玉麟创建湘军水师而闻名。此前邓传密还主讲过濂溪书院与湘乡书院。邓传密同治末归故里,30岁左右的胡竹芗是他的坚定追随者。

胡竹芗后期交往密切的方伦叙、马通伯也是桐城派晚期大家。

方伦叙是方柏堂之子,名守彝,字伦叔,号贲初,又号清一老人。方守彝生于道光二十五年(1845),比胡竹芗小11岁。曾官太常寺博士,后助力吴汝纶创办桐城中学堂。方守彝为皖派三诗家之一。光绪末,方守彝居小南门,与胡竹芗走动频繁。方守彝著《纲旧闻斋调刁集》20卷,另与陈澹然等合著《方柏堂实考略》5卷。

马通伯,号其昶,生于咸丰四年(1854),小胡竹芗整整20岁。马通伯光绪二十一年(1895)授经于安庆,后主讲庐江潜川书院。光绪三十年(1904)任桐城县公立中学堂总理,主持全校教务。光绪三十四年(1908),安徽巡抚冯煦荐为学部主事。后返里,一度主持安庆高等学堂。后被聘为《清史稿》总纂,撰稿褒贬矜慎。《桐城耆旧传》为研究桐城人物权威史料。

当然还有姚永朴、姚永概两兄弟。胡竹芗离世时,姚永概为安徽高等学堂教务长,胡竹芗长其32岁。对于如父如兄如师如友的长者,姚永概抑制不住内心的感伤,当即赋诗怀念:"叩门每岁值春风,白发修髯一笑同。棋韵静飘花韵里,书声清出市声中。阶前兰桂皆仙种,壁上龙蛇尽国工。今日数翻遗墨在,人间不见竹香翁。"

胡庆昌《胡竹芗先生事略》也提及"喜交游当时文坛名士,邓绳侯(世伯)、马素臣(钟山)、方柏堂、吴挚甫、孙海岑、方伦叔、马通伯、陈昔凡诸先生均相与往还",并说"上海商务印书馆曾为先生印行楷、隶两体法帖,其上并有姚永朴、姚永概、方守彝、方守敦、金家庆、舒鸿贻等法家所题的跋"。

陈昔凡为陈独秀嗣父陈衍庶,光绪元年(1875)中举,后京师会试录取贡生,先后任怀德、柳河等县知县。光绪三十年(1904)升至四品黄堂,代理新民府知府。史载陈昔凡在官惠政,并捐薪俸救济穷人,深得百姓称颂。陈昔凡酷爱书画,画室名为"四石师斋"。

方守敦小胡竹芗21岁,字常季,更字盘君,为方柏堂幼子。光绪二十八年(1902)随吴汝纶往日本考察学制,回国后,协助吴汝纶在安庆创办桐城中学堂,后与姚孟振等重印《桐城续修县志》。方守敦喜爱书法,隶书碑体皆具风韵。

金家庆,字子善,安徽全椒人,后随母迁居安庆舅父家。传曾在严复家私教多年,深为严复器重。金家庆诗文书画无一不精,才气最高者为画,黄宾虹赞为"得力古人甚深"。在胡竹芗看来,其书法犹胜于画,因而倍加推崇。

桐城潘田撰《清赠通奉大人胡云门先生墓志铭》,说胡竹芗的哥哥胡云门(椿)"君弟又博求师友,广交游客至辄留饮,君每肃客入,退督庖人治酒食,以为常"。

有这样的"朋友圈",胡竹芗成就自然了得。胡庆昌《胡竹芗先生事略》的记述文字为:

先生为晚清皖省知名书法家之一,所书真迹,流传较广,尤以所书陶潜《归去来辞》、朱伯庐《治家格言》两幅,受到广泛赞赏。先生书法圆润严整,敦厚秀逸,不假雕琢,富有韵味;虽至晚年,仍勤学不倦,曾作《展帖》诗云:"轩窗净无尘,读帖消永昼。"又自述其学书曰:"欧阳文忠公,有暇即学书,非以求艺之精,直胜劳心于他事耳。"又曰:"学书当成一家之体,其模仿他人者,谓之奴书。余笃爱刘文清公法帖,时时临写,聊以寓心于所好,不为他事所移,未能避奴书之名,然实不能得其仿佛,恐亦难免举羞涩之诮耳。"又作《春阴》诗云:"年年春至春还暮,荏苒韶华难暗驻。愿教惜取此分阴,莫使春光等闲度。"以此自勉,而更寄予殷切希望于后起之秀……同邑舒鸿贻评介先生作品："浸淫于汉魏六朝,间作小楷,酷似石庵……知其根底厚,而取精多也。展览过,令人心目清爽。"又姚永朴评介先生书法："隶法师同邑邓先生石如,楷法则以诸城刘文清公为宗,神致逼肖,见者惊服。谓若去款识,更阅百年,纸且故,谁知非二公所书者?"

……

先生于习书之余,因感时寄兴,间作诗词,虽存篇不多,但读后每每给人以语工情溢之感,故为读者所惜爱。早期作品崇尚汉魏风格,濡染乐府,故多五言杂诗,中年转向李、杜,近骚得小雅悱恻之意,律诗较好。先生习诗,常于晨昏正襟吟诵,闻者为之侧耳而听。子侄归来,辄召之入室,为之讲解,授以朗读,必字字落凿,不令滑过,故音韵铿锵,娓娓动听。

这个画面,百余年之后,仍然生动而清晰。

胡竹芗的"朋友圈",是胡玉美家族酱园业之外的文化拓展,如果把它作为企业文化,这个企业文化不仅有深度、厚度、温度,而且还有力度和高度。胡玉美后期发展,胡竹芗的这个"朋友圈",从文化角度给予了最大推动。

"远"字辈双杰

最早让胡玉美在《申报》上扬名的,是年仅二十二岁"远"字辈排行老五的胡远濬。胡远濬生于同治八年(1869),与他的几位兄长不同,他出生便赶上安庆城与胡玉美酱园的好时代——太平天国战乱后逐步复苏的时代。也正因为如此,从入蒙馆到上学堂,他的求学之路平坦开阔,没有任何沟沟坎坎。到1891年10月23日这一日,《申报》第2页刊"电传江南乡试题名全录",他的名字便列于其中,虽然只有寥寥"胡远濬,怀宁"五个字,但对于胡玉美家族,绝对是石破天惊的重大新闻。而与他同榜的怀宁老乡姜筠、洪思焕、洪思齐、李炯、郝秀观、程树涵、鲁泮林等等,后来都是一方名家。隔三日,《申报》(1891年10月26日)在第2页正式刊"江南乡试官板题名全录","胡远濬,怀宁"在其中非常显眼。

胡玉美家族"远"字辈双杰之一：胡远潘。

胡远潘，字渊如，号天放散人，署劳谦居士。现行资料多称胡远潘为胡远浚，"潘""浚"相通，可能以此讹传。胡远潘是怡怡堂胡椿排行老四的儿子，他是胡玉美家族第一位通过科举考试得到国家认可的知识分子。

5年之后，1896年6月4日，《申报》第9页刊安庆敬敷书院汇述："上月分臬宪官科十二日发案，录取超等三十名，特等一百名，一等二百四十名……又臬宪孝廉课案录取超等五名，特等十名，一等十五名。"胡玉美家族两人榜上有名，胡远潘列特等第七，他的二哥胡远芬列一等第一位。

胡远芬，字味兰，别号履冰子，晚年自称畏难老人。胡远芬生于同治元年（1862），在胡玉美家族"远"字辈中排行老三，长弟弟胡远潘7岁。虽然年龄有差距，但兄弟俩同在敬敷书院读书，说明胡远芬在学习才智方面，与弟弟胡远潘相比，还是差那么一点点。虽如此，光绪年间能把书读到省城敬敷书院，也是一件了不得的事。同样，胡远芬也是胡玉美家族引以为傲的文化名人。

或胡远潘，或胡远芬，都是叔叔胡竹芗棍棒下面教出来的优秀学子。《怀宁县志·卷二十·笃行》介绍胡椿、胡杰兄弟，特别有"杰素刚，教侄如子，偶犯必痛绳之，而椿夫妇以为于礼宜也"一句。

受叔叔胡竹芗影响，胡远潘擅诗词，精书法。光绪三十三年（1907）大士阁竣工,竺庵设素宴于阁上,邀其泼墨挥毫。胡远濬题横条及中堂各一,大楷,字20厘米见方,浑厚雄健,伟岸挺拔。宣统二年(1910),又应圣公会之请,为新建圣保罗中学题写魏碑门额。1915年《怀宁县志》印行,胡远濬题签行、隶两种(后用隶书)。1928年,以小楷为西周《虢季子白盘铭文》拓片写释文和跋,后为安庆市博物馆收藏。

地方史料中的胡远濬传略,通常以"教育家"和"哲学家"美誉之。胡远濬"教育"经历,始于光绪三十二年(1906)。这一年,胡远濬应严复之聘,执教安徽高等学堂,宗白华、徐仲舒、王甸平、马轶尘等均在其门下躬受教益。严复对胡远濬十分赏识,"皖公山色落怀中,日日江船去向东。百里占星人恰聚,十年树木计真同。当春小雨忧侵梦,早岁瘦梨泣转蓬。莫怪浩歌情内热,中原辙迹未交通。"《寄怀宁胡渊如》中,严复这样写道:后受姚永概的邀请,胡远濬转教安徽全省师范学堂。1927年,由宗白华力荐,胡远濬又赴南京国立中央大学文学院担任哲学系教授。胡远濬从教30余年,传授国学和哲学,可以说桃李满天下,称其为"教育家",名副其实。

胡远濬"哲学家"之名,中国道教协会第二届理事会会长陈撄宁解读得最为生动:"因教授国文,遂不能不涉及诸子;因纵论诸子,遂不能不推崇老庄;因研究老庄,遂不能不探讨其玄言奥义;因欲解释老庄书中之玄奥,胡先生于是下问及宁。"胡远浚对老庄的研究,不是一般的"独到",1934年出版的《安徽通志稿》,就选用其《老子述义》《庄子诠诂》两篇(列《文艺考·子部》),评价是"学问渊博,为世所宗,尤深于老庄之学"。尤其是商务印书馆出版的《庄子诠诂》,20世纪30年代,《申报》刊商务印书馆"大学教本及参考书"广告,在"文学院哲学系用"书中,这是最有分量的一本。胡远濬自我解读为:"《易传》云,天下同归而殊途,一致而百虑,故就同归一致言,不惟庄于老然,即庄于孔于释亦然。本书依此见地以诠释庄文,虽未能烛照无遗,要可十得七八。自来注庄子者深浅不同,漫无简别,兹编大体依马氏庄子故,掺附他说,务使原文义理晓畅,以便研读。"

《老子述义》1933年由南京钟山书局出版,所附《胡渊如先生小传》中评价胡远濬,"除精研哲学外,于其他学科,未尝不津津探讨,以求与哲学中诸问题互参解答也"。

胡远濬有影响的著作还有《苊厂微言评记》《菊汉微言评记》《古槐市隐对数理论》《老孔哲学与黑格尔、马克思学术之比较》《谭嗣同仁学之批判》,以及《劳谦室文集》《劳谦室诗集》《劳谦室道书》《劳谦室札记》《劳谦室书牍》《劳谦室时人评记》《天放散人词稿》《天放散人画稿》等。

胡远芬与弟弟胡远濬虽然最初起步相同,但后来走的是另一条道。胡远芬一生最要好的知己冯汝简(汗青、翰卿),1923年为胡远芬《履冰子吟草》作序,开篇第一句话就是:"忆余十七余岁时,初应童子试,与予弟子荫先时而往,坐待唱名于学使巡捕官之室,至则先有两人在焉。问之,知为胡君兄弟。长者懋旃(胡远勋,长胡远芬4岁左右)君,次即味兰(胡远芬)君也。两家兄弟皆新占籍怀宁,数年之间,相继入泮,人多幸之。"冯汝简生于同治三年(1864),他说十七八岁,应该是光绪八年(1882)的事,胡远芬生于同治元年(1862),当时正二十出头。之后胡远勋与冯子荫各有追求,"惟予(冯汝简)与君(胡远芬)犹操举业不废,每月应敬敷书院考试,时一相遇。后君举贤书北上,未几又服官于浙"。

据《申报》1899年5月29日第1页《谕旨恭录》:"四月十二日奉旨……孙启泰、胡远芬,江西知县……"此当为胡远芬仕途之始。3年后,1902年12月31日《申报》第12页刊《光绪二十八年十一月十五日京报全录》,胡玉美家族"远"字辈两兄弟榜上有名:"浙江议叙试用知县胡远芬拟请俟补缺后以同知用……候选布政同理问胡远勋,拟请俟得缺后,以知州用。"但之后多年,胡远芬一直在"候补"之列。1905年5月24日《申报》第15页刊《京报汇录》再次强调:"……浙江试用知县胡远芬,请俟归同知后,加四品衔知州用……候选布政同理问胡远勋,请俟归知州后,加四品衔。"

也就是1905年,浙江筹办督练公所,胡远芬被委以"庶务"一职。1906年3月2日《申报》第9页刊《督练公所开办杭州》,言"督练公所兹于初三午刻举行开办典礼,自浙抚以下印委各员概到所,而武备洋教习及各学监督均茌止。录其执事名单如左……兵备处庶务兼收支胡远芬",前后差不多6年时间,胡远芬终于被安排为实职。2年后,胡远芬任职浙江省谘议局筹办处,身份是文牍所科员,月支薪水洋六十元。而据1909年3月11日《申报》第11页《意大利兵舰之游踪浙江》,胡远芬已经到"宁波府署象山县知县"。

民国之后,胡远芬在《申报》上的线索,先是1915年夏至1916年春,任湖北南漳县知事,其间因涉及"募集公债之奖案"遭到惩处。"八百南漳半是山,四围黛色缭云环。地能避世人无俗,径可升天石不顽。到处清泉堪洗眼,频来好鸟为开颜。从今愿作三生约,十亩桑田三生闲。"一首《双泉洗眼》暗喻了他此时此地的心境。

胡玉美家族"远"字辈双杰之一:胡远芬。

1916年末,胡远芬又调任浙江东阳县知事,到任不久,因"东阳县视学暨教育科人员渎职索贿案,刘省长昨日饬将……该县知事胡远芬一无觉察,着记大过一次"。1919年1月,"浙江省长齐耀珊呈考核现任县知事成绩较优各员请分别给奖等语……署东阳县知事胡远芬,安静之吏,不激不随"。这应该算是个口头表扬吧。9月,胡远芬调任天台县知事,但因"公民杜钟豪(旅杭全体代表)呈控侵蚀粮款","全体公民代表已电国务院转咨,扣留清算,暂缓赴天台新政"。经浙江省政府核查,并无实据,于1920年6月至天台县任职。

1921年,胡远芬退休回归故里,但胡远芬最后在《申报》露脸,是1926年4

月10日,当日第10页有《安庆道尹陈超衡履新》新闻,"陈氏接事之日,即委任赵鹤为第一科长,胡远芬为第二科长,张纬为顾问,方宏济为秘书长。并以赵鹤未到差以前,委张纬暂代"。胡远芬很兴奋:"半咖载栖迟乐有余,残年未得久闲居。只缘生计绳头逐,且伴通人纸尾书"。据胡庆禧《胡远芬》:"民国十三年(1924),复出任望江县知事,未数月辞归。后以生计所迫,去凤阳任淮泗道尹公署科长,翌年辞归。"

"老来啸傲作诗流,少壮心期百不酬。仕途风波随去水,虚声姓字压归舟。天当贫我书成祟,贾亦养亲官好休。正合承家为旧业,可堪遣咏赴穷愁。"这是五弟远濬(渊如)为胡远芬《履冰子吟草》题的诗。

胡家女婿舒鸿贻

舒鸿贻是胡玉美第四代掌门人胡子穆的岳父,舒鸿贻把女儿舒德进嫁给了胡子穆。

但舒鸿贻首先是胡玉美家族的女婿,他的夫人胡彬儒(又字宾白)是古欢堂胡长龄(杰,竹芗)的二女儿,胡远勋的妹妹。胡玉美家族"长"字辈,大房怡怡堂胡长春(椿,云门)生了八个儿子、三个女儿。古欢堂则生了一个儿子、五个女儿。胡玉美家族"远"字辈八个姑娘,胡彬儒位于第四,被称为四姑。

舒鸿贻先后娶有三位夫人,胡彬儒是正室,舒刘氏为继室,舒黄氏为小妾。舒鸿贻与胡彬儒结婚,是去北京之前的事。胡彬儒与舒鸿贻生有一子四女,但只有大女儿舒智进活了下来,其他均夭折。胡彬儒为此得了忧郁症,常年吃斋念佛,不久便离开人世。舒鸿贻后在北京续娶刘氏,育有二子四女,其中长女就是舒德进。后回安庆,又娶黄氏为妾,未生育。

舒鸿贻,字冰茹,又作邠儒,生于同治六年(1867)。父亲舒问农以课塾维持家计,受其影响,舒鸿贻以府试第一的成绩入学。岳父胡竹芗在安庆有双重身份,既是胡玉美大老板,也是学问大家,能把爱女嫁与舒鸿贻,也正是看中了这一点。舒鸿贻也确实让岳父同时也让胡玉美面上增光,光绪二十一年(1895),

舒鸿贻中乙未科进士,分发兵部,后任京师大学堂文科教习。

舒鸿贻的官运起于光绪二十六年(1900),这一年,舒鸿贻本拟就任陕西按察使,但因"道路多警"未任职。光绪二十八年(1902),舒鸿贻被授刑部郎中。光绪三十二年(1906),以"部郎"赴日考察警察行政。光绪三十四年(1908),供职于军机处的舒鸿贻调任奉天银圆局总办。在任期间,他创办奉天电灯厂并于次年发电送电,奉天(沈阳市)照明用电由此发端。辛亥革命前后,舒鸿贻先后任职奉天都督府秘书长、奉天新民税务总管等。1912年回京,舒鸿贻官司法部民治司长。1917年,五十知天命时,舒鸿贻果断卸职,后携家小返回老家安庆。

舒鸿贻在安庆生活了30年,1947年病殁,享年八十一岁。生活在安庆的舒鸿贻,并非闲居乡里的文人雅士,而是积极参与地方事务的政客。尤其是1919年至1925年,舒鸿贻的名字不断出现在民国报纸上。

1919年的舒鸿贻,在安庆具有双重身份:1月20日《民国日报》刊《学生会之皖省会员》,舒鸿贻身份是全省印花税分处处长,他与安徽省议会会长黄家驹、赵家椿(赵椿木)等数十人一同被吸收为寰球学生会会员;9月15日《民国日报》刊《(怀宁)士绅反对卖文庙》,舒鸿贻则以"邑绅"身份出现。文称"皖省邮政局因买怀宁县文庙(为建邮局之用)地址事,业经合邑士绅开会电请教育部彻查",并"得董允为效劳"。后"安徽省教育厅长董嘉会开列名单一纸,计呈邑绅舒鸿贻、张伯衍等人姓名",原因是怀宁文庙之南为舒鸿贻私宅北楼,"此单系照董所缮内加舒彬如、刘文川产"。后文庙出售未果,安徽省邮政管理局改建于大墨子巷。

1920年9月7日,《时事新报》与《民国日报》都刊发有舒鸿贻"再请安徽废督之呼声""旅沪皖人请求废督"的新闻。此时安徽督军为倪嗣冲,敢向他提一个"废"字,这个风头出得有些大。9月17日,安徽督军改由张文生任,不知与舒鸿贻的呼吁有没有什么联系。12月10日,《民国日报》刊发《皖人声明舒鸿贻冒名》"否认舒鸿贻致北京电",这个"皖人"是"安徽地方自治促进会",他们指责"皖印花税处长舒鸿贻暨绅商多人,致电北京,为王揖唐谋开脱"。12月19日,《时事新报》刊《皖省政治丛谈》,说"皖社派原来有方履中、舒鸿贻在内,后来方舒偏于张文生方面",并说"方舒两人,……和徐东海(徐世昌)有师生之谊,这回想乘机联张媚马,扬言与总统有旧,大事活动。舒并有谋省长之意"。

舒鸿贻全省印花税分处处长一职,是 1921 年 4 月被免的。4 月 26 日《民国日报》刊《皖两局长将更动》,其中提到自此次舒鸿贻当选为众议院众议员,势不能兼(皖印花税处长)职,而其现拟保乃弟凤仪接充。惟京讯传来,有中央已定王寿民继任之说,不日可望发表。在这之前,4 月 15 日是《民国日报》刊发新闻,称"皖第一区非法复选揭晓,舒鸿贻得四十一票"。

舒鸿贻在安庆政界始终是风云人物,尤其是对立派,对他存"咬牙切齿"之恨。1923 年 2 月 22 日,《民国日报》刊《军阀支配皖长之怪剧》,内中提到舒鸿贻,用的是"省城著名劣绅"一词。3 月 1 日,《时事新报》刊《吕调元抵皖纪闻》,记者调侃"是日绅商各界赴省署道贺者,仅舒鸿贻三数人而已"。1924 年 1 月 14 日《时事新报·安庆通信》载:"客岁春间,马联甲来省,由怀宁县派政客赵国琛、舒鸿贻,介绍至同善社,行拜跪礼,至八九十次。"5 月 1 日,《时事新报》刊《皖省六二学生流血 学生姜高琦墓被掘》,里面也提到"皖垣之一帮劣绅,如舒鸿贻、蔡正辈,几次主张平去姜周之墓"。

《皖人声明舒鸿贻冒名》刊于 1920 年 12 月 10 日《民国日报》。

1923 年年末,舒鸿贻难得开心一笑。12 月 18 日《时事新报》刊《舒鸿贻欣尝厅长滋味》,报道"皖省警务处长赵国琛辞职,舒鸿贻继任"。但中间也有反复,1924 年 1 月 23 日,《时事新报》称"实业厅长郑学慈视事两年,毫无成绩,舆论非之,马兼长原以宁侯、晋恒履接替,意在非撤郑不可,刻据省署消息,又改委舒鸿贻乏。承舒郑系儿女亲家,究不卜舒肯接替否"。再后来,1924 年底,《时事新报》也是以《皖省厅道大更迭》为题,报道"舒鸿贻为安庆道尹"。12 月 13 日又刊发《王揖唐就职与皖政局》,再次强调"旋又委任舒鸿贻为安庆道尹。"12 月 21 日,《民国日报》《皖政局变幻一斑》称安庆道尹舒鸿贻,均已先后到职。不仅如此,因"新任政务厅长蔡祖年(字孟祥),远在关外,虽未易刻日来皖,已由安庆道尹舒鸿贻暂代"。

相比之下,1925 年舒鸿贻的官运就差多了。先是 8 月 19 日《民国日报》刊发《皖人拒舒鸿贻掌教》,之后 9 月 17 日又刊发新闻,披露"舒鸿贻调充省署顾问"消息。9 月 23 日,《民国日报》以《吴炳湘调动皖厅道》为题,报道"安庆道尹舒鸿贻,调动省署政治顾问",并称可能"舒鸿贻乡评不良,亦为速去之因"。10 月 26 日,《时事新报》刊《廿四日之阁议》,称"今日国务会议,安庆道尹舒鸿贻免职,遗缺由江绍杰调任"。12 月 13 日,舒鸿贻还有一条消息,是与其他地方士绅,共同"组建皖省和平共济会"。

舒鸿贻安庆或安徽官场之演出,由此谢幕。

这里面有一个非常有意思的时间点,1920 年,舒鸿贻大舅子胡远勋去世,胡玉美家族社会影响方面,损失惨重。作为胡玉美家族的女婿,同时作为胡玉美家族的岳父,舒鸿贻乘势而上,在一定程度上弥补了胡玉美在这方面的缺失。1926 年告退,虽然不是有意为之,但此时,胡玉美第四代掌门人胡子穆羽毛丰满,且在安庆政坛有一定影响,年近花甲的舒鸿贻也完成了他应尽的责任。

当然,这只是一种假说。

但还有另一面的舒鸿贻。《民国日报》1925 年 7 月 17 日《皖垣要讯》载:"皖绅舒鸿贻等,拟以招商新码头至接官厅一带江岸,照原有道路,外沿加筑三尺宽度之岸,其礎以麻石砌成,内以乱石浇浆,现估计约需一万四千元,先由士绅等认捐五千元,余请官厅,或警察车捐拨助,以利交通。"实际上舒鸿贻也有他的雄心壮志,这就是利用他的资金、他的经验,在安庆发展成为实业大家。回安庆 30 年,他也确实这样做了,合资(入资)或独资创办的实业有电灯厂(大南门,

1924年舒鸿贻等7人集股筹金创设,1937年秋由国民政府资源委员会接管)、农工银行(西门城内蓬莱街,1919年11月创办,1922年因经营不善而亏损倒闭)、菱湖小学(菱湖集华轩西北,建楼房一座)、义丰织布厂(菱湖小学左建平房,设平民工厂,以纺织为大宗)等,可惜都因经营不善而不了了之。

胡家媳妇舒德进

舒德进被打成右派后,有两个版本的传说:一个版本说是在东风袜厂改造,每天早上一上班,她就立在工厂门口,见到工人就鞠躬致意:"我姓舒,我叫舒德进。我是右派,在东风袜厂进行思想改造,请大家对我进行监督批评。"另一个版本,说舒德进被安排在纺织厂食堂养猪场养猪。舒德进做事认真,猪养得好。结果中国妇联组织视察团代表来安庆纺织厂视察,有团员认出了舒德进,十分惊讶。后来舒德进落难的情况被反映给了邓颖超。邓颖超也很惊讶,就打电话到安徽省,安徽省又打电话给安庆市,这才把她右派的帽子给摘了。

说法不同,但舒德进被打成右派却是事实。舒德进被打成右派是1958年初的事,当时胡子穆已经去世,她一个人又回到了安庆。1957年5月初,市委统战部安排受邀参加中共安庆市一届二次会议的各民主党派负责人及无党派民主人士,召开了一个小型座谈会。据6月5日《安庆人民》新闻,作为民革副主委,舒德进指出"统战工作有四个缺点",包括"统战部对民主党派发展成员不重视""统战部只接近民主党派的领导干部""统战工作的教育做得不够""对民主党派的信任不够"。同时也在会上也呼吁:"我市有四万册古书(其中有两万册是最近购入的),积存在蓄水池9号的一座楼房里,急需抢救。"

也有另外一说:1956年3月,舒德进赴北京出席全国工商业者家属代表会议,《光明日报》社社长章伯钧说她是"师母",专门请她来家吃过一次饭。

后来舒德进意识到可能"祸从口出",立即转了口风。据7月3日《安庆人民》,7月1日,民建和工商联联合召开委员会议,批判右派分子章乃器、张东野。舒德进在会上发言说:"我在胡玉美公司搞了一年半,感到公方人员对我们很好,丝毫也不感到有恶婆在管我,特别是诸诚之说公方代表对待我们私方人员像对俘虏一样,这是没有良心的话。"

舒德进被打成右派惊动国务院总理周恩来的夫人邓颖超,应该确有其事。至少在这之前,舒德进与邓颖超有过交往。叶爱霞、江兆旻《胡庆树传》中,胡庆树回忆了这一段历史:"抗日战争全面爆发,母亲毅然投身救亡运动,并战斗在最前线。她先后担任战区教师第三服务团股长、分团长。1938年武汉失守后,武汉保育院的难童也转移到了重庆,母亲舒德进重庆战时儿童保育院曾肩负了股长的职责。"中国战时儿童保育会全称"中国妇女慰劳自卫抗战将士总会战时儿童保育会",简称"保育会",它是1938年3月10日,由邓颖超、宋美龄、李德全、史良等人在汉口创立的,"母亲舒德进因为在战时保育院工作时的不懈精神和敬业态度,给邓颖超留下了至深的记忆,1956年3月,在北京出席全国工商业者家属代表会议上,邓颖超和周总理随毛主席一同接见了舒德进。其后,邓颖超亲自推荐她任安徽省妇联副主席"。胡庆树的记忆稍稍有一些偏差,这次会议全称是"全国工商业者家属和女工商业者代表会议",时间是1956年3月29日至4月6日,安徽省出席会议代表有20余人,代表团团长舒德进,身份为安徽省民主妇联兼职副主任。

在民国安徽教育界,舒德进是出名的女强人。

舒德进是 1917 年成为胡玉美家族媳妇的,这一年,她 17 岁,刚刚从北京国立女子师范学校毕业,在北京公立第一女子中学任国文教员。1918 年 2 月,舒德进随父亲舒鸿贻回安庆,任教于省立第一女子师范学校。工作不久,安徽省教育厅厅长董嘉会来学校视察,路过舒德进教课的班级,就驻足听了一会。舒德进一口京腔,且口齿伶俐、条理清晰,给董嘉会留下深刻印象。当年 8 月,安徽省教育厅任命舒德进为安徽省立女子模范小学校长。

1924 年 9 月 2 日《时事新报》刊《皖教厅招考欧美留学官费生》,里面提到,"并闻有女生舒德进者,现在留学法国,在教育厅请领津贴,其意欲在留美经费项下拨给,惟此次欧美官费生,俱系应试,至该生之请,不卜教厅能允准一否。按舒女士,系在天津女子师范学校毕业,在本省任女模小学校长有年,兹留学法国,其志实可嘉也。而校长一职,当不能兼顾也。"新闻里的"舒德进",可能是她妹妹舒淑进(八姑)之误,因为在地方史志资料以及舒德进个人材料中,没有看到舒德进留学法国的记录。之前之后,舒德进也一直在"女模小学校长"的位置上。

舒德进也是个烈女子,这一点,当年安庆教育界人人皆知。1925 年 8 月 4 日,《民国日报》刊新闻《皖人拒舒鸿贻掌教》,里面有这样的描述:"学校联合会接电后,群情哗然,乃于昨日召开会议讨论教长问题。唯有人主张,女子模范小学舒德进,为舒鸿贻之女公子,是日之会,专为讨论乃翁迎拒问题,乃去函致舒,嘱其不必出席。舒性极倔强,开会时,仍翩然戾止,并质问该函是否经大会议决,持何理由。众有难色,继复讨论教厅长问题。"

舒德进调阜阳任安徽第五女子中学校长,是 1931 年夏秋之事。这年 7 月 15 日,《民国日报》刊《皖教汇讯》,提到"阜阳省立五女中校长,经教育厅提出,七月一日省府一四〇次常会,改委舒德进接充"。次年 12 月,因返安庆途中险遭匪劫,舒德进向省教育厅提出辞职。1933 年 1 月 22 日《时事新报》报道《皖省更委四校长》,其中有"舒德进辞职照准"。

20 世纪 20 年代到 30 世纪 30 年代,舒德进在安庆,既是胡玉美大老板胡子穆的夫人,又是安庆道尹舒鸿贻的女儿,同时是安庆女子小学教育的领头人。

如此三重身份,注定她成为这一时期安庆、安徽妇女相对激进的代表。这种"激进",始于1919年,安庆知识界妇女在安庆女子师范学校秘密组织爱国社,舒德进便是活跃分子之一。爱国社宗旨是宣传男女平等,反对蓄婢纳妾。后因政治高压,爱国社被迫解散。1925年6月,安庆人民声援上海五卅惨案斗争,舒德进作为省立女子模范小学校长,亲自带着师生上街演讲宣传,义演募捐。1928年,舒德进调任安庆第二实验小学校长,她将省立女子模范小学一批女生带去插班,开创安庆男女同校的先例。也是这一年,舒德进当选安徽省妇女协会主任委员、理事长。

1931年5月,舒德进以安徽妇女的身份,列席在南京召开的全国国民会议。5月17日,《时事新报》刊《宋美龄宴女代表》,称"宋美龄十六日午假励志社宴民会女代表,到刘纯一、叶家壁、陈维、宋鉴秋、蒋涓峰、郭凤鸣、谭汉侠、钱燕书、陈逸云、唐元恭、谢纬鹏、唐国桢、谈新英、舒德进、张新亚等,席间宋致辞欢迎,刘纯一答词,谓党国努力乃妇界应尽天职,并望全国和平统一"。另据《民国日报》5月18日消息,"首都(南京)女界17日开会,欢迎民会女代表,由陈逸云致辞,舒德进答词"。对于舒德进,对于胡玉美家族,对于胡玉美品牌,甚至对于安庆、安徽,这都是莫大的荣誉。

舒德进被打成右派之前,在胡玉美公司任副课长(私方),同时为民革安庆市委员会副主委、安庆市人民代表、安庆市政协常委。

"国"字辈的那些良材

1913年4月9日《时事新报》刊《命令》,上有"司法总长许世英呈请任命胡宏恩、杨占鳌署京师地方检察厅检察官,何基鸿为大理院书记官。应照准。此令"。1年之后,司法部长换为章宗祥,当年签发"25-1212"《准任命胡宏恩等职务令》,内文为"司法总长章宗祥呈,请任命胡宏恩、杨占鳌、黎世澄、龙骞为京师地方检察厅检察官。应照准。此令"。时间是"中华民国三年三月五日",下落"大总统印",以及国务总理孙宝琦、司法总长章宗祥签名。这条命令后刊于

1914年3月8日《时事新报》。

　　有关胡宏恩，后有相关条目简介为："胡宏恩，安徽怀宁县人，京师法律学堂毕业，京师初级审判厅（民科）推事。京师地方检察厅书记官、检察官，国民政府最高法院检察署检察官。"京师法律学堂是中国官办第一所法律专门学校。清光绪三十一年（1905）修订法律大臣等奏设于北京，目的是为实施新法、培养裁判专门人才。能入这样的学堂读书，并以优异成绩毕业，且以监生入京城司法部门（京师初级审判厅，京师地区第一审级的审判机构，1907年创设），并做到最高法院检察署检察官，就绝对是超一流的法律人才了。

　　这个胡宏恩，就是胡玉美家族古欢堂胡远勋的长子，原名胡国华，字伟堂，在胡玉美家族"国"字辈中，排行老大。

　　胡宏恩在京城出名。1922年11月25日，京师地方检察厅厅长熊元襄指定胡宏恩与另两位检察官胡宝麟、胡绩共同办理财政总长罗文干一案，媒体报道此新闻时，称胡宏恩为"老资格检察官"。经过两个月的侦查、审讯，胡宏恩他们没有找到罗、黄的受贿及其他犯罪证据，后熊元襄召集侦查处全体检察官十余人，共同做出不起诉决定，"制成不起诉处分书，长达一万余言"，于1923年1月11日发表，并将罗、黄二人交保释放。

　　作为"老资格检察官"，胡宏恩始终活跃，《苏州明报》1928年4月9日刊《律师行贿案昨讯》，上面提到"吴县地方法院首席检察官张坪，因侦查律师夏喆行求贿赂一案，办理失当，致为全体职员公呈法部及高等法院，请求派员查办，日前已由司法部委民事科长马寿华，偕同最高法院检察官胡宏恩来苏调查……"《民国日报》1929年3月13日"第三次全国人民代表大会特刊"《国民政府司法院工作摘要报告》"（十一）委查之重要文件"，把这个案件列为第五条："令委最高法院检察官胡宏恩查江苏吴县地方法院朱蓬恩等呈控首席检察官张坪渎职一案。"

　　1930年8月25日，《南京晚报》第3版刊《铨叙部甄别　检察署公务员结果合格者二十二人》列在第一位的是"检察长郑烈"，列在第二位的便是"检察官胡宏恩"。

据胡庆禧《原安庆胡玉美企业家族志略》，古欢堂胡远勋四个儿子，胡宏恩（国华，大少）、胡鉴平（国钧，二少）、胡子穆，国镠，四少）、胡国泽（济皋，五少），以及女儿胡季英（适熊启泽，字润权），光绪末年陆续赴日求学，这在当年的安庆，也是一大奇观。其中，次子胡鉴平（国钧）后在交通部任职。

胡玉美家族"国"字辈还有一个胡国泰（十七少），他是怡怡堂八房胡远成（展轩）的小儿子，字海如。据胡庆照回忆，他与1948年当选副总统李宗仁关系密切，曾任铜陵县县长，后在武汉大学教授俄文。胡庆照曾持胡国泰推荐信去南京找李宗仁，由第二局黄希郸代见，并转介绍回安徽，建议省主席张义纯以县长、粮食处长任用。

民国之后，出国留学目的地有变，欧美国家为第一选择。怡怡堂五房胡远濬长子胡国栋（字翰甫，十六少）、女儿胡文淑（字介然，适全增嘏，以侄胡庆沈为嗣）就是赴英美深造的。

胡国栋在济南柴油机厂进行现场实验。

胡国栋1915年在安庆出生时，他的父亲已经46岁了，当时在安徽全省师范学堂任教。1927年胡远濬应聘任教于南京国立中央大学，胡国栋没有随父亲而行，仍在安庆读完中学，后考入国立北平大学工学院机械系。只是他的机遇不好，1933年入学时父亲突然病逝，1937年9月毕业又正逢抗日战争爆发。国难家难，让他饱受生活艰辛的同时，也更坚定他报效祖国之决心。

胡国栋一毕业就赴云南昆明，参加了国家资源委员会所属云南昆明中央机器厂的筹建工作。1939年9月9日晚,中央机器厂举行开工典礼,胡国栋与他的同事脸上浮出欣喜的笑容。之后几年,中央机器厂生产了我国第一台最大的汽轮机、发电机;第一台500匹马力的电动机;第一台30—40吨锅炉;第一个率先使用炉气氛控制技术,进行高速钢淬火;第一个实现了高强度铸铁工艺;第一次完成了装配制造汽车的工作。在这个过程中,胡国栋作为工程师,参与了大量工作。1945年,经国家资源委员会考选,胡国栋被派往美国,先后在数家柴油机厂学习深造。1946年回国,胡同栋就任上海通用机器公司原动机设计处长,后至大连工学院任教,曾任机械系主任、造船系主任、内燃机研究所所长,部聘一级教授。同时他也是九三学社第七届中央常委,第三、第五、第六届全国人大代表。

胡国栋从事高教和机械科研50余年,成果累累。在改进柴油机燃烧性能方面,他首次提出了"油膜燃烧"新理论,设计制成了"开放式燃烧""预热混合燃烧"柴油机,开拓了柴油机设计更新的新路。他研制的重叠燃烧照相,1965年获国家发明奖二等奖。他设计的油膜雾化燃烧方式,分别在机电工业部部属红岩机器厂、农牧渔业部所属南通渔船柴油机厂生产的250Z型增压柴油机、E150C型柴油机上应用,并获机电工业部、农牧渔业部、国家教委二等"科学技术进步奖"。他研制的6项成果取得国家专利,其中"伞喷"燃烧新技术,获辽宁省二等发明奖。他著有《船用柴油机燃烧》(国防工业出版社,1983)。

北"燕"与南"汉"

有一个奇特的现象,胡玉美家族第八代"庆"字辈,做文艺工作的特别多,其中一北一南分别颇有影响的,是北京人民艺术剧院胡浩与上海电影制片厂配音导演兼演员胡庆汉。

胡浩,谱名胡庆燕,他是胡庆照的四弟,父亲胡恕(三少胡国荣)是胡远芬长子。胡浩1922年出生于安庆,1938年随父母避难于四川,1940年考入中国现代第一所高等戏剧院校——国立剧专。国立剧专1935年创建于南京,1939年4

月转迁四川宜宾江安县，1945年6月先迁重庆，复迁南京，后并入中央戏剧学院。谢晋、凌子风等都是胡浩的校友。

于允科《在生活的激流中要做强者——记著名老演员胡浩》中，记有胡浩在国立剧专的生活："下课了，同学们意犹未尽。为了更准确地表现三教九流众生相，大家各自为战，尾随街上行人细观密察。自然免不了有扒手，那就赶紧溜号，免得惹出是非。但有一位英俊小伙，一旦行人诘问，便彬彬有礼地解释：'对不起，我是剧专的学生，紧随您后是为了日后表演需要。请多多原谅！'行人往往怒气全消。这位学生就是四十年后影视界遐迩闻名的老演员胡浩。"

20世纪50年代，胡浩是北京人民艺术剧院的主要演员，曾在话剧《日出》饰演胡四、《红岩》饰演徐鹏飞等角色。

胡浩命运坎坷，据迅雷电影介绍：胡浩"因早年曾在国民党廖耀湘部队任副官，'文革'中被关押改造。平反后未能回北京人艺，在新安建筑公司当工人，后入《戏剧与电影报》当记者。并在《绿色钱包》里饰演老校长，《将军的抉择》里饰演国民党起义将军，《再生之地》里饰演日本战犯"。

演员胡浩：《将军的抉择》里饰演国民党起义将军吴非。

北京人艺导演、演员队长、艺委会委员方琯德，与胡浩既是国立剧专校友又是安庆老乡，胡家（胡竹芗）与方家（方柏堂父子）又是至交，因此两人关系亲密。胡浩喜欢照相，方琯德的女儿方子春是他的模特之一。关于胡浩挨整，方子春有一段回忆，那时候方子春才十二三岁，有一天在商店排队买东西，胡浩就在她身后，一直看着她笑。方子春说："他一笑我就觉得他坏了，赶紧跑回家跟我爸爸说,我看见胡浩了。爸爸说他不是坏人。我说我悄悄跟着他,知道他住哪儿。爸爸那时还在被审查呢,就让我带他去。我就带我爸爸过去了,离我们住的胡同不是特别远,西堂子胡同的一个大杂院里,记得穿过一个套院又一个套院,最后一个套院儿里头有那么一间房,我们买了点点心什么的,过去看了他。他特别感动,说剧院第一个来看他的,就是我们。"

1984年,胡浩参加电影《再生之地》拍摄,扮演日军中将师团长伊禁弘一,虽然只是一个配角,但胡浩并不把他当作配角看,为了塑造好银幕上的"伊禁弘一",更准确地进入角色,避免演成概念化、简单化、公式化的日本鬼子,他阅读了大量有关书籍,做了万余字的角色自传。并在夫人谢婉冰(广和子,华籍日裔)的帮助下学习了简单的日语对话。据说有一天半夜,他用日语说"我有罪"梦话,把夫人吓了一跳。也正是他的这种努力,战犯"伊禁弘一"在《再生之地》银幕上成为食人间烟火的普通人。而胡浩也因此获得第四届中国电影金鸡奖最佳男配角提名。

同样是胡玉美家族"庆"字辈,同样是大房怡怡堂,上海电影译制厂配音导演兼演员胡庆汉,比胡浩年龄要小一些,他1927年在安庆出生时,胡浩已经能一个人从焦家巷穿过三牌楼,到四牌楼麦陇香讨东西吃了。胡庆汉是八少胡国铨(衡一)的独子,胡庆汉爷爷胡远惠曾被官派赴日本留学,也是胡玉美家族唯一官派留学生。胡远惠与胡浩的爷爷胡远芬是弟兄关系。父亲胡国铨与胡浩父亲胡恕是堂弟兄。

安庆人知道胡庆汉,是1978年国庆节前后,一部日本电影《追捕》让安庆人记住了三个名字,一个是杜丘冬人的扮演者高仓健,一个是远波真由美扮演者中野良子,另一个是《追捕》译制片导演之一的胡庆汉(酒井义广饰演内藤武敏的配音)。关键是这个胡庆汉还是安庆人,是安庆胡玉美家族之后,这大大激发了安庆人的地方自豪感。

胡庆汉毕业于江苏省立社会教育学院艺术教育系。这所学校的前身,是1928年2月筹创于苏州的江苏大学区民众教育学校。7月迁无锡,易名中央大学区民众教育学院。1931年以江苏省立社会教育学院独立办学,抗战前夕南迁广西,抗战后回迁无锡。

1950年6月,刚刚组建的上海电影制片厂翻译片组,在梵皇渡路(万航渡路618号)土法上马,全部资产只有一间十五六平方米的旧汽车棚(放映间)、一间用麻布片包稻草做隔音墙改装的录音棚、一台20世纪30年代的老放映机和一台苏制光学录音机。9月,胡庆汉与苏秀、杨文元准备报考中央电影局表演艺术研究所(北京电影学院的前身),结果被劝报考上影厂翻译片组,就这样开始了他的译制片生涯。

1957年,上影厂翻译片组更名为上海电影译制厂。1959年4月,胡庆汉与毕克合作,首次执导影片《自由城》。1961年10月,胡庆汉被正式任命为译制导演。1976年,上海电影译制厂搬迁永嘉路383号,胡庆汉译制片事业达到顶峰,配音和导演的影片为广大影迷所熟悉的有《红与黑》《阿里巴巴与四十大盗》《悲惨世界》《尼罗河上的惨案》《苦海余生》《追捕》《黑郁金香》《凡尔杜先生》《水晶鞋与玫瑰花》《绝唱》《新天方夜谭》《卡桑德拉大桥》《安重根击毙伊藤博文》《汤姆叔叔的小屋》《一个酋长的胜利》等。其中,《追捕》获文化部优秀译制片奖,《安重根击毙伊藤博文》获文化部优秀译制片奖,《黑郁金香》获广播电影电视部1985年优秀译制片奖,《斯巴达克斯》获1986、1987年优秀译制片奖。

对于译制片导演兼配音演员胡庆汉,这一点足够了。

武汉有个胡庆树

武汉有个胡庆树。这句话出自《中国戏剧》主编黄维钧《有看头 有想头 有回味——看〈人生一台戏〉随笔》,文章开篇写道:"去年一出《同船过渡》,武汉话剧院使首都剧坛刮目相看,继而走南闯北,声名远播,不仅剧院的知名度大增,并且让全国都知道了'武汉有个胡庆树'。"

后来,2010年,武汉出版社出版了一本纪念胡庆树的书,名字就叫《武汉有个胡庆树》。

再后来，剧作家沈虹光又以《武汉有个胡庆树》为名，在《武汉文史资料》上发表了一篇纪念文章，里面有一段描写特别生动：

  那时候由武汉去上海必须乘船，乘船就必须经过安庆，经过安庆就必须停靠港口。船上的人会俯在栏杆边看码头的热闹，熙熙攘攘的旅客上上下下，手上提着大包小包。有人就会议论，哎，是不是安庆豆腐乳啊？

  安庆豆腐乳很有名。省话剧团的老演员说到市话剧院的演员，提及胡庆树，就要说安庆豆腐乳，说安庆的胡玉美酱园就是胡庆树家的！

  "文革"中清理阶级队伍，江那边的市话剧院谁谁谁被揪出来了，谁谁谁有什么问题，风传过来，有关胡庆树的内容还是豆腐乳，称他是酱园小开。

"酱园小开"胡庆树，是胡玉美第四代掌门人胡子穆小公子。1933年胡庆树在近圣街桐荫山庄呱呱坠地时，绝对为安庆第一阔少。也正因为这一点，他从小就接触到更高层次的"朋友圈"。其中在安徽大学任教的作家苏雪林，以"干爸"身份自居，为幼小的胡庆树注入了许多艺术甘露。叶爱霞、江兆旻在《胡庆树传》中记述："一次，苏雪林过生日时，要胡庆树给她朗诵段诗词给客人助兴，胡庆树忘记了开头，想了半天还是没想起来，于是，灵机一动即兴连说带演地来了段'干爸'小说的故事，顿时把在座的客人逗得连茶碗都笑翻了。后来胡庆树的哥哥回忆此事时，又好生得意地戏言：'没办法，这就是天分'。"

有艺术天分的胡庆树，1950年崇文中学毕业后，不顾父母反对，私跑到上海报考位于北四川路横滨桥北端上海市戏剧专科学校，不承想错过了报考时间，第二年才以优异成绩考入表演系。1955年秋胡庆树毕业，学校已经改为中央戏剧学院华东分院（1956年正式更名为上海戏剧学院）。胡庆树毕业后，被吉林省话剧团当作人才点名要走。在吉林省话剧团的2年时间，胡庆树参与了近20部剧目的演出。

接下来，胡庆树人生出现一些小波折。父亲胡子穆因病去世，母亲舒德进被打成右派,哥哥胡庆臻被诬陷为反党小集团首领,胡庆树自己也因"白专路线"而被插上"黑旗"。"巨大的精神压力使胡庆树患上了精神分裂症,青少年时期的锐气已一点点被碾磨殆尽。而只要到了台上他就会找到真我,就会摇身一变,变成生龙活虎八面威风挥洒裕如的人物。"(《胡庆树传》)

但如沈虹光所说:"1957年众所周知的社会变故使天上落到了人间。武汉倒还要庆幸,不是政治造成的变故,他这样的人不会流落到武汉。"

20年后,1977年,胡庆树重回上海戏剧学院进修,虽然有90公斤肥胖之躯,但在3部教学剧目中,成功塑造了《霜天晓角》中裘韵白、《贵人迷》中汝尔丹、《清宫外史》中李莲英的形象。再回武汉话剧院,胡庆树表演如鱼得水。1983年,胡庆树被任命为武汉话剧院院长。1985年他又被任命为武汉市文化局副局长,主持全局戏剧创作工作。

演员胡庆树在《温莎的风流娘儿们》中饰演福斯塔夫。

1986年,武汉话剧院以《温莎的风流娘儿们》参加中国第一届莎士比亚戏剧节,胡庆树在剧中饰演福斯塔夫。有评论说,武汉话剧院《温莎的风流娘儿们》填补了中国舞台上的一项空白。沈虹光《武汉有个胡庆树》是这样记述的:

莎翁的名剧《温莎的风流娘儿们》,大概是很难演的。

在香港,一位英国戏剧家与上海的黄佐临先生晤面。英国人很尊敬黄先生,因为黄先生早年留学英国,写出的剧本连英国大戏剧家萧伯纳都称赞的。可是聊到《温莎的风流娘儿们》这个戏时，英国人却大不敬，说，这个戏，你们中国大陆可能演不了，你们有演福斯塔夫的演员吗？

黄佐临先生说："武汉有个福斯塔夫。"

黄先生说的就是胡庆树。

剧作家沈虹光接着又把它上升到更高的层次："一个剧院，其实就是一帮子人，这帮子人的水准决定着这个剧院的内在质量和外部形象。一个城市亦如是，偌大的中国找一个福斯塔夫，黄先生想到了武汉的一个演员，是这个演员的荣耀，也是武汉的荣耀。"

1992年是胡庆树演艺事业的巅峰之年，先是应导演熊源伟之邀，赴广州参加话剧《情结》演出，获广东艺术节一等奖；后《情结》进京参加中国艺术节演出，又斩获"文华表演奖"桂冠；同一年，应邀赴港在《李尔王》中出演"李尔王"。也是在这一年，胡庆树荣获武汉市颁发的文艺创作大奖"黄鹤奖"、中国话剧表演最高荣誉"金狮奖"。

1993年，花甲之年的胡庆树出演小剧场话剧《同船过渡》，饰演男主角"高爷爷"。后《同船过渡》分别赴北京、上海、广州、深圳等城市，连续演出60多场，获中宣部"五个一工程"奖。第五届文华奖评选，胡庆树梅开二度，又夺得文华大奖，并在上海捧得话剧最高奖"金狮奖"和"白玉兰奖"。

有一个故事最能说明问题：北京人艺演员于是之的《茶馆》，是中国话剧舞台经典之作，胡庆树从他的表演中受到许多启发。但后来武汉话剧团《同船过渡》进京演出，于是之也为胡庆树饰演的"高爷爷"所打动，专门到后台称赞："戏好！演员好！"

武汉人忘不了胡庆树。1994年文化部文艺局与武汉市委宣传部联合举办"胡庆树表演艺术研讨会"，李默然、于是之等诸多著名演员出席并对胡庆树的表演艺术成就给予高度评价。武汉市人民政府还授予胡庆树"人民艺术家"称号，并在2010年出版纪念胡庆树专著《武汉有个胡庆树》。

北京人艺方琯德与胡庆树私交深厚，"文革"中方琯德落难，胡庆树仍一如

既往来他住处。中国儿童艺术剧院演员方子春的这段回忆,生动记述了胡庆树的品质与个性:

> "文革"时谁也不敢来我们家,只有胡庆树一到北京就来看我们,他一上楼就大声喊,"七锅锅(哥哥),我来看你了"。那时我们全家被赶在一间十几平方米的房间里,他的到来让满屋都充满少有的愉快气氛。

这就是胡庆树,安庆胡玉美家族的胡庆树。

"庆"字辈群贤榜

胡玉美家庭"庆"字辈,还有一个文艺人才胡庆士,他与胡庆汉一样,也是胡远惠的孙子。他的父亲十四少胡国钊(字康四)是胡庆汉父亲胡国铨的四弟。胡庆士与胡庆汉是堂兄弟。1956年胡庆士初中毕业后,考上安徽省话剧团,后从军被调至兰州军区战斗话剧团任演员、导演。1978年胡庆士在中央戏剧学院进修学习,被院长金山慧眼识中,在话剧《屈原》饰演屈原一角。后胡庆士主演电影《李冰》(1983,长春电影制片厂,饰李冰)、《东陵大盗》(1986,西安电影制片厂,饰孙殿英),主演电视剧《雨花魂》(饰司马英才),以及参演《水浒传》《天下粮仓》《贞观长歌》等电视剧。

但胡玉美家族"庆"字辈群贤榜,也不全是艺术人才,胡庆焘(涛)就是著名的材料工程学科教授。

胡庆焘是古欢堂胡宏恩(国华)排行第三的儿子,字光普,生于光绪三十年(1904)。1929年,二十五岁的胡庆焘从南京中央大学土木工程系毕业,便致力于铁路、公路、桥梁的勘测、设计、施工以及材料力学的教学和科研。读他的简历,完全没有胡玉美公子哥的气派,是典型从基层一步一步踏踏实实做到高层的科技人员。大学毕业到抗日战争爆发,胡庆焘先入职安徽省公路局,从工务员、助理工程师、副工程师,最后升任主任工程师,参与了省屯公路(安庆至屯溪)殷(家汇)青(阳)段等工程的勘测与修建。之后,胡庆焘被调往太湖水利委员会,负责太湖环湖工程的工程技术。再之后他又调至浙江省公路局,主持杭(州)徽(州)公路三阳坑至老竹岭路段的技术工程。

胡庆焘的婚姻算是门当户对。他的岳父王树荣,光绪二十年(1894)甲午举人,京师法律学堂毕业,直隶高等审判厅推事,与胡庆焘的父亲胡宏恩,既是同学,又是同事。王树荣先后在江苏、山西、湖北、河南任职,最后把官做到女婿老家安庆来了,任安徽高等审检厅厅长。胡庆焘的夫人王德辉,是王树荣的第四个女儿。但婚后不久,王德辉因病亡故。胡庆焘伤心不已。岳父器重女婿,又把第五个女儿王德萼(蕊仙)嫁与胡庆焘为续弦。

云南省档案馆存有一份《交通部公路管理处驻滇督工专员办事处胡庆焘关于测量队已到河口事给周凤九的电》,这应该是1939年至1945年间的事。致电对象周凤九,胡庆焘的顶头上司。1939年,周凤九任交通部公路总局管理处帮办兼桥渡科科长,1942年调任川滇西路管理局局长。胡庆焘一直是他的属下。

1936年到1945年,胡庆焘从公路跨行至铁路,从副工程师、正工程师、工段长,一直升任至测量队长,先后参与了京赣(皖赣铁路)、南镇(南宁至友谊关)、叙昆(叙府至昆明)等线铁路的勘测、设计和施工。后期胡庆焘还先后主持了川黔、黔滇、川陕、川鄂等铁路新线的勘测、设计工作。1949年10月,胡庆焘奉调至铁路工程处,1952年又调铁道部第一设计分局,主持宝成铁路的勘测、定线工程以及天竺、包竺铁路新线的设计任务。

从1929年到1954年,前后25年,胡庆焘用半辈子时间,几乎跑遍了大半个中国。可以这样说,只要有路的地方,就可以依稀看到他风餐露宿的身影。

五十知天命后,胡庆焘转入材料力学工程的教学和科研,先后担任北方交通大学材料系副教授、教授、教研室主任、图书馆副馆长、学术委员会委员,并参与主持南京长江大桥轻质混凝土骨料(陶粒)和混凝土减水剂应用的研究,主持创办研究材料力学工程的专门机构——材料试验室,编著高等学校教材《非金属材料学》(上、下两册,中国铁道出版社,1994)。

胡庆臻是胡庆焘的堂弟,他的父亲胡子穆是胡庆焘父亲胡宏恩的三弟。

胡庆臻生于 1920 年,1932 年入读安徽省立第一初级中学。胡庆臻的高中是在南京金陵大学附中读的。他上高中不久,南京中央商场开业,安庆胡玉美就在里面开有一家直营店。父亲胡子穆经常过来打理,顺带也与大公子胡庆臻见一面。少年胡庆臻很享受,这也是他一生中最为美好的时光。

少年胡庆臻与他的母亲舒德进、弟弟胡庆树。1936 年前后拍摄于安庆。

之后不久,胡庆臻被父亲接回安庆。1938 年 5 月,父亲又带着他和弟弟流亡到四川,先在重庆落脚,后又定居于江津。胡庆臻的高中生活,就是在重庆南渝中学结束的。1938 年底,胡庆臻入读四川大学农学院(重庆南校场),1942 年毕业,又考入中央政治学校研究部(重庆南温泉)。抗战结束,胡庆臻随父亲回到家乡安庆,在安徽大学农学院教授农业经济,后任国民政府善后救济总署安徽分署储运科科长。1949 年安庆解放,胡庆臻保送到华北人民革命大学政治研究院学习。1950 年胡庆臻在沈阳工作,因不习惯北方生活,1951 年回安庆入职安庆女子中学,任生物教师与英语教师。

20 世纪 50 年代初期的胡庆臻多少还有一些胡玉美大公子的风流倜傥,又常以"美食家"自居。到节假日,他免不了邀三两好友到茶楼酒馆聚餐,席间自然有酒,有酒必然话多,话多必然惹事。父亲胡子穆在世,大事小事还可化为无事。后父亲去世,母亲舒德进回安庆,胡玉美便盛世不再。1957 年风向陡变,胡庆臻政治敏锐性差了一点,自此厄运骤至,朋友圈被诬陷为"反党小集团",胡庆臻成为小集团的首领,最后被判入狱 5 年。1962 年刑满释放,工作没有了,他只能在街道服务队做一些临工维持生计。

1978 年 9 月,年近花甲的胡庆臻重新走上工作岗位,被安排到安庆十一中担任高中英语教师。据陈家林《名贾之后 教坛精英——记民盟安庆市委原主委胡庆臻》,此时的胡庆臻"浑身迸发出一股使不完的劲,夜以继日地备课、上课、批改作业、辅导学生",尤其是"1983 至 1984 年",六十开外的胡庆臻,仍"每天晚上骑自行车到学校,义务为学生辅导上课"。1983 年,安庆市政府"给予胡庆臻同志记大功一次",1986 年评为全国优秀教师并出席全国"五讲四美"先进个人代表大会。后胡庆臻任民盟安庆市委员会第八届、九届主任委员,安庆市人大常委会第十一届、十二届副主任。

胡庆禧《原安庆胡玉美企业家族志略》介绍,胡玉美家族"庆"字辈从事科学的优秀人才还有很多,如胡庆蒸(字衍中,又名李蒙蔚。三少胡国荣幼子),历任电子工业部质量司长、电子科研院长兼党委书记、中国电子工业质量管理协会副理事长、国际电子委员会电子元件质量评定体系中国代表。又如胡庆渝(十二少胡国贤次子),曾任中国科学院感光研究所高级工程师,多次赴美访问讲学。此外,"平"字辈中,胡宏恩的两个孙女(胡庆泰所出),"胡平成是北京中国科学院原子能研究所高级工程师、深圳轩辕特种建材开发公司副总经理。曾完成国家回旋串列加速器研制工作,参与我国正负电子对撞机的研制工作,获得国家嘉奖;胡平越是北方交大工程师,曾获北京市高校系统先进工作者称号,曾参与我国第一颗原子弹、氢弹试验基地设计及筹建工程,获得荣誉奖章和证书"。

第七编　玉泽皖城

责任与担当

说一说胡玉美人的爱国情怀。

宣统元年(1909),安徽爆发大规模铜官山矿抵制活动。4月30日,安徽路矿公会在安庆召开全体大会,提出"争废约""谋自办"等系列主张。5月30日,安徽绅商学界邓艺荪、宋德铭、郭缉熙等数百人发起,在怀宁县学明伦堂召开铜官山矿抵制大会,有5000余人参加,一致同意废约自办。6月3日《申报》第4页刊《铜官山矿抵制会成立记事(安庆)》,其中"发起诸人之姓名"因人数太多,"商界四百余人,未获全录"。而"组织此会之发起者,闻颇不乏人。兹将姓名录下:邓艺孙(荪)、郭缉熙、宋玉田、马光祖、段光宗、刘瀛滨、潘怡然、杨辇龙、胡远勋、产绍泗、程滨遗、江雨时……"一共36位,胡玉美酱园大老板之一的胡远勋,名列第九。

但这只是一个表态。接下来,7月6日《申报》在第11页刊《皖商提倡矿产劝股(安庆)》,特别报道了胡玉美在此次运动中的作用:"铜官山矿保存会,因商界无人发起劝股,绅学界大不谓然,特刊发公启,遍布各商号,以资激励。兹闻巨商胡某(胡玉美)为皖省营业中大资本家,极力担任劝股事宜,解囊先认数百股,以为之倡。惟各商因不深明此种利益,畏缩不前者颇多。胡君刻拟将情商诸孙(邓艺荪),亦郊观察。刻孙因公赴宁,约不日返里,再议劝股良策。"

1909年7月6日《申报》刊新闻
《皖商提倡矿产劝股(安庆)》。

这一年底,安庆又掀起民众自发的国民(海军)捐运动,它的发展延续过程,完美体现了安庆人国民意识的觉醒,胡玉美又在其中扮演了重要角色。《申报》12月22日刊《皖商学界发起国民海军捐(安庆)》:"安庆商务总会协理胡远勋,以皖省学界已先行发起创办海军捐,各省绅商学界有闻响应者,我皖商界亦应从速发起。拟于初八在商务总会集议,用尽国民一分子之义务,以襄助我国海军之成立。现已刊布传单,偏分各行商,届时齐集会议一切办法。"为此,安庆高等学堂各代表还成立了劝募海军义捐会,"会长童绅茂仙、吴绅季白",并"明定专章,以昭公允。传单由该校(高等学堂)公拟,会章则由法政学堂公拟",且"定初七开劝募海军义捐大会于明伦堂,凡绅商军警学各界,一律准予到会"。

1909年1月,清政府颁布《城镇乡地方自治章程》,饬令各地城镇乡选举议事会、董事会,建立自治公所。安徽拖了1年时间,于1910年初,开始筹建地方自治机构。1910年3月28日,《申报》刊《各省筹办地方自治》,报道了"安徽(怀宁)"新闻:"怀宁县地方自治监督谕令,近以各区调查甲乙选民事竣。先期传知各该选民,准予十二、三两日,在纯阳道院假座投票。是日投票者计到千余人。十四日在县明伦堂开票,计甲级当选者十三人,乙级当选者十二人。"甲级当选者十三人中,胡玉美第三代掌门人之一的胡远勋名列第十位。理论上说,作为清政府预备立宪的重要内容,各省地方自治机构筹建工作完成,会建立一套从省级到地方的自治机构,从而为地方自治的开展提供机构上的保障。只是后续形势发展,大大偏离此道。

胡玉美介入安正铁路筹建,则是民国初年的事。据宓汝成《中华民国铁路史资料 1912—1949》(社会科学文献出版社,2002)"安正铁路公司职员"名单,胡玉美大老板之一的胡远勋,是安正铁路公司五大理事之一。

> 总经理:管鲲,南农会会长、路矿协会会长。
> 副经理:程鸣銮,商会协理。
> 理事:洪孟揆,工会总理、工商部咨议员;邵兰秋,工会协理、路矿协会副会长;李绍农,正阳商会总理;胡远勋,前安徽商会总理;孙子美。
> 监事:史建本,寿州农会分会长;王兰亭,省议会议员。

安正铁路是清末民初安徽谋划的安庆至正阳关的铁路。《安徽通志稿·外交考》记:"安正铁路者计划自本省省会之安庆,经桐城、舒城、六安以至淮河畔之正阳关,一百七八十里之铁道,为联络扬子江与淮河之重要路线也。一九一二年十月,由安徽绅商发起建筑,该路推孙少侯主其事而一方,安徽都督柏文蔚与管鹏等联络,正阳、安庆之商会及路矿协会等机关设立安正铁路筹备所,筹办筑路事务。"

1913 年 5 月 28 日,安正铁路有限公司代表邵传森、洪忠恺等,与日本东正兴业株式会社代表藤漱政次郎签订借款合同,其中第二款为"安正铁路有限公司应由东亚兴业株式会社承借第一次借款日金二十万元,专为勘测估计由安庆至正阳关路线直接创办之用,不得挪用无关系测量以外经费"。后时局动乱,安正铁路公司总经理管鹏被安徽都督倪嗣冲通缉,安正铁路上海、安庆筹备处也被交通部饬令取消,安正铁路修建计划终结。

胡远勋时代的胡玉美，与胡远勋一样，在安庆是一个古道热肠的铁汉子，稍稍大一些的运动，与政治相关，与民生相关，都有他们的影子。

1916年7月20日，《申报》第7页刊《皖省近事》："皖省绅商学各界，吴传绮、邵国霖、蔡正、程庆福、胡远勋、马景融、王乃杞、宋畴、芮彬、胡祝如等，公电张督军"，要求按"大总统十三日申令"，在"本年七月十二日以前，因政治犯罪者，应即一律释放"。电文中有六名寄禁怀宁监狱的"皖省前犯政治嫌疑"，包括"胡孔礼、赵畏天、甘其麟、田象坤、洪忠恺、徐树侯"等。虽然有大总统申令，但能作为皖省绅商学各界十名代表之一，在电文上签字，还是需要一定勇气的。在他们的呼吁下，"旋经张督军电，由蚌埠倪省长转电，承审处检问卷宗"，"处长高润之即将胡孔礼等卷宗，依件查出，携至怀宁监狱就讯。胡孔礼等确系因政治竞争犯罪，当谕令孔礼等静候一二日，可完全恢复身体自由"。7月27日，《申报》第3页刊的《皖省之党案消息》报道了后续消息。

1910年3月28日，《申报》新闻《各省筹办地方自治·安徽(怀宁)》。

胡远勋作为皖省绅学界代表，再一次出头是1917年春，事由为"皖省之盐斤加价问题"，包括陈起、刘廷凤、刘瀛滨、邵国霖、陈建中、何焿、舒景衡、张裕文、胡远勋、陈谦等，联手向安徽省议会请愿。虽然提高盐价的目的是"开设银行、兴办实业辅助教育",但民生,不能不慎重考虑。"近时盐价数倍于昔,民间已有淡食之虞,若每斤加价二十八文,贫苦小民虽不致淡食而死,减省盐量因而致疾者,必不乏人。"这条消息刊发于《申报》1917年5月6日第6页。

慈善:清节堂董

清节堂设于光绪四年(1878),位于安徽巡抚大院对面,大门开在四牌楼西街,位置之中,地盘之大,在安庆都绝无仅有。或对于官场,或对于绅商学界,安庆清节堂更是一种身份象征,发起创设者李鸿章、叶伯英、倪文蔚等,都是鼎鼎大名的官员。能在清节堂露一小脸,就是莫大光荣。

就是这样的一个清节堂,它的管理者则由胡玉美两代掌门人连任。

清节堂董起于胡竹芗,胡远勋子承父职,继续胡玉美掌管清节堂之事。相比于胡竹芗在位时以利息以公捐平稳运行,胡远勋更重于清节堂自身的发展。

光绪二十二年(1896)始,安徽省城安庆在安徽巡抚邓华熙的推动下进行一系列变革,年轻而有抱负的胡远勋顺应并积极参与了这场变革。胡远勋在新一任皖抚聂缉规的帮助下,在清节堂内创办公善织布厂。以妇人之力,养妇人之口,对于清节堂,这才是最好的运行方式。据胡庆禧《安庆清节堂》:"节妇在纺织厂参加纺织,获取报酬,多能养活家口,还有所节余。例如节妇徐母在清节堂20余年,从事纺织收入优于一般手工缝纫所得,足以侍奉阿婆,培育子嗣就读高等学府,并购置房产数十间。"

《华商联合报·海内外实业》曾刊《安徽安庆织厂之进步》,内中写道:"癸卯年(1903)间,安徽绅徐冲培、胡懋旃(胡远勋)就省垣清节堂创办公善花布厂,曾经前抚聂公捐廉助之成立。办法尚称完备,近两年更加扩张,且力求改良。染织之法,特聘化学染色专家,精心考究染法,选用德国最上等色料,加以化学药品,纯用西法染成。各色纱线不但颜色鲜美,兼之能耐久洗濯,其纱线亦力求精良,多取用东西洋名厂最上等双股线,故其织成之布,不但花样翻新,且能紧密均匀而耐久。诚中国改良之土货之大特色也。"记者为此发表评论:"孰谓西法不足效乎？观该厂之成绩,实由采用西法改良土货有以致之。彼中国实业家,可以鉴矣。"

后安徽高等学堂总教习姚永概牵线,在公善织布厂订请业务骨干支援桐城。《慎宜轩日记》乙巳年（1905）三月二十九日,姚永概这样记述:"晚偕（阮）仲勉、仲兄（姚永朴,字仲实）至清节堂与茂瞻（懋旃,胡远勋）订请两女教习,一甘裴氏,一吴姚氏,皆节妇也。回桐教织东洋各种花布,该堂已能织八十种矣,有斗纹、斜纹、双梭、格子等名。"乙巳年四月十一日,为向胡远勋表达感谢之情,姚永概"仲兄邀胡懋旃、渊如（胡远濬）、方伦叔（方守彝）、常季（方守敦）及余海洞春（位于御碑亭）小聚,谢懋旃织布代办各事之劳也,因同至清节堂看布及织,久之乃回"。

胡远勋不仅考虑清节堂最高 600 余人的生计,还考虑这些孤寡妇人的子女教育。光绪三十年（1904）二月,胡远勋顺应清末小学教育改革大潮,将设于清节堂内原五义塾（四牌楼西街）,改建为育正两等小学堂,以清节堂拨款为办学经费,招收学生 81 名,为怀宁县公立五所两等小学堂之一。另外四所公立两等小学堂,尚志两等小学堂设在北门内藏书楼,冯汝简开办,学生 82 名;清真两等小学堂设在南城清真寺内,郑瀛开办,学生 62 名;开运两等小学堂设在体元局内,学生 51 名;务实两等小学堂设在安庆府署后,学生 38 名。育正两等小学堂规模列第二位。

胡庆禧《安庆清节堂》介绍育正两等小学堂"分高、初两级,开改革义塾为义学之先。招收学生不限军烈孤儿,董事子弟也可入学为'附读生'（胡子穆就是附读生）。所聘教师皆为优秀",包括古文字学家徐中舒、中央研究院研究员李光涛,以及武汉大学徐天闵、四川大学金孔章、金陵神学院余牧人等教授。

不过清节堂董之名,并不是那么好挂的。1908 年 8 月 26 日,《申报》第 5 页刊《安徽沿江沙洲出息》,虽是对清节堂董胡远勋贬责之词,但同时也把胡远勋为清节堂争取利益"多方阻抑上官"描述得异常生动。

安庆十三□里,光绪十年,清节洲西,江心突涨一洲,名锭清洲,始泥滩,继浅草,继稀芦,继密芦,芦利当值龙洋千余元。后年胜年一、二、三、四千元不等。清节洲佃蔡□□等冒管,该洲获利甚火,数年家成数万。三十二年冬,程训导文龙等,呈报上宪,请该洲出息充事等学堂经费,比蒙发委勘丈,亩三千余,羁庄六千元,旧岁芦利约四千元,以前数年约万元,通计龙洋二万元。若照数取之,于学费大有裨益。而清节堂董胡远勋、佃蔡志宏多方阻抑上官,至今未获分文,不知将来上宪能认真追缴否。

胡远勋敢指使"佃蔡志宏多方阻抑上官",拒不上缴锭清洲息,自然不是为私人谋利益,既不是为私,也就对种种指责无所畏惧。这也是胡远勋居"清节堂董"之位目中无人的胆气所在。

12月28日《申报》第11页《饬查堂董与学堂冲突原因(安徽)》对这起纠纷做了详细梳理。这块新涨出来的洲地,最初官府是划归怀宁小学堂执管的,后经胡远勋"极力运动",将其占归为清节堂公产,取名"清节洲",洲上柴草收益,历年归清节堂所有,因而也被认为"胡绅经理任意弊混,以致侵蚀甚巨"。1906年"府学堂因经费无出,曾将该洲划除一半,作为常年费用",并认为"清节堂目前经费甚厚,不仅恃此区区而划拨公产办理"。作为清节堂董,胡远勋自然要维护清节堂的利益,于是"胡某屡次抗违,揹不交割"。于是"前月29日,中学堂派人往洲砍取柴木,胡某胆敢喝令乡人肆行殴辱,伤及夫役数人"。报道中写道:"昨日已将受伤数人送怀宁县相验,陈令饬暂带回调养。"又说"业经禀明各大宪批准立案",最终可能"拟将该绅训导详革,并撤去商会协理,以凭归案讯办"。这件事确实给胡远勋带来了麻烦,清节堂董也因此换为吴传绮接任。

有趣的是,清节堂孤寡妇人并不认可新堂董吴传绮,以致发生群殴堂董的新闻。1910年11月19日,《申报》第12页刊的《节妇厮打董事之声威(安徽)》就报道了事情经过:

皖省清节堂留养孀妇近数百人,历数十年来,办理均属平善。迩年一般绅董谋该堂管理既博荣誉,复攘利权,遂致以账目款项之纠葛,或请官

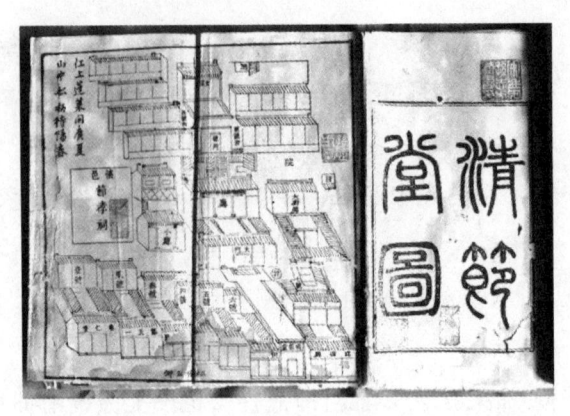

怀邑节孝祠——清节堂图，刊《安徽清节堂征信录》（光绪三十二年孟夏月刊）。

查，或经公议，或递换管理，酿成种种现象。兹悉该堂各节妇，日前因前抚聂捐银三千两，发给该堂生息，以济日用。经前管理胡懋旂等，移假是款，创设公善织布厂附于堂内，俾节妇等从事工织，按工给资，并许以销路畅达，均分红利。然统年计算，已较之坐收利息者有间。迨吴绅传绮等，接办该堂后，又欲将各节妇织布工资一律停止，各节妇以聂前抚捐给巨款与我等生息济用，既经胡管理挪设织布厂，是该厂即为我等之基本金工资，即为利子。一朝停利，应偿原本。遂相率不遵，蠢蠢反抗。适吴绅到堂，大肆压力，声言非禀首府不可。一时各节妇群起相攻，有执刷便桶之帚者，有携月信布者，扭住吴绅厮打，滚作一团。金云，若见官则我等同去，并肆口谩骂，秽不堪闻。吴绅此时遂用尽武力兔逃重围，仓皇奔至府署，面禀巅末。首府刘太守随即到堂慰谕，各节妇暂行归号，并闻付银数百两，分给各节妇暂时应用，余再候示发落。

新上任的清节堂董吴传绮，在安庆也是赫赫有名的人物。他做过国子监学录助教，当过湖南永绥厅同知，还任过湖南永顺府知府，后因足疾辞官回乡，在安庆创办过女子学堂与风节井幼稚园。不知为什么，清节堂董一职，他也愿意就任，以至于晚节不保，被孤寡妇人羞辱一番。而这起纠纷，也是清末安庆清节堂最后的余晖。

1914年，胡玉美大老板胡承之（远烈）主持清节堂管理工作，前后7年，直到1920年才辞去堂董一职。而此时，清节堂已经风光不再。

赈灾与济民

最早记录胡玉美做慈善事业的媒体是《申报》，时间是1885年9月20日。在《申报》第10页"上海浦滩文报局内协赈公所经收捐八月上旬清单"中，有记"鼎和典、同春典、复兴衣庄、江大和、胡玉美，五户各二元"一笔。之后1887年2月17日、1889年6月24日也有类似记载。虽然捐资不多，但把捐助眼光放到安庆城之外，在老城也为数不多。

之后就有一定变化。1901年8月2日《申报》在第9页刊《上海北市丝业会馆筹赈公所施子英经收收顺直陕西赈捐四月十二至廿九日第九十五次清单》，其中提到"皖省胡懋旃（远勋）募隐名氏鼎和、典鼎、新典三户各四十元；熊艾翁三十元；李公馆四房同春典各二十元；承启堂、王贻庆堂、同德堂三户各十元；宾记六元；吴庆善堂、怀邑无名氏各五元；甘义美四元；广昌公和二元"。从文字上看，胡远勋不是单一的慈善捐助者，而是慈善活动的组织者。据资料，丝业会馆是奉政府的指令创办的，所有的湖丝栈均为会员，新开的湖丝栈也必须成为会员后才准许开业，每年使用的商业发票也由会馆向政府申领，目的就是知道湖丝栈的货物进出情况，以便管理和征税。上海北市丝业会馆筹赈公所如何与安庆胡玉美发生联系，资料阙如，不得而知。

胡玉美积极参与地方慈善活动的文字报道，最早见于1921年3月20日《民国日报》，据第8版刊的《皖商售物提振（赈）之踊跃》："安徽警察厅长程炳卿，昨据商会函称，因急振（赈）游艺会内设贩各部，售货助振（赈），其售价仍照向市不加分文，如商务印书馆，则将所得价格内提十分之三，胡玉美则提十分之二，其他各商号均各酌提助捐以裨振（赈）务。惟各该号售货助振（赈）不但无利可赚，抑且牺牲成本，凡在会场内出卖货物所开发票，恳免贴印花税票，以维

1931年，安庆大水（航拍），胡玉美承担起赈灾济民之责。

善举，其发票上加盖'游艺场贩卖部'字样，以示区别。程氏特训令各区署一律知照云。"

1920年，胡远勋去世，胡玉美内外两务均由胡远烈一人独揽。1921年7月，国民党安徽省党部改组委员会、政务委员会联席会议，决定设立"安徽兵灾、水灾善后筹赈委员会"，委员共11人，包括李介眷、余谊密、王粹民、张树芬、张佩庭等，胡承之（远烈）也是委员之一。

1921年10月27日，《申报》第11页刊的《安徽华洋义振（赈）开会记》，称安徽省省长"许世英日来对于组立华洋义赈会暨游艺会，正在竭力进行，且欲于此年内极短期内，赶办完全。二十一日曾就造币厂推举游艺会各股东主任，二十二日复就省公署特开华洋义赈讨论大会"。

华洋义赈会筹设于1920年。这一年我国北方出现大面积干旱，有317个县区灾情严重，受灾人口高达2000万，其中50万因此丧生。在这种大背景下，以北方14个救灾团体为成员的"华北救灾协会"，与国外驻华使节发起组织的"国际对华救灾总会"，共同组建"北平国际统一救灾总会"。华洋义赈会安徽分会就是在这个基础上设立的。据《申报》报道，9月22日在安徽省公署举行的会议，各官厅、各界中西来宾，到百余人。经过讨论，最后推定华洋义赈会会长、董事人选，其中"会长张星五（文生）督军、韩仁敦主教、许俊人（世贡）省长"，推举董事共55位，包括李逷声、戴世璜、方玉山、马伯瑶、光明父（甫）、程小苏、程鸣鸾、张荫森、蔡静堂等，胡承之也是委员之一。会上，省长许世英"又谓今日到会诸君，均得为董会，各应尽点义务，随意捐助。于是许自捐千元。以此各官界，悉有捐输，共二千元之谱"。胡远烈作为胡玉美大老板，作为华洋义赈会董事，也慷慨解囊捐助。

胡玉美向来有"善本人家"的美誉，这种美誉，主要还是来自持续数十年始终不变的慈善救济工作。灾荒年成，这种"慈善"叫"救急"。平常岁月，这种"慈善"叫"济困"。"救急"主要是旱涝灾情之间对灾区进行拨款赈济或施诊施药救助。这种"救急"一般数额相对较大，但因多是偶发且为一次性，因而对胡玉美收入影响属于"阵痛"。"济困"工作则是常年性的，其费用需要列入收支账目，有一定的计划性。比如每年春节前后，胡玉美都要准备一批米票，以帮助那些无钱过年的穷人渡过难关。据胡庆昌《胡玉美酱园的发展及其经营管理》："这批米票并不是公开散发，一部分由老板私人散发，一部分放在店内，每天限发若干张，遇有人来要时，始予发给。每张米票的定量不一，最少的二升，最多的二斗，可以凭票到米店里兑米。"平时胡玉美也会提供针对常见病的药品，广向普通民众散发。其中胡玉美独家调制的"火烫药"和"筋骨麻木酸疼膏药"最为安庆人称赞。这两种药都是安庆名医、国医公会会长潘筈泉提供的药方。

安庆文史资料曾刊有胡玉美免费向民众的散发膏药"筋骨麻酸疼膏"处方：

川芎、木香、牛膝、生地、细辛、白芷、只壳、秦艽、归尾、枫子、黄芩、南星、独活、半夏、赤芍、贝母、白敛、苍术、艾叶、川乌、肉桂、良姜、续断、杏仁、连召、草节、藁本、丁香、青皮、元参、藿香、乌药、苏木、姜虫、桃仁、山栀、红花、牙皂、灵仙、苦参、文蛤、蝉蜕、草乌、蜂房、鳖甲、全虫、银花、麻黄、大黄、白芨、茅香、荆芥、羌活、蓖麻籽、两头尖（两头尖节乌头），以上各二两。

白藓皮、玉加皮、穿山甲、降真节、苍耳子、骨碎补，以上各一两。

蜈蚣二条，蛇蜕二两。外加桃、柳、槐、桑、栎、椿树枝，各二支一寸。

以上各药用麻油三十斤浸十数天，每斤油用丹六两。

上述诸药都有祛风止痛作用,放在一起熬制膏药,应该效果不错。只是这么大剂量的药,只用"蜈蚣二条",就有些少得不成比例了。是不是"二十条"之误?另一个疑问就是"每斤油用丹六两","丹"是民间说的朱砂,也就是氧化汞。氧化汞有毒,虽然可以外用,但这么大的量就有些离谱,朱砂也贵,通常药店销售,都是按钱卖的。估计"六两"为"六钱"之误。

据蒋放、刘宜群《胡子穆传略》:"胡子穆也继承了胡家长期以来从事的施米、施面、施茶、施药的慈善事业。还担任安庆红十字会会长,对江南一带一千二百担的田租,除收应缴纳的田赋外,如有佃户家青黄不接时,仍以低价卖给佃户,得到群众称赞。"

中国红十字会安庆分会始建于1912年,其主旨"赈济灾患,倡导仁慈,不谈政治,不涉尘氛"与胡远烈倡导的慈善理念相同,因而胡玉美也是中国红十字会安庆分会主要资助者之一。资料显示:1928年7月,中国红十字会安庆分会会址南水关,会长许隽人,会员60人。1933年中国红十字会改为中华民国红十字会,安庆分会名称相应改变。1946年,胡子穆与安庆部分士绅联络卫生、工商界人士召开筹备会议,报经中华民国红十字总会批准恢复分会组织。经推选,马伯瑶任理事会会长,胡子穆与同仁医院院长孙国玺为副会长,会址设在东门外东岳庙。1948年底,安庆时局动荡,理事会又决定在程公祠18号设办事处,胡玉美副总经理胡庆昌被推选为负责人。

公益:胡玉美救火会

特别用一节的篇章,说一说胡玉美救火会。

胡玉美救火会的成立,并不是因公益而起,而是一把火把胡玉美给烧痛了。

时间是宣统二年(1910)。

这把火,《安庆市志·大事记》有记:"三牌楼失火,蔓延至四牌楼和小墨子巷,商店、民房均被烧光。"

拙著《皖省首府——老安庆》(黄山书社,2005)对这场大火也有记述:

清宣统二年(1910),老城繁华街道三牌楼(人民路现吕八街到四牌楼横截线)发生火灾,正好遇东北风,火势扑救不及,借风力向西南蔓延,烧了三牌楼烧了四牌楼后,又折身将火势燎向四牌楼西街,最终到小墨子巷口(现国货街至清节堂一段),才被老城志愿救火者奋力扑灭。老城清王朝暮年的这场大火,烧得悲壮烧得惨烈,老街密密匝匝数百家百年商号和深宅老院,都被这把火烧成一片焦土。朗朗月光下,黑色废墟上青烟淡淡袅绕,受害妇孺哭天抢地悲号,其情其景,不忍目睹。

同样的火,1934年3月9日又烧了一次,不过这一次烧的只是胡玉美一家。次日,《时报》与《申报》都刊发了电讯。《时报》新闻标题是《安庆大火 胡玉美酱酒店损失数万》,内容为"安庆九日电,安庆营业最盛之四牌楼正街胡玉美酱园酒店后进堆栈,九晨五时失慎,焚数小时,前部幸未波及,损失数万元"。《申报》用的是"九日专电",标题为《安庆酱园堆栈失慎》,内容稍长一些:"安庆四牌楼正街胡玉美酱园酒厂后进堆栈,九晨五时,突然失慎,延烧数小时。堆栈全部被烧,损失约数万元。该号在安庆商界历史较久,营业亦较发达。"

1934年3月9日,《时报》新闻:《安庆大火 胡玉美酱酒店损失数万》。

在民间，胡玉美的"火"带有一定传奇色彩。安庆市收藏家协会会长白启云回忆："1949年我六岁左右，住在大墨子巷5号（墨子巷邮政局与新中小学对面），多次听老人讲胡玉美家行善的故事，说有一年国货街东南街面店铺从南侧失火，大火越烧越旺，但当大火烧到胡玉美店南立面时，火苗突然神奇地跳过胡玉美店铺，折身烧到北侧店面，并继续向北烧去。只有胡玉美一家店铺毫发无损。老人们都说，这是胡玉美家常年积德，深深感动了火神爷，这才免遭火劫之灾。"江葆农、江博《振风塔的传说》（安徽文艺出版社，2021）收有《火烧四牌楼》，内容与白启云先生的回忆相符。

清末安庆官办救火机构为安庆警务公所消防队，多时拥有消防员40余人。民间由商绅资助成立的消防组织为水龙局，安庆几家有名的水龙局，镇安局位于城中蓄水池，附近鸳鸯栅还有一个定安局，咸宁局位于龙门口。清平局位于城西横坝头，保安局位于小南门内三步两桥。集贤门内，龙神祠有永逸局，同安岭有亿安局。

清末民初，尤其是1910年三牌楼大火，引起方方面面高度重视，安徽省与怀宁县的公安部门，都加强了消防警察的配制，其间虽因经费困难撤撤建建，兴兴衰衰，但还是对城区消防发挥了作用。据1932年安徽省会公安局统计数据：消防队拥有专业救火队员30人、人力推拉压水灭火机1台、机器水龙5台，另建有一座高达15米的消防瞭望台。1932年安庆城区，三层建筑也不多见，15米高消防瞭望台，观察员耳虽不能听八方，但眼足以观东、南、西、北四路。瞭望台配有消防警钟，一旦发现火情，鸣钟立刻发出火警报告。

胡玉美消防队组建之前，安庆民间阵容最豪华的消防组织，是浙江广昌发同人救火会。其救火设备，除水桶、挠钩这些常用器具外，主要是两架相对先进的水龙，一架是双花篮式水龙，一架是药水泡沫水龙。广昌发同人救火会的会员都是染厂工人，只要火警发生的铜号一吹，立即集中，穿上黄油布特制的"号坎"，戴上鸡冠形铜盔，先自带水一担，一路旋风，急匆匆赶往火灾地点。

胡玉美消防队是在胡子穆掌管胡玉美后组建的，时间晚于浙江广昌发同人救火会。但因为晚，消防队无论名称还是救火设施，都更具"先进"色彩。

胡玉美消防队最初用的也是土制水龙。

水龙在安庆方言中，被称为"水机子"，它的主体是硬木制成的蓄水柜，上有带动活塞的压杠，可以迅速将水抽出。蓄水柜连接的唧枪（救火水管），中间是数米长的帆布输水管，顶端为金属喷头。救火过程中，水机子需要4名会员压杠打水，前有1名会员手执唧枪灭火。其他会员以挑水方式，不断为水机子提供水源。因为水压不大，射程有限，遇火势情急，往往扑救不力。为提高救火效率，胡子穆专门在上海采购了一部机器水龙。机器水龙以柴油机为动力，它的压力大、速度快，因而灭火能力大大加强。

胡玉美消防队与其他民间消防组织一样，最常用的报警工具是铜锣，火灾起灭或大小转换，用锣声变化来反映。火灾初起，形势紧急，锣声一声连一声，密集紧促，谓之"串锣"；到火灾渐缓，直到最后熄灭，锣声也一声声缓慢下来，名曰"倒锣"。老城百姓通过锣声的缓急变化，闻知火情的即时情形。与其他民间消防组织不同的，在管理上，胡玉美消防队也融入了现代管理模式，不定期组织会员做专业消防培训。胡子穆非常重视会员的救火素质培养，只要有时间，他都会到场观察。那期间，安徽省会公安局消防队经常调集民间救火会进行操演，胡玉美消防队只要参加，成绩基本都名列前茅。胡玉美消防队被认为是安庆老城后来居上且效率最高的民间消防新军。

资料记载，20世纪30年代安庆民间救火会有十数家之多，其中不少是由行业公所集资组成，如位于西门外里仁巷的棉业公所救火会，由永丰棉花行老板郭润南任会长，会员都是各棉花行的一些青少年职工。此外，一些慈善团体也牵头创办救火会，费用由商户以及居民分摊。会员救火时，多穿胸前印有救火会标志的蓝背心，其中担水者，凭筹码可领取相应补助，而其他会员灭火后，也有免费就餐和免费洗澡的待遇。

安徽科学馆与电台

民国公共科学馆概念提出，起于1928年5月第一次全国教育会议，时任教育行政委员会委员、大学院院长蔡元培在开幕词中,将"提倡科学教育"列为今后三大任务之一。会议最终决议通过《提倡科学教育注重实验并奖励研究案》。

但直到1934年,安徽省教育厅才把"提倡科学教育"具体落实到位。教育厅厅长杨廉后作《一年来本省教育之回顾》,其中专设"提倡科学"一节分析现状:"吾国国势之不振,论者多以科学不发达,为其主要原因。而本省科学之落后,尤为不可讳言之事实。其之所以致此者,则以交通不甚便利,观摩较少,即就省立学校中。考察其科学设备,亦复简陋异常,非加以积极提倡,不足顺应潮流。原定渐次于每专员区内设立科学馆一所,全省共计十所。本年先将省会科学馆建筑成立。此外并于省立二中、四中、七中各校各建科学馆一所。"

尽管如此,安徽仍是继湖北、福建之后,全国率先创建科学馆的省份之一。

安徽大学生物系主任胡子穆先生。刊《安徽大学年刊(1932)》。

安徽省科学馆组建具体时间,应该是1934年6月。这一年6月16日,《申报》刊有《刘茂恩兼立煌县长》新闻:"……省府十五日常会通过,据教建两厅会提,请委胡子穆为省立公共科学馆馆长。(十五日专电)"

这条新闻明确了安徽省科学馆定具体组建时间：由安徽教育厅与建设厅共同提议胡子穆出任科学馆馆长一职，经安徽省政府第十五次常会上通过，于1934年6月15日正式组建成立。

安徽省科学馆位置，由人民路步行街劝业场东，向北一直拉到孝肃路，包括内中的灯光篮球场、20世纪60年代宜光电影院，以及老地区工会办公楼等。安徽省科学馆大门朝南，它的东边就是安徽省立第一民众教育馆。据1934年6月24日《东南日报》刊发《皖检定考试 二十日开始举行》："（安庆通讯）皖省高等普通检定考试，均于六月二十日开始报名，七月十二日截止，七月二十日同时开始举行考试，试场地点，在安庆科学馆内云。"这说明安徽省科学馆位置之中心以及场地之大，在安庆都绝无仅有，这也体现了安徽省政府对安徽省科学馆的重视程度。

胡子穆早年就读日本东京高等师范学校博物系，归国后又在多所高等院校任教，因而他创办科学馆的主张，既注重先进性，又注重普及性。说白一点，就是寓科学于娱乐。

安徽省科学馆自然科学部分，主要是馆内设置的小型动物园。但园内动物，地下爬的如猴、獐、獾、豺、狼、蟒蛇等，都是常见的野生动物，相对稀罕一点的，就是一只金钱豹。天上飞的也只有鸳鸯、鹭鸶、野鸡、画眉等普通禽类。除动物园外，科学馆还设有一个动物标本室。不过里面陈列的动物标本，也只是普通的飞鸟走兽、昆虫等标本，珍贵的不多。后来金钱豹死了，胡子穆就让老师带着一些爱好动物青少年，把它制作成标本对外展出。

科学馆还有一个植物标本室，开始陈列的也多是安庆地方野生植物。后来安徽省教育厅拨专项经费，由胡子穆带队，分赴山东青岛和江西庐山进行生物采集，物种才稍有增加。1935年7月9日，《东南日报》在第3版以"皖生物采集团分赴青岛庐山"为题，刊发了这条安庆通讯："安徽教育厅为谋充实各校生物标本设备起见，特拟订简章，选派团员，分赴青岛、庐山两处采集生物。应选各团员，现已陆续报到。计分水、陆两组。水产组由省立徽州中学等十一教育机关各选一人，前往青岛；陆地组有省立徽州师范等七教育机关各选一人，前往庐山。旅费概由省款支给。定于本月十日,既由省立科学馆馆长胡子穆氏,领率分别出发云。"这也是安徽省科学馆成立以来组织的最大规模活动。

虽然安徽省科学馆动物园和动物、植物标本室展出物种平淡,但20世纪30年代,安庆城内市民,尤其半大孩子,眼界都极狭窄,可看可学可玩处极少,科学馆对于他们,等于打开望向世界另一扇窗口。加之地处闹市,逢星期天和节假日,小小的科学馆热闹非凡,可用"游人如织"来形容。

科学馆物理科学部分的核心,是一个机械修配车间,当时相对先进的机床,车床、冲床、刨床、铣床等,在这里都有展示性陈放。修配车间配备有四五名工人,能简单修理机械部件以及小型柴油机。科学馆另外设有一个化学实验室,要任务有二,一是研究微生物,二是辅导学生进行化学实验。据胡庆昌介绍,"化验室设备较好,有精密分析天平和高倍显微镜,还有贵重仪器金坩埚和白金丝"。1935年前后安庆,这应该算是最先进的化学实验中心了。安庆一些中学上化学课,包括胡玉美研制化学酱油,也都借化学实验室进行。

科学馆最有影响的,是无线电室。20世纪30年代中期,无线电是安庆新鲜事物,吸引了不少业余爱好者,在安徽省科学馆的组织下,他们一有时间就聚集在一起探讨无线电技术。胡子穆也非常重视,专门在科学馆设有无线电室,由一位项姓老师领衔,开设了无线电实验广播电台。电台功率不大,只有8瓦特,但效果很好,在安庆老城之内,收听效果不错。电台每晚播出两个小时,播放内容有科技知识,有戏曲演唱,也有当时流行的音乐与歌曲。当时吴越街、市政街、三牌楼、四牌楼的一些商店,都在大门头上安了收音机喇叭,以此来吸引顾客。程本海编的《安徽普及教育写真》(安徽省教育厅,1935)记有为人力车夫等民众写的普及教材(活页),其中第三课这样写道:"国货街,真热闹,亨得利,招牌老。无线电话收音机,国内新闻早听到。货物哪样多?眼镜和钟表。"由此可见,无线电实验广播电台当时在安庆的影响。

胡子穆在掌管胡玉美业务的同时,腾出部分精力打理科学馆,且是从普及科学知识入手,为祖国培养有用的人才,这是胡子穆同时也是胡玉美对安庆城文明推进所做的贡献。

安徽大学红楼

许多人谈胡子穆，总把他与胡玉美联系起来。当然，胡子穆与胡玉美是不可分割的统一体，但如果把他从胡玉美剥离，胡子穆在安庆、在安徽也是一个响当当的风云人物。

比如，胡子穆是安徽大学创建者之一。

创办省立安徽大学的动议，起于1921年秋。这年9月，许世英在"皖人治皖"的呼声中就任安徽省省长。之后不久，省内外皖籍学者名流，建言创办安徽大学。许世英采纳建议，于1922年春组建安徽大学筹备处。据《民国日报》1922年3月24日《安徽大学筹备处成立》，成立大会3月20日晚在安徽省教育会举行，筹备处下设评议部、干事部。干事部又设事务股(3人)与交际股(12人)。但整个筹备工作，始终是断断续续进行，直到1926年7月21日，安徽大学计划会议在六邑中学大礼堂召开，筹备工作才开始有实质性进展。

胡子穆是这一年安徽大学计划会议参会者之一。安徽大学计划会议将议案分为四组，一组"组织"，二组"科目"，三组"经费"，四组"规程"，审查员由大会主席孙洪芬指定。据7月24日《申报》第7页刊《安徽大学计划会议之第二日》，其中"第四组(审查员)：周松圃、叶仙菱、方孝远、刘海屏、周松圃、窦谷声、胡子穆、光明甫、吕意园、张筵廷"。

又一年，到1927年底，安徽大学筹备工作才有相对清晰的眉目。这年12月14日，《申报》报道"安徽中山大学筹备委员推定"，刘文典为文法学院筹备主任，安徽省教育厅长韩安兼为农学院筹备主任。又经过一年的紧张筹备，1928年4月10日，安徽大学正式成立，暂由文学院院长刘文典教授主持安徽大学校务工作。胡子穆被聘为安徽大学教授。后刘文典因与蒋介石发生矛盾被收监，教育厅长程天放临时顶位到1929年6月，又由王星拱出任安徽大学校长。此之前，1928年3月12日，《中央日报》刊《安徽大学招生》新闻，称"安徽大学，已暂设文法农工四科，于秋季成立。现时先开设预科，甲乙二部已在招生，甲部为社会科学,乙部为自然科学,报名考试闻均分两次"。

1930年8月12日,《民国日报》在第7版刊发简讯《安徽大学聘定各院院长》,其中特别提道:"旧教授如姚仲实、李范之、谭天楷、朱湘、郭坚白、王进展、杨铸秋、胡子穆等及其他素负名望之各教授,仍继续加聘外,并添聘名教授多人。"安徽大学聘定的各院院长,"文学院院长兼教授程演生,系北大教授,前留学法国;理学院院长兼教授杨武元,系美国芝加哥数学博士、国立清华大学教授;法学院院长兼教授张慰慈,系耶鲁大学政治学博士,北大教授;教务长兼教授常道直,系伦敦大学哲学博士,中央大学教授",都是如雷贯耳的人物。

1932年4月21日,程演生出任安徽大学校长,胡子穆被聘为安徽大学事务长(秘书长)。程演生之前,杨亮功与何鲁曾分别执掌安徽大学。但因种种原因,安徽大学校务停顿长达6个月,校务经费积欠也有10余万元之巨。胡子穆临危受命,面临的是一个极不好收拾的烂摊子。程演生组建的安徽大学新班子为:校长程演生,文学院长范寿康,法学院院长胡恭先,理学院长丁绪贤,事务长胡子穆,教务长为丁嗣贤。

同时,胡子穆任安徽大学理学院生物系主任。

1932年春夏的安徽大学,处于停滞理由不足、发展方向不明的瓶颈制约期。面对如此困局,程演生只能更用心也更耐心地使出三板斧:筹措经费,约聘名师,建设校园。而其中"筹措经费""建设校园"两板斧,他的左右手主要是胡子穆。

1932年初,安徽大学校舍建筑委员会改组,校长程演生亲任主席,胡子穆、程滨遗、丁嗣贤、丁镜人、李大防、陈季伦等教授新添为成员。安徽大学教学大楼——红楼,就是在这种大背景下,由校长程演生主持,胡子穆具体实施,最终完成了主体建筑。

安徽大学红楼的建造史,则是一部建筑成本缩减与反缩减的斗争史。这之中,充满胡子穆作为学者的睿智,作为商人的精明,以及作为实权者的无奈。

红楼最初的设计,并非为单一建筑,而是校长程演生心中一个完整的"教育园",它由三部分组成:容纳600人的大礼堂,包括理化实验室的科学馆,包括图书馆和办公室的教学大楼(钢筋水泥构建,三层)。"教育园"位于北城外柏子

20世纪40年代末,国立安徽大学红楼。杨昭宗拍摄。

桥,敬敷书院西北,一个叫"许家小屋"的村子,占地11.3亩,原有三家农户。1933年胡子穆着手建造红楼时,手上只有两笔款项,一是5月省政府校舍建筑前期拨款2.2万元,一是10月校长程演生跑来的资金5747.7元。虽然总共还不足3万元,但他与校长都坚持要克服一切困难,完成他们的"教育园"梦。

上海大德营造公司工程师刘漱芳是这年夏天完成图纸设计的,11月进行建设招标,12月27日开标,南京缪顺兴营造公司以21.2243万元标底中标。虽然这是此次招标的最低价格,但与安徽省政府核定预算的15万元还有6.2243万元的缺口。程演生与胡子穆只能与缪顺兴营造公司协商,以变更建筑形式、建筑材料来降低工程造价——改古铜色金属瓦为普通红陶瓦,改钢门钢窗为洋木窗门,改钢筋水泥廊柱为砖柱,等等。造价缩至18万。还是严重不足,于是又缓建礼堂与科学馆,并将原先3层的教学大楼降至2层。仍然还有距离,又取消廊柱及马赛克贴面、雕花装饰等,这才把造价缩到了9.2万。

1934年7月24日,安徽大学红楼举行开工仪式,1935年3月主体建筑竣工,同年10月7日举行落成典礼。但无论是最初的开工仪式还是最后的落成典礼,主席台上都未出现程演生的身影,因为早在1933年12月,程演生就以"经费积欠四月,不易维持"为由,多次向安徽省政府递交辞呈。据1933年12月7日《时事新报》新闻《安大经费已积欠四月——程演生一再辞职,教职员集体索薪》:"安徽大学校长程演生,因该校经费积欠四月,不易维持,曾迭呈省府辞职,省府曾表示慰留,程又于十一月念(廿)九日代电省府,坚决辞职,并只维持至十二月二日止。该校职员于十一月三十日下午集会,讨论向省府索欠方法。"1934 年 1 月 23 日,《申报》刊发消息,安徽省政府终于"准安大校长程演生辞职,遗缺以傅桐继任"。傅桐校长也没有出席红楼落成典礼,1935 年 7 月傅桐离任,安徽大学校长一职由美国芝加哥大学植物学博士李舜卿接任。这之中,胡子穆事务长一职始终未变。历经三任校长,前后 2 年时间,胡子穆终于在新落成的安徽大学红楼前,露出欣慰的笑容。个中艰辛,也只有天知、地知、胡子穆自知。"广宇天开,气象聿新。"《安大周刊》对红楼落成做出了这样的评价。这也与胡子穆心境相通。

抗战胜利之后,1946 年 4 月 20 日,安徽大学在南京召开筹备委员会议,商讨复校计划并向中央请求改为国立。9 月 30 日,教育部任命陶因为校长,聘汤璪真为教务长,桂丹华为训导长,胡子穆为总务长,胡稼贻为文学院院长,张其濬为理学院院长,韦从序为法学院院长,齐坚如为农学院院长。

从 1926 年始,到 1949 年止,除去安庆沦陷的 8 年时间,胡子穆的生命与安徽大学共存 16 年。

舒鸿贻与菱湖公园

在安庆,说菱湖公园,必须要说胡玉美。菱湖公园与胡玉美的关系,最早要从胡玉美家族的女婿舒鸿贻说起。

安庆六邑中学校长程小苏(遗滨),晚年著有《安庆旧影》。其中"菱湖"一节,就特别介绍"公园之建,创自舒邰儒氏。小东门初名菱湖门,门之辟亦舒氏之创议"。这里的"舒邰儒氏",指的就是舒鸿贻。

舒鸿贻是菱湖公园的倡建者。

关于菱湖改建公园的新闻,最早出现于 1918 年 11 月 2 日上海《时事新报》第 9 版《菱湖建筑公园之提议》:

皖垣东北有一风景幽雅之区,名曰"菱湖",乃皖省八景之一也。远吞山光,近临江流,备极清雅。兼之渔舟唱晚,四野农歌,一般墨客骚人,来游此地者,皆咏叹流连而不忍去。近闻皖省政绅各界,前日在海洞春聚议,拟在菱湖建筑公园。当时赞成发起者,为财政厅刘吉甫厅长、印花税务处舒邠如处长、烟酒公卖局张局长、水警厅程厅长、怀宁县知事等。绅界则有赵春木、马伯瑶等,咸愿玉成其事。闻已请黄省长提拨公款,并咨省议会提议。一俟议决后,即着手进行。闻其办法,拟在菱湖建筑马路,直达省城之黄花亭,又拟在黄花亭城墙方面,开辟一门,以更交通。且须公函倪督,请其赞同云。

作为自然景观,菱湖在记者笔下呈现的是"远吞山光,近临江流",是"渔舟唱晚,四野农歌"。也正因为如此,"皖省政绅各界"达成"拟在菱湖建筑公园"的共识。新闻中皖省政要,为首的是财政厅厅长刘吉甫(刘鸿庆,后被省长龚心湛撤职。1918年,安徽省长公署设置为教育厅、实业厅、政务厅、政财厅和警务处),其次是印花税务处长舒邠如(彬如,舒鸿贻),另外一个是烟酒公卖局张局长(张伯衍,1917年接任)。绅界提到的两个人,赵椿木是安徽省议会第一任副议长,马伯瑶则是安徽华洋义赈会驻会董事,都是安庆城响当当的大人物。

1917年,舒鸿贻卸职携家小回安庆时,正好火药库主管董玉平的蜕庵别墅要出让。蜕庵别墅位于菱湖东南,环境不错,但位置太偏。但舒鸿贻过去只看了一眼就喜欢上了,遂出资把蜕庵别墅易名"宜园"归于自己名下。"宜园"之名,取自舒鸿贻1914年在北京新建的私宅。"结庐避小市,偏在西城隅。昔为王侯宅,华屋忽邱墟。"舒鸿贻曾在《宜园落成》中这样感叹。安庆菱湖宜园,他想要的也是这种氛围。

舒鸿贻创建宜园之前,菱湖水面是不加修饰的自然风景。西半部为山地,东半部为湖面。菱湖之西南,为安徽省公立法政专门学校。

菱湖作为公园,虽始于1918年,但早在明末清初,怀宁秀才汪之顺就有《送鲁启我归菱湖》诗:"烟树迷茫黯落曛,诗人思归正纷纷。城头霁色消残雪,江上寒烟湿暮云。且喜布衣成聚首,不将酒杯怅离群。扁舟晓向菱湖发,折得梅花欲赠君。"怀宁鲁琢乾隆二十一年(1756)中举,他笔下的《菱湖》描写得就更为具体:"采菱采菱菱湖里,菱花古镜含秋水。白云散作明镜光,青天倒作明镜底。上湖莲花红似拳,下湖莲叶绿如钱。争道莲花胜莲叶,花开易落叶长圆。"光绪二十三年(1897),安徽巡抚邓华熙令布政使于荫霖,选址菱湖之西扩建"以圣贤义理之学植其本"的敬敷书院,引来无数文人雅士,又大大提升了菱湖的"人气"。

也正因为如此,1918年安庆政绅倡建菱湖公园,舒鸿贻于公于私,都是最尽力的推动者。

1920年菱湖公园建成开放,但公园简陋设施并不让舒鸿贻满意。据1921年4月4日《民国日报》新闻《菱湖公园大扩充(安庆)》:"安庆东门外之菱湖,系为怀宁十二景之一,风景绝佳。舒绅如邻,有鉴如此,特在该处组建公园。际此春光明媚,颇增游人兴趣。但因度支拮据,不能布置完美,舒氏特于昨函请财政厅拨给一千元,以资扩充。闻该厅业已允如所请矣。"按理"度支拮据,不能布置完美"是公园事务所所长之事,但相比于刚刚当选为众议员的舒鸿贻,所长人微言轻,没有舒鸿贻说话有分量,因此"函请财政厅拨给一千元",只能亲自出面。

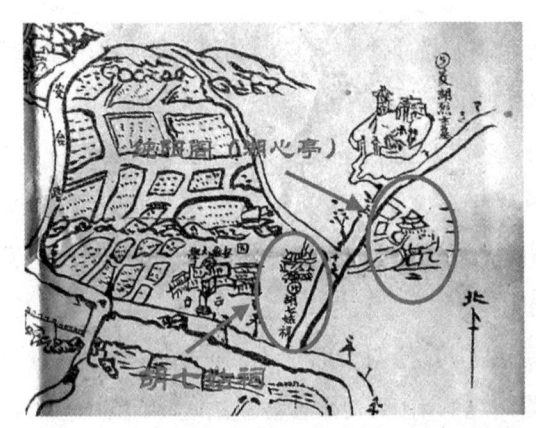

1942年5月,日军手绘《安庆名所旧迹一览图》之"菱湖"。

舒鸿贻推动菱湖公园建设,不单单是伸手向安徽财政要钱,自己也从腰包往外掏钱。1921年6月8日《民国日报》刊有一条题为《菱湖公园之点缀(安庆)》的新闻,文中写道:

> 皖绅舒彬如,集资在城北菱湖公园,估工建筑高阁一座,将纯阳偶像移入供养。兹闻该阁建于湖心之中,其形式系照往古之雕梁甫棘,并有(由)爱莲茶社竹雕外筑路一条,弯弯曲曲,以达各阁。将来垂杨长成,颇有西子湖中三潭印月之风味。刻已工竣。闻明春始在堤之两旁、阁之西围种植杨柳桃花云。

舒鸿贻把建于菱湖水面之中的湖心亭称为"纯阳阁"。舒鸿贻信仰道教,他有一个别号就叫"宾吕"。诗人方伦叔(守彝)曾诗题纯阳阁:"我来凭栏忽有思,曾绕西泠两岸寺。红墙绿树隐疏钟,能引禅心入诗意。"程小苏《安庆旧影》也称纯阳阁"矗立于荷田中,望之如莲花台"。那个美景,闭眼也可想象。

从现存资料看,舒鸿贻在宜园内修建的景点,除纯阳阁外,还有一处集华轩。集华轩建于菱湖公园北侧,是菱湖公园的主建筑。大厅之上,悬有"集华轩"匾额。集华轩临湖而立,楼前一湖碧水,夏秋之月夜,游人常于此泛舟。"城居久苦天如瓮,放眼名园得胜游。风动碧荷看打桨,一湖明月恰新秋。"(陈知白)但安徽大学教授李范之却认为,菱湖月夜泛舟,"不似秦淮歌舞池,纷纷箫管沸楼台"。那时候,李范之常与好友张易吾同坐船上,或作画,或题咏,后来集成厚厚一册。"园林新拓集华轩,星月良宵快轻艇。"诗人方守彝(伦叔)读罢,也感慨万千。方守彝逝于1924年,从这个角度,集华轩的建造年代,肯定是在1924年之前。

舒鸿贻为建设菱湖公园所做的努力,1928年得到安庆市政府认可。1929年10月4日,上海《中央日报》刊发新闻《皖菱湖公园将开菊花会》,里面提到"该园前为地方公有,去岁归入市政府管辖,即由市府委任舒某为经理,对于园内建筑上之点缀,尚能精进,例如门首假山之完成,车棚之建造,风节井亭之新立,桥梁之协理,园内房屋之油漆,楼梯走廊之改造,西式厕所之新建,上下平台之点缀,无不力求美观,已引起游人之愉快"。市府委任的经理舒某,就是舒鸿贻。此时的舒鸿贻,无官一身轻,自然把建设菱湖看作第一要事。

20世纪20年代的舒鸿贻看好菱湖,更多的是以实业家身份而非其他。言必行,行必果,他的两个实业——义丰织布厂和菱湖小学,都选址菱湖创设。据程小苏《安庆旧影》菱湖小学是一栋楼房,义丰织布厂建在菱湖小学左,平房建筑,"后有园,供工人学生种花种菜。东西筑两路,路前各立一门。青柳苍梧,与藤萝相掩映。又公园中一部落也"。舒鸿贻私家园林宜园,与公共园林菱湖,就这样相对完美地融合到了一起。

1929年末,菱湖公园初成规模,但因地处城北郊,无论从枞阳门还是从集贤门出城,都要绕一个大圈子,极不便利。舒鸿贻又联手省城社会名流,共同发出破城开辟"菱湖门"的呼吁。市政部门从善如流,遂在老城墙城东北段,新破一道出城豁口。豁口名有三,文人墨客雅称"菱湖门",官名则为"建设门",民间据其与枞阳门相对称的地理位置,呼为"小东门"。菱湖门的开通,极大地方便了市民出行。从菱湖门出城,过建设桥,往北走不过数百米,远远就能看见菱湖那一湖连天的碧荷了。

七姑祠到邓石如碑馆

写民国菱湖公园,必须要写七姑祠。现在安庆很少有人知道七姑祠了,但一说邓石如碑馆,大家就都知道了。现在的邓石如碑馆,就是过去的七姑祠。

写七姑祠,就必须写胡玉美家族"远"字辈的七姑。七姑祠就是为七姑建立的一所家祠。

七姑名胡娴静,是古欢堂胡竹芗排行第五的小女儿,因为在胡玉美家族"远"字辈两房女姊妹中排行第七,因此上上下下都喊她"七小姐"。胡娴静过世之后,大家又随"国"字辈尊称她为"七姑"。

《怀宁县志·贞孝》(1915)上的胡七姑,是一个天才少女形象:"幼敏慧,好读书,兢兢于礼法。每与人言,常引及《论语》《小学》,诸兄窃异之事。"之所以如此,与她深厚的家庭文化底蕴有关。

胡七姑的父亲胡竹芗不仅是胡玉美大老板之一,还是安庆声震一方的文化大佬;哥哥胡远勋,安庆商会协理、清节堂董,仅此两项,在安庆就无人能及;大姐夫阮志观,字芷(子)宾,家谱载字宾,廪贡生,曾任江西同知、广西庆远府知府;二姐夫舒鸿贻,曾任奉天银圆局总办、安庆道尹等职。在这样的背景下长大,胡七姑自然清新脱俗异为另类。这个"另类",在《怀宁县志·贞孝》中,又有惊世骇俗之举:"姑病革,刲臂疗姑疾",这就绝非常人所为了。而此时,胡七姑顶多十四五岁。

胡七姑十七岁时,未婚夫孙本佑突然暴病身亡,胡七姑伤心之至,"矢志欲自尽,父屡劝乃止"。自此以后,胡七姑"茹蔬服素,待父终养十余年"。光绪三十一年(1905),胡竹芗去世,二十七岁的胡七姑"哀伤过度,越百二十日,呕血而殒"。此事在安庆引起不少轰动,"贞孝可风""玉洁冰清""竹孝松贞""一心圆明",一时间赞者如云。

安徽巡抚诚勋奏疏皇太后,叩请恩准胡娴静为烈女贞节。慈禧闻知,也深为感动,亲题"胡氏节孝坊"五个大字。后胡玉美出资,以官府之名,建胡氏节孝坊及纪念家祠(一说胡家祠堂)于菱湖西北。节孝坊四柱三门,用的是上等汉白玉石料,雕工精细,制作华美,"胡氏节孝坊"石额嵌于正中,十分壮观。后来辛亥革命爆发,胡玉美大老板胡远勋、胡远烈担心慈禧题字招惹麻烦,暗地将胡氏节孝坊牌坊拆除。

1925年,怀宁县县长、湖南长沙人胡鞠生,再度呈请对胡七姑进行褒扬。有官府发话,胡玉美自然乐意顺水推舟。于是在胡远烈主持之下,胡子穆等侄辈出资出力,将位于菱湖西北的胡七姑纪念家祠改建为胡七姑贞孝祠。改建后胡七姑贞孝祠为砖木结构,抬梁式歇山顶,左右五大开间,典型的中式传统建筑。

1925年5月8日,安庆地方官员、地方名流及胡玉美家族等数百人在胡七姑贞孝祠举行盛大神主入祠仪式。这里用"盛大"一词,绝非虚言。仅白启寰

"菱湖公园前之安庆贞女舒七姑祠",帅雨苍拍摄。原刊1935年11月9日《北晨画刊》。

《安徽名胜楹联辑注大全》"胡七姑贞孝祠"条目,就有84副之多。

如果仅仅是数量之多,也就是一般的新闻,但这84副祭联,又多出自名家之手。比如"性真流露本庸行幸落得一席名山 世界浮云皆幻相且来看松间明月石上清泉",就出自曾任内务总长、吉林巡按使、众议院议长等职的王揖唐之手。又比如"熙甫悔作贞妇论 羲之大书曹娥碑"撰者李大防,曾为安庆道尹。又比如"振风化于衰微鲁女懔贞曹娥媲孝 借湖光以供养莲花献洁菱叶环清",撰写者之一的陈独秀,是中国共产党的创始人,另一位吴增荣(厚安)是他的姐夫。

舒鸿贻撰给小姨子的对联为"心止乎义理则安璞玉无光太羹无味 功在于社会宜祀前溪如镜后垄如屏"。从兄胡远潘撰联为"须古守经德行强固 歌清恿美风化柔嘉"。胡七姑哥哥胡远勋此时已经离世,他的四个儿子胡宏恩(国华)、胡国钧、胡国镠、胡国泽,共撰祭联为"表至行占明湖莹如想象平生志 崇禋祀对孤塔仰止应兴奕世思"。

胡七姑神主牌位两侧龛柱联"神光静对波心月 香气来参座底莲",则为"国"字辈三少胡恕(原名国荣,字依仁,三房胡远芬长子)所撰。

胡玉美大老板、胡七姑从兄胡远烈的祭联为"年来荆树几凋残差欣先德贻留依旧瓜瓞绵绵绵 后此菱湖增感想好是崇祠永峙周围莲叶亭亭"。从兄胡远芬不仅撰写祭联"读孔圣人论语一篇立己更抱立人想　与彭大姑后先相望痛父列殊痛母情",还将这些挽词、挽诗、挽联辑录,取名"怀宁贞孝胡七姑言行略",由舒鸿贻题签,编订成活字线装小册(安庆市图书馆收藏)。

再说胡七姑贞孝祠与邓石如碑馆的顺延关系。

晚年舒鸿贻极不得志,尤其到六十岁政治生命终结之后,基本上是厄运连连,在安庆投资的几家实业也相继溃败。也就是这前后,胡子穆回安庆执教安徽大学,并成为胡玉美新一代掌门人,舒鸿贻在女婿身上看到了希望,于是把宜园正式托付给胡子穆,自己过上了清闲自在的养老生活。

胡子穆接管的不仅是岳父的宜园,还有属于胡玉美族产的胡七姑贞孝祠。此时的七姑祠,单一贞孝楷模性质显然不合时宜,于是胡子穆依借山形水势,对七姑祠进行了扩建,将它从"祠"的单一性质,转为"园"的规模。七姑祠之东,胡子穆新建白兰苑,在里面试验性地栽培了百余株白玉兰。安庆冬夏温差较大,白玉兰在安庆越冬有困难,胡子穆不惜血本,又为这些白玉兰专门修建了温室,并高薪从外地聘请来技工花匠,对这些白玉兰进行呵护。

新中国成立之后,芜湖茶园闻知胡子穆在菱湖培育多年的白玉兰品种珍贵,其中高者已经两米以上,就专门赶到安庆与胡子穆商量,想以高价将这些百余株白兰玉花一起买走。胡子穆一笑置之。之后,胡子穆同夫人商量,做出了让安庆人民深为敬佩的决定:将这些白玉兰花,连同玻璃温室、花工宿舍,以及族产胡七姑贞孝祠,全部无偿捐献给了刚刚成立的安庆市政府。

1983年,菱湖公园将七姑祠改建为邓石如碑刻馆。碑馆大门上方"邓石如碑馆"匾额,为安徽省政协主席、书法家张恺帆手书。碑馆陈列室正面壁嵌"邓石如像"与邓石如《自题诗》碑刻,左右两壁为邓石如篆书《元魏国公赵文敏天冠诗》《易经·家人卦》《甲寅冬登大观亭谒余忠宣公墓诗》等碑刻,共10块。

2008年,菱湖公园复修邓石如碑馆,于国庆期间对外开放。《江淮晨报》记者艾裴采写有《安庆邓石如碑馆崭新亮相》新闻:"邓石如碑馆坐落在安庆市菱湖公园内,始建于1983年。馆内陈列清代大书法家邓石如的书法碑刻,供国内外书法爱好者及游客参观;但碑馆的老房子却是清代祠堂,至今有130年以上。

由于开馆前,对木质构件未能很好修缮,今年初春,邓石如碑馆被白蚁啃成危房后,引起了社会各界和相关部门的高度重视,安庆市政府拨出专款对该馆蚁害进行了根治,并对其建(构)筑物进行了全面修缮,使得该馆恢复了勃勃生机。"新闻中提到的"老房子",就是胡子穆代表胡玉美家族捐给安庆市政府的胡七姑贞孝祠。

凡事皆有传承,只是途径有异。胡七姑祠就是以这样的方式保存了它的原型。

捐者胡子穆夫妇

为捐者胡子穆单独立一章。

邓石如碑馆所藏10块邓石如碑刻,包括:邓石如《登大观亭谒余忠宣公墓》二首,分刻4石;《易·家人卦》辞4石,凡203字;赵孟頫游天冠山五绝1石和联句1石。

邓石如《登大观亭谒余忠宣公墓》二首,其一为"浩气还虚碧,江流日夜声。白杨森培塿,清史照纵横。风雨云雷阵,干戈草木兵。孤城公力竭,家国恨难平"。其二为"皖国分吴楚,灵旗驻大观。蒸尝千古祀,图史百年官。风节井泉赤,精忠池水寒。悲歌动渔唱,江上有波澜"。嘉庆十年(1805)年末,作《登大观亭谒余忠宣公墓》仅两三个月,邓石如便不幸离世。此诗作也被称为书家绝笔。后阳湖派代表作家李兆洛将其分刻4石,嵌于城西大观亭四壁,大观亭也因此成为安徽省内外文人墨客流连之地。咸丰三年(1853)太平天国战乱,邓石如《登大观亭谒余忠宣公墓》4方石刻均被毁。同治四年(1865),邓石如再传弟子方小东,在山东济南又将邓石如《登大观亭谒余忠宣公墓》二首(匿本和尚双钩本)重刻,并作跋语称:"山人篆书向合史籀相斯为一手,此则雄杰遒宕,入乎化境,有汉魏诸碑额及吴天发神谶碑气象。而激发忠义,足于少陵高唱并传。书圣也,诗史也!忠宣不朽,山人亦当不朽矣!"后4方碑刻辗转到安庆,由陈独秀嗣父陈昔凡私藏。民国初年,陈氏家族失势,邓石如这4方碑刻连同6方邓石如碑刻,转藏于胡子穆祖父胡竹芗,并最终归于胡玉美大老板胡子穆之手。

20世纪30年代,菱湖公园曾于草场右侧修建邓石如碑亭,胡玉美大老板胡子穆私藏公展,将邓石如10方碑刻尽数向安庆人展示,"左沿走廊而进,壁间皆完白山人等真、草、隶、篆帖"。邓石如碑亭也是民国菱湖公园最亮眼的文化景观。

1960年,胡子穆夫人舒德进与子女共同做出决定,将胡子穆生前珍藏的邓石如篆碑10块、胡竹芗楷碑1块,从近圣街桐荫山庄迁至菱湖公园七姑祠。"文革"中,这些碑刻一度散失,直到1983年才再度发现。

25年后,1985年7月,胡子穆夫妇的子女又做出进一步的商定,将这些私藏的邓石如碑刻,以及胡竹芗碑刻,全部捐献给政府,从而使邓石如碑馆主体收藏为国家所有。1990年5月2日,邓石如碑馆藏"邓石如碑刻",被安庆市人民政府公布为"第二批市级文物保护单位"。

捐者胡子穆捐出的财产到底有多少?宋秀文《女中丈夫舒德进》有一个小统计:

> 在他们夫妇捐献给国家的财产中,主要有:①坐落在庐山小天池的别墅一幢,安庆近圣街、黄花亭两处楼房(长乐里、康乐里)及大二朗巷住房(办公楼);②公私合营时,先生在胡玉美、胡广源、麦陇香南货店的定息;③菱湖花园花工宿舍、胡七姑祠及各类珍贵花木盆景400余盆(株)。在他们影响下,其子女又于1985年,将极为珍贵的邓石如、胡竹芗的书法碑刻献给了国家。

胡子穆夫妇近圣街的住房,为舒德进结婚之时父亲舒鸿贻送给她的嫁妆,名"桐荫山庄"。胡子穆20世纪20年代初回安庆,但10多年后,1931年夫妇俩才正式入住桐荫山庄。1953年胡子穆调任合肥,出任安徽省手工业局副局长,临行前,他与妻子舒德进商量,将近圣街桐荫山庄,包括大小房间内的家具摆设,以及后花园培养多年的300余盆景,向时任中共安庆市委书记郭万夫表达捐赠意愿。后安庆市统战部以"借"的名义,将桐荫山庄改作办公室,并从此再没有"还"回来。与此同时,位于江西九江庐山小天池的私人别墅,也无偿捐献给庐山管理局。

20世纪40年代末,胡子穆位于近圣街的私宅——桐荫山庄。

据陈东《"太湖秋操杯"及背后的历史》,安徽省博物院现藏两件粉彩太湖秋操纪念杯(二级文物),其中有一件也出自胡子穆的捐献。如果这件粉彩太湖秋操纪念杯为胡子穆捐献,那么就肯定不止这一件文物,应该还有更多,可惜现在找不到当时的捐献目录。

安庆市图书馆编《百年历史 甲子辉煌——安庆市图书馆60周年》介绍,1954年,胡子穆代表胡玉美家族将他们几代人收藏的近万册珍贵图书,无偿捐献给了安庆市图书馆。这之中,包括胡竹芗搜集的安庆地方府志、县志、族谱等多种。后这批图书,与图书馆全部藏书4万余册,被堆放在蓄水池9号的一座楼房里。1957年,从合肥重回安庆的舒德进了解到这个情况,十分着急,在中共安庆市第一届代表大会第二次会议期间"各民主党派负责人及无党派民主人士座谈会"上,她以民革安庆市委员会副主委的身份,表达了她的忧虑。

1951年4月,舒德进还有另外一个身份,就是"集贤区关岳大组抗美援朝分会副主席",后又任"城中区抗美援朝分会副主席"。这个副主席是要真金白银付出的,为了完成任务,舒德进夫妇不仅带头完成个人认捐数字,完成工商界捐献"工商号"战斗机任务,还组织动员各方力量,在胜利剧院义演三天,最终超额完成捐献任务。当然也有抱怨,比如私下发发牢骚,说一句"抗美援朝捐献,工商界不少,胡玉美公司几乎搞垮了"什么的,结果被当成右派罪状之一。

舒德进被打成右派,胡子穆并不知情。1956年1月10日,胡子穆因肝病医治无效在合肥逝世,终年66岁。追悼会非常隆重,中共安徽省委副书记、安徽省省长黄岩,安徽省委统战部部长张恺帆亲自参加追悼会。后胡子穆灵车由安徽省工商业联合会秘书长陈治祥护送至安庆,安葬于城北集贤关。"灵车过市,沿途不少居民焚香奠祭,极尽哀思。"蒋放、刘宜群撰《胡子穆传略》用这样简单的一句话,表达了安庆人对胡子穆的敬重。

第八编　口碑

权威文章

中国现代化的区域研究：安徽省（1860—1937）·胡玉美

经营管理涉及的层面非常广，但由于商号本身的资料十分有限，在此仅能举两个例子，说明清末民初皖省工商经营方面所呈现的时代变迁意义。

第一个例子是安庆胡玉美酱园的发展。

酱菜是一种纯中国式的食品，没有洋货竞争的问题；任何时代，无分传统与现代，均有其市场存在，没有过时与否的问题；因此事业成败的关键，主要在于经营管理是否合宜。"胡玉美酱园"的先人系徽州府婺源县人，康熙六十年（1721）胡元彬迁居怀宁，起初在怀宁肩挑贩卖豆腐、酱菜，继而开店经营，由行商变成坐贾，生意也越做越盛。19世纪30年代，传到胡兆祥手里，开始自制豆腐与酱货，产销合一，工商兼营。1838年（道光十八年）胡家在安庆城内四牌楼附近开设"胡玉美"酱园（当时城内另有一家已经开设的酱园叫"甘玉美"，胡、甘两家前此曾合作开过"玉美义"酱园），自由竞争的结果，"甘玉美"歇业关门，"胡玉美"将之收购，扩大营业。胡兆祥传子胡长春与胡长龄，兄弟两人和睦敬业，"胡玉美"营业蒸蒸日上。长春、长龄兄弟过世前，事先协议将来大房、二房各推代表一人,共同负责管理"胡玉美",这已是光绪年间的事了。首度代表家族出面领导的是胡远烈(大房)与胡远勋(二房),远烈负责内部生产,远勋推动外务销售,光绪三十一年(1905)安庆商会成立,胡远勋担任协理,可见已是地方商界举足轻重的人物。

"胡玉美"从清末胡远烈主持业务开始,进入一个新的阶段。他经过家族会商同意后,为"胡玉美"制定了几项经营管理原则:

(一)胡氏子孙不得单独或与他人合伙经营与"胡玉美"业务相同的生意,这是以家族伦理来保护"专利权"。

(二)胡氏各房除享受店中年终红利分配外,平时不得向店中支钱或赊货。这一条规定使公司得以具有类似法人之性质,财政独立,资金才能正常运用,具有健全财务管理之精神。

(三)胡氏子孙欲进店学习生意或担任职务,需经过家族会议同意,此外不得入店工作或干预店务。这规定与公司聘用职员需经客观程序(例如考试)无异,其精神在于可以避免用人不当或冗员充斥,增加成本。

(四)胡氏子孙考取大学读书者,每学期由店中补助学费。这是鼓励子弟求学的奖学金制度。

(五)胡氏各房有婚丧喜庆,由店中给予适当补助。这是额外津贴,表现家族伦理的人情面。不过这类支出的机会不会太多,所费有限。

如果"胡玉美"的家族会议是董事会,那么胡远烈可以算是总经理,"店规"是公司的组织章程兼办事细则,公司的所有权与经营权基本上是分立的(家族与商号各自独立,系统分离),这是现代企业组织形态的基本精神,"胡玉美"在清末民初即已具备。

先天体质已有良好规划,接下来就看管理人的经营手腕了。"胡玉美"在胡远烈主持时期,非常注重"企业管理",包括:

（一）生产管理：精选原料，宁可高价收购上好材料；生产过程严密掌握，注意配料，顾及气候（温、湿度）条件，避免生产次级品；实施质量管制，产品在规定时间内质量不能产生异变；生产及包装过程的所有物资均严格管理，杜绝浪费。

（二）研究开发新产品："胡玉美"以豆腐乳及酱菜起家，除了继续增加酱菜及豆腐乳种类外，生产项目与品类也不断创新。在民国初期，产品分六大类，曰酱类，如黄豆酱、蚕豆酱；曰豆腐乳类，如虾子腐乳；曰酱菜类，如宝塔菜、萝卜头；曰酱油类，如双套酱油、虾子酱油；曰甜菜类，如糖醋蒜子、酒醉螃蟹；曰酒类，如枸杞菊花酒（曾获得巴拿马博览会奖）、红、白玫瑰酒、周公百岁酒（药酒）等。由于玫瑰酒十分畅销，为了保证原料来源，"胡玉美"自行经营花园，精心培养良种玫瑰。

（三）销售管理：出售讲究货真价实，决不以次级品扩杂；采薄利多销原则，对于代销之菜籽油、麻油亦采相同办法；对来往商号客户，坚持信用往来（凭口头信用），以发货时物价为准，发货后不受物价波动影响；货物出门，若发现分量不足或变质，可以原装退回调换。

（四）人事管理：用人讲求适任，各发挥所长，并避免人力浪费；注重员工福利，工资高于其他酱园，员工每月可理发两次，冬天每月可至澡堂洗四次热水澡，生病延医，由店中付费，死亡给予棺木或补助丧葬费，退休后可按月支领生活补助费，遗孀可以月支津贴3元左右。

（五）使用商标：从光绪末年开始，以安庆振风塔为商标图案，具有广告宣传的作用。根据民国二十二年（1933）的统计，当时全省业经注册登记的商标不过三五种，由此可见，"胡玉美"在商标使用上的前瞻性眼光。

民国十八年（1929），"胡玉美"改由胡家新一代胡子穆掌理，业务又进入另一个发展期。胡子穆受过高等教育（留日习生物），原来在安徽大学任教，在安庆市内稍有名望，人际关系也不错，故出任"胡玉美"的总经理（从胡子穆开始，店务负责人称为总经理）之后，公司业务推动得更加顺利。从1929到1937年抗战发生前,"胡玉美"营业发展到最高峰,进展包括几方面：

(一)增设罐头工厂,生产铁罐及玻璃瓶装的鸡、鸭、鱼、牛肉罐头食品,过去酱菜多用陶瓦罐装,此后亦改用白铁及玻璃罐装。这是包装技术与质量上的改良。

(二)成立专门制造贩售各类糕点糖果的"麦陇香"商号,产品广受市场欢迎；后来又在麦陇香楼上开设冷饮室及弹子房,这是当时安庆市区唯一的一处室内休闲娱乐场所,可以算是多角经营。

(三)以签订经销合同的方式(已有别于传统的口说为凭),与南昌及南京的商号建立代理商关系,并在南京、汉口设立分店,增加门市；与皖南各县也加强业务往来,销售网络愈密。

(四)从事广告宣传：例如在南京码头及交通路口设立广告广告牌,在中央广播电台买广告,在南京最大的大华电影院放映幻灯广告片。

(按：以上"胡玉美"酱园发展简史,系根据安徽省政协文史资料委员会所编"工商史迹"上资料重新整理,其中有关现代企业经营管理之概念解释与名词运用,均系本书所加。)

从一个流动摊贩发展成一个多种经营的现代食品业,"胡玉美"酱园前后维持了210年(18世纪20年代至20世纪30年代),若从自设工厂生产算起(19世纪30年代),那么后100年才是胡玉美奠基发展的时期,这个时期正好也是近代中国从传统往现代过渡的关键时代。从家庭式手工产销经营到20世纪30年代的机器大量生产(罐头工厂必是机器生产)；从只卖豆腐乳、酱菜到产销酒类、食品罐头、糕点糖果,附设冷饮室、弹子房；从贩售于安庆附近,到建立长江流域上起汉口、下迄南京的营销网,这些"业绩"都是在清末光绪年间到20世纪30年代发展起来的。论其经营理念与获致成果,在基本精神上较诸20世纪80年代的台湾现代食品业,实未遑多让。

在胡玉美的发展过程中,似乎没有发生传统与现代对立的情形,只有与时俱进的顺利蜕变。在光绪年间，胡玉美因经营权与所有权分离，首先奠立良好基础，胡远烈的经营方式颇合现代企业的合理有效管理原则，因此，经理得人，无疑是胡玉美幸运之处，其在民国以后的顺利发展，与胡子穆受过新式高等教育，且眼光、格局均有过人之处密切相关。从胡玉美的发展经验，我们可以说，传统家族制度对现代企业发展并未构成阻力，甚至于有所助益，关键在于这个传统家族必须先经过制度化约制，具备类似董事会或股东会之功能，于是整个家族变成一个健全的公司，善加经营，自然可以大展宏图。传统与现代之间的关系是十分微妙的，两者之间有许多牵连的中介因素，足以使传统对现代化发展可以是助力，也可以是阻力，也可能两者都不是。

（《中国现代化的区域研究：安徽省（1860—1937）》，台湾谢国兴著，1991年6月出版。本节选自第五章第四节。谢国兴，台湾师范大学历史系博士，台湾史研究所专任研究员、近代史研究所合聘研究员，台湾师范大学历史系兼任教授。主要研究领域：近现代中国史、台湾社会经济与文化史。中国现代化区域研究

《中国现代化的区域研究：安徽省（1860—1937）》，台湾谢国兴著，1991年6月出版。

由台湾近代史研究所发起,第一期1973年至1977年由张朋园、李国祁共同主持,研究区域为山东、江苏、湖北、湖南、闽浙台、东三省、直隶、四川、上海与广东,研究时限1860年至1916年。第二期1985年由张朋园发起,研究区域为豫陕、甘晋、云贵、安徽、江西、广西,研究时限是1860年至1937年,1986年至1990年完成。)

20世纪50年代,胡玉美产品"十景酱菜"商标,公司地址在利民街十号。

《安庆市志》中的胡玉美

安庆市志·卷十七·食品工业·胡玉美

【副食品·产品·蔬菜、调味制品】

　　清道光十年(1830),胡兆祥和其岳父甘家在南庄岭开设四美酱园,不久因生意清淡歇业。后两家又先后合伙在三步两桥开设玉美义酱园,在高井头开设玉成酱园。十八年(1838),胡、甘两家分开,两处酱园由胡家全部购入,并在四牌楼独资开设胡玉美酱园。甘家则在大南门药王庙对面独资开设甘玉美酱园,不久停业,被胡玉美酱园收购。此后,胡玉美酱园生产经营规模不断扩大,广设作坊、网点。同治十三年(1874)在西城口开设胡广源酱园,光绪二十八年

(1902)在小拐角头开设胡永康水作店,宣统二年(1910)在四牌楼开设麦陇香南货店,1918年在四眼井开设胡永大酱园,1920年在朱家坡开设胡永源酱园,1924年在大二朗巷(后迁址火正街)开设罐头厂,1934年在罐头厂内开设制冰厂,1935年在南京、汉口、上海等地开设支店或经销处等。

胡玉美酱园初建时,生产黄豆酱、酱油、酱干、什锦菜、酱黄瓜、酱莴苣、盐蒜子、盐萝卜干、豆腐乳等10余种普通调味品和蔬菜制品。至光绪年间,以振风塔作为商标,创制名优产品胡玉美蚕豆酱。同时逐步开发出芝麻辣酱、虾子腐乳、大红方豆腐乳、大青方豆腐乳、宝塔菜、萝卜头、加料五香萝卜干、虾子酱油、糖醋蒜子、桂花生姜、糟鱼、糖生姜、酒醉螃蟹、枸杞菊花酒、红玫瑰酒、白玫瑰酒、史国公酒、周公进岁酒等20余种调味品和饮料酒系列产品,广销于国内和东南亚一些国家和地区。清宣统二年(1910),瓦罐装蚕豆酱和枸杞菊花酒在南洋商品劝业展览会上分获国光金奖和地球日月银奖。宣统三年(1911),瓦罐装蚕豆辣酱在巴拿马万国商品博览会上获国际优质奖。1920年,胡玉美酱园研制并生产出罐头蚕豆酱。1925年建立罐头厂,批量生产罐头食品。品种除蚕豆酱外,还新增虾子腐乳罐头。1929年,在安徽省商品陈列展览会上,胡玉美蚕豆辣酱获银质奖章,虾子腐乳、双套酱油、桂花生姜获铜质奖章。同年在上海举办的西湖博览会上,胡玉美蚕豆酱、枸杞菊花酒分获金牌和银牌奖章。

安庆沦陷后,酱园业一蹶不振,胡玉美经营者为避战乱而远走他乡。抗战结束,胡玉美家族重操旧业,终未恢复昔日景象。城内其他酱坊也多惨淡经营,直至新中国成立。

1954年1月,胡玉美酱园实行公私合营,成立胡玉美罐头食品公司。当年蚕豆酱产量49吨。1967年,公司改为国营。1976年蚕豆酱年产量达1469吨。20世纪80年代,胡玉美公司形成罐头食品、调味食品和无酒精饮料三大系列产品。1982年,分别开设罐头、酿造和冷饮3个厂。胡玉美酿造厂开发生产具有传统特色的多品种系列辣酱和酱油,主要有蚕豆辣酱、火腿辣酱、芝麻辣酱、蒜薹辣酱、葱油辣酱、美香辣酱、蒜香酱油、辣酱沙司等。1988年,胡玉美酿造厂有职工282人,固定资产原值328万元;生产蔬菜制品231吨,蚕豆酱2320吨,酱油3000吨,醋258吨。工业产值470万元,利税61万元,跻身全省轻工系统创最佳经济效益先进单位行列。

【副食品·工艺设备·其他副食品生产设备】

胡玉美酱园是市境较早实行工厂化生产的企业。清光绪年间,引进川酱生产技术,并在工艺配料上做了改进,融南北一家,兼川扬风味。1920年用手工开发生产白铁封装罐头。1930年,引进美国产引擎机和自制扁方车各1台。1936年引进制缸机和自制蚕豆剥壳机各1台。1958年,胡玉美公司扩建改造,改进酱油发酵工艺及蚕豆剥壳设备。1982年,胡玉美酿造厂添置瓶装酱油生产线及4吨锅炉、95榨油机、真空包装机、蒸球等设备,大宗产品从投料到出口全过程实现机械化。

【罐头食品、饮料·产品·罐头】

市内生产罐头食品的企业仅有胡玉美罐头厂。前身为胡玉美酱园,早期生产蚕豆辣酱、腐乳等调味食品,以瓦罐包装,荷叶加四方红纸封口,稻草扎头。1920年部分改用手工制造的白铁罐头包装。1925年建罐头厂,日产罐头1000余听。1930年新增玻璃瓶装罐头,品种发展到鱼、鸡、鸭、牛肉等肉类食品,其中,季(鲚)刀鱼和麦鸡罐头畅销市场。1935年批量生产玻璃瓶装肉类、蘑菇罐头,年产70万听。1954年,公私合营后的胡玉美罐头公司年产罐头253吨。1958年,年产量上升到1300吨。1962年日产罐头由8吨提高到13吨。"文化大革命"初期,生产受影响,发生多起产品质量事故。1974年为适应国际市场需求,生产品种从荤类为主转向荤、素并重,开始在市郊发展番茄、蘑菇、马蹄生产基地。1978年后,原料基地由市郊向邻县发展。1981年产果蔬罐头1951吨,占全年罐头产量的82%。1988年,原料基地发展到怀宁、潜山、望江、太湖、枞阳5县,建有蘑菇收购点37个,果蔬基地1万余亩,其中蘑菇1800亩、青豆2000亩、黄桃1000亩、马蹄7000亩,还建有7个菌种厂。

胡玉美罐头厂产品自20世纪50年代开始出口,长期销往苏联、东欧和中国港澳地区,但肉类罐头未能打开远洋市场。1978年试制咖喱牛肉、回锅肉、美味肉丁等罐头。1980年开发出冬笋罐头。1981年开发生产油焖蚕豆、清水马蹄罐头。1982 年又开发出竹笋回锅肉、原汁鲜笋罐头。1983 年外贸控亏，企业"找米下锅"，研制开发出雪菜、酱菜心、黄桃、鸭四件、香菇肉酱和红烧猪肉等新品种罐头，并批量投产。1984 年，研制出 3005 克清水马蹄罐头。1987 年首次生产 350 吨分级笋罐头出口日本，咖喱牛肉罐头也首次出口 54 吨。1988 年，开发的内销产品有美味素鸡、烤麸、速冻蚕豆、速冻青豆、速冻马蹄等罐头。并开发出 550 克清蒸牛肉、500 克盐水蘑菇、397 克午餐肉等外销罐头，产品销往欧洲、北美、东南亚、中东和中国港澳 20 多个国家和地区，创汇 331 万美元。1978—1988 年间，罐头产品平均合格率达 99.15%。其中，1984—1988 年获优质产品 11 个。

20 世纪 70 年代，胡玉美罐头产品远销东欧国家，刘奎石拍摄。

【罐头食品、饮料·产品·无酒精饮料】

1934 年，胡玉美酱园开设冰厂，日产冰 2 吨，并在麦陇香店开设冷饮厂。后因战乱停业。

20 世纪 50 年代初，胡玉美公司开始生产冰棒。50 年代末，肉厂也利用淡季生产冰棒，主要品种有果汁、雪糕、枣泥、豆沙冰棒等，班产 3 万余支。1963 年产量为 338 万支。1984 年，食品总厂开始生产冰棒和软管饮料。1985 年，产品有冰棒、雪糕、饮料三大类 20 多个品种。1988 年，生产、销售冰棒 154.7 万支，花脸雪糕 219.9 万支、饮料 276.3 万瓶，实现产值 103.94 万元。1982 年胡玉美公司下设冷饮厂，成为市内冷饮主要生产厂家之一。1988 年，该厂有职工 137

人,实现产值244万元,销售收入252万元,利税26.5万元。当年,该厂生产的高蛋白速溶豆浆晶获省新产品开发奖,上乐可乐获省优秀新产品三等奖。市乳品厂于1973年开始生产冰棒3万余支。1988年,该厂冷饮生产有冰棒、雪糕、冰淇淋三类10多个品种,年产164.9万支。

【罐头食品、饮料·工艺设备·罐头生产设备】

1920年胡玉美酱园以手工制造白铁罐头,采用蒸汽消毒排气、锡焊封闭技术。1925年建罐头厂,以半机械半手工制造罐头,陆续添置16匹马力引擎、铣床、卷口机、滚筒车、剪刀车、6尺车床等设备。至1949年,有厂房82平方米,机械化程度不足1%。1962年学习上海经验,改进焊锡和橡皮配方,解决了多年没有解决的爆节问题,实罐合格率由98.2%提高到99.78%。

1979年,先后改建成品库、冷库和空罐、实罐车间,改造锅炉,革新改造洗擦罐机、青豆剥壳机、青刀豆切断机等大小20多个项目,使每班可同时生产2个品种。并改进马口铁套裁技术,每吨可节约马口铁9公斤。1979年,自行仿制、改造蘑菇分级机、蘑菇切片机、自动磨椒机和切断机等设备,生产量2000吨左右。1980年扩建3公斤空听作业线1条。1981年引进番茄酱生产线,加大变压器容量至320千伏安,添置4吨快装锅炉2台,并制造、添置20台猕猴桃、马蹄切片机、1台真空封口机、1台半自动封罐机等。自1982年起,先后投资1000余万元进行技术改造,当年引进1条午餐肉生产线和多台M15封口机;以补偿贸易方式,引进瑞士1套高频电阻焊罐身生产设备,并研制洗罐机、马蹄浮洗机、切丁器、自动加汤器等;研制形成果蔬罐头的漂洗、提升、预煮、冷却、分级生产流水线。到1987年,先后有包装车间、杀菌车间、2391平方米保温库、800吨冷库和715千伏安变配电设施建成投产,年综合生产能力达6000吨。1988年,罐头生产机械化程度80%以上。

【企业选介·安庆市胡玉美罐头厂】

位于沿江中路,国有中型企业,国家轻工业部和对外经贸部定点创汇企业之一。前身为建于清道光年间的胡玉美酱园,1920年开始生产罐头。1954年在省内率先实现公私合营,并更名为胡玉美罐头食品公司。1982年胡玉美罐头食品公司一分为三,胡玉美罐头厂单独建厂,生产规模扩大。1988年有固定资产原值846万元、净值652万元,企业占地面积1.94万平方米,建筑面积1.88万平方米,职工764人。当年实现产量4740吨、产值1937万元、税金2万元。产品有清蒸猪肉、原汁猪肉、清蒸牛肉、烤鸭、烤鹅、卤猪杂、回锅肉、扣肉、午餐肉、马蹄、竹笋、芦笋、青豆、蘑菇、黄桃等各类罐头40余种。产品95%供出口,年创汇300万~400万美元。

(《安庆市志》,安庆地方志办公室编纂,方志出版社,1997)

媒体文字

叶灵凤:记胡玉美的虾子腐乳

有一年岁暮,我写了一篇短文,谈谈记忆中令我念念不忘的一些土产食品,提到了九江的豆豉生姜、江西的南丰橘、安庆的虾子腐乳和芜湖的秋油干。这些土产食品,大都是我在儿童时期吃过的,几十年过去了,从不曾有机会再吃过,可是想起它们的滋味,仿佛仍留在齿颊间,可见给我留下的印象之深,因此不知不觉地信笔写了出来。

这几种小食,除了南丰橘以外,至今仍没有机会再试过。只有南丰橘,近几年每到冬天,就有大批上市,而且售价十分便宜。不过,这种在这里的小贩口中称为"皇帝橘"的南丰橘,据我的记忆所及,可能不是南丰当地出产的,这就恰如市上所售的"新会甜橙",未必像真正的新会所产的一样。因为我儿时在江西吃的南丰橘,橘皮黄而光润,果身小如金橘,可是每一枚总有十多瓣,而且不会有一粒子,吃在口中就像一泡蜜一样,这才令人毕生难忘。

真正的南丰橘,也像真正的新会甜橙和增城挂绿荔枝一样,产量一定不会很多。今日我们在这里所吃到的,显然是用旧树接枝新栽培出来的,因此要恢复原来的滋味,一定还要假以时日。

> 记胡玉美的虾子腐乳
>
> 有一年岁暮，我写了一篇短文，谈谈记忆中令我念念不忘的一些土产食品，我提到了九江的豆豉生姜，江西的南丰蜜橘，安庆的虾子腐乳和芜湖的秋油干。这些土产的食品，大都是我在儿童时代吃过的，几十年过去了，从不曾有机会再吃过，可是想起它们的滋味，仿佛仍留在齿颊间，可见给我留下的印象之深，因此不知不觉的信笔写了出来。
>
> 这几种小食，除了南丰橘子以外，至今仍是没有机会再试过，只有南丰橘，近几年每到冬天，就有大批运到，而且售价十分便宜。不过，这种在这里的小贩口中称为"皇帝橘"的南丰橘，据我的记忆所及，可能不是南丰当地出产的，这恰如市上所售的"新会甜橙"，未必是真正的新会所产一样。因为我儿时在江西所吃的南丰橘，橘皮黄面光润，果身小如金橘，可是每一枚总有十多瓣，而且不会有一粒子，吃在口中就像一泡蜜一样，这才令人毕生难忘。
>
> 真正的南丰橘，也像真正的新会甜橙和增城挂绿荔枝一样，产量一定不会很多。今日我们在这里所吃到的，显然是用旧树接枝新栽培出来的，因此要恢复原来的滋味，一定还要假以时
>
> 北窗读书录·213

叶灵凤《记胡玉美的虾子腐乳》(《北窗读书录》，文汇出版社，1998)。

至于其他土产食品，除了有机会亲自到当地去以外，在这里要想尝到，大约很难很难了。

哪知后来作羊城之游，偶然经过中山五路口的致美斋酱园，竟然买到了安庆胡玉美的特产"虾子腐乳"。这真是踏破铁鞋无觅处，得来全不费工夫了。

致美斋是广州有百年历史的老酱园，以自制小磨麻油芝麻酱和各种酱菜酱料著名，同时也兼售各地著名的酱菜土产，如云南大头菜、杭州扁尖笋、天津冬菜之类。这一天，我跟了几个在五羊城长大的朋友去逛街，经过这家老酱园，朋友们想起小时放学经过这里，买一大包话梅，一路吃回家的情景，见到它门面依然，仿佛当年，动了怀旧之情，忍不住走了进去。但见这家百年老店，虽然表面上没有什么变化，实际上这几年已经有了很大的改革，而且面貌一新了，首先是店里磨麻油的情形，从前是土磨，由一匹小毛驴牵磨。现在则装上了马达，改用电磨了。

朋友从前挟了书包买话梅，照例要站在这里欣赏一下驴牵磨的，现在见到

已经由畜力改用电力了，不禁感慨系之。

致美斋盛酱菜凉果酸甜食品的大玻璃瓶，一长列地排开，少说一点也有四五十个，每一只瓶上都写明了里面所盛的是什么食品，以及零售的价目，在最高一列的最末一只玻璃瓶上，那签条写明是"虾子腐乳"。这名称好生面熟，真是似曾相识，我想了一下，再向瓶中细看了一眼，见到瓶中所盛的并不是有汁液的腐乳，果然是用纸包了的像云片糕一样的一包一包的东西。我立时跳了起来，欢喜得大声地喊着：

"虾子腐乳！安庆胡玉美的虾子腐乳！"

我当时的表情和举动，一定很古怪可笑，想必高兴得有点忘形了，或者用朋友的话来说，那时的表情很"天真可爱"。因为经我这么一喊，不仅朋友惊问我见了什么东西，就是致美斋的店员也赶紧走了过来。

我有一种自信，知道胡玉美虾子腐乳的人一定不会很多，眼前的这几个人，包括出售这货物的致美斋店员在内，一定都不会知道，因此我毫不犹豫地用最快的速度，将这是一种有怎样悠久历史的著名食品，向大家介绍了一下。我的话一定说得很急促，而且未必每一句都使得大家听得明白，但是我这时的欢欣和紧张的表情，一定已经使大家懂得我这个"发现"是一个重大的发现，否则我也不会这么兴奋的。

果然，致美斋的那位女店员被我的话引动了，她说他们一直都不知道这种"虾子腐乳"究竟是一种怎样的食品，一向只是当作"咸馔"来卖，而且由于许多人见了这东西感到生疏，向他们询问。他们无法作详细的解释，唯有拆开了一包，另外有一只小玻璃瓶盛了，遇见有人询问这是什么食品以及什么滋味时，就请顾客自己去观察和尝试。这真是百闻不如一见，百问不如一试，顾客拈了一小块送到嘴中加以咀嚼以后，自然会明白这生疏的食品滋味是怎样了。

女店员的话句句都是实在的。我这时才注意到大玻璃瓶上果真有一只小玻璃瓶，里面盛了一些细小的紫黑色的碎块，这是只有我这个识货的波斯胡才认得，如假包换的虾子腐乳。我连忙取了过来，迫不及待地先送了一块到自己口中，然后再敦劝朋友也试一试。我不知他们当时的感觉如何。至于我自己，简直就像久别重逢,遇见了几十年未见面的亲人,久别还乡,重行到了儿时的游息之地,一时悲喜交集,眼中忍不住涌上了眼泪。

出品"虾子腐乳"的胡玉美,开设在安徽省会安庆,是一家有百年历史的老字号酱园。现在已经是公私合营,称为"胡玉美罐头食品公司",从前就简单地称为"胡玉美酱园"。我不知"胡玉美"三字的由来。看来可能是这家酱园创办人的姓名。

在我还未满十岁的幼年,曾随了家里在安庆住过一个短短的时期。安庆是一个临江的城市,迎江寺的那座宝塔,是这个城市最令人不会忘记的标志。胡玉美的"虾子腐乳",就用了这座古塔为商标。

我不知胡玉美的这一产品已经驰誉多久,但是在 50 年前,当我还住在安庆时,他们的"虾子腐乳"张贴在纸上,已经印明这种出品曾在巴拿博览会和南洋劝业会上得了奖状和奖章,而且为了提防假冒和影射,曾向工商部注册,并将官厅的批示刊石立在店门前。

胡玉美酱园门前的这一块石碑,十分有名。由于碑上雕刻了两只倒立的狮子,维护着这告示,替代了盘绕的双龙,安庆人就称这块石碑为"倒扒狮子"。因此在安庆提起"倒扒狮子胡玉美",就无人不知。而且一提到胡玉美,就要想到他们最著名的出品:"虾子腐乳"。

虾子腐乳不像一般的腐乳,是没有汁液的。这种紫黑色沾满了虾子的干腐乳,想必是他们的独特发明物,因为除了胡玉美的这一种出品以外,我还不曾见过有第二种。

虾子腐乳的干燥特点,也正是它的最大优点,保藏和食用都十分方便,就这么用来送茶、吃粥、下酒或是佐餐都可以。但也有人喜欢在饭锅上将它蒸软了再吃。吃时若是滴一点麻油,滋味就更好。虾子腐乳的滋味,是咸而且鲜,微带一点酒香,极耐咀嚼。拿一小块放在口中,愈嚼滋味愈好,这正是它适宜送茶又适宜送酒的原因。我想也会有人并不特别喜欢它的。但是据我所知,像我这样一尝之后就毕生念念不忘的人,很多很多。

(《北窗读书录》,叶灵凤随笔合集之三,文汇出版社,1998)

皖特产品调查

胡玉美酱菜驰名全国　蚕豆酱豆腐乳味均鲜美
本报驻安庆记者黄腾达寄

蚕豆酱

蚕豆酱为本省特殊手工艺品之一，产于省会之安庆，尤以胡玉美酱园之出品，最为精良。其味咸中带辣，鲜美绝伦，最易提味（凡疾病胃弱之人最宜，且有开胃口、助消化之功），为佐餐之佳品。本地及外地酱业，间有设法仿造者，唯均不及胡玉美之优美。脍炙人口，盖有由矣，其所用原料，为蚕豆与红辣椒。制作方法：先将蚕豆用水至浸发胖，然后剥开，去皮留瓣，放在蒸笼内用火蒸煮，散放在簸箕上，以黄荆树叶覆盖于上，置于阴暗潮湿之房中，使之发酵生霉。约五天后，瓣上生长之霉毛有三四厘米长，取出日下暴晒，晒干后和盐（盐一斤和酱三斤），下入缸内，放露天中，日晒夜露，切忌生雨，每晨日出前搅拌一次，约三个月，再以磨碎之红辣椒粉和入豆酱内。红辣椒粉四成，豆酱六成，搅拌均匀。复日晒雨露三五日，即可装罐出售。装罐分普通铁听与印花铁听两种（均一磅重量）。胡玉美一家，每年出产 10 万听以上。其运销区域，本省较多，约占总产量之七成，其余均销行外省。主要销场为长江流域各地，尤以南京最多（因南京向北方沿京浦路各地转销）。普通听专销安庆本地，不向外运，每听售价一角六分。印花听每听二角，外埠则酌加运汇费。去年日本常有日人由邮局汇款，径向该号购买，交邮局寄递，唯数量不巨。日人富于模仿性，或亦购作研究参考资料耳。

豆腐乳

豆腐乳一物，久为本省特产，亦为安庆胡玉美酱园之特殊产品。本地及各地酱业所制之豆腐乳，无不瞠乎其后，望尘莫及。良以该店出品，别具风味，用以佐膳，是为上品。故能行销遐迩，经久不衰。其制造方法，先用黄豆做成豆腐，压制结实，切成同样大小之方块，排放于预铺稻草之特制蒸笼内（不用火蒸），使之发酵生长霉毛。一星期后，下网用盐腌之，约三星期，移装小罐内。再用二成甜酒及红曲香料等,装罐使满(豆腐乳下罐时,需层层排列整齐)。1年之后,完全透味,即可装置洋铁小听发售。因红曲色如玫瑰,故名玫瑰豆腐乳,其实并无玫瑰香味也。若将原制腐乳(未下红曲的)加以虾子,用烘箱烘干,即成虾子腐乳。加腌以米糟,即成糟味腐乳。如用臭卤腌制,即成臭豆腐乳。大约不外此四种也。胡玉美一家,玫瑰腐乳,每年约产万听开外;虾子腐乳,每年产五六千听。其销路与蚕豆酱相同。玫瑰腐乳每听售一角八分(内装三块,用小磨麻油浸之),虾子腐乳每听二角四分(内装十块),外埠售价则酌加运汇费。

(1937年4月9日《时事新报》第二张第一版)

公私合营胡玉美罐头食品公司虾子酱油商标(注册商标"振风古塔")。

民间传说

胡玉美蚕豆酱

说起胡玉美蚕豆酱,就有一段创业人胡元彬老爹挑担卖酱货的故事了。

传说是清朝道光年间,胡老爹那时年富力强,携家从歙县来到安庆城里谋生。初来乍到,人生地不熟,本钱又小,只得贩卖酱货,挑担沿街叫卖。那可是烧香买、磕头卖的生意啊！不过，这样的生意虽然艰难，却也能勉强糊口。

过了些年，道光皇帝下世了，咸丰皇帝登基，安庆抚台大人换了，那世道也就变了。不说大官小官，就连府、县衙门前守门的衙门狗，你也得给他银子，不然你就别走衙门前面。胡老爹挑担叫卖酱货，卖到老了，却赶上了这赖世道。

一天，胡老爹挑着酱货担，叫卖到中晌，酱货卖完了，人也累乏了，就抄近路往回走。走上司下坡，猛抬头看见藩署衙门，大吃一惊，想回转已经来不及了，藩署门洞两边的衙门狗早已瞄见了。"嗨！站住！"胡老爹站住了。"过来过来。"胡老爹蹭过去。两个衙门狗伸出手，阴阳怪气地说："规矩呢？"胡老爹装作不懂，两个衙门狗就凶起来："不懂？靠山吃山，靠水吃水，靠阎王吃小鬼。懂了吧？"胡老爹翻开褡裢，说："二位爷，一个子儿也没有，赊欠着哩。"两个看衙门狗一人一脚，把胡老爹的两只酱桶踢飞了。酱桶摔烂了，藏在里面的小钱散落一地。钱，被抢了；人，挨了打。胡老爹回到家里唉声叹气，一气之下弃了扁担生意，在北门外租间小铺子，做门面生意，还渐渐地自制酱货。

当然，自制比贩卖多赚钱。没一年，胡老爹一身债务还清了，还能不受衙门狗的欺负，算是过上好日子了。谁知，这样的好日子也没过多久，就有几个衙门狗找上门来。"嘿嘿，老捐夫变大老板了！发大财了，我们也沾点光了！"胡老爹没搭理，几个衙门狗就伸出手来："哎，银子！"胡老爹还是没搭理。"好，你不理，我们理！"一个衙门狗就要砸店，别的几个劝住了。"我们走，明天再来！"果然，第二天又来了，这回是送来传票，传胡老爹送两桶豆瓣酱去藩署衙门；第三天又是传票，臬台衙门要十桶豆瓣酱；第五天又是传票，抚台衙门要二十桶豆瓣酱。这不是串通一气整治人吗？胡老爹哪有那么多豆瓣酱啊！胡老爹全身冒汗了。

胡老爹夜里睡不着觉，躺在床上想：眼下五月天，正是霉豆子晒酱的好季节。可是，黄豆缺货了，市面上买不到便宜的了。胡老爹又想，蚕豆正上市，可不可以用蚕豆替代黄豆呢？试试看。第二天，胡老爹就买进一批蚕豆替代了黄豆。蚕豆晒出的酱比黄豆酱味道鲜美多了。各衙门限定交货的日子到了，胡老爹又急了，晒出的蚕豆酱还缺几桶呢。胡老爹这回一急呀，竟然急出了一个好办法：家里还有几桶辣椒酱，管他三七二十一，掺进去凑个数。这样一来，不只数量凑足了,货交清了,而且味道咸中微甜微辣,更可口了。胡老爹长长吁了一口气。

再说各衙门,上自老爷下到小厮,吃了胡老爹的蚕豆酱,没有一个不说好吃的,各衙门计议一番,就把胡老爹的蚕豆酱作为贡品进贡朝廷。咸丰皇帝吃了,胃口大开,要了还要。不久,胡老爹的蚕豆酱就名扬天下了,小店铺也变成了大店面,迁到四牌楼,店号叫"胡玉美"。

这以后,衙门狗再也不敢上门吵吵闹闹,勒索银子了,因为胡玉美蚕豆酱出了名,"胡玉美"三个字更是出了名。

讲述人:胡婉兰
搜集地点:安庆市

火烧四牌楼

民国时期,有一天,胡玉美店屋南边起了大火,正好刮大南风,火借风势,眼看就要烧到胡玉美家店屋,突然风向一转,南风转西风,大火向东烧去,离开了胡玉美家店屋。烧了一会儿,西风又转南风,南风又转东风,四牌楼街道不宽,大火一跳跳到街对面去了。这时东风又转北风,大火向南烧到国货街十字路口。风息了,火才停下来。

火场上冒着青烟,吐着热气,被烧坏的梁柱歪倒一地。四牌楼半截街烧了个精光,只有中间胡玉美一家店屋完好无损。来看火场的人们七嘴八舌地议论开了:

"大火烧得好啊,烧得好!黑心钱赚多了的,这就报应了!"

"可不是嘛!这风转轱辘吹,火转轱辘烧,奇呀!"

"老天爷长眼呢!善家、恶家,看得清清楚楚呢!"

……

说起人们称道的那个"善",安庆城里,倒是非胡玉美家莫属。远的不说,就说解放军围城的日子里,市民拿金圆券、法币买粮食,哪家粮行都不收,都知道这种币马上就是废纸一张了。这不要人命吗？这时候，胡玉美家店门上贴出了启事：市面用不掉的货币，本店可用，并且有少许粮食出售。酱坊出售粮食，这可是件新鲜事儿！这事儿一爆开，胡玉美家的善名，连同火烧四牌楼的事儿，一齐传扬得更远了。

讲述人：江晓东
搜集地点：安庆市

(《振风塔的传说》，江葆农、江博编著，安徽文艺出版社，2021)